中国书籍文学馆·小说林

连队之河

刘跃清 著

中国书籍出版社
China Book Press

图书在版编目（CIP）数据

连队之河 / 刘跃清著 . —北京：中国书籍出版社，2018.1
ISBN 978-7-5068-6663-7

Ⅰ.①连… Ⅱ.①刘… Ⅲ.①中国文学—当代文学—作品综合集 Ⅳ.① I217.2

中国版本图书馆 CIP 数据核字（2018）第 022368 号

连队之河

刘跃清　著

图书策划	牛　超　崔付建
责任编辑	李　新
责任印制	孙马飞　马　芝
出版发行	中国书籍出版社
地　　址	北京市丰台区三路居路 97 号（邮编：100073）
电　　话	（010）52257143（总编室）（010）52257140（发行部）
电子邮箱	eo@chinabp.com.cn
经　　销	全国新华书店
印　　刷	三河市华东印刷有限公司
开　　本	650 毫米 ×940 毫米　1/16
字　　数	310 千字
印　　张	24.5
版　　次	2018 年 7 月第 1 版　2018 年 7 月第 1 次印刷
书　　号	ISBN 978-7-5068-6663-7
定　　价	46.00 元

版权所有　翻印必究

目录

兄弟爱情 / 001

他的世界鲜花盛开 / 050

连队之河 / 082

遥远的手榴弹 / 127

从军行 / 158

一封没有署名的信 / 222

飞　翔 / 260

英雄归来 / 289

追　击 / 338

繁衍生息 / 370

兄弟爱情

一

七旅三团政委陈颖书是牛牪岭战斗前一天傍晚认识柳冬梅的。

太阳快下山了,部队在往牛牪岭方向开进,柳冬梅站在路边一小土坎上咿咿呀呀地打着快板。

七月,鲁西南的青纱帐里,一支土灰色的队伍像一条宽厚的河在金色的夕阳下流淌。士兵们精神饱满,步伐整齐,衣着整洁,枪械鲜亮,绑腿结实,乍一看一个个装束差不多,可眼明心细的人一看就知道哪个是老兵,哪个是新兵。老兵穿在身上的衣服大都七八成新,有的甚至是簇新的,而新兵的衣服则比较旧,洗得发白的衣服上补丁摞补丁。那些身经百战的老兵认为每一次战斗都有可能是自己人生的归宿,每一颗子弹都有可能是生命的句号,要穿得干净体面些,好上路;而新兵则把打仗当作一种苦力活,穿旧衣服对付一下就行了,新衣服留在有啥事或出门做客时穿。

从举止神态上，也可以看出哪些是老兵哪些是新兵，大路一边是前进的队伍，另一边是支前的民工，老兵们一路上有说有笑，不时和挑着箩筐，抬着担架，推着棺材的民工拉上几句话，开几句玩笑，有的甚至指着旁边的一副棺材说："这一副厚实，就给咱留着！"那神情像是去赴一场人生的盛宴，又像是去赶集，不仅仅是坦然；而新兵则各怀心事，默默无言，神情庄重肃穆，如同去参加一个庄严的典礼。

柳冬梅的目光仿佛温柔的月光抚摸着这条浪花翻滚的河流，竹板脆响地唱着：

今天路程七十里，叫同志，你来听，
小伙咱们比一比，号角响起炮声隆。
背的东西不算重，叫同志，你莫停，
走起路来快如风，到战场上要立功。

快板词都是即兴编的，见到什么编什么，见到什么唱什么，张嘴就来，开口就唱，有时押韵，有时不一定押韵，如柳冬梅看到一个大个子兵背着两支枪，步子迈得很大，她说唱道："大个子背着两杆枪，走得快打得赢，脚板底下装有风火轮。"从一旁走过的大个子听到了，脸一红，装作没听见，这时有人喊大个子的名字，听，文工团的同志在唱你呢，大个子脸更红，脚下的步子更轻快。

一拨人流过去，又一拨人淌过来，柳冬梅唱着："这位同志背包打得好，敌人的炮弹打不到，那位同志绑腿打得好，敌人的子弹追不到。"这两个可是老兵油子，他们狡黠地问："如果打到了怎么办呢？""打到了，你们找敌人算账去！""哈，哈，哈……"队伍里的笑声如传口令般霎时从头传到尾。

柳冬梅的快板像一支呛口的蛤蟆烟，像一壶浓酽的老鹰茶，提神，解乏。

陈颖书骑着马从后面赶上来，远远地看到柳冬梅站在小土坎上，穿一身略显肥大的男式军装，齐耳短发，腰带紧扎，夕阳如胭脂在她清秀的脸上抹了几抹红晕，一阵凉爽的风吹来，青纱帐沙沙作响，风吹鼓起她的衣服，显山显水……陈颖书痴痴地看着，走出老远了，还回头看看。柳冬梅站在土坎上打快板那一幕一直印在他脑海里，刻印成一尊雕像，直到他晚年患痴呆症，谁也不认识了，依然能从照片认出青春时的柳冬梅。

牛牯岭那一仗打得很苦，尤其是一团主攻的东南方向，敌人事先将树木、房屋、草垛等一切障碍物扫平，将树木设置成鹿砦，将房屋修筑成工事，使一团完全置于敌火力扫射之下。一团的指战员像一拨拨殉道者，呼喊着口号，前赴后继地往前冲，敌人吐着火舌的机枪如锋利的镰刀横扫过五月的麦田，一捆捆"麦子"被横七竖八地撂倒在地，鲜血汩汩，喘息着，抽动着，呻吟着……

战斗已呈胶着状态，谁再添一把火，谁就能赢得最后的胜利。一团团长王山担冲着那台缠满胶布的手摇电话吼，要求旅里派预备队来支援。旅指挥所犹豫了一下，答应了。

从不开口求援的王山担这一次居然开口了，可见他确实遇上难啃的"硬骨头"了。

片刻，三团政委陈颖书带领一队人马出现在硝烟中。陈颖书到三团任政委前是一团副政委，和王山担熟得可以共一个裤裆。老战友在这种局势见面，没有任何客套，王山担简短地介绍了一下情况后，陈颖书朝身后的队伍挥了一下手，士兵们便顺着他的手指方向鱼贯疾步向前投入战斗。王山担就站在路口，每过一个兵，他轻声地数一声。57个兵。

"就这些啦？"王山担有些失望。

"就这些了。"陈颖书神情凝重地说。

三团的兵就是三团的兵，那57个兵就像57只饿极了的老虎从一旁斜插过去，出其不意地出现在敌人侧翼，战局迅速得以扭转。

枪声变得稀疏，硝烟还未散去，王山担瞪着一双血红的眼睛从一个"麦捆"移向另一个"麦捆"。这些他们的爹娘用麦子喂养了十几年、几十年的兄弟，转眼之间变成了"麦捆"。他冲上去抢起蒲扇般的手掌，朝刚刚押下来的敌整编师师长啪啪两个响亮耳光，紧接着抬腿踢去，陈颖书一闪，挡在敌师长前面，那一脚结结实实踢在陈颖书的小腿上，他咧了咧嘴。愤怒得像狮子一样的王山担很快被人拉开了，他一屁股坐在地上，像个绝收的老农一样抱着头呜呜哭了起来："老陈，你说咱一团打得这么惨，啥时才能翻身呀！"敌整编师师长脸上转眼泛起几道暗红的指印，默默地看了看痛哭流涕的王山担，又望了望满地的"麦捆"，陈颖书朝他挥了挥手，做了个后撤的动作，几名士兵推搡着他退了下去。后来，在整风运动中，有人批评王山担打骂俘虏，说的就是这一件事。

王山担嚎得正凶，一副担架从他身边路过："团长，俺们完成了任务，这三块光洋烦你捎给俺婆娘，让她以后找个好婆家……"三营营长把带有体温的三块光洋吃力地塞在王山担手里，昏过去了。三块光洋中有一块有子弹擦过的痕迹。三营长的左大腿被炸断了，断处仅一点皮连着，露出白森森的骨头，鲜血如滴答的屋檐水，担架下几棵惊恐的小草很快被染红了。

"三营长，你给我挺住，不然我毙了你！"王山担带着哭腔，撵着担架朝旅野战医院跑去。

三营长当兵前就有婆娘。他和他婆娘在一起的每个细节都被他加以渲染，成为兵们解闷的笑料。听起来他们是很幸福的一对，可他伤愈归队的老乡却说，他婆娘现在跟一个私塾先生好上了。那老乡抱不平，还在黑晚上把私塾先生蒙头盖脸地揍了一顿。王山担耳闻后，亲自叫来那个归队的同志，叮嘱他不要乱讲，千万不能让三营长知道。

王山担握着枪,冲进开设在一座破庙里的旅野战医院,东奔西跑地叫嚷着,谁也没理他,各忙各的。三营长一抬进来,一个瘦巴巴的医生马上迎了过来,三两把解开卫生员在战场上简单的包扎:"需立即输血!"正在忙碌着的柳冬梅闻言直起腰来,边挽衣袖,边说:"输我的,不用检查,我是O型血。"

柳冬梅的手臂看起来瘦弱、白皙,薄得像薄膜一样的皮肤下,能看到如根须一样青色的血管。如此瘦弱的手臂能抽出多少血?王山担努力想挤出一丝笑容,想朝她笑一笑。柳冬梅始终耷拉着眼睑,仿佛他不存在一样。

王山担静静地看着柳冬梅的血一滴一滴地流进三营长的血管,三营长的脸色渐渐红润,呼吸匀称。王山担刚才还冒着火的目光变得像婴儿的眼睛般温柔清澈,扭头走了。

每次战斗前夕,文工团的男女同志都要下野战医院,协助医生抢救伤员,做战地救护工作。柳冬梅在牛牯岭战斗前下到七旅野战医院。

文工团的同志在各野战医院充当护士的角色,负责给伤员端茶倒水,喂饭喂汤,端屎倒尿什么的,情况紧急时,还掩埋抢救无效死亡伤员的遗体,不过这种事极少,主要是女文工团员们力气小,坑挖得不深,烈士的遗体埋下去后,要是被野狗刨出来,或被雨水冲出来就麻烦了。另外,还有一项重要的约定成俗的任务就是充当临时血库,在急需用血时,他们慷慨地伸出一支支粗壮、瘦弱、微黄、白皙、黝黑的手臂。输完血后,运气好时,能分到一个战利品罐头作为奖励。但这个罐头,很快被大伙儿嘻嘻哈哈分吃了,谁也没当回事。

二

战斗如一场暴风骤雨,风雨后大地仿佛产后的母亲,一片宁静。部队散布在一个个傍山依水的小村庄休整。

纵队文工团照例给兵们演出《白毛女》《血泪仇》《兄妹开荒》等剧目。这些戏,老兵们已看过好多遍了,有的兵一遍也没看过,如那些刚入伍的翻身农民和那些刚解放过来的兵,当然还有的兵永远也看不到了,那些静卧山冈坡坎溪沟的兵。那些情节看起来很简单,用今天的眼光看起来让人嗤之以鼻的戏,兵们无论看多少遍,都像看第一遍一样新鲜,有的兵演员唱出上一句台词,下一句台词马上能脱口而出,演员们偶尔发挥,稍稍变动了台词、动作,他们在台下乐得像有人挠他们的胳肢窝一样。兵们有两大爱好,看戏和吃红烧肉。这两大爱好常被指挥员加以发挥利用,当作战斗口号提出,如战斗到了节骨眼上,指挥员振臂一呼:同志们,冲呀,打完了回去看大戏吃红烧肉呀。屡有喜剧性效果。

好些剧目里有柳冬梅的角色,每当她一出场,坐在前排的王山担就站起来鼓掌,紧跟着,他身后那些兵们的掌声也排山倒海似的。王山担"叫公鸡"似的做派好些人看得不舒服。陈颖书就是其中之一。

早晨,太阳涨红着脸爬上山腰。陈颖书哼着小调,走在乡间小路上,随手掐一根草茎放在嘴里轻轻嚼着,丝丝苦涩洇开,上级提出的战斗口号每一个阶段都在变:打败小鬼子回家乡,打过长江去回家乡……真不知何年何月才能回家乡。家乡那三十亩地一头牛,老婆孩子热炕头的日子让人向往得直咂嘴。

一锅烟功夫,陈颖书来到纵队文工团住的一座地主大院,不待人通报，他把文工团团长张文秀的门擂得山响。张文秀到了纵队任文工团团长之前是一团的副团长，只因会拉两把二胡，便发挥特长调到文工团当团长了。张文秀在纵队里有"老丈人"之称，纵队里那些符合结婚条件的"二五八团"经常到他这儿溜达，漫不经心地寻找目标。一旦发现目标，便死皮赖脸、嬉皮笑脸地让他提供条件，以组织的名义制造机会，待到瓜熟蒂落时，花好月圆夜，张文秀便充当娘家人，像嫁女儿一样把人交给对方。

陈颖书和张文秀一起入伍的，一个村的，都是河北邢台人。他们那儿是老根据地，翻身农民多，那一年光他们村就有百十人当兵，如今只剩下他俩了。有一年，陈颖书回邻县带新兵，顺便回家了几天。十里八里的乡亲们听说他回来了，都赶来问自家的儿子怎么样了？自家的兄弟还活着吗？自己的男人瘦了，还是胖了？陈颖书一个也答不上来，只是蹲在地上抱着头呜呜地哭。回到部队，陈颖书把家里的情况大致向张文秀说了说，说得张文秀眼泪直在眼眶里打转。

陈颖书端起张文秀的茶缸牛饮了一通，开门见山地说他想向柳冬梅学习文艺，以后用来搞个战前鼓动啥的。张文秀听了，哈哈大笑："为啥偏偏和她学，比她唱得好的多呢，我给你另外介绍一个，结婚了的。"张文秀把结婚两个字咬得很重。

陈颖书挠挠后脑勺，嘿嘿一笑："就她吧，就她吧。"

张文秀当胸擂了陈颖书一拳："你小子，一抬尾巴我就知道你要拉什么屎。"

"老张，你是饱汉不知饿汉饥，我这把年纪也该找个暖被窝的啦。"

"什么饱汉饿汉的，我的地也旱着呢。"

"旱归旱，但有个想念，有盼头。"

"行，我这儿没问题，你狗咬刺猬，自己琢磨着下嘴吧。"

张文秀入伍前就结婚了。当兵走的那天，他媳妇送他一个碗套、两双袜子、两双布鞋，送出十几里地，最后在一棵老槐树下，他俩手拉了又拉，临分别前，她在他手臂上狠狠地掐了一把，痛得他直咧嘴。然后，她站在高岗上望着他和他们的队伍消失成小黑点。她在老家替他送走了爹娘，拉扯大了弟妹，革命胜利后，她打听到他在四川剿匪，于是千里迢迢地赶到四川，见面第一个晚上，他让她刷牙洗澡，她不干，抽泣了一个晚上，说他在外面的花花世界里变心了，嫌弃她了……

院子里，柳冬梅正和大伙儿在排练节目，她背朝着进门的方向，陈颖书一看那高挑的个儿和略显丰满的臀部就知道那是柳冬梅。张文秀叫过柳冬梅，介绍说："这是咱七旅三团政委陈颖书同志，河北邢台瓦窑店人，今年三十二岁，尚未婚配，读过五年私塾，作战勇敢，文武兼备……陈政委以后要向你学习文艺，希望你不要藏一手露一手，你要竹筒子倒豆子，全抖，手把手地教，心贴心地教。"

张文秀的介绍有点儿暧昧，好些人哧哧地笑，大伙儿心知肚明，女文工团员收领导为徒，这是领导暗渡陈仓的一招，说不定哪一天就师徒一家亲了。陈颖书不计较这些，脸不红心不跳，十分标准地向柳冬梅敬了个军礼说："学生不才，请先生多多指教，不当之处，严加管束……"

柳冬梅羞红着脸，手忙脚乱地忘记了还礼，差点儿伸手去拉陈颖书敬礼的手，手伸出去后，马上缩回，脸更加的红。陈颖书觉得她脸红的样子很好看。

陈颖书从文工团里出来，满脸春色，脚步儿轻快，在一个拐弯处冷不丁遇上一团团长王山担。

"老陈，去哪了？这么高兴。"王山担招呼他。

"到文工团找张文秀拉呱了。"

谁都知道陈颖书和张文秀是同一个村光腚玩大的伙伴，战友们都开玩笑说，张文秀当文工团团长，陈颖书应该近水楼台先得月。这次他终于看到春色的曙光了。

"你上哪去？"陈颖书问他。

"我去文工团找柳冬梅，感谢她救了我们三营长。"

王山担的话让陈颖书回味了好一阵，望着王山担自信得像西楚霸王一样的背影。陈颖书心里不是滋味。

三

陈颖书带领部队奔袭八十多里端掉了一伙叫"铁魔头"的土匪。匪首"铁魔头"作恶多端，到处烧杀抢掠，他有十个老婆还满足不了他的兽欲，还规定附近村庄里谁结婚，第一夜要把新娘送到他那儿去。这种奇耻大辱，乡亲们恨不得把他撕咬成碎片。

夜晚，部队在当地乡亲地引导下，摸进匪窝时，土匪们正在拉二胡唱戏喝酒作乐呢，一阵激烈的枪声、爆炸声，土匪们死的死，伤的伤，没死没伤腿长的顿作鸟兽散。在匪首"铁魔头"的淫乱窝里清理战利品时，陈颖书的脚拌到一个东西，他捡起来一看，是个精致的小玻璃瓶，打开来闻闻，还怪香的，这肯定是土匪啥不正经的东西？陈颖书扬手准备扔掉时，想了想，随手揣进衣服口袋。

战斗结束，部队休整，陈颖书没有休整，他去了文工团。他现在去文工团有名正言顺、堂而皇之的理由了，不再是去会老乡，而是去找团员柳冬梅学艺。见到柳冬梅，没拉几句话，他把那个小玻璃瓶悄悄塞给了她。陈颖书直到多年以后，才知道那叫雪花膏，是女孩子擦脸用的。

那年月，一瓶雪花膏不亚于今天一瓶高档法国香水，尤其对于爱美的女孩儿。柳冬梅轻轻的，小心翼翼地拂摸着小巧的雪花膏瓶，脸上荡起甜蜜的笑意。她把雪花膏藏在小包裹里，用的时候偷偷避开姐妹们的目光，用小指头轻轻抹一下，便暗香漫开。

此后不久，在一次行军途中，王山担骑着马，拎着一只色泽诱人的火腿来找柳冬梅。王山担骑着那匹枣红大马，飞奔至文工团的宿营地时，他那副胡子拉碴、猛张飞的样子很是吸引眼球，但更吸引眼球的是他手上那只火腿，大家看了直吞口水。柳冬梅在众目睽睽下接过火腿，有点儿不知所措。她很快把它送到炊事班，晚上大家美美地解了一顿馋。吃人家的嘴短。大伙儿边嚼咀着火腿片，边当着柳冬梅的面夸王团长好，人实在。

陈颖书又送柳冬梅几尺花布，是那种颜色素雅，有着兰草香味儿的家织布。柳冬梅比划过好几次，是缝件贴身小袄，还是缝件别的什么，她没拿定主意，最终送给了一位烈士。一个重伤员从阵地上抬下来，还没来得及抢救，头一歪便去了，恰巧这时战前准备的棺材、门板、白布全用完了，掩埋组的同志抬着烈士的遗体正准备出去，柳冬梅示意止住，默默地从小包裹里取出那几尺花布，将烈士的遗体层层包裹，鲜血洇透布层，烈士的体温渐渐消散……这些，柳冬梅做得很小心、很细致，像是包裹一个熟睡中的婴儿，像是怕惊醒他的鼾梦。

王山担送柳冬梅一大袋爆米花。王山担送爆米花时，柳冬梅正在排练节目，他也不遮掩一下，把爆米花往她怀里一塞："柳冬梅同志，看，我给你们带来好吃的东西了。"爆米花照例被大伙儿一人抢一把，一抢而空，大家吃完后，还拍拍手说以后王团长再送好吃的来，别忘了他们，还猜测说是不是陈政委也送过好吃的，你吃独食了。柳冬梅气得直跺脚。

陈颖书用树枝、竹片、毛笔，教柳冬梅在沙地上、毛边纸上写字，偶尔也把着她的手写，柳冬梅觉得握笔的手汗津津的，浑身像站在火炉边。陈颖书文化不高，但毛笔字写得漂亮。

王山担在草甸上、在树林里，教柳冬梅骑马、打枪，偶有收获，打只野兔、野鸡啥的。但王山担说，那不是柳冬梅用枪打的，是被她的尖叫声吓死的。

……

七旅许多人都知道一团团长和三团政委同时喜欢上了纵队文工团一个叫柳冬梅的女团员。

王山担的情感像大炮的宣言。陈颖书情感如润物无声的细雨。陈颖书和王山担像两条顶架的水牛，较上了劲。

对于他俩的明争暗斗，柳冬梅仿佛是个局外人，她始终灿烂地笑着，落落大方地和他们交往着。他俩谁都觉得她对自己有意思，是对方在中间瞎搅和。

陈颖书打着向柳冬梅学艺的幌子，锲而不舍地往文工团跑，但幌子永远只是幌子，谁也没看到陈颖书向柳冬梅学过唱歌、打快板，哪怕是遮人耳目，做做样子。

王山担呢，他似乎不需要任何借口，他每次去文工团都粗着嗓子对团部的兵们说：走，看你们嫂子去！

他们俩也有撞车的时候，陈颖书来时，如果看到王山担的枣红马拴在外面，就悄悄折回或到别处溜达。但王山担就有些沉不住气，他一看陈颖书的大黑马拴在那儿，就示威似的大声吆喝。张文秀是个和事佬，谁也不愿得罪，一边是一起长大情同手足的战友加老乡，一边是出生入死多年的战友加兄弟，还有文工团缺个啥还指望他俩解囊相助呢。

那时文工团表演战斗场面都是实兵实弹，前台用步枪、机枪比划，后台就噼里啪啦地打实弹。为了方便打枪，舞台大都选择村落边人烟稀少处，幕布后面是一片荒野地。文工团"打仗"需要的枪支弹药靠战斗部队提供。张文秀每次找王山担要，王山担一副财大气粗的样子，很爽快。向陈颖书要就不那么痛快了，他不但抠门给得少，而且嘀嘀咕咕的，怪文工团瞎折腾太浪费弹药了，演一场戏的消耗他们可以打一场小规模的战斗了。

四

清晨，晨雾缭绕。纵队团以上干部在山上的古庙里开会，山下首长们的警卫员三三两两的在溪边饮马、聊天。有点儿像今天各个单位的领导们在一起开会时，他们的驾驶员在外面百般无聊的情形。

陈颖书的警卫员郝冬冬牵着那匹膘肥体壮的大黑马，马贪婪地吸着溪水，他双手轻轻地抓挠着它油亮健硕的臀部，马将拂尘般的尾巴轻甩着。上游不远处的草坪上，王山担的警卫员刘三胖在放牧枣红马，马低头吃着草，刘三胖斜倚着一棵树，手指缠绕着马鞭，翻来覆去的。他们俩谁也没搭理谁，要在往常他们早就像失散多年的兄弟一样拉呱上了，交流着各自的所见所闻，可现在他们的关系变得很微妙。他俩都认为柳冬梅应该成为自己的嫂子。自己的首长是最优秀的。

开始两人都沉默着，后来终于挑明了。

那次陈颖书打发郝冬冬给柳冬梅送一本苏联小说去，王山担让刘三胖给柳冬梅送一坨喷香的牛肉去，两人遇上了。两人憋在肚子里的话终于倒了出来，开始是嘴上，后来演变成肢体语言。最终郝冬冬提议两人比赛投石子，谁投得远投得准，谁的东西就送过去。

"失败的一方还要给胜利的一方叩三个响头！"刘三胖补充道。

郝冬冬放羊娃出身，练就了一手投石子的好本领，他投石子不但投得远，而且投得准，说打头羊就打头羊，说打尾羊就打尾羊，在阵地上投弹也是如此，准且狠，关键时刻顶上去，有小钢炮之称，一颗手榴弹投七八十米远，形成空炸，杀伤力很强。刘三胖投了两次，眼看不但团长交给的任务无法完成，而且还要遭受奇耻大辱。他犟着要改比试枪法。

"打枪就打枪，马和骡子比跑不比叫。"说话间，郝冬冬从腰间神气地拔出二十响驳壳枪。

郝冬冬玩手枪的时间没有刘三胖长，刘三胖一调到王山担身边，王山担就扔给他一支锃亮的驳壳枪，他不知从哪儿弄来块红布系在枪柄上，枪别在腰上，骑在马上飞奔时，红布一飘一飘的，很是扎眼，一闲下来，他便拔出枪做瞄准状，显摆一番，美滋滋的。枪能壮胆，枪能长精神气呀。同样是警卫员的郝冬冬羡慕得眼神发直，他和陈颖书单独在一起时，悄悄提过，让陈颖书给他发一支手枪，理由是他背步枪有点儿不方便。陈颖书听了哈哈大笑说："我们的队伍里没有发枪的传统，只有从敌人手里夺枪的传统。"所以，郝冬冬的手枪是他自己从一个敌军官手里夺来的，为了夺这支枪，他差点儿牺牲了。

郝冬冬并没有因为他的枪来得堂堂正正，来得腰杆儿挺直，就枪法略胜一筹，反而输给了刘三胖。看着刘三胖得意洋洋地吹着枪口的丝丝蓝烟，郝冬冬恨不得冲上去将他掀翻在地，他眼珠一转说："咱俩一胜一负，谁都不算输，比摔跤吧。"

两人开始是开玩笑似的一招一式，有板有眼地摔，后来渐渐变味了，像两只耸着脖子毛的大公鸡，一只比一只跳得高，一只比一只啄得凶，扭打在一起，再加上话语上的讥讽、刺激，更是火上浇油。郝冬冬讥笑王团长没文化，上级布置作战任务，只能在口袋里悄悄摆火柴棍，放石子做记号，开会时拿个笔记本做样子，在上面画些猫呀狗呀。刘三胖反唇相讥：陈政委有文化，读了三句半古书，说话动不动就扯洋蛋，之乎者也的，谁也听不懂。

郝冬冬和刘三胖打架让旅组织科长撞上了，捅到各自团里，被各自首长关了三天禁闭，出来后老实多了。

郝冬冬后来在东北一军垦农场离休。刘三胖后来走上军一级领导岗位，在苏州安度晚年。郝冬冬偶尔携老伴下江南，就住在刘三胖家，老战友相见，唏嘘不已。关于刘三胖的故事很多，他把他们团长的手表换成了怀表，后来怀表又换成闹钟，越换越大，像捡了个大便宜似的。他当领导后，由于识字不多，上个世纪五十年代中期，苏联军事专家给领导干部上课时，他记不下来，急得直哭鼻子；他给一个部属批假，一个月的探亲假，他批成了三月半，原因是把"三胖"两个字分得太开了，后来他改名字叫刘忠诚，但这个名字只是出现在他档案袋里的履历表上，郝冬冬仍然"三胖三胖"地叫，就像唤家里一位亲人。其他战友也如此。

陈颖书和王山担如果只是两个普通的老百姓，是郎中、私塾先生、青年学生、小商小贩等，看上同一个女人，他们可以比金钱，比力气，比才情，比势力等，甚至可以像欧洲中世纪时期那样进行决斗。但他俩是共产党部队的团一级主官，他们身后分别站着的是一团和三团。

一团是历经爬雪山过草地的红军团队，光从这个团走出去的将军就有一百多位，有"百将团"之称。三团是抗日战争时期以一团一个营为骨干力量组建起来的部队，虽然不全部是红军，但也是红军的火种，红军的血统，所以七旅对外号称有两个主力红军团。对此一团很不以为然，认为只有他们才是真正的主力红军团，三团只不过是他们的一根肋骨罢了。这话传到三团官兵耳里，自然很不服气。两个团比着打胜仗、恶仗、硬仗，两个团的军政主官在旅里、纵队常常为争主攻任务而脸红脖子粗。上级领导在分派任务时板着面孔，一副谁也不偏袒的样子，但看到手下两个谁也不服输，令敌闻风丧胆的团队还是满心欢喜。一团三团驱驰征战，精彩纷呈，各具辉煌，看不出谁强谁弱。两个团互不服输，敢于叫板，一直深入到团队的精神骨子里，深入到每一个士兵的心灵深处。多年以来如此，同一个火车皮拉来的新兵，从分别跨进一团三团的大门那一刻起就开始比，不由自主地比，比作风，比训练，比生产，比士气，这种状况一直延续到早打、大打、打核战争时期，到科技大练兵时期。二十一世纪初的某一天，两个团在一场对抗演习结束后，上级一纸命令，两个团又合二为一，两个团的领导有的转业，有的调走，有的留任，大家酒杯相碰，相拥而泣，一笑泯"恩仇"。

现在一团团长王山担和三团政委陈颖书看上了同一个女人，这似乎成了一团和三团官兵们心中的一场另类"战争"，自己的团首长能娶到这个女人就是"胜利"。就连一团政委王少堂和三团团长李雷也不知不觉地搅和进了其中。

一团政委王少堂，入伍前是位副区长，地方干部。那次他送根据地的新兵入伍时，部队领导怕新兵想家，队伍难以巩固，于是把他也留了下来，他一入伍就当营教导员。那时部队常年打仗，伤亡大，兵们是脑壳拴在裤腰带上过日子，时有开小差的。王少堂巩固部队很有一套。行军打仗到哪儿了，离谁家近了，谁就成了重点巩固对象，平时多找他谈心，吃饭先给他添上，洗脚水给他端上，让他感觉得革命大家庭的温暖，外出走动让人看着，上厕所让人跟着，当然这一切必须做得巧无声色，否则他就觉得你不信任他，反而弄巧成拙。晚上睡觉，干部、骨干睡门口，马桶提进屋里，有时在门口悄悄拉一根绳子，一有响动马上就爬起来。北方兵心实，思量着要开小差前，觉得对不住大家，于是他闷声不吭的，啥事都抢着干；而南方兵呢，要开小差前尽量掩饰自己，有说有笑的，话反而比平时多，这时就得对他留心点了……

王少堂是一个很了不起的政工干部，他巩固部队走的是群众路线，充分利用群众的力量，所以在王山担攻克柳冬梅这座"城堡"的"战争"中，他出谋划策，仍然走的是群众路线，王山担送柳冬梅火腿、爆米花，带着她去打猎等，都是王少堂精心策划的。王少堂说："我们要大张旗鼓，大事宣扬让大家知道，我们团长人好实在，他打心眼里喜欢柳冬梅同志。"

对这件事异乎寻常地关心的，另一个人就是三团团长李雷。李雷是侦察兵出身，当过侦察排长、侦察队长，他搜集情报很有一套，能从敌人的眼皮子底下逮到活口。他当团长后仍禁不住技痒，带领侦察队几个人进行了一次敌后化装侦察，把敌人的兵力、火力部署摸了个熟透，仗打赢了，结果开庆功会的同时，就是对他"火药"味呛人的批评会，从不轻易发火的纵队政治部主任拍着桌子说："乱弹琴，你以为你还是个排长、连长，你现在是经过多少人的鲜血和精力培养出来的团一级指挥员了，你这是对组织极不负责任！"

知己知彼，百战不殆。关于柳冬梅的许多"情报"都是李雷提供给陈颖书的，如柳冬梅喜欢什么花呀，生日哪一天呀，喜欢吃什么呀，鞋子多少码呀等等。这些鸡毛蒜皮的"情报"与行军打仗的情报，有异曲同工之妙，对于一个正处青春期的女孩子来说，利剑直指其软肋，如在她生日那天采一大束野花送去，在她的鞋子露出脚趾头时，送去一双合脚的鞋，她要感动好些日子。女人就是这样一种动物，你对她很大的好，送她一座玫瑰园，她不一定记得住，你对她一点点好，一个很小的细节，送她一支玫瑰，说不定她能记住一辈子。

五

那一夜，王山担带领部队接连摸了四个村子，都扑空，眼看天快亮了，他急得脑门直冒汗，莫非敌人又缩回去了？白天侦察队明明看到他们在这一带安营扎寨，准备过夜的。狡猾的敌人确实缩回去了，他们在挨了数次打后，学乖了，白天虚张声势地把队伍往前开，晚上又悄悄撤回去，缩成一团。

战斗在天亮时打响，敌人是早有防备，有坚固的工事，而且是以逸待劳，王山担的部队完全暴露在敌重火力之下。就在王山担的部队被敌人包了"饺子",他准备鱼死网破"放羊式"突围时,外围响起更为激烈的枪声,陈颖书和李雷率领三团赶来了,在一团和三团里应外合的攻击下,敌人的"饺子皮"很快就从最薄弱处被啃破,大部敌人被消灭,落荒而逃的残敌交给兄弟部队收拾去了。

战斗结束,王山担和陈颖书两人都乌着被硝烟熏黑的脸,相遇了。

"老陈,你是不是希望我死!"王山担首先发话。

"是呀,你怎么不被长眼睛的子弹打死呢!"

"你希望我死,为啥还救我呢?"

"我们救的不是你,是你的部队。"

"我命大福大,不会死的……"

"哈哈……"王山担和陈颖书相视大笑。

有人说恋人之间灵犀相通,其实情敌之间更是如此。陈颖书和王山担想对方甚至比想柳冬梅还要多一些,当然这种想不是那种想入非非,不是甜蜜的思念,而是每时每刻揣摩对方的心里,将对方想象成靶子,一次次打倒,打得鼻青脸肿,头破血流,这种"思念"的后果就是对对方的心思十分了解。王山担和陈颖书在"情场"上是殊死拼杀的敌人,在战场上又是配合默契的兄弟,经常是一个攻坚,一个打援;一个设伏,一个诱敌;一个纵深突击,一个迂回包抄……彼此间只要一个眼神,一个动作,就知道对方在想啥,下一步将有什么动作。也许这一次陈颖书他们三团及时赶到,就是他俩冥冥默默之中心灵感应的结果。

看着两个男人竞相向自己献殷勤,为自己雄狮般的争斗,这也许是作为一个女人最大的虚荣。柳冬梅尽情地享受着这种虚荣,将这种日子一天天往后拖,也有可能是她真的难以抉择,太让她举棋不定了。

在那个暖暖的冬阳下,柳冬梅帮李丽花捉头上的虱子时,悄悄问她,你看王山担好,还是陈颖书好?

"当然是一团长好啰,你看他骑马的样子多威风,跟这样的男人在一起心里踏实。"

李丽花当兵前是城里的洋学生,在学校里读书时有一个家里开当铺很斯文的男同学和她相好,悄悄拉过她的手。有一天晚上,他送她回家时,遇上几个散兵游勇,他扔下她,撒腿跑了……事后,他解释说,他害怕被抓丁,而你没事,他们不会要女的。

李丽花头上的虱子真多,像河里穿梭的鱼,柳冬梅的拇指甲都染红了,她伸出染红的拇指甲给李丽花看。柳冬梅感觉像打了一场大胜仗,消灭了很多敌人一样过瘾,捉着捉着她也觉得自己身上也很痒。那时候谁身上都有一层糠麸似的虱子,虱子被号称"革命虫",虱子越多越革命。有时候领导也敞着衣服边捉虱子,边听下属汇报工作,拉家常,大家见怪不怪;兵们有时候斜倚着草垛,坐在枯黄的草地上,边晒着暖洋洋的太阳边听领导讲话,边捉虱子,那也不失是一种难得的享受。为了消灭虱子,大伙儿想了不少办法:火攻,烧一堆火,提着衣服在火堆上抖,火堆里不时传出噼噼啪啪的脆响;水攻,把衣服放在滚烫的开水里煮,这个办法好是好,能把虱子一锅煮尽杀绝,但不多用,因为没有衣服换;雪攻,夜晚睡觉前,把衣服挂在野外的树枝上,一夜风雪,天寒地冻,争取把虱子冻死一部分。

柳冬梅和陶小红挤在一床单薄破旧的棉絮里睡觉时,同样的问题也问过她。陶小红说,还是陈政委好,你看他心多细,和他过日子准知冷知热的。说这话时陶小红粗糙的手指轻轻滑过她光滑的脊梁,柳冬梅有一种异样的感觉。

柳冬梅决定嫁给陈颖书,是陈颖书悄悄给她送来卫生用品那一刻。

那天急行军,队伍刚跌跌撞撞热汗淋漓地翻过一座山,紧接着又要蹚过一条冰冷刺骨的河,前面战斗连队的男兵们嗷嗷叫唤着,纷纷踏碎薄冰踩着浪花向对岸冲去,若在平时他们会说着笑着旁若无人地把裤子一脱,搭在肩上,光着屁股一步一步踩稳走向对岸,可当时情况紧急,一切按部就班有条不紊已来不及了。兵们冲过河去,湿漉漉的裤腿经风一吹,马上结成盔甲一样的冰层,每走一步磨得咔嚓咔嚓的响,必须一刻不停地走,否则双腿就会冻僵在里面。

柳冬梅气喘吁吁地跑到河边,望着河面上踩碎得像玻璃渣一样的冰层,犹豫了一下,很快像男兵一样涉水过河。当陈颖书骑着马出现在她身后时,她已趔趄着走到了河中央。陈颖书策马上前,让她上马,她谢绝了,只是拽着马尾巴过了河。

陈颖书那天一宿营,就找到当地一个裁缝,花了一块大洋的高价,缝了几个精致的卫生巾,还买了一些柔软的草纸,给柳冬梅送了去。

在房东家昏暗的豆油灯下,柳冬梅接过那一包东西时,脸红得不敢看他,他一转身离去,她就趴在床上咬住嘴唇抽泣。柳冬梅母亲早逝,只有父亲和兄长,再加上家境贫寒,长这么大了,从没有人这样关心过她。参加队伍后,每一次来"情况",不是扯棉衣里的棉花,就是掏被子里的棉花。女兵用棉衣、被子里的棉花做卫生用品,这在文工团里已不是什么秘密,所有女兵都是如此,一套棉衣扯到春天变成了夹衣,到了夏天撕成单衣;一床棉被掏成了夹层,行军走路,轻倒是轻了,但到了夜晚盖在身上冷得直打哆嗦。

柳冬梅将陈颖书送的那包东西贴在胸口,一抹幸福的红晕在脸上漫开。

早在陈颖书之前,王山担送过她一个银镯子。那个银镯子是王山担的母亲临终前留给他姐姐的,他姐姐揣着这个镯子,拐着根木棍,领着他四处讨饭。那一年,在一个北风呼啸的冬夜,在一座四处漏风的破庙里,躺在枯草堆上已病得奄奄一息的姐姐从怀里摸出这个镯子,叮嘱他带上它如同亲人在身边,会平安无事的,亲人的眼睛就是天上的星星会眨巴着,看着他的,保佑他的……说完,年幼的姐姐也撒手走了。王山担带着这个镯子，给地主放了几年牛，不管工钱只管饭，终于像棵石板下的小草顽强地活下来了。一天，一支队伍路过他们那儿，他扔下牛，光着脚丫撵着队伍说要当兵。队伍里一位领导模样的人用温暖的目光将他从头到脚抚摸了一遍说，你太小了，还没枪杆高呢，等身骨子长高一点，长硬实一点，再来吧。倔强的王山担没有转回去，而是赌气似的跟着队伍走，最后还是满脸憨厚、看起来有点邋遢的老炊事班长动了恻隐之心，将他藏在炊事班里，每到开饭，先悄悄打点儿给他吃。三天后，炊事班长领着他又去找领导说情，这伢子脚劲好，跟着队伍走了三天了，三天都跟得上，还是收下他吧。就这样王山担"赖"进了革命队伍。

王山担无数次想过这只镯子的归宿，它应该交给王家未来的媳妇，也算是母亲姐姐给她的见面礼，它是王家的祖传之物，要一代一代传下去。当他把用红布包着的镯子送给柳冬梅时，很想告诉她背后那个酸楚的故事，但他厚厚的嘴唇嚅动了几下，终究什么也没说。

柳冬梅拿定主意后，把镯子还给了王山担。他再来找她时，她总忙，总有很多人在旁边，拉不上话。

从来没有打过败仗的王山担，这一仗他失败了，一败涂地，败得不明不白。

六

王山担狂躁得像一只失去领地的狮子。像一只狂躁的狮子样的王山担出事了。

那是一场小得不能再小的遭遇战，王山担派一个排，甚至一个班都可以解决问题。可王山担就是在这条"小河沟"里差点人仰马翻。

当时王山担正带领队伍穿行在一片丘陵地带,突然旁边一座小山头上传来零星的枪声,一听那稀稀拉拉的枪声可以判断这是一小股地主武装。真是老鼠捋猫须,咱们战略转移,敌人还以为咱们在这片地站不住脚了呢,临走还想象狗一样拖咬一口。

"侦察连,给我上!"王山担勒住马头,一声断喝,带领团侦察连朝枪响的山头冲去,那一小股敌人很快被干净利落地解决了,可王山担却被一颗子弹击中腹部,应声倒下马。

王山担当时骑着那匹大枣红马,披着一件从小鬼子手里缴来的黄呢披风,胸前挂着望远镜,腰里别着手枪,敌人一看,就认定他是个大官。

王山担被十万火急地抬往纵队野战医院。一路上接力赛般累趴下好几个身强力壮的棒小伙,团卫生队的军医一路上跟着跑,隔一会儿打一针吗啡,哭喊着:"团长,坚持住,马上就到了!"

纵队首长闻讯,指示:务必想尽一切办法,不惜一切代价抢救主力团团长王山担!

王山担受重伤,生命垂危!

陈颖书听到这个消息时,正在路边一个破败的看瓜棚里召开临时团党委会议。会议已接近尾声,该说的事已说了,该明确的任务已明确了,大家随意地拉扯了几句,突然听到这个消息,大家一时没了声音,纷纷拿眼神去瞟蹲在一角抽闷烟的陈颖书,仿佛他能拿大主意,能救活王山担似的。陈颖书没有看任何人,脸上也看不出任何表情,良久良久。

若干年后,陈颖书告诉柳冬梅说,他是经过思想挣扎的,刚听到这个消息时,大脑一片空白,像曝光的胶带一样,什么念头也没有,接着他眼前浮现出柳冬梅甜甜的笑靥,他心底掠过一丝窃喜,但紧接着眼前浮现出王山担那张棱角分明、胡子拉碴富有个性的脸,还有那没有任何心眼,豪爽的笑声,刚才那丝窃喜刹那间被巨大的伤感、悲痛淹没、卷走,像洪流卷走一片枯叶、一根枯草一样,情同手足、生死与共、患难同当等形容兄弟感情的词句固执地跳跃在他脑海里。

陈颖书突然想起家乡一种古老的风俗,就是哪个小伙子在山上干活时扭伤了手,跌坏了腿呀啥的,由家里人出面请村上最漂亮的女孩,或小伙子爱慕已久的女孩来帮忙揉一揉,轻轻地抚摸抚摸。其理由是黄花闺女的手上有灵气,经她们一抚摸,伤痛很快就会好。年幼时陈颖书也相信黄花闺女手上有灵气,直到这时他才明白,那也许只是一种心理作用,和漂亮的自己心爱的女孩在一起,而且有"肌肤相亲",那样会注意力转移,痛苦会减轻些,还有更增添战胜痛苦的勇气。

陈颖书快马赶到旅指挥所,向正在像拉磨的小毛驴一样转着圈的旅长报告说:"让纵队文工团的柳冬梅同志去照顾老王吧,有她在,老王准能闯过这一关!"

陈颖书说这话时,旅长直皱眉:"扯淡!王山担受重伤,眼看挺不住了,你还有心思开这种玩笑,他能不能救活,和谁照顾有什么关系。"

站在一旁的政委隐约知道其中的隐情,打圆场说:"我们向纵队首长请示,试试看,试试看。"

柳冬梅被迅速调往纵队野战医院。

柳冬梅糊里糊涂、忐忑不安地赶到纵队野战医院时,野战医院那间用作病房的破土坯房里传出刘三胖如丧考妣的嚎哭,和断断续续的诉说:"医生……你们一定要救活我们团长……一定要救活他,他还要带领我们打胜仗……啦,我求你们了,我们团长……这段时间心情不好,憋着一肚子气……就是文工团那个……"

柳冬梅推门而入,刘三胖溜到嘴边的话又咽了回去,他腿发软,几乎想跪下去,上前一把抓住柳冬梅的手:"嫂子,不,不,柳冬梅同志，你来了，我们团长就有救了，你一定要想办法救救我们团长，我们团长最听你的话，刚才他昏迷的时候还不停地叫你的名字呢……"

柳冬梅径直来到王山担身边，王山担平躺在一块油漆斑驳的门板上，双目紧闭，脸白如纸，衣襟下摆处有一个清晰的弹孔，小孔周围烧得焦黄，鲜血洇红了衣被……

"王团长！"

"王山担！"

"山担！"

柳冬梅俯下身去，连呼三声，泪水夺眶而出。

柳冬梅恨自己的心太狠了，太硬了，他整天提着个脑袋在弹飞如蝗的前线跑来跑去，还让他……他多么需要一个女人像烟荷包一样在他身边，有了女人的爱，有了女人的温存，心中就有了牵挂，他就不会这么莽撞了、这么冲动了。泪眼婆娑中，柳冬梅想起昔日他对她的每一点好，孩子似的笑容，坦率的言行，此刻都汹涌成潮水，将她托起……

"山担，你醒醒，我是冬梅，我来看你来了。"

"山担，你醒醒……"

柳冬梅紧紧握住王山担橛子一样粗黑的双手，仿佛一松手他就会被激流卷走，她的泪水滴在他手上、脸上，她赶紧用手轻轻拭去。柳冬梅的家乡有一种传说，如果谁的眼泪滴在亲人的身上，那么以后他将永远梦不到远走的亲人。平日哪怕不在意的感情，生离死别时都觉得它弥足珍贵。此刻，柳冬梅已将王山担视为亲人。

就在柳冬梅伸手去拭擦滴在王山担脸上的泪滴那一刻，王山担的脸抽动了一下，微微睁开眼，闪过一丝光亮，他挣扎了一下，试图坐起："冬梅……你怎么……来了……"

"我听说你受伤了，就赶来了。"柳冬梅含泪带笑。

王山担醒过来了！忙碌着准备手术器械的医护人员们一阵振奋。

王山担的手术由纵队卫生部长刘长工亲自主刀，手术足足做了六个多小时。在手术过程中，柳冬梅始终握住王山担的手，轻轻呼唤他的名字，喃喃絮语地拉着话，唱着一些古老的歌谣，以免他昏过去。因为凭当时的医疗条件，伤员一旦昏过去，抢救就极其困难。

若干年后，从某军区后勤部副部长任上离休的刘长工回忆说："抢救王山担，柳冬梅立了大功，她起到了麻痹和止痛作用，如果没有她，那台手术也许……王山担的肠子被打断成十几截，粪便溅得满腹腔都是，得一点一点地清洗，一截一截地缝合，恶臭熏天，动完手术，我的双腿站麻了，柳冬梅捂着嘴一跑到外面就吐了……"

纵队卫生部长刘长工，小学文化，放牛娃出身，在战争这个巨大的手术台上练就了他庖丁解牛似的医疗技术。有人曾问他是怎样从一个放牛娃成长成一名外科手术专家的，他嘴角痛苦地抽搐了一下说："没有别的经验，手术做多了，就熟练了，那时许多受重伤的战士和俘虏，与其让他们等死，还不如硬着头皮给他们动手术，动完手术也许还有一线生存的希望，退一步来讲就是死在手术台上了，也为我们的医疗技术积累了经验，为抢救下一位伤员打下了基础……"在做这台手术之前，这个纵队还没有做成功过腹部手术，当时在战斗中腹部受伤就是致命伤，腹部受伤的战士抬下来后，擦洗干净，换上好一点的衣服，就放进棺材里，任其哼哼唧唧地直至腹部化脓腐烂，死去。那种状况对生者和伤者都是一种炙烤和熬煎。

手术顺利做完了。刘长工临离开病房时，叮嘱柳冬梅说，手术成功与否关键看肠子接通了没有，那么接通与否，要看他有没有放屁，放屁就表示接通了，有救了。刘长工让柳冬梅一听到伤员放屁就马上向他汇报。

那一整个上午，柳冬梅都在屏声息气地耐心等待，尖竖着耳朵听，突然她听到他臀部下传出一声清晰的"扑"响，柳冬梅飞奔而出，手舞足蹈："成功了，成功了！部长呀，手术成功了！"

一个很普通甚至污浊的屁，此时成了生命动听的音符，令人欣喜而泣。这个屁象征着纵队野战医院能做腹部手术了。在此后多次战斗中，许多指挥员把这也作为一个激励口号提出：同志们，勇敢地往前冲呀，就是腹部受了伤，咱们也能治呀！纵队政治部主任在评价这台手术的意义时说，相当于增加了一个团的战斗力。

刘长工说，动过腹部手术的伤员喝人奶最好，人奶营养好，易消化。

柳冬梅每天端着个磕得坑坑洼洼斑斑驳驳的搪瓷杯，到驻地村庄挨家挨户地讨人奶。村妇们窃窃私语传言，她男人生病了，需要人奶治病。男人可是家里的顶梁柱，女人家的天呀。她们看她的目光充满同情，挤奶时一副很爽快很大方的样子，有男人在旁边也不回避，好像那是自家产的不值钱的东西。开始，柳冬梅看着她们解开对襟衣，掏出或硕大或巧秀或白皙或微黑的乳房，往搪瓷杯里啪嗒啪嗒地挤奶时，脸红得抬不起头，几次后就坦然了，她迎着她们的胸部望去，想象着自己做母亲的样子……

当王山担喝了几搪瓷杯人奶后，有一点劲儿了，躺在床上能举得拐杖时，他像驱赶偷吃谷子的麻雀一样驱赶柳冬梅："你滚，你给我滚，滚得远远的，越远越好……"

柳冬梅站在他拐杖够不着的地方呜呜地哭，转身走了。

当柳冬梅再一次端着一搪瓷杯奶水出现在他床前时，王山担像个受了莫大委屈的孩子哭开了："冬梅呀，我怕连累你呀，我今后可能是个残疾……"

"不会的，你是个残疾，我就照顾你一辈子。"柳冬梅一勺一勺喂着他。

王山担在柳冬梅的安抚劝慰声中，不一会儿响起匀称的鼾声。

每一天，王山担躺在老乡家的门板上，目光追随着柳冬梅忙碌的身影，她浣洗衣服、纱布，她扫地、做饭，还有她那一捋头发的动作……

"哎，冬梅，唱个歌解解闷吧。"

柳冬梅脸一红，亮开嗓子唱了一段，唱的是平时演出的戏文。

"来一个过瘾的！"

柳冬梅脸上又添一抹红晕，小声哼起：月亮出来亮堂堂，妹在房中思念郎，不爱郎的钱和米，只爱郎的好人才……歌声轻柔，阳光仿佛停滞在窗棂上。

在那些看着阳光缓缓移动的日子里，柳冬梅知道了那个银镯子的来历。每当她擦拭他伤痕累累的身体，眼泪就禁不住簌簌往下掉。他身上每一处伤痕就是一场硝烟弥漫子弹尖啸的战斗，每一个伤疤就是一阵激荡山河的冲锋号角，就是一枚荣誉的勋章。

在王山担能下地缓缓走动了时，柳冬梅回到文工团。回来时，她手上戴着只明晃晃的银镯子，很扎眼。

七

七旅又打了几个漂亮仗，纵队文工团奉命到七旅慰问演出。当柳冬梅出场时，王山担不再站起来鼓掌，只是眯着眼睛喝醉了酒般笑。但她上场没多久，三团那边最前排位置上有人起身离去，柳冬梅站在台上，一瞅那身影，心紧揪了一下，忘了台词，幸好搭档陶小红及时圆场。

那个阳光温暖的深秋下午，纵队文工团在一片树叶金黄的林子里排练节目。突然，一阵急促鼓点般的马蹄声由远而近，放眼望去，远处大道上两匹马正朝这边驰来，前马上一个人努力前倾着身子，后马空鞍，飞马踏过，烟尘点点。

及近前，发现是七旅一团团长王山担的警卫员刘三胖。刘三胖翻身下马，急得舌头都打不过转来说，团长有事，请柳冬梅同志马上去一趟。问他有啥事，把他急成这个样子。刘三胖一副很深沉很严肃的样子，不肯说。柳冬梅不住地往坏处想，脸都吓白了，匆匆忙忙找到文工团长张文秀请假，张文秀听说她要去一团，意味深长地笑了笑，叮嘱她一路上小心，注意安全，便没再说啥。柳冬梅啥也没收拾，跨上刘三胖带来的马，就往一团驻地赶。

天擦黑时，刘三胖和柳冬梅赶到了一团团部。一团团部设在一个山坳里，一座看起来随时可能会散架垮掉的木头房子里，柳冬梅走进屋子里，屋里满是烟雾，她让眼睛适应了一下，才发现纵队政治部主任和七旅旅长、政委等都在那儿，大伙儿看到她马上打住了刚才还很热烈的谈话，一个个看着她，微笑着，面带喜色。她正纳闷，王山担像指挥队伍冲锋一样，手一挥，大声说："冬梅，咱俩今天就把喜事办了吧！"

王山担今天穿着一套干净整洁的军装，下颌也剃得光溜溜的，一副胜券在手信心十足的样子。这时柳冬梅才明白，他们是早有预谋的，包括她一向尊重的团长张文秀。

柳冬梅被烟呛得咳嗽了一声，脸转向桌上那盏马灯，桌上还散乱着些红枣、花生之类的吃食。她没吭声。

沉默。好，算是答应了。

纵队政治部主任当证婚人，旅长、政委等说了些"白头偕老""比翼双飞""并肩战斗"之类的祝福话，满屋子的战友们准备了好些折腾人的鬼点子，早已按捺不住了，正想好好闹闹，纵队政治部主任像撵鸭子一样，把大伙儿往外轰："春宵一刻值千金呢，我们不要占用他们的宝贵时间，让他们小两口多说说悄悄话吧。"

就在王山担要关门休息时，陈颖书的警卫员郝冬冬满头大汗地跑来，推开将要关上的门，站在门槛外，从怀里掏出个包袱，双手递给王山担说："团长，我们政委刚得知您大喜的消息，让我送来这份贺礼，向您表示祝贺，请您收下。"

王山担一听到陈颖书三个字，脸如针扎了一下，但很快平静了下来，满脸堆笑："谢谢，谢谢你们政委，请你告诉他，我以后请他吃狗肉喝老酒。"

陈颖书送的贺礼是一床绸缎被面。这床绸缎被面是三团的一个排长打土豪"分浮财"时截留下来的。那天战斗结束后，陈颖书上街查看老百姓的生产生活恢复情况，以及部队执行纪律情况，正好撞上一位排长腋下夹着一床被面往宿营地走，那个排长远远看到政委忙把被面往路边一扔，仿佛那被面顷刻间变成了烫手山芋似的，他刚要开溜，被陈颖书叫住了，狠狠地批评了他一顿。被面陈颖书收缴了，但他也没有交给团政治处民运小组，而是悄悄留了下来，准备自己大喜时用。那时他已拉过柳冬梅的手，整天浮想联翩的。

临熄马灯前，王山担把整个屋子细细检查了一遍，连老鼠洞都堵了堵，第二天早上一起来，还是发现房梁上爬有人，床底下藏有人，窗户下躲有人……王山担一开门，他们朝他挤眉弄眼地笑，向他讨糖吃，讨烟抽，王山担铁青着脸，一转身发现门口有一副新贴的对联，上联是：常胜将军战场上纵横驰骋屡战屡胜；下联是：巾帼英豪罗帐里奔走厮杀几上几下；横批是：洞房花烛夜。一看那苍劲如松的字就知道出自政委王少堂之手。原来昨晚听房的人把他们两口子的"战况"详细向政委作了汇报，王山担好汉又提当年勇向柳冬梅说起，他曾经如何英勇，打了多少胜仗，战果何等辉煌，说话间几次想亲近她，都被她手舞足蹈地蹬开了，有两次还被踢到床下，狼狈不堪。扒在屋梁上的"听房者"忍不住笑，差点儿暴露了目标。

对联上的字王山担认得不全，但他连蒙带猜知道是啥意思，那是笑话他的，他伸手去撕，被一个兵拦住了，那兵很认真地说："团长，这对联谁也不能撕，政委让我守住的，谁撕了处分谁。"这时王山担才发现对联旁边还站着一个全副武装的哨兵。王山担没理他，手一扬把对联撕下，几把撕得粉碎。

早晨，柳冬梅一出门，打了个冷颤，一夜大雪，满世界银装素裹。她看到屋外听房的人身上落满了雪花，真让人心疼，这么冷的夜晚，他们是怎么熬过来的。

多年以后，柳冬梅回忆起她的"洞房花烛夜"时说："那天晚上，屋外的山风呼呼地刮了一夜，我想起自己做姑娘时那些关于做新娘的梦，大红花轿，大红嫁衣，大红披肩，喜庆的锣鼓，震耳欲聋的爆竹，香郁的美酒，红烛昏罗帐……没想到真做新娘了竟是这个样子，最主要的是他事先没有征得我的同意，我心里一点准备也没有，他太霸道了，太不了解女人了……那晚我哭了一夜，没让他靠近我……对了，那晚，他还拉了一段二胡曲给我听，我听不懂是什么曲子，也没问他，反正蛮好听的，在这之前，我没想到他这么个大老粗还会拉二胡，那是我这辈子听到过的最好的二胡曲，现在我耳边好像老是响起当年那一曲二胡，仔细一听又什么都没有，不注意时又响起来了……"

八

纵队文工团在一次转移途中和一小股敌人遭遇，敌人欺负他们男男女女，老老少少的，又拖拉着几马车坛坛罐罐道具、乐器，打了起来。团长张文秀十分沉着冷静，一边命令女同志就地隐蔽，不要轻举妄动；一边利用仅有的几支枪，组织几个富有战斗经验的男同志奋起还击。

敌人本想捞一把，没想到碰上了硬钉子。密集的枪声持续了好一会儿，纵队指挥所听到文工团方向的枪声，立即命令离文工团最近的部队迅速向文工团靠拢。那一小股敌人欺负文工团还凑乎，一看到大部队增援来了,立马往山林深处逃窜。

这一次,纵队文工团损失惨重,是组建以来最为惨重的一次,牺牲了四位同志,两位男同志,两位女同志,外加一匹拉道具的骡子。

战争时期,文工团属非战斗部队,与敌人交火的机会很少,这一次他们直面身边的战友牺牲,整个文工团沉浸在一片悲痛之中,最伤心欲绝的是那些女同志,她们哭鼻子抹眼泪,不吃不喝,炊事班送来的饭菜热了又热,还是没有人动。最后,纵队政治部主任来到文工团给她们上了一课说,你们演戏,鼓舞部队的士气是革命,但革命不是演戏,是要流血死人的,人死了也不能像戏台上那样,可以活过来。你们作为革命战士要振作起来,要勇于踏着烈士的血迹前进,要化悲痛为力量……主任的话让她们心安气静了许多。

文工团牺牲同志的追悼会开得很隆重,纵队首长都参加了。白森森的,连夜赶制的四口棺材一字排开,军号激越,寒风呜咽,天幕低垂,在指战员庄重肃穆地注视下,荒野里隆起五个土堆,其中一个土堆是那匹骡子的。它也是一位忠诚的战友。

事情过去了一星期后,王山担才得知消息,当时他带领部队在外线担任骚扰敌人的任务,以掩护主力部队休整。他听到这个消息后,让刘三胖给她送来一支精致的小手枪,外加一捧金灿灿的子弹。柳冬梅细细的,一遍一遍地数着那些子弹,正好三十二颗。她知道这些子弹在最关键的时候,有一颗是留给自己的。

王山担和柳冬梅婚后的日子离多聚少,偶尔在行军的路上相遇,伫立路旁,情长语短地叮嘱几句;偶尔发现柳冬梅他们文工团行走在对面的山上,常常是刘三胖最先发现:"团长,你看,嫂子她们在对面呢!"紧接着团部那些调皮兵便双手合拢,朝对面山上嗷嗷地喊,文工团听到喊声,就知道对面是一团,于是好些人喔喔地回应,其中夹杂着好些女声。王山担也夹在兵中间喊过。柳冬梅的声音即使夹杂在吵闹的人群中,他一下子也能分辨出来。但他从没听到过柳冬梅的叫喊声。

王山担珍惜每一个与柳冬梅团聚的机会。每次一打完仗,就把筹备庆功会、战利品的分配、部队的休整教育、解放战士的转化等琐碎事,一股脑儿扔给政委王少堂,他揣上一点自己平时舍不得吃舍不得喝的香甜东西,一吱溜跑到文工团驻地。有好几次东西都放馊了,柳冬梅捧着发馊实在不能入口的东西,悄悄转身倒掉,然后做出吃得满嘴香甜的样子,王山担看了咧嘴憨笑。

王山担来文工团没有什么规律,大部分时间是文工团的房子已经号好了,部队已经宿营了,他一个大老爷们一时实在找不到地方住,王山担又不想惊动大家,弄得兴师动众鸡飞狗跳的,让大家都知道他王山担来会婆娘了。他做贼似的,悄悄叫起柳冬梅,牵着她的手去钻草垛,睡牛棚,住山洞,在背人的地方,他一把抱起她,钢刷似的胡碴儿往她脸上扎,扎得她心痒痒的。柳冬梅将头埋在他的怀里,贪婪地闻着他身上的汗味、烟草味、硝烟味,像醉酒一样陶醉。她弄不清他动过手术的身体咋还那么棒,抱出一小段路后,赶紧叫他放下,害怕累着他了。地当床,雾当被,稻草当作黄金被,天空就是昏罗帐,一阵暴风骤雨般的激情过后,两人相拥数着星星拉着话儿。他说,他很小的时候织了个蝈蝈笼,姐姐问他,里面装什么,他歪头认真地想了一下说,装他的新娘。现在他真想把她变成一个小拇指似的姑娘装在口袋里,时刻带在身边……不觉已近夜半,寒露袭来,两人愈抱愈紧。

有一个晚上,他们连转了几个地方,都不理想,后来他们钻进一个山洞,山洞里还算干燥,里面还铺有一小摊枯茅草,像有人住过,但有一股难闻的骚味。难得有这样天然的"洞房",管他呢,先住下再说,王山担拥着柳冬梅睡到半夜,突然被她捅醒,她让他细听,外面有一条狼在嚎叫,随着一阵紧一阵凄厉的叫声,吓得柳冬梅直往他怀里钻。一夜无眠,王山担被她撩得尤为兴奋,那一夜要了她好几次。第二天早上他们起来时,才发现他俩昨晚,鸠占鹊巢,侵占了它的住所,住到狼窝里去了。

王山担和柳冬梅婚后的生活不尽是酸楚的甜蜜,有时也有丝丝发涩的不快。有一次,柳冬梅在纵队野战医院照顾伤病员时,一位将愈的伤员为了表达对她的感激,悄悄把自己包扎伤口的干净纱布取下保存起来,用红药水染红,送给柳冬梅扎头发。她接过红纱布时很不解,疑惑地看着老兵,正想着词儿要说他几句,让他爱惜医疗用品,安心养伤。老兵红着脸,搓着一双大手说,他的伤快好了,要回到前线去了,十分感谢她这段时间的关心照顾。最后他似乎鼓起很大的勇气说,你很美,扎上这红纱带会更美。柳冬梅很感动,当着他的面将红纱带扎了起来。老兵笑了,笑得很开心。

红纱带飘在柳冬梅乌黑的秀发上,如一只美丽的蝴蝶泊在她的发梢。大家都说比戏里的喜儿扎上红绳头还好看。可王山担看了很不是滋味,他联想起陈颖书和她的交往,想象着他俩单独在一块的每一个细节,尤其是柳冬梅曾经差一点没看上他,尽管他知道他们很坦荡很清白,但还是不由得胃犯酸一样阵阵难受。他冲着她发无名火,找着茬子和她闹别扭、拌嘴。当她拐弯抹角地弄清楚他是不喜欢看到她戴一个男伤员送的红纱带时,她很伤心,伤心他不理解医护人员和伤病员那种感情。

在柳冬梅眼里,在所有文工团员眼里,野战医院里没有性别之分,没有医患之分,大家只是兄弟、兄妹。伤员从前线转送下来,医护人员竭尽全力抢救,有时急缺哪一种药品,眼睁睁地看着伤员忍受痛苦地熬煎,最后死去,医护人员恨不得自己身体的某一器官就是那种药品,如果是可以毫不犹豫地割下来用以医治伤员。

在伤员转送途中,如遇敌机轰炸,每一位医护人员将毫不迟疑地扑在伤员身上,他们只有一个念头,决不让伤员受第二次伤。在条件简陋，食物、药品奇缺的野战医院里，一个医护人员常常要照顾几十号，甚至上百号伤病员，这边要喝水，那边要端尿，这边喊饿，那边叫痛，医护人员忙得像陀螺一样飞转，实在太忙了，伤员太多了，疏忽遗漏之处难免，有的伤员久等不见人，或伤痛难忍，便破口大骂，有时甚至抄起身边的拐杖朝医护人员打去，这时医护人员只是默默地把眼泪往肚里忍，相信他们只是一时的怒火，相信他们的真诚付出，伤病员终会理解的。事实也是如此，当医护人员为他们打针换药，为他们端茶送水，为他们端屎端尿，为他们擦身换衣，乃至累昏过去了时；当医护人员解开自己衣襟，将伤员冻僵的双脚暖在怀里时；当伤员们大便不出来，医护人员用手指去抠时；当伤员们小便不出来，医护人员插上导尿管用嘴去吸时，猛一吸，腥臭的尿液直冲咽喉……要知道这些医护人员大都是女性，尤其是那些文工团员，大都是十八九岁的黄花闺女，每当此时，伤病员们拉住她们的手，眼泪鼻涕流在一块："大妹子，你一辈子是我的大妹子，是我的亲人！"

柳冬梅有过这样一次经历，那年冬天在她照顾的众多伤员中，有一个大个子北方兵，大个子兵伤势很重，不住地呻吟，时而昏迷，时而清醒，清醒时他向柳冬梅央求，他想家，想吃面条。可是在那兵荒马乱，饥荒不饱的年代，而且是在南方偏僻的山村，再加上是寒冷的冬天，上哪儿去弄一碗面条呢？柳冬梅看着那张惨白的孩子气的脸，想着他那小得可怜而又近乎奢侈的要求，她顶着寒风出去了，终于在一户人家，用她脚上那双没穿多久的布鞋子换了一小把面条。当柳冬梅光着脚丫，端着一小碗热气腾腾的面条兴冲冲地出现在大个子兵面前时，大个子已经安详地离去了，那一刻，柳冬梅的眼泪啪嗒啪嗒地往面碗里掉……

王山担应该理解这种感情，就像她能理解他和战友们那种生死与共的感情一样，是纯洁透明的，是冰清玉洁的。柳冬梅固执地想。

男人有时候就是犯贱,开始像锲而不舍的猎狗一样追求,一旦追求到手,便变得吹毛求疵,便开始老账新账一起算了。

红纱布浸透着一位伤员对医护人员的深情,是战地医护人员荣誉的勋带。柳冬梅依然让红纱带飘在发梢上,行军演出,脚步轻盈,歌声轻哼,神采飞扬。一时文工团许多女同志纷纷仿效,找来纱布染红,扎在头发上。红纱带的"风景"被纵队政治部主任看到了,他不知从哪儿得知红纱带的故事,很感动。爱美是女孩子的天性嘛,我们的伤员都想到了,纵队领导更应该想到嘛。于是他让人将原拟做红旗的一块红绸撕成条状,每个女文工团员发两条。

红头绳扎起来,红头绳飘起来。纵队文工团热闹得像向柳冬梅声援似的。就这样王山担和柳冬梅之间的红纱带之争无疾而终。

九

前沿各阵地到了最吃紧的阶段,纵队首长下到主攻方向七旅的指挥所,七旅旅长下到主攻团一团指挥所,各级指挥机构一级一级往前移。

旅长来到一团指挥所。一团指挥所里光线很暗,几个弹药箱上支着一块门板,门板上摊着电话机、地图、马灯、茶杯等,旅长进来时,只见团政委王少堂和几个参谋脑袋聚在地图上。

"王山担呢?"旅长问。

"团长到前沿阵地上去了!"政委王少堂起身敬礼。

"好,好,好,王山担最有先见之明,他不用赶,就把团指挥所的位置给我们留着了。"对于王山担这种枪一响就往前沿阵地跑的做法,旅长又喜又忧,喜的是指挥员深入第一线,及时把握敌情,能够准确地下达作战决心;忧的是担心他安全,万一他被乱飞的子弹、弹片撞上,那可就损失惨重了。

旅长的担心仿佛是一种预感,就在这次战斗中王山担差一点"光荣"了,一颗子弹直奔他的胸口飞来,被他上衣口袋里那支装点"门面"的钢笔挡住了,他人安然无恙,钢笔被击碎得不能再用了。

这次有惊无险的经历,王山担没有向柳冬梅提起过。过了好长时间了,刘三胖有次在向嫂子描绘团长的"英雄壮举"时说起,尽管这已成为过去时的惊险,但柳冬梅还是吓得脸色惨白。

从此,柳冬梅变得像只惊恐的羚羊一样敏感、脆弱,做针线活时,常禁不住停下来,怔怔地望着远山,远处忽然传来一声枪响、一声炮声,她手一哆嗦,常扎伤手指。

一团政委王少堂身体很弱,弱得像一条难以挨过寒冬的老牛,现在又终日咳嗽不止,日益消瘦,行军也得靠担架抬了,最后不得不送往后方医院休养。王少堂去后方医院时,王山担不在,正在前方察看地形。他临走,把一床厚羊毛毯留了下来,捎话说,这床羊毛毯是民运工作小组的同志关心他的身体,特地分给他的战利品,也是他这么多年来唯一值钱一点的东西,现在他要去后方医院了,那儿条件好,用不着,留给团长,团长的身体也不好。

王少堂转到后方医院不久,便去世了。噩耗传来,王山担抱着毛毯,久久无语,毛毯上王少堂的气息尚存,仿佛他只是出去散步,随时会回来的。王山担下意识地摸了摸腕上的手表,以前每次战斗,王山担上前沿阵地时都要把手表交给王少堂保管,开玩笑说:"如果我回不来了,这手表就归你了,我回来了,仍然还给我。"

现在这手表又交给谁呢?征战多年,身无长物,这块手表也是王山担最贵重的物品,严格说起来还是公物。那次王山担到纵队政治部主任那儿去玩,看到他桌上放有一块手表,他拿在手里把玩,做出爱不释手的样子,临走时冲转进里屋取东西的主任喊了一声:"主任,这手表我拿走了啊。"主任在里屋噢了一声,哈哈大笑:"你们这群强盗到我这儿见什么拿什么!"

后来好几次，王山担和主任在一起时，故意挽起衣袖，露出闪闪发亮的手表。主任看了笑着摇了摇头。

战争岁月里扛枪的人上火线时，将自己身上贵重一点的东西，托付给战友后，就仿佛了无牵挂。王少堂如此，王山担以前也是如此。但现在他有了另一份牵挂，那就是柳冬梅。还好，后来刘三胖把他那块手表换成了怀表，怀表又换成大闹钟，他想带也不方便带了。

一团政委王少堂去世了。纵队首长在考虑一团政委的人选时，将全纵队团一级干部像拨算盘珠子一样拨弄来拨弄去，最后大家一致认为三团政委陈颖书最合适，陈颖书有军事干部的果敢，又有政工干部的耐心细致，顾全大局，点子多，还考虑到王山担的身体也不是很好，而陈颖书是个一闷拳能砸死条牛的壮汉，他俩在一起应该是对再合适不过的搭档。

那个闷热的夏夜，纵队政治部主任和七旅政委到三团驻地找陈颖书谈话时，陈颖书正在和一个叫姜丰收的解放战士比赛打机枪。郝冬冬向陈颖书报告说，纵队政治部主任和旅里政委来了，有事找他。陈颖书没抬头，说："请他们等一等，我现在有事。"说这话时，主任和政委就站在十几米开外，微笑着饶有兴趣地看着他们。

空旷的野地里一道土埂子上架着一挺马克沁机枪，前方两百米处若明若暗地亮着五支蜡烛，机枪周围围满了兵，在一片欢呼声中，姜丰收蒙着眼睛将一挺机枪利索地拆成一堆零件，转眼间又啪啪装好，撤去蒙眼睛的布，姜丰收连打了五个点射，前面四枪，前方的蜡烛应声而熄，打到第五枪时，蜡烛仍倔强地亮着。

轮到陈颖书上场了，在大家疑惑期盼的目光中，他不慌不忙踱上前，没有做卸装机枪那套动作，射击时也只是简单地瞄了一下，信心十足地咳嗽了几声后，便开始射击。陈颖书做这套动作慢条斯里，枪与枪之间似乎时间长了点，但命中率蛮高的，前面四枪，蜡烛都熄灭了，正准备打第五枪，他突然想起了什么，站起身揉了揉眼说："不打了，这次算打个平手，首长在等我有事呢，以后找机会再比。"

机枪点射，命中目标需要飞机上挂水壶，有高水平。陈颖书扔下身后欢呼的兵群，向主任和政委走去。

"主任、政委，让你们久等了！"

"哈，哈，老陈，看不出来呀，你还藏有这么一手。"

"唉，甭提了，随便玩玩，姜丰收这个兵也太傲了，不镇镇不行。"

说着，陈颖书简单介绍了一下姜丰收的情况。姜丰收在国民党部队里当了四年大头兵，被俘虏二次，这已是第三次了，前两次我们给他几根黄瓜，几个红薯，并给了路费打发他走了，这一次让他走他也不走，他说事不过三，还说他当俘虏是运气不好，挪个地方说不定时来运转。姜丰收在国民党军队里待的时间太长了，浑身滴水淌油，兵痞习气厚得跟盔甲一样，连队干部关心他，给他端洗脚水，他生病为他做病号饭，他说是收买人心，是为了以后打仗让他往前冲，让他挨枪子当炮灰。但他机枪打得好，很瞧不起我们这群"土八路"，扬言谁机枪打得过他，他就听谁的，这不，我今天就治治他。

姜丰收在这次比赛后，果然老实多了，后来终于脱胎换骨成为一名坚强的战士，提干当上了排长，成为有名的战斗英雄，在鲁西南王家庄战斗中，他率部第一个冲进突破口，中弹壮烈牺牲。消息传来，陈颖书悲痛万分，缓缓道出当年那次机枪比赛的秘密，原来轮到陈颖书上场时，他事先安排人带上箩筐，站在蜡烛旁的一个深坑里，以咳嗽为暗号，在他的枪响后，赶紧用箩筐罩住蜡烛，这样看起来似乎枪枪命中。

纵队政治部主任将组织上决定让他到一团任政委的事向他说了。

陈颖书听了，愣了好一会儿后，说了一大堆为难的话。

"老陈，你不想到一团去，是不是形影相吊，害怕触景伤情。"政委一句话说到了陈颖书的痛处。

"不是的，不是的，政委，你想到哪儿去了。"陈颖书涨红着脸，矢口否认。

"那你怎么不愿意去，你有意见可以保留，但组织的决定必须执行。"纵队政治部主任临走时说。

陈颖书一团政委的命令已下达一星期了，他还磨蹭着，未到职。王山担一天几个电话催他："老陈，来呀，我请你喝狗肉汤呀，我还欠你一顿狗肉呢。"

旅长见陈颖书几天没啥动静，气得直拍桌子："这个书呆子，再不去，我扒了他的皮！"

陈颖书最终还是去一团了，报到的当晚，王山担真的不知从哪儿摸来一条狗，设"家宴"款待他。透过热气腾腾的狗肉汤，陈颖书瞟了一眼一直笑吟吟的柳冬梅。柳冬梅的肚子已微微隆起，看样子，王山担撒在她那肥沃土地上的种子，已经生根发芽了。陈颖书一走神，烫得直咧嘴。

十

部队休整，纵队文工团到一团慰问演出。演出前，文工团员们利用短暂时间收集英雄事迹和好人好事，临时编成节目，以便在台上演出。这种办法是最能鼓舞士气的，经常是战斗刚刚结束的，英雄人物的故事就搬上舞台了，士兵们倍感惊奇，觉得自己被关注，被重视，有一种很大的荣誉感。每当唱到某个人的英勇事迹时，大伙儿都转过脸去瞅他，报以热烈的掌声，被歌唱者低着头，羞红着脸，一动也不动。

"一团指战员们打得好，打得敌人双脚跳，双脚跳，把娘叫，屁滚尿流逃跑了，逃跑了，咱就追，杀他一个'下马威'！"台上一个小个子文工团员越说越起劲，他忽然看到了前排坐着铁塔一样的王山担，突然话题一转："一团今天打胜仗，全靠有个好团长。王团长，呱呱叫，指挥打仗有一套。英雄团长，英雄兵，英雄好汉数不清！"王山担一听，矛头指上自己来了，眼一瞪，说："乱弹琴，怎么变成说我了！"小个子毫不让步："王团长，莫瞪眼，敌人就怕你这点。你把眼一瞪，他们就吓掉魂；你把眼一鼓，他们就喊耶稣！"小个子的快板词说得指战员们喜笑颜开，高声叫好。

纵队文工团到一团慰问演出，对于柳冬梅来说是"公私"兼顾了，她正好和王山担团聚。每当柳冬梅来，刘三胖就兴高采烈地卷起铺盖转移，看到刘三胖把被子抱出团部，团部的兵就知道，嫂子下部队"慰问"团长了。兵们给团长那块图案单调的家织布窗帘取了个很好听的名字，叫作"花旗"。

傍晚时分，夕阳衔山。王山担的房间里传来一阵动听的二胡曲，离熄灯休息时间还差好一会儿，王山担的房前屋后就有翻动东西的响声，手电筒乱晃，那是王山担在清理现场，经历了新婚之夜的尴尬后，柳冬梅总觉得周围有人在偷听他们夫妻间的悄悄话。王山担听了她的理由，哈哈大笑说："让他们听去取乐吧，咱们可是光明正大明媒正娶的夫妻。"在柳冬梅的一再坚持下，王山担还是来到屋后，故意制造出一些声响。

随着王山担房间一丝微弱的灯光熄灭，陈颖书便带着郝冬冬出去，奔跑着去查哨，分散在几个村庄里的营连都跑遍了，越过一道道沟坎，从一座山头爬上另一座山头，陈颖书直跑得汗流浃背，气喘吁吁，累瘫在地，然后东倒西歪地回到房间，冲一个凉水澡，倒在床上呼呼大睡。

陈颖书跑步时被有夜起习惯的刘三胖碰上过好几次。夜色中，刘三胖提着裤子见有黑影在动,惊慌之中忙问口令,对方回答十分畅快,再一听那熟悉的河北口音,才发现是政委:"政委,跑步锻炼身体啦!"陈颖书嘿嘿笑了几声,夜色中看不清楚他的表情。刘三胖知道了,王山担也就知道了。

当着陈颖书的面,王山担毫不掩饰自己的幸福感、满足感。他经常十分得意地拂摸着柳冬梅日益隆起的肚子,用耳朵贴上去听,嬉皮笑脸地说:"我们王家这一脉香火有希望了,孩子,如果爹有啥闪失,你一定要到咱老祖宗的坟上去走一走,去认祖归宗,告诉他们,咱们王家还有人……"柳冬梅一边娇嗔丈夫是乌鸦嘴,一边拿眼神去瞟坐在一旁的陈颖书。

陈颖书看着他们夫妻俩打情骂俏的幸福样,红着脸笑了笑,走了。望着陈颖书孤零零离去的背影,柳冬梅扔给丈夫一句:"你得了便宜,也太猖狂了吧。"然后半天不吭声。

柳冬梅再次来时,李丽花羞答答地跟在后面。王山担咋呼着吩咐炊事班加两个菜,一盘红辣椒炒鸡蛋,一盘油炸花生米,刘三胖还准备了一瓶地瓜烧。炊事班很纳闷,这是嫂子每次下部队从来没有过的,这一次怎么不一样啦。吃饭时,李丽花似乎被有意安排坐在陈颖书身边,大家心照不宣地笑着,开着一些听似无意的玩笑。那顿饭,陈颖书很少说话,平时号称海量的他,半瓶地瓜烧下肚后便大醉,趔趄着走了。

柳冬梅又领来陶小红。陶小红与陈颖书彼此间认识,只是没有多交往。陶小红像只山雀一样叽叽喳喳的,在一团团部进进出出,她啥都好奇,看到什么都一惊一乍的,很喜欢向陈颖书请教,他对她也不反感,一问一答,有问必答的。

陶小红来过一次后,以后就不请自来,甚至比柳冬梅还勤。每次来,屁股还没坐热,她就提着水桶,让陈颖书陪她到井边去洗衣服。那年月,在少有人走动的水井边,男的提水,女的浣洗,微风习习，动作轻徐，话语喃呢，这是一幅很温馨的爱情图，这比草地上漫步，树林里追逐，河滩边嬉水，更富有生活气息，更具有一种深长的意味，即使在金戈铁马的队伍上，也是如此。但对于陈颖书来说，让他陪陶小红洗衣服有点儿像地下共产党员被敌人逮住了一样痛苦，尤其怕被熟人碰到，对方开着一些不荤不素，不温不火的玩笑。陶小红每帮他洗一次衣服，他就增加一分负疚感，后来干脆把换下来的衣服藏了起来，陶小红找不着，问他，他说："有小郝给我洗呢。"

"郝冬冬粗手笨脚的，连虱子都没淹死，就提出来了。"

"有虱子，穿得才舒坦呢。"

"好吧，那你就喂虱子吧。"说这话时，陶小红委屈得泪在眼眶里打转。

陶小红和陈颖书没戏了，她惯性作用似的，仍不时往一团跑，不过不是找陈颖书了，郝冬冬带着她掏蝉蛹，摸河蟹，捉野兔，他们年纪相仿，玩得很开心的。后来郝冬冬和陶小红一起入朝参加抗美援朝战争，在朝鲜回国前，已是副营长的郝冬冬和陶小红完了婚。上个世纪五十年代中期，他们夫妻双双转业到东北某农场，当时东北条件很艰苦，有"宁往南走一千，不往北移一砖"的说法，但他们无所畏惧，扎根在那艰苦的环境里，奋斗了一辈子。

十一

战斗前，王山担站在黑压压的队伍前慷慨激昂，口水沫子四溅地动员说，这一仗是解放战争最后一仗，以后你们想过打仗的瘾，过打枪的瘾，只能像娃娃儿一样玩打仗的游戏，放鞭炮儿玩了。

这场战斗并不像王山担所描绘的那样是解放战争的最后一仗，他们后面又经历了大大小小许多战斗。也许王山担也只是照着上级的样子宣传。但这场战斗确实是在王山担轻松的动员中拉开序幕的，大伙儿打得很轻松，很畅意，那激烈的机枪声听起来真有点儿像过年的鞭炮。

阵地上还响着零星的枪声，王山担便如一个急于收网的渔夫一样按捺不住内心的喜悦，拎起手枪就往前沿阵地冲。刘三胖紧跟了上去。

阵地上散乱着一些残肢断臂和一些横七竖八、姿态万千的尸体，有敌方的，也有我方的，但大部分是敌方的。被炮弹劈得七零八乱的树桩树枝残烟袅袅，震耳欲聋的喊杀声如潮水般向前涌去。

王山担刚踏上一道小土坡，突然大叫："快闪开，我踩上地雷了！"说话间，王山担一把推开身边的刘三胖，地雷"轰"的一声爆响，王山担被炸得血肉模糊。刘三胖安然无恙。

这场战斗成了王山担的最后一场战斗。

王山担炸碎的遗体，是陈颖书和刘三胖一点一点拾掇来，拼合起来的，然后裹上王少堂送他的那床毛毯，盖上陈颖书送他的那床绸缎被面。那床绣花的绸缎被面依然红艳艳的，王山担一直舍不得用。

王山担的追悼会开得很隆重，纵队首长参加了。陈颖书在台上作了发言，高呼：为团长报仇，将革命进行到底！

革命即将胜利，一位主力团团长牺牲了，全纵队官兵都知道，就瞒住一个人，柳冬梅。此时柳冬梅住在一个老乡家里，满脸幸福地待产，文工团众姐妹们不时兴高采烈地捎来各种好消息，她几次轻抚高高隆起的肚子，想问问王山担的情况，欲言又止。

柳冬梅生了，生了个胖小子。小孩的名字叫王解放，这是柳冬梅和王山担在被窝里商量过多次的。

"咱们一团又添一杆枪，咱们的红旗有人扛啦！"陈颖书提着红糖、鸡蛋、糯米等，说是代表一团全体官兵，代表在前线忙于指挥作战的团长来慰问"革命的功臣","伟大的母亲"柳冬梅同志。

陈颖书说话嗓门很大,笑得很响,只是当抱着襁褓中的王解放转过脸去时,眼泪悄然滑落在孩子粉嫩的小脸上……

陈颖书经常地来,每次来不是提着吃的,鸡、鸭、肉、蛋呀;就是拎着穿的,小孩精致柔软的衣帽呀,可爱的虎头鞋呀。陈颖书进屋将东西一放,说是王山担买的,便低头逗弄小孩。柳冬梅终于忍不住问:"孩子他爹呢?咋那么忙,做父亲了,也不回来看看。"

"噢,他忙,他可忙啦……"陈颖书没抬头,仍然十分慈爱地逗着小孩,但看得出他走神了。

柳冬梅又问过好几次,刘三胖、郝冬冬、李丽花、陶小红等,他们也说王山担很忙。柳冬梅隐隐有一种不祥之感。

柳冬梅至今清楚地记得,那天下午风很大,太阳暗淡,她抱着包裹得严严实实的孩子突然出现在一团宿营地,转了一圈,不见王山担:"王山担呢,王山担哪里去了?!"柳冬梅像条发疯的母狼一样眼神发直地盯着陈颖书问。

"老王,他,他,他牺牲了……"陈颖书低着头,声若蚊哼,不敢看柳冬梅。

柳冬梅仿佛被当头一棒,脸色惨白,一阵晕眩,扑倒在地……

许久许久,柳冬梅在一片焦急无策的目光中悠悠醒来,她没有眼泪,也没有哭声,只有当孩子饿得嗷嗷叫唤,像小猪一样往她怀里拱找奶吃时,她才放声哭了起来,女人痛不欲生的恸哭夹杂着婴儿的啼哭,长风吹散,闻者无不垂泪……

孩子刚才还在她胀鼓鼓的、奶水像小溪淌一样的乳房上欢快地吸吮,现在小脸都涨红了,就是吸不出来,小孩哭得更凶了。

从那以后,柳冬梅经常抱着王解放到驻地村庄里去讨奶喝,有时候是文工团的女同志们抱去。部队走到哪儿,王解放就喝到哪儿,走一路喝一路,王解放不知喝过多少人的奶。每当看到朴实憨厚的村妇把乳头从自己孩子的嘴里抽出,塞进王解放嘴里,小家伙一阵小牛犊似的吸吮,然后心满意足地甜甜睡去,柳冬梅一次次感动不已。她轻拍着熟睡的孩子,哼唱:王解放,你快长大,莫忘本,人民是你的父母亲……

十二

部队进川,一路上很艰苦,他们不是走进去的,而是跑进去的。前方不断传来十万火急的消息:敌人正在重庆搞大破坏,许多关在牢笼里的革命者被杀害了,同志们快跑呀,不要让我们的同志牺牲在天亮前,跑到重庆就是胜利!

饭,没有正儿八经的饭了,路边支着一口大铁锅,里面叽叽咕咕地煮着半生不熟的老玉米粒,每一个从铁锅边跑过去的士兵,取下自己头上汗津津的、布满污垢的帽子,炊事班长往帽子里飞快地打一勺玉米粒,士兵们边抓着滚烫的玉米粒往嘴里塞,边向前跑去。

疲惫不堪,走着睡,睡着走。食不果腹,再加上吃了那种半生不熟的老玉米粒,出现许多人拉肚子,就是拉肚子也仍然坚持往前跑,跑着跑着,黄黄的屎尿汤顺着裤管流……

不断有人倒下,又不断有人爬起,路两边摊满了病员,但仍汇集有一支精干强悍的队伍,如疾风般向重庆奔去。

柳冬梅拉扯着孩子是和收容部队一起走的,所以一路走走停停,走得很慢。在进川的路上,上级传达说新中国成立了。柳冬梅撇下孩子,又上台风风火火地演了一回。自从王山牺牲后,她还没有这么高兴过。

在四川,部队所到之处,热浪翻滚,四川的青年学生参军真火爆呀,许多学校一个班五十多个人,一呼啦,参军的就有五十来个,仅剩下几个人,弄得学校课都开不起来。青年学生们把参军当作一种爱国行动，当作一种潮流，同学相呼，朋友相约，参军去！有的兄妹俩一起，有的姐妹俩一起，有的哥俩一起，有的家里小的见大的当兵去了，而父母不让自己去，经过一番哭闹抗议无效后，留下一张便条，带上一张"全家福"走了；有的甚至和家里人连招呼都不打，直到部队开拔后，家里人收到信，收到政府颁发的"光荣军属"牌子才知道……

雨滴汇成涓涓溪流，溪流汇成潺潺小河，小河汇成磅礴大河，参军的人向各部队文工团、文工队涌去，文工团、文工队经过简单的象征性的考试后，便接收下来。各部队文工团、文工队顿时人满为患，没地方住，住牛棚，睡猪圈；没碗筷吃饭，用脸盆，用树枝；解放军军装不够发，就发国民党的军装，国民党军仓皇撤退时留下的大量被服堆在仓库里，正好利用起来。学生兵们见让他们穿国民党军服，老大不高兴，宁愿用新衣服换老兵身上补丁摞补丁的解放军军装……

在这场轰轰烈烈的参军热潮中，也有人误把它当成一种时髦，有些年轻貌美的姨太太，还有一些富家小姐也当兵了。开始时，在行军队伍里偶尔能见到她们头发烫得像鸡窝，穿着高跟皮鞋，腰上斜扎着皮带，走路一晃三摇的"倩影"，不过她们很快便销声匿迹了。部队上的生活对于她们来说实在是太苦了。有时候艰难困苦也是一种过滤器，净化剂。

军（这时纵队已改编为军了）文工团里一下子姹紫嫣红，莺歌燕舞，女学生兵们扬着一张张纯洁青春的脸，像向日葵的花盘向着太阳一样向着英雄，内心溢满着对英雄的崇拜，惹得一个个"英雄王老五"们在战争岁月里来不及想，也不敢想的各种"非分之想"如春风下的野草，纷纷萌芽。

文工团长张文秀特地安排他给文工团的新同志们讲了一次传统故事。女学生们坐在前排，一个个虔诚得像宗教信徒似的，神情专注地听着,手在纸上飞快地记着。会后,女学生们红杏闹春般围上前请陈颖书留言签名,陈颖书哪里见过这种阵势,没写几个,就急得满头大汗,连呼:"张文秀,你哪里去了?"

张文秀赶过来,解围后,拉过他悄悄问,看上哪一个了?陈颖书一脸茫然,说,没上心,一个也没瞧上。

张文秀急了:"你是不是站在花丛中,挑花了眼?"

陈颖书微笑着摇了摇头。

"人家可都是有文化有修养的黄花闺女呀,你算啥,放牛娃出身,你的眼光也太高了吧,我看你还是回老家放牛学牛郎找仙女去吧。"

没过几天,陈颖书提着几个卤菜,一瓶二锅头,赔着笑脸来找张文秀。张文秀瞥了一眼他手上的二锅头,就知道他有话要说,需借酒壮胆。果然,几杯下肚,陈颖书绕了一大圈后绕到了正题上,说:"老张,你知道我们老家有'转房'的风俗吗?就是哥哥死了,为了不让家产外流,小孩不外姓,不受歧视欺凌,嫂子转嫁小叔子……"

张文秀佯装不知:"你呀,有头锅好酒,你不喝,偏要喝这二锅头,清水寡味,没个冲劲!"

"嘿,嘿,麻烦你到……冬……梅那儿去替我说说。"说起冬梅这两个字时,陈颖书舌头有点儿打颤,心底泛起一股暖意。

"好吧,试试看。"张文秀抿了一口酒,皱了皱眉头。

陈颖书焦虑不安地等了几天,不见回音,终沉不住气,跑去问张文秀。

张文秀说:"我把你的意思说了呀。"

"那她有什么表示?"陈颖书喉结滑动了一下,急切地问。

"她呀……"张文秀不慌不忙地喝了一口茶。

"她呀,像深潭里的水,看不出啥动静,你还是自己去问她吧。"

十三

枪炮声已渐远,军号声似乎变得徐缓婉转,战马放牧南山,刀枪正准备铸成犁铧……

许多领导被撵到军事院校去学习文化,许多部队已改编成军分区,正轰轰烈烈地开展老兵复员工作,各级领导机关都在强调老兵复员工作的重要意义,向老兵们描绘着"三十亩地一条牛,老婆孩子热炕头"的惬意。突然,鼙鼓传来,朝鲜那边开仗了,美国鬼子不让咱们过舒心日子。一切井然有序的工作戛然而止,老兵复员工作,改为动员老兵留队工作。那些几十岁的老兵好不容易哄着他们同意走,现在又让他们留,思想工作难做呀。

部队将要开赴朝鲜,又有仗打了。陈颖书有点儿心事重重。他依旧腿脚勤快地往柳冬梅那儿跑,送吃的喝的穿的用的。在陈颖书眼里,柳冬梅愈发静美,她那富有韵味的身材,仿佛夕阳下起伏的沙丘。

咿呀学语,蹒跚学步的王解放很喜欢陈颖书。陈叔叔一来,他就爬到他背上骑马,坐在他腿上玩跷跷板,满屋子里荡漾着欢笑。陈叔叔的口袋里永远有他爱吃的东西;陈叔叔买的拨浪鼓,做的小手枪是他最心爱的玩具。陈叔叔每次走,他都泪眼汪汪的;陈叔叔如果几天没来,王解放就手指着陈叔叔离去的方向,缠着妈妈问。看着儿子小尾巴一样黏着陈颖书,柳冬梅眼里闪过一缕说不清的情愫。

陈颖书跑步的习惯改成了散步,凝眉沉思,缓缓而踱,像一位长者,也像一位智者。他散步不往别的方向去,就往柳冬梅住的方向走。开始是黄昏的时候走走,一路上与相识的不相识的和和气气地招呼。渐渐的,早晨也不出操了,改成了散步,好些人好多次碰到他,清早,薄雾蒙蒙,他好像刚从柳冬梅那儿出来,行色匆匆地往回赶。于是他身后有了许多箭镞般说不清的目光。

终于有一天,柳冬梅气鼓鼓地冲进陈颖书房间:"陈政委,谢谢您的好意,请您以后少往我那儿跑了……"

"他嫂子,怎么啦,让你受这么大的委屈?"

陈颖书起身给她倒水,那开水瓶似乎很重,提起来很费劲。

"我那门前是非多……"柳冬梅眼圈红了。

"冬梅……"陈颖书双手将茶杯缓缓递过去,颤抖着。

啪!茶杯掉在地上,碎了。陈颖书和柳冬梅紧紧相拥。

小孩子改口快,王解放很快就叫陈颖书爸爸了。

陈颖书是在他入朝前和柳冬梅结婚的,婚礼悄悄的,只有军政治部主任等几个人参加了,像搞地下活动似的。陈颖书和柳冬梅的流言很快就冰冻了。

若干年后,陈颖书常常为自己这个小计谋暗自得意,甚至超过那些大获全胜的胜仗。柳冬梅却耿耿于怀,这差点儿让她名誉扫地。

十四

上个世纪六十年代中期,陈颖书转业到地方,职务是某高校的党委书记。柳冬梅一口气给他生了六个孩子,加上王解放,一共七个小孩。"文革"中,陈颖书被打倒,再踏上一脚,一家人流落四方,有一女儿在农村患肺炎医治不及,早逝;有一子在城里不堪凌辱,跳楼,致半身不遂。只有长子王解放被送到某野战部队一老战友处参军,受部队蔽护。现在王解放任某集团军副军长,少将军衔。陈颖书的其他几个小孩,有工人、医生、教师、经理等。

陈颖书病重前数次叮嘱王解放,要找到他生父的老家,去走一走，认认故土。

陈颖书去世后，王解放凭着柳冬梅一鳞半爪的记忆，凭着某野战部队军史上的只言片语，费尽周折打听到王山担出生的那个县，那个镇。

星移斗转，物换人非，连河流都改了道，山川都走了形，据说当年那儿是一片芦苇荡，芦苇荡边几座茅草棚，王山担可能就出生在其中一座茅草棚里。现在那片芦苇荡已变成一片长满荒草的平地，上面立着一块某某开发区的牌子。据当地几个上了年纪的老人凑在一起回忆，他们依稀听说过当年有个叫王山蛋的放牛娃，扔下大户人家的牛跑了，据传是当八路了，但究竟干什么去了，谁也不知道，他家又没有后人，连旁的亲戚都隔了好多代了，没有人提起过他，也许早就死在他乡了。说起王山担的某些特征，尤其是名字的谐音，很像后来的一团团长王山担。于是，时隔半个多世纪后，当地有关部门将王山担的名字刻在烈士陵园的烈士纪念碑上。

清明时节，王解放搀扶着母亲来到烈士陵园。白发苍苍的柳冬梅颤悠悠地伸手去摸纪念碑上新刻的"王山担"三个字，默默地躬身下去，"咣当"一声，她浅浅的上衣口袋里滚出一个银白色的镯子，镯子滚出几圈后，落在浅浅的草丛里，浅绿的草映着白色的镯子，柳冬梅怔怔地看了许久，目光有些浑浊。

他的世界鲜花盛开

晚饭后,那边篮球场足球场一群体能训练服、运动服像非洲角马一样奔走,哨声叫喊声不时传来。集团军副政委和旅政委边说边向连队走来。我们连队挨着营区主干道(地理位置很不好,针尖大一点的事机关都知道)。我紧张地瞟了一下刘影。他还在翻那本巴掌大比小学生用《新华字典》薄一点的红壳子《条令》。集团军副政委和旅政委快走到连队门口了,刘影把摊开的《条令》往桌上一扣,站了起来。我的心蹦到了嗓子眼。糟糕,这小子可能又犯病了。

刘影整了整腰带和衣服下摆,一阵碎步小跑,当他站在能容六辆解放141并排走的主干道旁,举手敬礼时,我紧跟在他身后,也举起了手。我的手很快就放下来了。他还举着。集团军副政委和旅政委半侧着身子,小声说着什么,缓步向前。在这种情况下,首长们只是从连队一侧的主干道上路过,没有要进来的意思,不用郑重其事地跑过去敬礼,只需要在哨位上站起来行注目礼就行了。刘影的手一直举着,目光随着集团军副政委和旅政委的脚步移动。两位首长已经走过刘影几步远了。集团军副政委扭过头,微微颔首。"将军,《内务条令》里没有点头这一礼节！"刘影身体绷直，目不斜视，手还举着。"哦，小鬼，很精神的嘛，条令也学得很好。"副政委停住脚步，转过身来，笑着对刘影说。"将军，《内务条令》里没有小鬼这一称谓，在知道名字和职务的情况下，可以称呼名字或职务加同志，在不知道名字的情况下，可以称军衔，或军衔加同志。"刘影脖子上像爬有数根扭曲的蚯蚓，青筋毕露。副政委看了我一眼，笑容僵在脸上。旅政委拉了一下副政委，耳语几句。副政委整理了一下衣服，两肩向后一拢，昂首，挺胸，举手："上等兵同志，继续履行你的职责！""是！"

刘影是我班里的兵。他犯病时，外人一般看不出来，只有我和我们班少数几个人知道。有下列情形之一，就表明他犯病了：见到军衔比他高的就敬礼，军衔比他低的（只有列兵）见到他不敬礼，就吐口水，骂娘；他不是班长，小组长都不是，但他自己配了一把哨子（一般只有班长、骨干才有），双休日早上六点就吹起床哨（周末六半点起床，推迟半小时），一遍又一遍地吹，直至全连官兵起床，扎上腰带跑一圈回来；打雷下雨的时候，扛把锹冲进雨地里，连爬带滚，连哭带喊，再救一个；熄灯后，把我拉到工具间，一会儿说他女朋友孙彤跟别人好上了，不理他了，一会儿说她逼他马上结婚，他还在部队呢，这可怎么办？担心他的《士兵证》（有次外出弄丢了）被坏人捡了去，遗落在凶杀案现场，赖上他，他被五花大绑押走……"班长，我没杀人，真的没杀……"我的手被他掐得青一块紫一块。有次，一个列兵的家长出差路过驻地，顺便来连队看看，他拉住人家，滔滔不绝，口若悬河地说起他在海地维和时，当地蚊虫很多，走路不用费力气，蚊虫抬着像腾云驾雾一样；参加亚丁湾护航，他一枪让一个海盗"爆头"，接连"秒杀"三个海盗，其他的吓得面色如土，举着枪跪在晃荡的小快艇上不住求饶……说得有鼻子有眼。列兵家长对他顿时肃然起敬，不住地敬烟，叫班长。

直到他说在长征路上吃草根嚼皮带，咽不下也拉不出；抗日战争中和小鬼子拼刺刀，血溅得迷住了眼睛，小鬼子的血像酒一样，好喝……不然岳飞怎么会有"笑谈渴饮血"的感慨呢。列兵家长这才觉得有点不对头。

群山如疮，满目废墟。热浪一股一股地掀过来，夹杂着浸入肌肤，刺入骨髓，绕不开、洗不掉令人作呕的恶臭。

地震，与死神赛跑的时间已经过去了，接下来就是与自己赛跑。

刘影翻过一块巨石时，腰一闪，几乎跌倒。平时还算合身的迷彩服这时套在他身上就像用根竹竿挑着，湿漉漉的，背上的"盐碱地"又一次被水淹没。我们班行动，都是我和刘影一组，谁叫我是他班长呢。"就这儿！"我喊了一声。刘影慢慢转过身，醉酒一样，蒙住大半个脸的白口罩上印出一张黑色的嘴，像猪八戒。我想我可能也是这个样子。

一群绿头苍蝇趴在浮土碎石上，我一锹挥过去，轰地一声散开，很快又飞了回来。这下面有人，而且埋得不深。我小心翼翼地从周边开始刨起。刘影考古似的，一点一点地扒，像是怕惊醒下面沉睡的人。很快挖到一层浇过油一样的湿土，遗体清理出来了，是个老年男性。我把裹尸袋摊好，打开。刘影眼睑低垂，铁锹始终机械地在遗体周边扒来扒去。"搭个手！"将遗体搬进裹尸袋需两个人抬。刘影犹犹豫豫地伸出右手，塑胶手套戴在上面，僵得像根木棒，那样子好像是让老人抓住，叫他自己爬出来。我一咳嗽。刘影浑身一抖，抓起一只紫色胀肿得吹了气一样的手，刚一碰，那只手像在火上炖过很长时间，烂肉尸水扑扑往下落……他抓起骷髅手用力一拉，没想到整支胳膊竟从腋窝处脱落。刘影一屁股坐在地上，终于看了一眼坑里的遗体，遗体突兀的眼球有绿水正缓缓流出……啊！刘影被火灼烫一样将手里的胳膊扔出，蹲在地上哇哇大吐。直到我把遗体一点点挪进裹尸袋,收拾停当,他还在吐,吐的都是胆水,没有星点食物。我们都有几天没吃东西了,吃什么吐什么。

晚上,我硬逼着自己喝了点稀饭。刘影嘴唇一粘碗沿,侧头哇地一声,放下碗,眼神空荡荡地坐在那儿,一会儿,走开了。我端起他的碗,添了一点稠的,跟了过去,"吃!必须吃,吃了才有劲,明天还有活儿等着我们呢"。刘影看了我一眼,端起碗,喉结滑动了一下,吐得比刚才还狠。那翻江倒海的架势,比女人的妊娠反应还强烈。

夜晚,帐篷里又闷又热,躺着、侧着、靠着、坐着都不舒服,恨不得抓胸挠膛。烙饼一样折腾许久,迷迷糊糊睡去,帐篷里依稀有脚步声,野地里全是哭声,喊声,呼儿唤女声,哭爹叫娘声……我被一个接一个噩梦惊得大汗淋漓。凌晨五点,外面还灰蒙蒙的,川北高原天亮得迟,这时江南早就鸟儿欢唱,天大亮了。我翻身坐起。一旁,刘影一会儿翻身,一会儿曲腿,从频率来看,估计他还在寻找身体和"床(地上铺一床棉垫)"相互适应的最佳姿势与角度。一条纤细像幼蚕一样的虫子在他手臂上一躬一伸地前行,我们老家叫这种虫"量布虫",很象形的。"量布虫"沿着他黑细得跟烧火棍一样的手臂往上量,眼看要量到肩上了。我突然想起白天的一幕,心一紧,伸出右手,食指与拇指配合,轻轻一弹,"量布虫"从刘影肩上飞了出去。"啊!"刘影惊叫而起,双手紧抱胸前,浑身像浇过一盆冰水,牙齿咯咯作响。有人问一声,有人咕哝几句,帐篷里很快又恢复平静。那几天,这种惊叫声很平常。

天,终于亮了。我们又出发,重复昨天的故事。

刘影好像没有那么害怕了,但动作更迟缓,一举一动像电影里的慢镜头。大多数是我抬上半身,他抬脚。我们低着头,盯着自己戴有塑胶手套的双手,尽量避免和遗体面对面。将遗体放进裹尸袋,拉上拉链后,狂跳的心似乎平和了些。"班……长,我……在战备仓库里第一次看到裹尸袋，心里就发毛。一张普通的塑料做成雨衣觉得稀松平常，做成裹尸袋就感到像一个幽灵躺在那儿，朝着它一侧的皮肤都起鸡皮疙瘩，现在我觉得……裹尸袋还是蛮好看的……"我和刘影又将一具高度腐烂的遗体顺利装进裹尸袋。这是几天来，刘影话最多，语气最轻松的一次。我嗯了一声。没在意，在意的是他怎么口吃啦？后来，我一直后悔不已，没有把握住那次机会和他好好交流。挖、装、抬整个过程，我们有必要说话时，下战斗口令一样，说军语。闲谈，没那份心情，加上要保持体力、精力，还有那股无孔不入、无可名状的恶臭，一切让我们沉默是金。尽管口罩上洒上风油精、花露水以及女人用的不知名的香水，那股臭味总是掩不住。

傍晚时分，下起了雨，越下越大。帐篷外的排水沟响起哗哗的水声。凉快了，恶臭也淡了。帐篷里溢满了欢畅的呼噜声。

嘟，嘟，嘟——三声急促的哨声后，又是三声。紧急集合？发生余震了？黑暗中，人影绰绰，穿衣服，提裤子，拉鞋子，拎工具，一阵混乱，很快有人点亮马灯。一个撕心裂肺的声音从风雨中传来，救人呀！快来救人呀！

雨地里，刘影穿着深蓝色大裤衩棕色汗衫（体能训练服，我们都当睡衣穿，行动方便）在踉踉跄跄，摇摇晃晃，边哭边喊边挖。他挖的是一个合抱之粗的麻石，铁锹不时撞在石头上，火星直溅……他扔下锹，一屁股坐在泥浆里，用手去刨……"救人呀！"他大喊一声，鼓起腮帮吹响挂在脖子上的哨子（这时我才注意到他脖子上有个哨子）。红绳头？我一摸裤子口袋，我的哨子怎么落到他手上了？

刘影就是这样犯病的。我不厌其烦地把详细经过向随后赶到的几拨心理专家描述过。如果再详细，就是我在编故事了。

心理专家们甚至把刘影当作实验攻关对象，围着他，各尽其能，使尽解数，单个谈心，集体上课，什么心理疏导、心理保健、心理按摩、心理体操；什么"闪回"法、"植入"法、"眼动脱敏"法；什么唱歌、游戏、绘画、倾诉等方法。这些，对有些神情恍惚的兵还奏效，对刘影就像箭镞射在麻石上，纷纷坠落。

从北京来的心理专家带来一台"战地心理恢复车"，兵们戴上耳机，手腕连上一根线后，电脑屏幕上顿时狂风暴雨抽打着荒原上一棵枯树。随着专家的提示，调节呼吸，放松心情，想象专家描绘的世界，渐渐暴雨停息，枯树变绿，抽出新枝，满地蘑菇，鲜花盛开，鸟儿欢唱，天边出现一道道彩虹。

把刘影牵到椅子上坐下，戴上耳机，手腕上连一根线，任凭专家哄小孩入睡一样，喃喃絮语，电脑屏幕上始终一片世界末日景象，天昏地暗，雷鸣电闪……

刘影已沉浸在自己的世界里，外界的影像映衬不到他心田里去了。

有人说，刘影发病是因为他太胆小懦弱了。

刘影一副小白脸，从长相看有"伪娘"之嫌，让他去演古装戏里文弱书生，或《新白娘子传奇》里的懦弱许仙还差不多。尽管他是"搭零头（几个强壮的兵搭上一个瘦弱的兵）"分到我们班的，我还是嫌弃。

新兵下来，开第一次班务会，我敲着桌子说："当兵就要有兵的样子，要有股虎气、杀气、朝气，不要细皮嫩肉娘娘腔的，我们是野战部队，武器装备科技含量不高，初中文化就能摆弄，我们首先要把自己摔打得像条壮牛，赤手空拳能对付三五个人，不然，就是耻辱！"刘影搽过粉一样的脸红一阵白一阵，眼睛盯着脚尖，双手平放膝上，始终没有抬头。我知道他大学读了一年，保留学籍入伍，想改弦易辙考军校。

连队门口摆一副水泥浇铸的杠铃，一百五十斤重。饭前，会后，兵们围着杠铃炫耀武力。"刘影，上！"嬉笑声戛然而止，众目睽睽下，刘影躲闪了一下，还是走过去，躬身抓起杠铃，拎到腰际，脸红脖子粗，使尽吃奶的力气再也上不去了。砰的一声，水泥地上又多了两道白点。人群里笑声还没爆响，我不紧不慢向前，将杠铃连举十下后轻轻放下。我淡淡地吹响哨子："集合，开饭！"这个星期我担任连值班。

连长说，衡量一个班的战斗力，不是最强的士兵，而是最弱的士兵。这就是那个劳什子"木桶理论"。五公里跑步，连队总是以最后一名作为我们班的成绩。我们班最后一名铁定是刘影。为了不至于班里的成绩太拿不出手，每次跑步我除了帮刘影背枪，背手榴弹（假的，教练弹），背水壶，还要像猴一样跳着给他鼓劲加油，最后实在没招了，眼看他摇晃得像根面条，差点嘴吐白沫，我掏出准备好的背包带，栓在他腰上，在前面像匹马，拉着他跑。

按理说，刘影的眼睛当兵前做过近视纠正手术，视力不算差，可他每次射击至少有一发子弹跑靶。我是旅里小有名气的"神枪手"兼"快枪手"，九五式冲锋枪一二三练习，五发子弹没有低于四十五环的（成绩优秀）。自从刘影分到我们班后，我成了靶台上最后的守望者。我的枪膛里留有最后一颗子弹，得随时准备给刘影补靶。我觉得自己做得够周密细致了，但还是有出差错的时候，一次，冲锋枪二练习五发子弹，他的靶板上居然出现了六个弹孔。

我和刘影"结对子"是自然形成的。"一帮一，一对红"好像是上个世纪六七十年代军营里的事，现在虽然不兴这样叫了，但还有"一帮一""结对子"活动。有我的地方就有刘影，有刘影出现，我肯定在不远处的角落里。实弹投掷，我就站在他身后；游泳训练，我离他自由泳几手臂的位置；水利施工，我和他搭档抬一个柳条筐或推一辆小车。我俩像太阳底下的人和影子。大多数时候觉得没什么，但有时候背这么个"包袱"，觉得很累赘。

连队要挑一个兵到通信执勤中心程控机房去值班。我极力推荐刘影。刘影通信专业学得不错，电脑玩得溜，各种电子产品一捣鼓就会，最主要是他的性情适合于整天关在有空调的屋子里。连里说什么也不同意，最后还是排长道出其中的玄机，刘影长得太帅了。通信中心那么多叽叽喳喳的女兵，他不动心，保证不了别人对他不动心。哦，难怪通信执勤中心的男兵都跟"歪瓜裂枣"沾边。干部考虑问题就是不一样，不服不行。

我想把刘影推出去，堂而皇之的理由是为了帮他，为了我们班的荣誉，其实也有我个人的"小九九"，我想当军官。我参加集团军通信电源专业比武，夺得冠军，荣立三等功，如果在二十五周岁之前，再立一次个人三等功，或我带的班荣立一次集体三等功，就有可能提干。明年我就二十五了。

我不动声色地开足马力带领全班往前冲，刘影是最大的拖累。

不知谁走漏了风声，刘影知道我推荐他去通信执勤中心，没成。他话更少了，很长一段时间像做错事的小孩，说话不敢看我的眼睛。

对于一些拎不上手的小事，刘影像"赎罪"一样抢着干，如打扫我们班的卫生包干区、帮厨、积肥、去机关出公差等，这些恰恰是我不愿意让他去的。他应该把这些时间利用起来学习。我还指望他考上军校呢，若干年后我班里出一个将军，我这个班长也牛呀。我几次把他从出公差的队列里叫下来。

星期五晚，排房里就我和刘影，其他人上网、看书、打牌、打电话、看电视去了。刘影给我打了盆洗脚水。这小子下火车到部队第一个晚上的洗脚水是我打的（连队提倡班长给新战士打入营洗脚水），我望着洗脚盆里摇晃的日光灯，大脑有点短路。趁我洗脚的功夫。刘影递过请假报告单，说他想周末上街买考军校的书。我问他，知道在哪儿买？认得路么？他说上网查过，知道。这是他当兵半年多来第一次请假出营门。出门时，我又让他把总部、军区规定的"十个不准""十个严禁"背一遍。比我背得顺溜。

刘影超了一个小时零五分钟的假。这个数字，是我等在营房大门口，掐着手表记的。如果以他回到连队销假为准，时间还要久。他是打车回来的，出租车在营房门口停下，他下车时我没认出来，才一天光景，他像在江湖上历经磨难九死一生，一边脸像没刹住车一样蹭破一层皮，细密的血迹已结成点点血痂；一边脸像刚出笼蓬勃的馒头，肿得发亮，两边各具特色，很不对称；月白色长袖衬衣皱皱巴巴脏兮兮的像汽车修理工的工装，纽扣只剩下脖子下那一颗，衣袖和前襟裂了好几道口，有的丝缕相连很明显是蹭破的，有的呈三角形像在钉子上挂破的；裤子膝盖上也破了。要不是打架挨了一顿狠揍，就是跌跤，跌的还不是普通的跤，是从陡峭的山岩上滚下来，跌了好几跤。

我将火气像封炉膛一样，压了又压。是不是和人打架了？不是，跌跤了。碍事吗？没事。书呢？没……买到，我让家里网购后，给我寄来。吃过了吗？没有。快去吧，给你留饭了，还热着。从营房大门口到连队有老长一段路，我们就说了这么几句话。基本上是我问，他答。

后来，我又问过他两次外出碰到什么了。他的回答始终三个字，跌跤了。我让他在班务会上作出书面检查，挖掘超假一小时零五分钟思想根子上的原因。连队同意我的处理意见。

这件事好像并没有了结。不久，他考军校的书寄来了，他竟然说《士兵证》外出时丢了。没办法，我又去营里开证明，去邮局给他取书。我不敢再让他外出了。

刘影不是一个好兵，起码不是一个最优秀的兵，但他想考军校，想成为将军。

天擦黑。我们的车队刚进灾区，就被哭喊的群众堵住。在泣不成声的哭诉中，哪里灾情最严重，我们就往那里跑。

一栋六层教学楼已夷为平地，砖石遍地，水泥板耸立。成百上千的家长或围着废墟，或翻扒瓦砾，或攀爬在残垣断壁间，呼唤，寻找。每一声喊都牵肠挂肚，每一张脸都泪雨滂沱。"解放军来了，我们有救了。""解放军快救孩子们吧。"拉上警戒绳，家长们不用劝说，立即离开废墟。

我们带着钢钎、铁锹等简易工具冲进废墟，迅速行动起来，有工具的奋力挖，没有工具的就用双手刨。第一个孩子救出来了，家长紧紧搂住孩子，长跪不起。一个接一个孩子救出来，家长抱住送孩子的兵，泪流满面，语无伦次地说着感激的话。每挖出一具遗体，场外那些还没等到自己孩子活着出来的家长，爆发出阵阵撕心裂肺、几欲昏厥的痛哭，锥子一样扎着每个官兵的心。

我们在呼喊，在奔跑，用锹挖，用钎撬，用手刨，用脚蹬，泪水伴着汗水，汗水搅着泥灰，展开一场与死神殊死的搏斗，与生命希望的接力。挖出一具具小小的遗体，有的紧紧抱着书包，有的握着半截铅笔，有的还双手端着课本，有的已支离破碎，惨不忍睹……

小朋友，能听到我的声音吗？

叔叔，救救我！

爸爸妈妈，救救我！

孩子们微弱的呼救声从不同角落里传出。

我跪在地上，紧握工兵锹，像赛龙舟挥桨奋力将一块块断砖碎石扒开，刘影在一旁用脸盆飞快地将扒出来的断砖碎石搬走。空间太小了，锹碍事，我丢开锹，用手刨。在一块沉重的水泥板下，我们找到两具小孩的遗体。这时，我的十个指头钻心的痛。

突然，旁边的缝隙里传出惊恐的呼救："叔叔，我在这里，快来救我。"我的手指痛感顿时消失。我和刘影像两只穿山甲，又像两只土拨鼠，身后砖石翻飞，"小朋友，坚持住，叔叔就来了"，我边刨边喊。刘影始终抿着嘴，一声不吭，只是不住地刨。"小朋友，看得见手电筒光吗？"我摁亮手电筒。"看见了。"在碎石和水泥块间，露出一张被泥灰和血浆迷糊的小脸。我们小心翼翼地搬开碎石、混凝土，小孩的头部周围清理出来了，而身子却被一块水泥板死死卡住，水泥板上还挡住一条粗大的横梁。吊车和挖掘机在哨声和喊声中轰轰隆隆开进，横梁被切断，移走，水泥板搬开，欢呼声中，小孩终于获救了。

夜深了。大雨倾盆。

废墟外挤满了一张张焦急的脸，一双双期盼的眼神，家长们用一切可以照明的工具照亮我们掘进的路，奔跑的路，通往生命曙光的路。风声雨声撕扯着挖掘声、哨声、机械轰鸣声，更有那抓心挠肺的哭喊声，是男娃，女娃？叫什么名字？几年级？是不是红衣服？脖子上有没有挂钥匙？娃，我是爸爸呀……

刘影脱下雨衣盖在一块水泥板上，废墟下一个孩子睁着又黑又亮的眼睛，就那么揪心期盼地看着他。他伏下身子，把头伸进洞里，双手不住地刨。他头顶的横梁上躺有两具孩子的遗体，雨水混合鲜红的血水浇在他头上、脸上，迷住了视线。他想先把那个大眼睛的孩子救出来，他肯定还活着，不然不会那么看着他。我跪在刘影身后，将他刨出来沾有淡淡血痕的石头、砖块、混凝土搬开，尽量把洞口弄宽敞。洞太小了，刚容下刘影单薄的身子。

嘟——嘟——尖厉的哨声响起。余震啦！快躲！大地开始试探性的晃动。

我一把抓起刘影的双脚，哧溜将他拖出洞口，拉起他的手就跑。我们作业的旁边有一堵平坐下来的危墙没倒，已摇摇欲坠。没跑几步，刘影猛甩开我的手，掉头跑回洞口，身子一趴又钻了进去。大地剧烈晃动，好像有巨兽在地下不停地拱，危墙上像闪电划过，瞬间裂缝纵横交错，密得像蜘蛛网，墙顶砖石土块扑扑往下落。"刘影！狗日的，你给我回来！"我刚要冲过去，有人从后面死死抱着我。

刘影身子一躬，退了出来，怀里紧紧搂着个孩子。他转身刚跑，轰地一声，危墙倒塌，雨中腾起几缕细淡的灰尘，将窄小的洞口堵得严严实实。我冲向前接过孩子，小小卷缩的身躯冰凉冰凉的，还是睁着大大的眼睛看着我，看着我们。

"狗日的地震，我操你娘！"我仰头大喊，发疯一样。

刘影抹了一把脸上的血水，就那么怔怔地站着，一动不动，任凭雨在他身上浇，风在他身上抽……后来，刘影对我说，班长，你也是条狗。狗日的地震，你操它娘，所以你是一条狗。说这话时，他已经病了。

回忆起舍生忘死八天八夜的点点滴滴，我们每个人都声音嘶哑，眼眶潮湿，刘影竟然没有发出过任何声音，没哭过，没喊过，没叫过，甚至没有泪水，只是默默地奔跑，默默地刨土搬石，十个指头血肉模糊，胶带缠了一次又一次，缠上又脱落，脱落再缠上。

刘影胆小吗？我说不清。

黄昏，几十号兵赤条条地站在井台上冲澡。井口像面巨大的镜子，水满的时候蹲在井边用脸盆就能舀上来，水浅时用背包带栓一红色塑料桶三五下就能拎上一桶。哗啦，一桶水流泉飞瀑一样从头顶浇下，尖叫、嬉笑、打闹，乱哄哄的像群北极企鹅，蔚为壮观。所有的人都光着白亮的屁股（我们身上只有屁股是白的），就刘影不肯脱掉那条配发的制式裤衩，用毛巾在裤衩里掏呀掏的，一桶水冲下，裆部顿时鼓鼓囊囊，沉甸甸的。满脸"红高粱"的下士从后面一把将刘影的裤衩扯到膝盖处，刘影追出几步，在井边的草地上和下士扭打在一起。刘影像是发狠了，专拣下士的要害地方打，下士见势不妙，抱头鼠窜。从那以后，他洗澡和大家一样，光屁股。刘影用拳头和光屁股表明他是纯爷们。

刘影第一次站军需仓库的夜哨是我带的。军需仓库位于一个僻静的山坳里，从营区到仓库以队列齐步走的行进速度，约需十五分钟。白天，我带他把哨所周围的地形地物熟悉了一遍，哪儿有棵树，哪儿有座坟包，哪儿是观察的死角等，必须做到心中有数，不然一有情况就抓瞎。晚上，我让他把与白天观察到的相对照，告诉他走到第几棵树下必须回头，看看屋檐下的摄像头是不是好的；碰到紧急情况，拉响警报的同时，第一个电话应该打给战备值班分队，不能打给旅战备值班室，更不能打给旅首长；我们演示了一遍，来人多远的距离问口令，当对方答上口令，问回令时要立即回答，声音要严厉，底气十足，富有穿透力，千万不能吞吞吐吐，犹犹豫豫，躲躲闪闪……从上哨到下哨，刘影紧跟着我，像怕走丢一样。

我没想到刘影第一次上哨就"冒泡"（冒泡、拉稀、捅娄子、掉链子等是军营行话，意即关键时刻顶不上去）。那晚刘影是第三哨，夜里十一点到十二点，是被查频率较高的时段。他早有准备。来两拨了，一拨是机关督察组，一拨是连队干部，刘影按正常程序问口令，报告警戒情况，填写查哨登记表，一切顺当。望着他们夜色中消失的背影，刘影甚至盼有人来查。

月到中天，虫儿在草丛浅吟低唱。他快要下哨了。突然，远处树阴里冒出一个高大黑影，快步向这边走来，哟，那黑影居然穿的是便装。前几天驻地发生了一起凶杀案，警方的通缉令都贴到了营房门口，连队晚点名时也说了这件事，让每个兵，尤其是哨兵要提高警惕。莫非……刘影紧张得手心冒汗。

到了喝问口令的距离了，对方愣在那儿，答不上来，更没有问回令。刘影冲向前，一膝盖顶在黑影腰部，一记"捕俘锁喉拳"将黑影放倒在地……拉响警报，电话报告战备值班分队等一套程序他全忘了。黑影被刘影死死按在地上，喘着粗气，狂躁得像头熊，骂骂咧咧的，一会儿说他是某某，一会儿说他是副连长，一会儿问刘影叫什么名字……不对呀，他竟然报出连长、指导员和几个排长的名字，还问他是哪个班的……这时接哨的来了。

接哨的是个上等兵，将他们拉开，哭笑不得。黑影果真是外出学习刚回来的副连长，他放下行李，洗漱后没有睡意，在营区里走走，转了好几个哨位都没事，转到自己连队分管的哨位，被列兵刘影给了一个下马威。

副连长一回来就几天没出操，到食堂吃饭、去厕所蹲坑都扶着腰，一脸痛苦得像痔疮犯了一样。他描述的事情经过是这样的，当他快走近哨位时，发现那儿没有像往常一样有哨兵站立或来回晃，突然响起一个尖细、古怪的声音问口令，他愣住了，寻思这是什么声音，哪儿发出的？还有，他确实不知道那晚的口令，出门时忘了问连队自卫哨。就在他愣神的一刹那，有人从后面猛一顶他腰部，扼住他的喉咙，将他按倒在地，幸好那家伙身骨子薄……

刘影的说法是，快下哨了，估计不会有人来了，他躲在树影里观察，当看到一个像黑熊一样的影子向这边走来时，他想只有用智才能对付。他按下口袋里的遥控器，哨位上他设置好的袖珍音箱立即发出声音，问口令。对方站在那儿答不出来，他趁机就上去了。

刘影懦弱吗？我也说不清。

每一扇窗户都是用钢筋焊死的，电灯悬得很高，伸手跳起来都够不着，桌椅都是生了根一样固定的……我像走进一个梦游世界，有人幽灵一样从我身边念念有词地走过；有人垂着口水冲我笑，我望着他，那笑好像又不是冲我的；有人又唱又跳，没有观众也没有掌声……大多数眼神空洞、虚幻地坐在床沿或椅子上，很久也不动一下。

012医院是我们部队治疗精神病的体系医院。平时兵们看谁傻呵呵的，就说012跑出来的，或者说送012去吧。

刘影变白了，长胖了，穿条纹状病号服（倒还合身），躬腰拍打着一个胖子的肩，轻轻哼唱："当你的秀发拂过我的钢枪，别怪我保持冷峻的脸庞，其实我有铁骨，也有柔肠⋯⋯"胖子仰靠在椅子上，微闭着眼，像是入睡了。我在一旁悄悄坐下，待他唱完后，小声说："刘影，我来看你了。"刘影晃了我一眼，如晃过一把椅子，一张桌子，脸又转向胖子。"刘影，我是班长。"我恍惚在呼唤临终的病人，眼泪夺眶而出（这是我当兵五年来除了几次送老兵和上次抗震救灾，又一次流泪）。他茫然地看着我，害羞地笑了。他端坐了一会儿，起身，踮着脚走过去，看看四周，笨拙地打开我放在桌上的水果和牛奶，挨个儿发过去，给我和护士各发一盒牛奶，他自己掰一根香蕉津津有味地吃了起来。

"刘影，告诉你一个好消息，你立三等功啦！抗震救灾总结，上级分给我们班一个立功名额，班里开会，一致通过给你。"刘影举起香蕉皮像放纸飞机一样，瞄准角落里的垃圾篓，啪的一声，香蕉皮准确飞进垃圾篓。他嘴角粘有一根香蕉筋，用衣袖一抹。

刘影和我说过，如果他能立一个功，返校上课，就能改选专业，能减免部分学费。那时候听他的口气，当两年义务兵能立功是想都不敢想的事。这次，立功名额是平常的数倍（往年一年忙到头，一个连队就一个），分到我们班一个名额，尽管我心里有想法，连队干部也暗示，把握住这难得的机会。在没有刘影参加的班务会上，我首先提出，这个功应该给刘影，他在这次行动中表现很好，付出很多，我们不能忘记他。大家对我的提议没有不同看法。

"他的情绪比来的时候好多了，还算稳定温和，没有什么暴力行为，有时候清醒，能恢复部分记忆，有时候什么都记不起⋯⋯"

护士介绍说，"最难得的是，他经常帮我们安慰照顾其他病人，唱歌，跳舞，讲故事，劝狂躁的病人要听话，像幼儿园里懂事的大孩子……也因此挨过好几次打。"刘影好像听懂了护士在表扬他，不好意思地眨着眼睛，神情像以前我在班务会上表扬他。

我像他们中的一员默默地坐在那儿，看刘影呆坐，喝水，来回走动，嘴里念念有词，整理衣服床铺，小声哼或大声唱，唱各种各样的流行歌曲，有的我从来没听过，唱的次数最多的还是《你的秀发拂过我的钢枪》。有一阵子他撅起屁股，不住地捶打，很难受一样。我轻抚他的背问说："刘影，难受吗？跟班长说说。"刘影说："屙不出来，捶松点。"我问医生才知道，他们吃了一种什么药后，三五天，一个星期拉不出大便是常事，平时要多喝开水多吃水果。

从窗户里探进来的日头影子渐渐拉长。我得走了，不然就赶不上回部队的最后一趟车。从医院到我们部队有近三个小时的路程，中间要转一次车。转车时要路过一座已不通汽车只走行人的水泥桥，桥面很高，桥下水流湍急。站在桥上看，都市繁华，远处两岸青山像两条惊龙腾跃而来，风景秀美。夏日晚风习习中来桥上纳凉的人很多。就是这么个地方，驻地晚报偶尔刊登消息，有人想不开时，走路，骑车（自行车、电动车、摩托车），开车，打车赶到桥上跳下去轻生。其中打车去的命要大些，出租车司机一听说去桥上的就察言观色，挽救生命于悬崖之间。

我坐在固定的板凳上，看了一眼伸手可及的军帽。那天我穿的是军装。《条令》加上连队的"土规定"，非公务外出一律着便装。指导员说，现在媒体资讯这么发达，当兵的就是没惹事，有时候躺着都中枪，我们的光辉形象是我们的先辈用生命和鲜血换来的，是我们在人民危难时刻拼着命攒来的，我们千万不要自己砸了自己的形象。尽管路上要几个小时，乘坐的是地方的交通工具，我还是坚持穿军装来看刘影。看刘影也应该和公务沾边吧。

刘影拿起我的帽子，摩挲着上面的帽徽，没头没脑地说："班长，她跟我分手了。"刘影叫我了！认出我了。可再看他漫不经心的样子，好像这一个多月来我们从未分开过，就像是在连队、在班里。"她是谁？"我小心翼翼地搭话。"当然是我女朋友，但已经是前任了。"他啥时有过女朋友？新兵刚下来时，有次做现场提问调查，十几个兵落落大方地站起来承认自己老家有女朋友，其中没有他。"以前，别人都拿出自己女朋友的照片说事，不时爆料，怎么从没听你提过？""我脸皮没有他们厚！""也没见你们通过信呀。""这年头谁还写信，打电话就是。"嗯，周末，他的电话倒是蛮多的，通信员或连值日经常扯着嗓子喊，"刘影，电话，女的。"刘影闻声咚咚地跑过去，一聊就是半个小时，害得旁边想打电话或等电话的像憋着等蹲坑一样，团团转。"她叫什么名字？""孙彤，孙子的孙，红彤彤的彤。""有电话么？要不要我跟她说说？""021—845123456"刘影脱口而出。

刘影把床单连同棉垫一揭，拍了拍床板，示意我坐过去。这个动作似曾相识。在连队是禁止坐床铺的。兵们整天在野外训练，摸爬滚打，休息时席地而坐，回到排房如果一屁股往床铺上一坐，雪白的床单上立即一朵水墨荷叶，不卫生，也不整洁。所以，观察一个兵有没有不由自主地坐床铺，可以看出他平时的习惯养成。一进门，稀稀拉拉往床铺上一坐的兵，一般是机关兵或后勤兵。刘影当新兵时，就因为训练回来坐床铺，我罚他面壁"拔"了一小时军姿。

刘影挨我坐下，密谋一样，说他和孙彤是同学，大学里的，他们俩好得就像梁山伯和祝英台一样，她看他的眼神都荡着蓝色的浪花，也有金色的、紫色的、粉色的、橙色的、黄色的等好多种，每天每时每刻都不一样。她爱吃巧克力，但她不胖，他补充说。她当着很多人给过他一块，其他人都没给。也许给了，别人没要，他记不清了，反正只有他一个人有。那是什么，是爱的宣言，情的宣告，在她眼里他就是很特别，就是和别人不一样。那块巧克力他很久舍不得吃，握在手里直到化成一摊泥，一点一点舔着吃了。她用很好闻很好看很柔软的手帕，给他包扎过手上被树枝划破的伤口，动作轻柔得像蜻蜓落在荷花上，一边还喔着嘴不停地吹气，有股淡淡的馨香，像兰香、桂香、菊香、蔷薇香……刘影歪着脑袋想她包扎的功夫。他看她精致、白皙的耳朵，耳际的头发，磁白的脖子……痒痒的，一点也不痛。当他把手帕洗干净叠好还她时，她眨巴着《西游记》里女妖一样的眼睛，笑吟吟地说，送他了。那是什么，是定情信物，是爱恋物语。后来，在很多地方，树林里、小河边、足球场、林荫道他和她在一起，不是说话（用眼睛说，用双手说，也用嘴巴说），就是亲吻。他当兵时，她来送他了。那一夜，他们相拥到很晚，他得寸进尺地提出要求，她节节败退，最后她的手像铁钳一样坚硬，守住了那道防线……

刘影红着脸说，他每次"跑马（梦遗）"，就是梦见和她在一起。有时候看不清面容，但从身段感觉，那个女妖就是她。

"我衷心祝福你呀亲爱的姑娘，如果有一天我脱下这身军装，不怨你没多等我些时光，虽然那时你我天各一方，你会看到我的爱在旗帜上飞扬……"焊满钢筋的窗户传出刘影的干号哭唱。

在医院门口，我花了几百块钱打辆黑车，总算按时赶回连队。

熄灯号悠扬响过。挂在二楼走廊上的密码电话经过周末的"热线"，周一晚上是最清静的。我拨起那个熟记的号码，一阵欢快、悦耳的嬉笑声传出。我说："我找孙彤。"

"孙彤——"

叮叮叮的皮鞋声在楼道里回响，一个声音微喘着："我就是呀！"

"你是刘影的同学？"我紧接着说，"朋友？"

"是呀！"

"我是刘影的班长。姓刘，战友们都叫我小虎。"

"你……到底姓刘，还是姓虎（胡）？"

"哦，我姓刘，叫小虎。"

"咯咯咯。"

那边的电话线好像在抖。这个小笑话在我身上无意间发生过好几次，今天我有意拎过来用一下。

"你们有很长时间没联系了吧。"

"是的。"她的声音马上变得警觉。

"刘影病了，现在住在一所部队医院里，很多人和事他都忘记了，只记得你以及和你有关的事。"

"他怎么啦？得的什么病？严重吗？"她声音提了起来，很急切。

我把刘影在抗震救灾中发病的经过大致说了说。电话里先是一阵沉默，接着是一阵低低的抽泣。

"希望你能去看看他，看能不能唤起他的记忆。谢谢你了！就算我们当兵的求你了，我们不会忘记你的……路费等开支，我们承担……"

"别说了——"哇地一声，她大哭起来。

挂电话前，我告诉她，我们部队的地址、番号以及电话，来的时候坐哪路车，在哪转车。这些我都上网查过。还告诉她，来之前最好给我们打个电话，我们去车站接。到部队后，我们一起去医院看刘影。她用笔把我说的——记了下来，又重复了一遍。

孙彤来了。受到贵宾般的礼遇，全连官兵夹道鼓掌欢迎。这种礼节只有老兵退伍、连队主官调离或将军以上首长莅临时才有。孙彤穿一条磨得起毛的牛仔裤，一件雪白的衬衣，头发扎成马尾巴，扭捏、迟疑了一下走进欢迎的队列间。没走几步，冬瓜霜一样的脸变得像红辣椒，眼睛也红了。

孙彤去看刘影，是我陪着去的。在长途汽车上，她坐在靠前面的位置，我坐在最后一排，一路无话。我望着孙彤随汽车颠簸颤动的"马尾巴"，思绪洇开，如今的爱情保鲜期也忒短了，尤其是不在一旁守候、呵护的爱情。这让咱当兵的屡屡受伤。

刘影一见到孙彤，嘿嘿嘿地搓着手笑，转来转去撒着欢，只差长一条尾巴表达亲昵和爱意了。望着一双双眼神发直的眼睛，一张张挂着口水的嘴和一个个搞怪、僵硬的动作，孙彤像一下子被投入一只关有野兽的铁笼里，不知所措。去，去。刘影赶鸭子一样朝望着这边似乎要往这边走的众人挥了挥手，蹲身从床头柜取出一卷"洁白"牌卫生纸，撕开塑料包装膜，扯下一截，又扯下一截，铺在上次我坐的那把椅子上，示意孙彤坐上去。孙彤缓步上前，双膝并拢，屁股轻轻搭在椅子上，腰杆挺直，像高傲又亲切的公主。刘影双手在衣襟上搓了搓，脑袋晃来晃去。孙彤晃了晃手里的矿泉水瓶，他放松地笑了。看他俩配合得熟练默契的样子，可能以前常这么做。

我看了一眼不远处五大三粗壮得像牛一样的护士，他正警惕地貌着这边。我悄悄退出，来到医务值班室，打听起刘影的病情。医生说，正朝好的方面发展。自从我上次来过以后，变化很明显，希望和他熟悉、亲近的人经常来看看，陪他聊聊天，从心理上关心他，宽慰他，这对他康复很有好处。

我回到病房时，孙彤正捏着一颗草莓往刘影嘴里递。他俩挨坐在床沿上，床单棉垫像上次一样揭起一半搭在被子上。刘影怀里抱着一个蓝色的"海宝"——孙彤带给他的礼物，上海世博会的吉祥物。草莓是我在医院门口的水果摊上买的，五十块钱一大篮子。

当天下午，我就回部队了。孙彤留在那儿，在医院简陋的招待所里住了三天。

部队搞演习，从准备阶段到结集出发到战斗打响，忙得屁股冒烟。演习结束，一回到营区，我把我们班武器装备的擦拭保养入库等事，一股脑儿扔给班副，向连队请假，去看刘影。这次间隔得时间有点长，一个多月。我去了后，医生和护士说，刘影的女朋友才来过。

刘影在做俯卧撑，胖子在含糊不清地数数。我问刘影，孙彤来过？他红扑扑的脸上淌着汗，望着我，只是笑，半天才说，她的手像没有骨头。

我说，我们把"蓝军"打败了，最后双方打红了眼，我们被打伤十几个住进了医院，他们更多；说我们和驻地一所大学联欢了，女大学生们拉着手一个劲地喊，兵哥哥，我爱你！喊得我们脸红心跳，不知如何回答（主要是有首长在场），大家说如果刘影在，准有办法，他也是名牌大学生呢；说上级配发了一款叫《光荣使命》军事游戏，据说是我军自主研发的，里面的武器装备就是我们日常训练的，很多游戏规则就是我们的战斗条例，可以一个人玩，也可以几个人对打，前段时间连队火药气息呛鼻，大家说如果刘影在，他肯定是高手……刘影不住地点头，像是在听，又不像在听，鼓着腮帮总憋不住想笑。他终于把我拉到门后兴奋地说，她带他出去了，去了附近的公园。三次啦。他伸着指头。

我很快得到证实，孙彤是带刘影出去了。医生说，刘影的病已基本康复，服药量正逐步减少，这个时候如果让他回到以前的生活环境里，参加一些力所能及的活动（剧烈锻炼和重体力劳动除外），更有利于他的身心健康，和下一步回归正常生活。

接刘影出院，我们三个人去了，我，旅医院的兼职心理医生，还有孙彤。我和旅医院的心理医生一起从部队出发，孙彤径直从学校赶去医院。

月色如水，在环营区出早操的跑道上，刘影和旅心理医生有说有笑地走在前面，我和孙彤落在后面，我问她："你知道刘影最喜欢唱哪首歌吗？"

"哪首？"她很感兴趣。

"《你的秀发拂过我的钢枪》。"说完，我自顾自地哼起。我平时很少唱歌，主要是唱得鬼哭狼嚎，纯粹是制造噪音和恐怖，即使在连队合唱的队伍里也像吹响口哨一样突兀，很不和谐。那天我哼唱完，眼里居然噙满泪水。一阵沉默。我把歌词一字一句说给她听。

"写得真好！你唱得也很好。"这是第一次有人夸我歌唱得好。

"能说说吗，你为什么和刘影分手？"我还是没能忍住。

"什么东东呀，搞不懂。"

"男女朋友之间吹灯拔烛，再见，拜拜，搞不懂吗？"

"哈哈哈——"她笑弯了腰。笑得我莫名其妙。"我和他从来就没谈过恋爱，就是普通同学、朋友，哪怕有那层意思，也没挑明过。"笑过后，她认真地说。

我将信将疑。把刘影讲的关于他们俩的故事说了个大概。孙彤说，巧克力的事她真的记不得了，用手帕给他包扎伤口，好像有这么回事。至于kiss，那是他臆想中的事，她和他从来没有单独相处过（他住院期间几次外出不算），更不要说约会了，就是这次牵手都是因为过马路，怕他跟不上，怕把他弄丢了。

"那你……"

"我晓得你会问我，为什么几次来看他，这里面有同学、朋友的情谊，最主要的是被你们那种精神感动。上次你打电话一说起，我就想要为你们做点事。"

"谢谢！"

"我和他才是真正分手了，他对我去探望一个当兵的，关心另一个男人很不理解。"她说完，沉默了。

我明白她说的他是谁。

"如果你的爱能够唤醒他，你愿意一生付出吗？"

"没想过。"她捋了一下耳际的头发。

送孙彤回学校时，我和刘影一起去了。

月台上，刘影和孙彤相拥……

凉爽的风鼓起孙彤的衣襟，曲线分明，凹凸有致。看上去很美。

刘影在连队大部分时间是这样打发的，站连值日，帮炊事班择菜，挥舞竹扫把打扫一下连队门口的卫生，拿根腰带去训练场转……他想干什么，想去哪儿，一切随他，只要不出营区，没有危险，不影响大家的作息就可以了。经常是，他在营区里漫无目的地逛，我在不远处踢石子，掏蝉蛹，在梧桐树下跳起来摸高，像个游手好闲的二流子；他在二楼走廊上的密码电话机上打电话，我趴在栏杆上（距离以听不清他说话为宜）眺风景；他上军人服务社，我说正好要去买盒牙膏或买包洗衣粉什么的；他去上厕所，我同时也要方便，我学会了点一支烟驱臭……有次他突然问我，怎么没解裤子蹲在那儿抽烟？我说方便完了。

兵们私下里说，我是刘影的贴身保镖。

旅政治部值班室来电话说，有个老太太找来，说一定要见见你们连队的刘影，还送来一本《士兵证》，是刘影的。到底是怎么个情况，让连队先摸摸底。连里把这个任务交给我。

刘影现在可是旅里的名人。走到哪儿都不需要报单位和姓名，几个大门哨不用说了，就连家属区的嫂子和小朋友们都认识他。这得益于他待人处事特立独行，比较高调。他说话嗓门变得像放大炮一样，喜欢大声唱歌，喜欢针砭时事，看到报纸上有关贪官的报道就捶着桌子骂，喜欢叫住正在走路的列兵，纠正其队列动作（他已经是上等兵了），每次大老远看见旅首长，一路小跑过去，敬礼，高喊，首长好！首长您亲自出来走呀。旅首长还礼，又是亲切地和他握手，又是和他拉家常，大庭广众下对哪个兵都没有这么和颜悦色过。他性格完全变了，变得外向，亢奋，容易激动。

这个时候，他像威风凛凛的狮子，谁都不敢贸然惊动他。

我选了个周末，刘影没有见人就敬礼，没有提前吹哨叫大家起床，没有哭喊着冲出去救人，也没有拿他女朋友孙彤说事，我小心翼翼地提起《士兵证》，告诉他《士兵证》可能找到了，不用太担心，只是可能，还没有完全确定，没有太大的把握（靠，我变得像他一样了）。请他仔细想想《士兵证》在哪儿丢的，怎么丢的？刘影抱头坐在折叠椅上，我都看了十来页书了，他才双手揉了揉脸，平静地回忆起《士兵证》丢失的经过。

那天太阳很好，马路上车辆扬起的灰尘很大，进城的人很多（我们部队地处郊区），有大爷大娘大姑娘小媳妇小朋友壮小伙，翘首等待中309路公交车像个颇有风度的绅士缓缓而来，人群骚动，追着公交车跑，朝车门涌去。309路线长站点多，要路过长途汽车站、火车站和一个繁华的商业区，客流量大在驻地城市是出了名的。刘影最后一个上车，像壁虎一样扒在门边，挺胸收腹，车门才哐当一声关上。

车上几个衣着体面的年轻人（看起来并不坏），兴风作浪一样硬往人群里挤。人群稍定，又好像站在哪儿都不舒服，蹭痒似的钻来钻去。有人下，有人上，下的比上的多，渐渐宽松，能活动开胳膊。刘影从车门挪到车厢中部，还准备往车厢后面转移。他查过交通图，要坐好多站，不能碍着别人了。这时，他旁边有人下车，空出一个座位，他朝身后一位约莫六十来岁的老大娘点点头，老人头发斑白，胸前挂一个淡黄色的皮包，牵一个五六岁虎头虎脑的小男孩。老人赶紧扶小孩坐上，还用当地话教小孩说谢谢。刘影冲小男孩笑了一下，说不用谢。刘影穿一件月白色上衣一条蓝色休闲裤一双白色篮球鞋，入伍时从家里带出来的便装。虽然走出营门了，他还觉得自己穿的是军装，或脸上写有三个字，当兵的。

刘影不好意思一直站在老人身边，尤其是以"施予者"的身份。尽管这种施予是举手之劳。他寻空当又往后挪了几步，一个理"板寸头"的年轻人马上填了过来，手一抖，打开一份晨报，投入地看了起来。公交车一颠一簸，板寸头身子随车摇晃，手里的报纸渐渐占据老人面前大部分空间。小男孩趴在玻璃上，眼睛盯着外面。老人一手抓住位于头顶的拉环，一手紧握窗户上方的扶手，望着窗外，怡然自得。

刘影忍不住朝这边看了一眼，小男孩扭转身子就半边小屁股搭在椅子上，老人怎么不坐呢？再看板寸头强迫老人读报的样子很别扭。干什么！一只手已伸进老人胸前拉开一半的皮包里，随着刘影一声断喝，那只手抓起一包暗红的东西闪了回去。刘影噌地挤了过去，一把抓住一个"马脸"的右手腕，"把东西交出来！"

板寸头和马脸把老人像劫持一样夹在中间。马脸眼皮一掀："二五。"

"老人家，你丢东西了，我看到这个家伙拿的。"老人一头雾水，还在看热闹。

老人头一低，满是青筋的手一摸，大喊，不得了，钱包不见了，里面有身份证，还有一千多块钱。

"放开。"马脸头一仰，没把刘影放在眼里。

"拿出来，就放你一马！"

"你凭什么说我拿的？莫名其妙。"

"我看到你了。"

刘影和马脸对峙在一起，能闻到对方的口臭。

老人额上一层细密的汗，身子在晃，脚下有些站立不稳⋯⋯还在不停地翻找，好像她的皮包大得像杂货铺，钱包小得像根针，"刚才上车还在的，怎么就不见了呢？异怪了，真是异怪了。"老人已经翻过几遍了，还是不相信自己的眼睛。老人急得打着哭腔说，这是女儿让她去看病买药的钱，回去怎么交代。小男孩拉着老人的衣襟，哇的大哭了起来，边哭边说："姥姥，别哭，我们回去。"

板寸头刮了刘影一眼，抖了一下报纸，若无其事地向车后门走去。公交车快到站了。

"师傅，别开门！要么等警察来，要么直接开到派出所去。"刘影冲驾驶室喊道。

"对，就是要把这个家伙揪出来。"

"小偷也太可恶了，也不睁睁眼，摸摸良心，老人那么可怜。"

"谁捡到了，拿出来吧，别耽误了大家。"

"老子还要赶车呢。"

"谁爱等就等，我可等不起。"

"多大点事，耽误大家的时间。"

车厢里闹哄哄的，说什么的都有。

"说不定就是他偷的，贼喊捉贼！"一个尖细的声音蹿出来，蹦得老高。

刘影脸红了，犹豫了一下，腾手从裤子口袋里掏出一个深绿色的小本本，高举，晃了晃，说："请大家相信我，我是当兵的。"说完，把深绿色的小本本塞进上衣胸前的口袋里。马脸鼻孔一哼，一侧脸一抽搐。

"乖乖，果真是当兵的，好样的。"

"这年头也只有当兵的干这种傻事了。"

"当兵的怎么到公交车上反扒了？狗咬耗子。"

公交车靠一个歪歪倒倒的站牌停下。车门没有打开。

路两旁是一大片拆迁过后的废墟，少有行人。从一个个水泥池和废弃的公共厕所看得出，以前这儿人流如织，锅碗瓢盆奏响，是生活气息浓郁的棚户区或老居民小区。现在，公交车站牌像纪念往日繁华一样，还立着。车子到这儿，如果有乘客要下车，还得停。

"师傅,怎么不走了,我们还要赶车呢。"

"开门,下车!"有人捶打车门。

"再不开,老子揣门啦!"

"妈,我们停在黄庄了,车上有人说丢了钱。"有人在往家里打电话。

"喂,是110吗?我们坐的309路车在岔路口的黄庄停下了,车上有人丢了钱……"

"哟,这儿不是有个钱包吗?"车厢后面有人喊。

一个灰扑扑暗红色磨得已经绽线的钱包被一只只手传了过来。老人迫不及待地打开,钱没了,身份证和几张超市购物的票据还在。

"当,当,当——"板寸头气急败坏地猛踢车厢后门。有两个粗壮手臂上纹有毒蝎图案的年轻人已从窗户上翻了出去,没人敢吭声。

车门打开了。板寸头骂骂咧咧,大摇大摆地走了下去。马脸猛地挣脱刘影的手,哧溜冲下车去,灵活得像根泥鳅。刘影紧追下车。

刘影说,他后来上网查过公交公司的有关规定,在这种情况下,公交车是不能打开车门的,必须等警察到才能开。可是那天那个驾驶员竟然擅自打开车门,差点让坏人跑了,他很长时间想举报那个驾驶员,可是怎么也记不起车牌号码……"我说到哪儿啦?有点儿乱了,得捋一捋,捋一捋。"期间好几次,刘影的思路岔开了。

板寸头、马脸和两只毒蝎四个,吹口哨,打响指,一脸坏笑,挑衅的像围着一只弱小动物一样围着刘影。刘影毫无惧色,瞅准瘦弱的马脸,朝板寸头虚招一晃,一个箭步冲上,捕俘拳之"海底捞月",众人还没明白怎么回事,马脸已双手搂住裆部躺在地上杀猪般叫唤,再看刘影已从后面锁住板寸头的脖子,冲两只蠢蠢欲动的毒蝎说:"有种的过来!"

"解放军同志,别怕。"车上有五六个高大壮实的小伙走下来,踩得车辆直晃。

"别放走了几个家伙，他们在这条线上干尽了坏事。"有人在车上喊。

"解放军，好样的！"

"110来啰！"

110将四个垂头丧气的小偷押上警车。一瘦高个警察直皱眉头，说："怎么又是你们？"

瘦高个警察紧紧握住刘影的手说："谢谢你，还是解放军同志好，敢于与坏人坏事做斗争！"

丢钱的祖孙俩跟警车一起去了（刘影猜测，在派出所小偷肯定将钱还给他们了）。瘦高个警察问刘影，一起去吧。刘影说，他还有事。以前听说见义勇为做好事容易，就是到派出所做笔录麻烦。没想到瘦高个很通融的，没有耽误他的时间。

刘影把事情经过详细说了一遍，每一个细节都记得很清楚，甚至比划着动作，复原当时的情景。我相信他此时是处于清醒状态的，相信他说的是真的。

他说，这一折腾，那天考军校的书没买成。打斗中，放在外衣口袋里的《士兵证》可能掉在哪儿了。就这么一件小事，他当时认为不值一提，没有必要汇报，现在既然有人将《士兵证》还来了，问起，就说说吧。

在挂有党旗、军旗庄严气派的政治部会议室里，我见到了刘影描绘中的老大娘，头发斑白，红润的脸圆圆的，微胖的身子陷进后背很高的黑色椅子里，普通的样子就是每天早上菜市场买菜的老太太。听说我是刘影的班长，老人几次拉住我的手，急切得像要把一肚子话倒出来，颠三倒四地说。我听得很认真很仔细，还特地带了个笔记本，打开，准备像上政治教育课一样把老人的话原原本本记下来，担心太重视了，老人反而不自然。有几个地方，老人激动得口水沫子四溅，捶着桌子，说不下去，我抽一张纸巾递过去，望着老人，耐心等候。我善于与老人打交道，与老人交往首先要学会耐心，学会倾听。我耐心倾听的样子未来丈母娘肯定会喜欢。不过听说现在准丈母娘更喜欢房子。

老人说的大部分和刘影说的差不多，只有结尾不一样。关于事情的结果，老人是这样说的：车门打开后，刘影撵着马脸跑下车，他被那四个家伙围在中间，根本不是他们的敌手，几拳就被撂倒，爬不起来，他们用穿着皮鞋、运动鞋、洞洞鞋（一种有孔的凉鞋）的脚去踢他的胸、腰、腿、肚子、屁股，发出咚咚咚沉闷的声音，像踢在沙袋上、土堆上。板寸头还用脚踩在他脸上，如摇晃一个西瓜或一截木头，叫嚣："叫你多管闲事！打的就是你们这些披狗皮的，小当兵的……"刘影一声不吭，蜷缩在地上，挨一秒钟都像过一年，"啊——"，他声嘶力竭地大喊，猛地爬起，用头朝其中一个家伙撞去，那家伙一躲，另一个家伙脚一勾，刘影又重重摔在地上，几个家伙上去又是一阵拳打脚踢，哇——一股红色浓稠的液体从刘影嘴里喷出……车门开着，人们纷纷趴在窗口……刘影又一次摔倒，车上有人叹息，有人惊叫……刘影嘴角的血像半截蚯蚓，他摇晃着站起，这次手里抓起一块砖头……车门哐当一声关上，车身一晃，在老人的捶打和叫喊声中蹒跚开走了。

老人不住地抹泪，说她当时带着小孩，不敢下去，如果没带小孩，她无论如何要和那几个家伙拼了这条老命。在下一站，她磨蹭好一会儿，当她牵着孙子返回来时，刚才打斗的地方只剩下一片杂乱的脚印和滴在尘土里的点点血痕。她直发愣，围着巴掌大的地方转了几圈，试图辨认出哪个脚印是刘影的，在一个砖缝里她发现这本深绿色的小本本，这肯定是他的，他在车上出示过。《士兵证》上左侧用楷体打印出，姓名刘影；民族汉；籍贯湖南隆回；入伍年月2007.12；年龄20；部别73096部队71分队；编号南字第073837；

发证机关 73096 部队；左边最下方盖有一个"有效期两年"的章。右侧在职务、军衔登记一栏里只写有 2008 年，列兵几个字样。

凭着《士兵证》上简单的信息。老人到处打听，只要听说哪儿有部队，哪儿响军号，哪儿当兵的扎堆，就拎一壶白开水乘公交车赶过去。军营大都驻在边远郊区，花大半天时间，好不容易赶到那儿，在营门值班室，当她递上《士兵证》，热切地盯着对方问，上面的部队是不是你们？对方摇摇头。那您知道 73096 部队在哪儿吗？对方还是摇摇头，说没听说过。都是当兵的，一个这么大的单位怎么就没听说过呢？半年多时间里，她几乎跑遍了这座城市的所有驻军，陆军、空军、海军、二炮、武警，甚至三五个兵带一条狗的雷达哨所，稀稀拉拉几个兵的军用仓库，她也碰运气一样去了。平日里走在街上，碰到穿军装的就问，解放军同志，听说过 73096 部队吗？害得对方马上警觉地打量她，如果她是美眉，还以为是女间谍呢。也有解放军接过《士兵证》看了看，关切地问，刘影是她什么人？是不是她来部队看儿子，找不到他了。刘影是她什么人呢？她也问自己。牵挂久了，找的日子长了，恍惚中就觉得刘影是她失散多年的儿子，是她的骨肉亲人。她拿着《士兵证》还去找过新闻媒体，记者同志听了她说的故事后，说这件事不正面，不积极，不利于军民关系，不好报道。

眼看《士兵证》上"有效期两年"快到了，如果再找不到，这个叫刘影的兵就要退伍回老家了，以后更难找了。现在，她终于在这个离市区两个多小时车程的角落里，找到了 73096 部队，打听到了刘影这个兵。

老人絮絮叨叨说，一定要见刘影，要当面把《士兵证》还给他，向他表示感谢，说声对不起。我说，刘影因为工作需要调到别的部队去了，离这儿很远，我们一定把她的意思转达到。老人马上问，在哪儿？再远她也要去。我只好说，那是一个保密单位，外人是不准去的。电话呢？电话……也不能打。望着老人神情黯然的样子，我真于心不忍，但以刘影现在的身体状况，绝不能让他与老人见面、联系。不能让他大喜大悲过度激动。这是心理医生的意思，也是营里和连队的意思。

刘影出事的消息传来时，我正爬在电线杆上，电话线接好了，我用随身携带的话机打通值班室试线，线路通了，值班室告诉我，刘影出事了。我迷迷糊糊的，不知道怎么从杆子上下来的。

接连几天暴雨，通往各小散点的线路断了好几根，抢修是临时性的，一俟天气好要进行整理加固。雨过天晴，是刘影早就与012医院约好去复查的日子。由于整修任务重，我和班副商量再三，决定由我带领大家整修线路，他陪刘影去医院复查身体。班副和我一起去看过刘影，一路上怎么坐车和医院里的医生他都熟。后来，据班副说他们转车路过那座只走行人的水泥桥时，停留了一会儿。就在桥上，停留那会儿出的事。

桥两边栏杆上趴满了看涨水的人。那热闹的场面，可能农历八月十五钱塘江观潮的盛况就是如此。桥下水面距桥面近了，流速也快了，万马奔腾，浩浩荡荡的激流打着一个个漩涡，卷起木头、柴草、泡沫、破烂衣服、塑料薄膜等飞流直下，更显深不可测，险象环生。班副和刘影穿着便装，也饶有兴致地挤在人群里，随着人群的指指点点望去。突然，远处一沉一浮漂来一个黑点，有人尖叫那是个人，肯定是人；有人否定说不是人，是洋娃娃。近了，更近了，连脸都能看清楚了，躺在水面上的是个黑头发真人大小的橡胶娃娃。但还有人说它是个人，怎么就没人去救呢。班副和刘影中间隔着两个人，他瞟了一眼刘影，刘影正回头看他，样子笑眯眯的。就在橡胶娃娃漂近桥洞的一刹那，刘影翻身向它扑去……

两天后，我们在下游一个涵洞口找到刘影，他怀里紧紧地抱着那个橡胶娃娃。他和它都笑眯眯的。他赋予了它以生命。它让他得到了永恒。

有人说刘影当时突然头脑清醒,觉得自己得病了,活得没意思;有人说是犯病了,以为那是个人。只有我知道他心里想啥。

他的世界永远鲜花盛开!

连队之河

一

星期天下午，阳光从门窗懒洋洋照进来，二连四班刚从家属区打扫完卫生回来，兵们坐在各自床铺边看书、写信、发愣，气氛不像周六下午那么活跃，这时连部通讯员李立进来对四班长刘小虎说，连长让他们班去两个人到旅政治部干部科把新来的排长接回来。

刘小虎端坐在桌前，眼睛望着窗外说，让毛勇和汪建军去。说完起身收拾床铺。三月，老排长提升为副连长后，刘小虎就代理排长，主持全排工作，现在该挪窝了。

刘小虎的床铺在一进门的左拐角。这个位置如同酒席的上席，对全排人员的动态一目了然，起床号响了谁还在磨蹭，熄灯号落音了谁还没上床，全都一清二楚。

刘小虎开始收拾床铺，睡在右拐角下铺的列兵王天乐条件反射似的，也起身开始收拾。刘小虎止住他望了一眼空着的上铺说，我来睡上铺吧，好长时间没睡上铺了，睡上铺可以练单杠卷身向上，还容易保持整洁卫生。王天乐僵在那儿，不自然地咧了咧嘴。排房右拐角下铺相当于酒席上的左首，如果编制有"副排长"，那儿应该是"副排长"下榻处。目前我军编制中没有"副排长"一职，于是那儿顺理成章成了排里威信最高资格最老的班长的铺位，这些都是规矩。就像开会时领导排名一样，各行有各行的潜规则。现在刘小虎打破了这个潜规则。

刘小虎小心翼翼如托嫩豆腐般把整洁得像豆腐状的被子放在邻铺，然后细致地整理小包裹。小包裹里除了装有洗换衣服，还有信纸、信封、针头线脑等一类战备物资。打起仗来，将小包裹麻利地往背包里一塞，三横压两竖，几分钟内就可以整装待发。收拾好小包裹，然后将棉垫连同床单轻轻卷起……当兵的家当都很简单，哪怕当兵十几年，所有的物什一只手可以拎着走，可就是这点不起眼的东西摆放起来还很有讲究，不但白天要整齐划一，成线成块，就连晚上睡觉都有讲究，尤其是冬天夜里，脱衣服必须从上到下，从里到外，依次摆放，鞋子下铺脚尖朝外，上铺脚尖朝里，看起来很繁琐，可关键时刻管用。黑灯瞎火的夜晚拉紧急集合，大伙儿忙而不乱，紧张有序，习惯成自然，也就不觉得烦了。

刘小虎将几件"大件"安顿好后，仔细拾掇边边角角的一些"小件"。所谓"小件"就是嵌在床沿的外腰带，还有别在床板下的解放鞋、布鞋等。

对于左拐角这个床铺，刘小虎太熟悉了。铸铁床架和其他扣式（床架有扣式和螺铆式）床架别无二致，外表呈银灰色，冬天冰冷，夏天温热，是热的良导体。"吨位"再重的身躯躺在上面再怎么辗转反侧都不会吱哑作响，提出抗议。床板似乎很有个性，枞树板，做工粗糙，三下五去二的拼凑在一起，共有六块木板，第三块与第四块之间有树脂渗出，细亮的晶体呈一路纵队。整个床板上有五个树疤，疤结处细滑得像油亮的猪肝，又像一只只眨巴的眼睛。一个大的树疤已经空洞，里面结结实实地塞有一团报纸，其实不塞报纸也不碍事。床头有用圆珠笔写的两行字，一行是"再见了战友，再见了军营"；另一行是"丽，我想你"。刘小虎躺在上面心思像白云一样漫不着边地飘荡时，就想象这两行字的作者，第一行写得工整有力，入木三分，可能是哪个退伍老兵在临离队的前夜，夜深人静睡不着时饱蘸深情写的；第二行字估计是一个不老不新的兵在思念女朋友时写的，他女朋友的名字里有个丽，他写的时候可能没有光亮，不然不会歪歪斜斜，那么难看。他女朋友是胖，是瘦？是他的同学，还是别的什么场合认识的？笑起来好看么？刘小虎想，有一天他也要在上面留一行没头没脑的文字，让后面的兵像考古一样，陷入胡思乱想。

可眼下他什么也没留就搬走了。

刘小虎睡这个床铺"三起三落"，前两次是老排长回家探亲期间，每次月余时间，这一次最长，半年多。第一次睡这个床铺，他特别警醒，动作麻利，早晨起床号的余音还在回响，他就穿戴整齐，手握腰带，像监工一样看着大家紧张有序地忙着穿衣戴帽。日子久了，没了那种身板紧绷的感觉，添了几分从容和稳重。

刘小虎刚把床铺好，随着一阵粗重的脚步，门口暗了一下，毛勇和汪建军像两个进城务工人员一样肩扛手提着些鼓鼓囊囊的行李走了进来，毛勇向身后瘦高个儿中尉介绍说："这就是我们的老排长，刘小虎。""我是四班长，排长是临时代理的。"刘小虎挥了一下粗大的手。"我叫张潮，弓长张，涨潮的潮，听说四班长很了不得，往后还望多支持帮助。"显然在回连队的路上，毛勇和汪建军已将刘小虎的大致情况"出卖"了。

几个兵热情地张罗着，帮张潮整理床铺。看着张潮和一个兵拉住床单四角，床单轻轻展开，像一片迎风舒展的羽毛铺展在雪白的棉垫上。刘小虎又想起前几个地方大学生排长,张潮没有像他们那样,一放下背包就问他们的办公室在哪,单人公寓在哪,电话号码多少,电脑宽带接口在哪?很长一段时间这些都被当作笑话在兵中间传,很有可能也传到那些大学生入伍集训队,教官们已对他们有过提醒,基层连队是怎么回事。

二

张潮下连队头几天像新过门的媳妇,啥活动只是带双眼睛带对耳朵跟着趟。轮到二排担任连值班,刘小虎左臂套着个红箍箍,咋呼着。

刘小虎有时和张潮聊一些连队的情况,连长、指导员的工作方法,排里每个兵的军政素质、性格特点、兴趣爱好、家庭情况等,乃至几个炊事员的籍贯和他们炒菜的口味。

晚上,连长事先没有通知张潮,直到晚点名号响起,兵们扎着腰带三三两两从排房走出,连长才示意让刘小虎把连值班袖章交给张潮,由他整队报告。张潮显然没有思想准备,固定袖标的别针扣了几次都没扣好。向连长陈述报告词时,队伍应该是立正的,结果还在稍息,报告词也软绵绵磕磕巴巴的,前一句抖抖乎乎试探性着从嘴里爬出,后一句隔好一会儿,让人听得干着急。

张潮第一次正式公开亮相让好多兵不以为然。

别小看这报告词,它是一位指挥员必须具备的素质。一段简洁明了洪亮有力的报告词,至少可以"管窥"指挥员三个方面的素质。一是军人形象,一位优秀指挥员立如松,跑步、敬礼,向左向右转等队列动作干净利索,虎虎生风,一步到位,绝不拖泥带水;二是心理素质,即使面对再大的首长,再大的场面,也决不怯场,向队伍下达口令时声音像枪声一样尖脆,这时我就是现场最高指挥员,目光如炬，腰板挺直，喊声裂帛，胸中有百万雄兵奔腾；三是组织指挥能力，这其中又包含两个方面，一方面是语言组织能力，即用简明果断的军语将情况向现场最高首长报告，向直接首长、间接首长及没有隶属关系的首长报告词各不相同，只能靠指挥员根据条令条例规定临场见机行事；另一方面就是对队伍的组织指挥，这更为复杂，如队伍在室外怎么组织，在室内又该怎样，在凛冽的寒风中是让队伍背向风，还是让首长背向风，怎样进场快速，如何退场有序，首长还没到怎样组织拉歌，烘托气氛，制造高潮等。一位合格的指挥员当他金属断裂般铮然的口令下达，全场顿时鸦雀无声，为之一振，昂首挺胸，秩序井然；否则，如果指挥员的口令磕巴无力，漏洞百出，令人无所适从，那么所属人员顿时气泄了一大半，腰杆仿佛变塌变软了似的，明明是虎狼之师被带成了羊羔之兵。

这些是刘小虎当兵五年细心的总结和揣摸。中学毕业，他抱着"宁为百夫长，胜作一书生"的豪情来到部队，在火热而平淡的生活中他时时处处以"百夫长""千夫长"的尺度来要求自己，可是忙到头才是个"十夫长"，班长。

张潮带操，队列里不合拍的脚步声像针尖一样刺耳。他下了几次调整口令，才调整过来。张潮站在队列前时常像一个稚嫩都市少年面对乡间小路上的一头犄角大牯牛，流露出一丝慌乱。全连官兵似乎很配合他，表情严肃，听令行事。

很多场合刘小虎似乎"隐居"二线了，由张潮取而代之。但集会拉歌时，连长还是朝刘小虎勾勾下巴，只见刘小虎很沉着地往二连所在区域前一站，断喝一声，双手握拳，缓缓舒展拳头的同时，抬起双手，全连官兵纷纷调整坐姿，昂首挺胸，有的干咳几声清清嗓子，随着刘小虎的起调，歌声顿时雷霆万钧般地炸响，扑滚开来。两个连队拉歌，拼的就是士气勇气豪气，要有礼有节，有进有退，有张有弛，指挥员不但要有火山爆发般的激情，还要有高超的指挥艺术，当对方的歌声惊涛骇浪时，你要像礁盘一样坚持住，待对方的浪头越过，水平岸阔趋于平缓，这时要抓住间隙，掀起滔天巨浪，以压倒一切的气势，奔腾开去。

张潮踢球回来，满头满脸汗津津的，端起茶杯灌凉白开时无意间发现桌上一则泛黄的剪报，上面说冯玉祥将军出身之初也喊过操，当时完全是迫于生计，因为喊操多点儿饷养家糊口。将军喊操，面对数千人声如洪钟，气势夺人。没想到这一喊，若干年后喊出个举足轻重，气壮山河。张潮肩搭着毛巾上洗漱间的脚步似乎若有所思。

张潮如一个机灵的小孩，常侧目默不作声地观察连队干部、班长骨干组织指挥列队，有时候走路都不由自主的摇着拍子，只是手势有点儿像弹棉花。有几个兵晚上跑步时在营区的小松树林边遇到张潮，他正面对一排排整齐的小松树严肃认真地下达口令。后来那几个兵不往那边跑了，担心排长遇见他们不好意思。

张潮仿佛一条别的水域的鱼，投放到连队这个池塘里，渐渐缓过神来，准备"泼剌"一番。他向连队建议成立"神龙"足球队，他毛遂自荐任队长。每晚熄灯号响过，就着走廊上昏暗的灯光，他目光温柔拂过每个床铺，然后轻轻摁亮手电筒，一本笔记本垫在膝上开始写写画画。他试着和兵拉家常，谈谈他们在部队的打算，只是有些话问得有点儿隔靴搔痒，不是很得体。

三

星期三晚上是唱歌时间。二连官兵整齐坐在连队门口前的空地上引吭高歌，突然黑黢黢的二楼传出一阵打斗声和压低嗓音的争吵声，紧接着一阵追赶的脚步声，惊愕中，只见张潮咚咚咚地疾步下楼，后面毛勇举着一个由军需部门统一配发的黄色塑料脸盆，三步并作两步追了下来，眼看快追上了，刘小虎一跃而起，堵在毛勇面前，毛勇手中的塑料脸盆闷的一声砸在刘小虎肩上。

　　毛勇和张潮如两头喘息的斗牛被带进指导员房间。事情很快弄清楚了，原来唱歌开始不久，张潮发现"本部"人马少了毛勇，他不动声色地上楼，发现毛勇躲在角落里正摇头晃脑地听MP3，幽蓝的显示屏光映着他青春洋溢的脸。张潮蹑手蹑脚来到他身边，轻拍一下他的肩，毛勇一个激灵，一把扯下耳机，把MP3塞进口袋，连退两步。张潮伸出手勾了勾，示意毛勇把MP3给他。毛勇说，不是他的，是他晚饭后刚从别的连队老乡那儿借来的，听会儿马上还。张潮不听解释，执意让他把MP3交出来。上级有规定，未经特别批准官兵不准使用手机和MP3之类容易泄密且不利于管理的现代媒介，更何况是集体活动时间。一方坚持要，一方坚持不给，坚持要的一方似乎急于树立威信，不给的一方打心眼里对对方的权威并不认可，甚至有点儿轻蔑。拉扯中，张潮不小心碰到毛勇的鼻子，他那敏感的鼻子顿时"委屈"得鲜血直流。干部打兵，军阀作风，这还得了！现代兵的"维权"意识特强，一触即跳起来。

　　在二连毛勇是"无欲则刚"的那种兵，好像对什么都满不在乎。新兵中队时，上级对新兵情况进行问卷调查，他在入伍动机一栏里写道：尽义务，走一遭。他在家开过车，入伍时怀里揣着汽车驾驶B照，部队为建立"人才直通车"，对新兵入伍前的职业、爱好进行摸底，强调以前是驾驶员的，经过相关培训，仍然可以干老本行，但必须转一期士官。尽管开军车风驰电掣很威风，但对于后面坠着个"小尾巴"，他犹豫了，最终还是把驾驶证悄悄藏了起来。他本职工作干得还可以，但从没在起床号响之前，用竹扫把划破清晨的宁静，也没有披星戴月地给菜地积过肥。当别人做这些事时，他不攀不比，不耻也不后勇，一副泰然自若的样子。他不抽烟，也就没有给干部、骨干们发过烟点过火。也没有给班长、排长们洗过衣服，涮过碗，更别提其他私事了。他爱看球，也爱踢球。周末，兵们偶尔在草坪上脱两件衣服当球门，野马般狂奔一番。他踢球时眼里似乎只有"球"，没有"人"，决不会不合时宜地传球给领导，或故露破绽，给领导一个创造"辉煌"的机会。

但他并不是凡事事不关己，高高挂起，很多时候"参政"意识还很强，对连队一些不尽合理、不如人意的地方，常"指点江山，激扬文字"一番，如对连队每天晚上满满当当的活动安排就颇有"微词"。他说连队的管理方法是，操课时间训练教育管理，业余时间活动管理。从星期天晚上到星期六晚上每晚都有集体活动，星期天班务会，星期一理论学习，星期二"两防"形势分析，星期三唱歌，星期四看电影，星期五军事或政治教育，星期六兴趣活动，有意义的无意义的，有必要的没必要的，兵像羊群一样被紧紧地围在一块草坪上，一点自由支配的时间和空间都没有。唯恐他们一旦无事就会生非。毛勇尤其对星期三晚上的唱歌活动很恼火，大多数时候并没教新歌，只是把大家集合在一块温习那些老掉牙的歌，让他难以忍受。

毛勇像颗砸不烂煮不熟响当当的"铜豌豆"，固执地站在队列里。刘小虎似乎很欣赏他这种性格，很多时候他俩"泡"在一起，训练同一个小组，学习同一张桌，种菜共一畦地，施工抬一根扁担。刘小虎对毛勇身上那些需"显微镜"放大才看得清的每一个优点、每一点进步，都大张旗鼓，大造舆论，有时候说得毛勇很不好意思。

连队对张潮和毛勇之间的"肢体语言"没有马上处理，"冷却"了几天。张潮悄悄找刘小虎谈，张潮的意思是要求连队给他处分，杀杀他的嚣焰。言外之意毛勇走到今天很大原因是刘小虎惯纵的。

刘小虎沉吟一会儿，认为处分不妥当，不能达到治病救人的目的，毛勇从本质上来讲是个好兵，是个想好的兵。

连务会上讨论起这件事，有几个骨干赞同给毛勇处分。刘小虎作为毛勇的班长，坚决反对。他列举了毛勇的一贯表现和所具备的良好素质，据理力争，说处分等于把他往坏的一面推。双方理论得差不多了时，连长宣布暂时"休庭"，由党支部"合议"。最后结果是毛勇在全连军人大会上作出深刻检查，那个 MP3 不论是谁的，上交连队保管，他退伍离队时归还。

四

营区道路两旁白杨树浓稠的树叶在落日余晖中沉思般宁静，小河水面上一片波光粼粼。一队队兵端着脸盆朝菜地走去，从远处的小山头上看起来像一行行大雁在无声移动。一个多星期没下雨了，晚饭后兵们的主要活动就是浇菜地。浇菜很少以连为单位组织，大多数时候连值班员在门口吹一声哨，喊一声浇菜地啰，各班自行组织。

刘小虎在楼下喊，四班集合啦。最先出来的是毛勇，毛勇上次在军人大会上做检查后，情绪好像没啥波动，仍旧像颗响当当的"铜豌豆"该干啥干啥。全班人都在等着了，汪建军才出来，手里拎着个淡红色的脸盆，在一排黄色的脸盆中很醒目。去菜地的路上，刘小虎朝汪建军手上的脸盆多看了两眼，汪建军笑笑说，我的脸盆泡着衣服，暂时借用一下排长的。

兵们浇菜不是洒（洒水湿不到根），也不是泼（容易把菜扑倒），而是慷慨大方的一脸盆一脸盆地倒，反正兵的力气就像河水一样，绵绵不绝。运水的方式有两种，一种是各自为战，每人从小河边颤悠悠地端起一盆水，碎步跑到菜地边；另一种是互相配合联成一条"传送带"，一个递一个，将水从小河边传到菜地里。兵们用后一种方法多些，盛满水的脸盆在说笑声中传递，偶尔有兵脸盆没接好，洒了些水在身上，嘻嘻哈哈一笑而过，军衣不怕脏。不知不觉中一块地浇完了，很快转移"阵地"。

这其中最吸引眼球的是那边通信连的女兵浇地，女兵们俯身打水、端水的脚步、浇水的动作都是那么轻盈优美，她们那边的笑声总是最亮最脆。惹得好些男兵脖子探得像长颈鹿一样，不时走神，脸盆没接好的频率呈直线上升。这时候男兵们故意嘎嘎嘎的笑得很响，大有东风压倒西风之势，很多时候他们浇着浇着就觉得索然无味，默不作声了。

小河里的水远不能用"清亮"两字来形容，夕阳下看上去很美只是一种错觉。靠岸边的水面上浮着一层厚厚的"水花生"，扔几颗半大不小的石子在上面都不会漏沉下去。中央没有被"水花生"占领的水面，偶尔浮有死于非命的老鼠、野猫、野狗、小猪等，泡得白胀鼓鼓的，随着水面的波动一沉一浮。兵们就在河边，扒开"水花生"舀水，舀上来的水除了有黑糊状的飘浮物，还有绿色头发状的藻丝，也有小螺丝、细虾米被"殃及"。菜苗喝这种营养水长得壮呀。对于这种卫生状况男兵们早就习以为常了，那些有"铿锵玫瑰"之称的女兵们也花容平淡。浇完菜地，把脸盆在自来水龙头下洗洗，照样用来洗脸洗脚，一点儿也不碍事。

第一个有心理障碍的是二连"一号夫人"，连长家属。那天晚饭后，她陪连长去菜地转转，本想体验一下浪漫黄昏，感受一番田园情调，但她一看那臭水河和兵们从容不迫浇水的神态，顿时花容失色，哇哇直吐。从那后，她来队二十多天里，再也不吃连队菜地种的菜。至于她和不和连长kiss，谁也不得而知，因为连长也吃这种菜呀。

开始兵们认为只有"小资"女人才有"洁癖"，现在看起来还远不止于此。

那天浇完地回来，汪建军像往常对待自己的脸盆一样将张潮的脸盆洗干净后，放在他床下。张潮看到了，黑沉着脸，操起脸盆走向洗漱间，足足半个多小时，才出来。排房里的气氛很沉闷。

五

连队召开军人大会民主评议党员、干部。散会，张潮去了趟卫生间，回来时排房里像开了一锅粥，他一进门马上如釜底抽薪禁了声，几个兵头一低，眼睑一耷拉向屋外走去，没有开溜的开始看书、叠衣服、整理包裹等，摆摆弄弄，空气好像变了味。

课间休息，有几个兵在玩摔跤、掰手劲、单腿跳，阵阵起哄喝彩声中，张潮落寞地站在一边看热闹。

张潮对排里三十来个兵的籍贯、出生年月、文化程度等花名册上登记的内容掌握得一清二楚，如果进行排点名，让他背朝队伍也能一口气报出全排兵的名字。他找兵谈心，试图掏出他们的心里话，每次郑重其事的开始，雨过地皮还没湿就草草结束。张潮费心准备了好些问题，酝酿氛围，满脸真诚地想走进兵的内心世界，无奈他们太拘谨了，怎么轻叩他们的心扉，就是不开门。对于张潮所提的问题，他们一问一答，就那么简短蹦跳出几个字，如问家里几口人，他回答三口就完了，不会由此泅开，家里有父母和他，父母是干什么营生的，身体怎样，对他在部队有什么期待等。

兵们对张潮很客气，尤其表现在周末请假这件事上。兵把签有班长意见的请假条恭敬地递给张潮，然后双手垂立，忐忑不安地盯着张潮手中的笔。张潮简单问问情况，叮嘱几句后，然后大笔一挥。请假，排长这一关很关键，没有排长的签字，连队就不可能批。

张潮发现刘小虎和兵打得火热，最主要的原因就是常和他们一起打牌。好几次，刘小虎边打牌，边看似无意的问一个兵，你家和邻居家的宅基地纠纷还有结果啦？被问的兵边抓牌，边"口无遮拦"地说开了。一会儿，他微微侧了侧头，问另一个兵，你娘该出院了吧，身体恢复得怎样？你女朋友好长时间没给你来"专利刊号"了吧？刘小虎眼睛并不看对方，被问的兵也不看他，一切都在不经意中，有时还夹杂几句粗俗的"国骂""军骂"。

打牌是营盘里经久不衰的娱乐活动之一，纸制的扑克，流水的兵，那五十四张牌，两副牌合在一起一百单八张，如同一百零八将，被兵们组合变幻玩得乐此不倦，花样翻新。牌永远是同样的牌，赫拉克利特说，人不能两次踏进同一条河流。有兵总结出，人不能两次抓到同一手牌。打牌不拘条件设施，野外驻训，演习拉练，施工工地，只要宣布许可，几个兵相邀在帐篷里，草地上，树荫下席地而坐，兴趣盎然地玩一番，可当小憩，可以怡情。不像象棋军棋围棋之类，那么多棋子要小心保管好不说，还至少要场地平展一点，且只能两个人陶醉其中，其他人只能是观棋不语真君子；篮球足球乒乓球羽毛球等对条件设施要求苛刻；电脑电视家庭影院之类带电的东西设备笨重不说，还需要随手可取的电源。打牌在各个时期，各个部队打法不尽一致，就像一个时期有一个时期的特点，一支部队有一支部队的作风一样，但只要会打，换一种打法，一看就会，就如开车，会驾驶一种型号的汽车，换别的型号，稍稍适应试驾一会儿，就能运转自如了。部队上打牌纯粹是玩，打输了，往脸上贴纸条，往脖子上挂腰带，在名下画乌龟，或干脆钻桌子，博大家一阵乐不可支的笑。"牌场"如"战场"，胜负无"官""兵"。各种处罚即使领导输了也不能幸免。尽管只是玩，但都很在乎输赢，每个人都很注意选择"盟军"，配合好的对家彼此心有灵犀，攻防进退珠联璧合天衣无缝，紧盯上家，算计下家，谨慎自家，配合对家，已经出了哪些牌，估计谁手上还有什么牌，了然于心，稳扎稳打，纵然败北，也无关牌技，只怪实力悬殊。

张潮打牌只是初学者水平，自己手上的牌尚顾所不及，别说算计别人的牌。观战几场后，他似乎摸到了其中的门道，周末和几个兵玩了两把，战绩互有输赢，气氛不温不火。看样子刘小虎和他们打牌时那种闲适从容，话题枝枝蔓蔓的随意扯是一时学不来的。

星期天早上，一期士官李国中请假。张潮看了看他的假条，上午8点外出，中午11点半午饭前赶回来，请一上午假，时间不长，但排里已批过三个人外出了，再批就要超比例了。张潮盯着请假条问，你们班昨天晚上怎么没有报你？李国中说他是临时有点事。张潮说排里外出名额已经满了，让他下星期再出去。李国中摆弄着手里的假条，小声嘀咕着，不挪步，说只要排长同意，连队那边他自己想办法。张潮知道李国中军事素质有点儿好，连长比较"宠"他。还有节假日请假外出连队有时候抠得不是很紧，只是把握一个总数，具体人员由各排掌握，这个班排少出去一二个，那个班排就能多出去一二个，总体在位率没下降，连队也不是很计较。李国中磨蹭了好一会儿，张潮好像他那"墨宝"一字值千金似的，最终没有批。李国中甩手而去时的动作很快，带起一股风。

整个上午李国中像只患病的公鸡，神情恹恹的。这时张潮突然灵感叩门似的，决定拉上他打牌，并且和他联手打对家。李国中平时喜欢玩两把，三缺一喊他，有请必到。他的牌技有点儿像他的训练，一出手就八九不离十，常常打得神采飞扬，眉飞色舞。

果然，几手牌下来李国中抛却了不快。张潮眼瞅着上家，顾不上自家，手忙脚乱地又出错了，他和李国中"挣"的为数不多的分，又被扣去十分。张潮尴尬笑笑："我真是扣的没有挣的多。"

李国中的脸色多云转阴，比刚才没请到假还要难看。好像他是排长，张潮是个笨手笨脚完不成任务的兵。

张潮如履薄冰，愈发不自信，判断频频失误。知己知彼，百战不殆。牌桌上也是如此，张潮对彼如盲人摸象，对己（包括盟友）"不识庐山真面目"，已经出了哪些牌，还有哪些"杀手锏"没出，他全然无数，"盟友"出的什么牌，他也不太在意，他像是在孤军奋战,至于对手的招数他脑子里更没有空间去想。李国中好几次咳嗽提醒张潮注意看牌。这种做法是严重违规作弊行为,对手宽容地笑了笑。张潮却只当是他的喉咙干痒。

高手出牌如剑客亮剑,从出第一张牌引蛇出洞,投石问路,到最后一张牌收底,环环相扣,招招有数,步步制敌。退几步来说,虽然不能一出手就能统揽全局,但至少也要走一步看三步。

张潮又出错一张关键性的牌。

李国中脸色涨红,太阳穴处青筋毕露,此时他已完全沉迷牌局,每次出牌,将牌夹在食指和中指间发狠似的用力甩在桌面上,伴随"啪"的一声,牌在光滑的桌面上打着转,有的一触桌面像蚱蜢一样弹跳得老远,李国中嘴里同时咬牙切齿地配着音:妈那个×,臭手!每甩一次嘴里蹦出一句。张潮腮帮上的肉像针挑了一下,抽动着。

李国中又甩一次,刚张嘴,张潮将手里的牌猛地掼在桌上,腾地站起:妈那个×,你骂谁!

李国中如梦初醒,半张着嘴怔怔站在那儿,左手举着一把呈扇面打开的牌。

张潮摔门而去。

天擦黑,张潮丢了魂似的在操场上转悠,发现不远处的小松树林里,有人在烧纸,一张小小的纸片将烬,赶紧接上一张,橘黄色的火光映衬着那张脸,有点儿像李国中。

六

星期天,张潮上街买回两双拳击手套,发酵大馒头似的,一双红色的,红得欲滴;一双蓝色的,蓝得诱人。

四只拳击手套躺在班柜顶上,像在开会,打牌,又像在示威。

凡是到二排去的人都朝那两双拳击手套行"注目礼",仿佛它们是二排的标志性物件。迎着疑惑的目光,张潮有时候解释一下,我们下一步准备利用体能训练时间开展拳击运动。排房里放两双拳击手套,明显影响内务卫生整齐统一,内务卫生大检查前让它们暂时"避难",过几天又冒了出来。拳击手套落寞地躺在班柜顶上,很长时间没人动,上面蒙了一层细白的灰尘,像化了淡妆。

一天早上,可能是煤火不旺或是炊事班的闹钟坏了,还是他们的动作没往常麻利,到了开饭时间,迟迟等不到开饭的哨声。兵们洗漱整理完后等在连队门口,一时像一群百无聊赖的"泼皮"。这时,毛勇兴致勃发从班柜顶上取下拳击套,扑扑灰尘:"排长,我们玩玩。"张潮点点头。

毛勇将蓝色的挑衅似的扔给李国中,自己戴上红色的。李国中人高马大,浑身肉疙瘩,平时打哈欠都冲人。毛勇虽然只是个上等兵,但很多时候不把士官当班长,不把排长当干部,一脸笑歪歪的。李国中有板有眼地系好鞋带,扎紧裤带,像只斗公鸡,围着毛勇跳跃着,跃跃欲试的拳头如锁定目标的眼镜蛇,那架势拉得和擂台上的职业拳击手差不多。与其相反,毛勇满不在乎的神情像街头晃荡的不良青年。突然,李国中右拳护胸,左拳如眼镜蛇吐信一闪而来,毛勇侧身躲过,顺势抡起双拳雨点般地砸李国中的头,如撒泼耍赖的泼妇,没有章法,没有招数,也全然不顾危险,不顾及体面与风度,一味攻击,攻击,再攻击。李国中躲闪之余还击过几次,且颇有力度,但终究不敌毛勇豁出命来般的勇猛,随着拳头密集地落在头上、脸上,李国中抱头便跑,毛勇紧追不舍。群情亢奋中,李国中的狼狈情形可以做"抱头鼠窜"的写照。

比赛结束,李国中怪毛勇不按规矩出招,毛勇说胜利之道就是规矩。

毛勇和李国中拉开了二连业余拳击循环赛的序幕。从那后,大家似乎找到一个好乐子，早饭前晚饭后课间休息自由活动时间，阵阵喝彩声中两个兵各戴一双拳击套，像两只斗鸡，你来我往对打一番，全都不讲招式不讲策略，拼的是一鼓作气无所畏惧的牛劲。包括李国中，挨过几次揍后，也变得像泼妇一样直扑腾。

拳击赛成了二连最风靡最有趣最令人亢奋的"兵间"活动。每有赛事，门口走廊窗台上围满了观众，看"现场直播"，比看电视上的拳击赛火爆多了。比赛双方谁都不会，无知者无畏，也就不拘法则，自由发挥扭打在一起，看谁出手快，准且狠，一方挨过一阵拳头后，吃不消了，转身就跑，另一方拔腿直追，"优待俘虏"、"缴枪不杀"在这儿都不管用，败者已经像鸵鸟一样把头藏住了，胜者还要在其后脑勺上捣两拳。整个比赛时间不长，胜负一目了然，连裁判都不需要。胜者情急之中捶打捣抓扯各种招数使尽，只差像泰森一样扑上去咬耳朵，败者除了和胜者一样姿势难看外，还抱头鼠窜落荒而逃，让观众笑得浑身颤抖，直喊肚子疼。

在这场席卷二连的群众性运动中，有两个人似乎置身局外，一个是刘小虎，始终像一个持重长者，目光平淡而温暖地看着大家乐此不倦，看到精彩处，也含蓄浅浅地笑笑，对于这些大家习以为常，好像刘小虎就应该是这个样子；另一个就是"始作俑"者，拳击套的主人张潮，一副高深莫测的样子，偶尔未置可否地笑笑。

一个很平常的早晨，不知谁使了什么法子，让刘小虎、张潮各戴一双拳击套，像电视剧《西游记》中的"大王"出场一样，在大伙儿的簇拥下来到连队门前的空地上，摆开阵势。场面没有往日的喧嚣热闹，但平添一种大战在即的庄严和凝重。

两人目光激烈碰撞几乎摩擦出火花，刘小虎跳跃起首先出拳，刹那间如鹰隼扑食，猛虎夺路，气势挟风带电，接连几招被张潮轻巧挡住，躲过，闪过。刘小虎虽然同样不谙拳击，但凭他的军事素质在连队不言自威，不必说五公里跑步，五千米泅渡成绩优秀且气息平常似闲庭信步；不必说两百米外对移动隐现目标速射，枪响靶落，弹无虚发；也不必说攀登高墙，身轻如燕，敏似猿猴，单就挥舞起那一套虎虎生风的捕俘拳，那干脆利索的"锁喉"动作让人心里直发怵，下意识地摸摸自己的喉结。

大家见张潮在刘小虎凌厉的攻势下如武林高手应付混小子，收放自如，张弛有度，一时全愣了。很明显捕俘拳和拳击是两种不同"门派"的功夫，打捕俘拳戴上拳击套如同把老虎的爪子包住或剪掉让它捕食。只见张潮跳跃躲过刘小虎一记带有捕俘拳痕迹的"混合拳"，瞅准一个破绽，趁刘小虎收拳之际，他左拳一晃，刘小虎中途转道去挡，一道蓝光闪过，左胸结结实实挨了一闷拳。上当了，张潮的左掌只是虚招，右拳才是精确垂直打击。

刘小虎不再像个莽汉一样锋芒毕露的一味进攻，及时调整战术，攻防交错。这下张潮频频出击，愈战愈勇，令刘小虎几次判断失误，胸、肩又挨了几拳，他被动防御中仍不忘奋起还击，但不是慌乱之中打偏了，就是力度不够，勉强招架的样子让观众捏紧拳头直跺脚。叹息声中，如同看到"英雄迟暮"的凄然。

突然，张潮右拳一晃，直奔刘小虎胸前，刘小虎一闪念认为对方又在玩声东击西的把戏，就在他走神的一刹那，前胸和右脸同时中拳，一个趔趄，险些跌倒。刘小虎终于做出"约定成俗"的投降姿势，双手抱头，但没有"鼠窜"。张潮高举拳头，又颓然放下。人群里响起稀稀拉拉的掌声，大家无趣的散去。

张潮研习过拳击由此浮出水面。他受到过无名拳师的指点，且深得真传，在大学里他业余活动就是"主修"拳击，来当兵也和会拳击有关，他原以为凭拳头说话，能在部队里打出一片天地，穿上军装后才发现拳击在这儿似乎毫无用武之地，唯一的优势就是身体结实一点，比别的大学生干部抗摔打一点，别的好处暂时还看不出来。

张潮打败刘小虎，赢得的"战利品"就是他的腰杆好像挺直了些，说话有底气了些，还有在他身边聚拢了一脉"人气"。好几个拳击迷热情地请他指点，他也毫不谦虚一招一式领着他们比划起来。

那场比赛后，二连的拳击运动由此步入正轨，但正儿八经的拳击比赛反而少有看客了。

七

秋虫在草丛里鸣唱，夜晚有些凉意了。

连队安排列兵王天乐向刘小虎学习新装备维护保养技术。刘小虎是二连唯一参加过新装备维护保养集训队的骨干。新装备操作起来简便，教两遍就会，但维护保养比较复杂，没有经过相关专业培训不行。当时连队挑人去学习，很多人不以为然，刘小虎主动要求去，并且学得很认真，他能转上一期士官它有大的"功劳"。

一进入秋天，那些一门心思想着退伍的兵开始在日历上画圈圈进行倒计时。刘小虎已是第五年兵了，眼看一期将满。那天连长叫住他，让他重点教王天乐的技术，刘小虎晴朗的脸上好像一朵云飘过，黯淡了一下，极不自然地答应了。

王天乐下到四班前是连部通讯员，整天挂着一张娃娃般的笑脸。对刘小虎很尊重，早操回来马上给他打好洗脸水，挤好牙膏，晚上打好洗脚水；刘小虎茶杯里的水刚下去一点，马上续水；刘小虎在哪儿站一会儿，马上咚咚咚地搬来椅子。可惜刘小虎不抽烟，他的殷勤也就缺少了一种表现形式。面对王天乐滚烫的热情，刘小虎说你快把我惯成一个军阀了，你该干啥干啥去吧，不要把战友间的学习切磋搞得像江湖学艺似的。王天乐像个知错的孩子直点头，但过后仍然"故伎重演"。

新装备的日常维护保养技术手册上有，刘小虎也讲过，并且专门组织训练过。只有那些难得一遇的复杂情况处理和刘小虎自己领悟总结出来的经验，他有些躲躲闪闪，闪烁其词的。

一天，值班员报告说，新装备闹"情绪"了，运转不正常。刘小虎抓起工具箱招呼上王天乐救火般赶去。刘小虎围着新装备团团转，忙上忙下，折腾得浑身油污，"十字启""梅花启""8—12号扳手"，刘小虎叫一声，王天乐递上相应的工具，两人配合默契像紧张手术的医生和护士。突然刘小虎趴在下面好一会儿没吭声，一昂头，见王天乐凑得很近，正出神地盯着他排查故障，他眉头一皱，王天乐马上"识趣"地挪了挪，让出一道光亮。就在王天乐讪讪让开，没来得及提问，刘小虎如接骨神医三下五去二的把故障摆平了。

刘小虎把相关的理论书籍扔给王天乐，让他看不懂的就问。王天乐囫囵吞枣看了几章，不懂的地方太多了，懂的地方也似懂非懂，想提一个得体的问题都难。

后来又有过几次检修，似乎到了节骨眼上，刘小虎就有事，不是缺一样工具，就是有啥紧要事需王天乐跑一趟。在王天乐眼里新装备的检修过程就像电影艺术中的蒙太奇。

星期天上午，刘小虎请假外出，走出连队老远快到营房大门口了，又想起忘了带什么东西，临时折回来，看到张潮和王天乐两个脑袋凑在一起边在纸上画边说着什么。王天乐一见刘小虎，如刘小虎撞见了他的隐私，脸色极不自然。张潮呢，像是在示威，声音反而提高了八度，把书页翻得哗哗作响。刘小虎一听就知道张潮在给他讲解新装备的内容。张潮在大学里学的是和新装备相关联的系列。新装备的维护与保养对他来说是"小儿科"。

刘小虎没理会王天乐不时偷瞥的目光，只是看了看张潮睡的那张床。刘小虎以前睡那张床铺时特自信，现在觉得心里空荡荡的，越小心谨慎越不踏实。

八

连队每天下午最后一小时进行体能训练，可打篮球网球乒乓球，踢足球，或去文化活动中心健身房去"小资"一把。这些活动组织起来不太方便，百十号人容易流于"放羊"。只有五公里跑步好组织，人人能参与，且只燃烧脂肪，不消耗器材。于是五公里跑步成了连队体能训练的固定主打节目，就像伙食一样，以米饭馒头为主，隔三岔五做顿面条包子水饺调调味。

五公里跑步也像电信部门的服务一样，是多项选择有好几种跑法，有绕着"一环"，绕着"二环"，绕着"三环"三种不同的跑法。一环是大操场上的塑胶跑道，二环是绕营区包括家属区在内的水泥公路，三环是绕整个营盘于围墙外的沙石小路。一环二环三环是兵们受城市规划的启发自定义，没有经有关部门的备案批准。这其中只有一环有精确长度，一圈四百米。二环三环都是大概数，凭连长的步伐估算。连长们的步伐也无统一标准，如二环，上一任连长认为四圈就够五千米了，可这一任连长硬说得跑四圈半才够。

每天下午在落日的脉脉余晖中，一双双轻快有力的迷彩鞋踩着营区广播传出的轻快乐曲跳跃奔跑。像风一样卷过的兵群让人想起神采飞扬、青春蓬勃这些字眼。两圈跑下来，每个兵头发像浇过水汗津津一绺一绺的，脸蛋红扑扑的，汗衫紧贴背脊形成一道道褶皱，随着奔跑的脚步呈波浪状扭动。路边偶尔漫步一年轻异性，他们像示威似的，骤然提速，脚步变得像刚健的马蹄，裹挟一股汗腥温热的风掠过。毛勇还是新兵时，有过几次跑五公里的体验后在家信中感慨：太阳落山时，我们像一群刚放出笼抢食的饿狗，一拨一拨的，一只紧咬一只奔向前。这句话被汪建军瞥见，传开来，成为笑话，弄得他俩差点动武。毛勇说汪建军不该偷看他的信，妨碍他作为公民的通信自由，侵犯了他的隐私权。汪建军说他是无意中看到的，也是无意中说漏嘴的。闹到刘小虎那儿，刘小虎说毛勇你小子也太作践自己了，事情像那么回事，为什么不把我们形容得美感一点，比方说像一群飞鸟，像一群悍马，再不然比喻成一窝马蜂也强。

绕着一环二环三环跑了好些日子，在训练形势分析会上刘小虎提出，老是这样驴拉磨似的绕圈圈容易产生视觉疲劳，从军事训练的角度来讲熟悉的地形练不出精兵，能不能把大伙儿拉到营区外面去遛遛。在选择路线时，七嘴八舌，最后大家一致认为离营区不远的那片茶林是个好去处，茶林随着丘陵的走势连绵起伏，一条丝带般的水泥路飘然其间，那儿负离子含量高，令人心旷神怡，在嫩绿和茶香中正好撒开脚丫跑。连长挠了挠后脑勺说，是个好主意，让大家名正言顺地到外面去呼吸呼吸"新鲜"空气，饱览第二故乡的秀美景色，增强训练热情。但得向营里汇报后再做行动。

营里爽快答复，形式很好，但要组织有序，注意安全。连队决定结合这次转场，举行一次全副武装五公里赛，班与班比，排与排比，一是对前一阶段体能训练的效果做个总结和检验；二是对下一个阶段的训练举行隆重仪式，拉开又一道幕布。

赛事由团支部组织。刘小虎表现得很热情，提出一些可行性建议，如何记分，如何设立鼓动监督兼保障点，如何总结评比，对前几名建议司务处买几件白背心作为奖励，上面印尖刀二连全副武装五公里赛第几名字样。张潮平常很热心党团活动，这次却淡然处之，大伙儿猜测可能与他跑不动有关。张潮看起来离"弱不禁风"这个词相去甚远，可就是跑不动，在营区绕环跑时，两圈下来，喘得像拉破风箱。毛勇私下里给他取了个网名：古道西风瘦马。以前跑步都是瘦瘦的王天乐"断后""掩护"，现在张潮接替他的"岗位"，让他长舒一口气。

为组织这次活动，刘小虎和几名骨干还在晚饭后名曰散步实为考察，走了一趟。张潮也去了，回来时兴致颇高，一副成竹在胸的样子。

星期五下午"秋老虎"发威的天气，二连热闹得像城市全民健身运动会一样，官兵都行动了起来。每个人的行头作训服扎腰带，八颗教练手榴弹，挎包里一斤米，外加一壶白开水。连长站在队列前底气十足的吆喝几句，随着一声哨响，大家伙如拉开栅门的马群，迅速扑腾开了。这次，毛勇认真打量了一下前后左右，觉得用"饿狗"比喻确实有点儿不妥也不雅，大伙儿优美矫健的步伐更像马些。

奇怪！一大截跑下来，张潮没有"断后"，一直裹挟在人群中随大流，脚步还算从容，喘息还算匀称。途经一紧邻路边的小店时，他的"秘密"不攻自破，只见他突然提速冲出队伍，奔向小店，扔下揉成石子一样的纸币，从敞开的柜台上抓起一瓶矿泉水，转身折回队伍。一串动作，一气呵成，周密细致，尤其是丢钱和拿水的动作干脆利索，几乎同时进行，待店里的老大爷颤抖着展开汗津津的五块钱，叫喊着出来找零时，他已经跑出老远了。往回跑，这一幕又重演，他还即兴增加几个动作，把没喝完的矿泉水边跑边往头上浇。

比赛的结果已变得不重要。大家的注意力完全被张潮的"作弊"行为吸引，张潮对此也直言不讳，他的水壶里是没有装水，到路边店买水，全程少负重约两斤，他凭自己的智慧没有拖全排的后腿，赢得这次比赛，他很高兴。至于他为什么不带水，要到路边店买水，他提出一个"大联勤"保障，说现代军营，现代化战争要充分利用社会资源，实现打赢最大化。张潮的理论一抛出，一片哗然，后面那些话已被喧闹声淹没。激动的人群中，王天乐涨红着脸急于表达自己的观点，他的声音尖细得像女声，这怎么行呢，和平时期"大联勤"保障还差不多，打起仗来老百姓可不会冒死做生意，火线上买不到矿泉水，也买不到盒饭，上甘岭战役中那些坑道里即使堆满金子，水也送不上去。张潮好像明白他们要说啥，大声叫喊现代战争没有前方和后方之分，没有军用和民用之别，一切为我所用，为我所取……

二连由此引发一场沸沸扬扬的争论，好长时间没个结果。

九

张潮带领李国中、王天乐参加旅里组织的"外军知识竞赛"，已进入四强。

二连似乎很看重这事，平时各兄弟单位工作大差不差，大家都铆着劲儿干，谁也没出什么纰漏，难分个高矮胖瘦，一年的成绩很大部分靠这些弄出个响动。指导员亲自担任保障组长，上图书馆上全军政工网掘地三尺地给他们搜罗资料，还模拟现场进行考核。

开饭时，连长把在政治部帮助工作的上等兵小常叫到连部桌上，边吃边扯一些听似闲话，暗示他刺探关于知识竞赛的情报，说是为了连队的荣誉。指导员一旁若有若无地微笑着。张潮对连队这一套嘴上没说什么，脸上明显写着不屑，鼻孔像患感冒哼了哼，草草扒了碗饭就撤了，从始至终没有瞥小常一眼。小常像打入首脑机关的间谍，利用工作之便鬼鬼祟祟忙乎了好几天，直到知识竞赛开锣也没刺探到有价值的东西。

以前发生过这样的事，参谋干事伤了很多脑细胞拟出的比赛试题，在机关帮助工作的兵由于参与打印、布置赛场等幕后工作，他们把接触到的"核心机密"有意无意地透露给自己所在的连队，比赛结果一出来，明眼人马上看出了端倪。那些借调机关帮助工作的兵"身在曹营心在汉"，心里颇为复杂，在希望自己连队获胜的同时，还盘算着个人的"小九九"，自己干活在机关，但编制实力在连队,吃住在连队,从根本上说还是连队的人,立功评奖入党学技术都要经过连队这级组织,不能不有所顾忌。现在各级机关隔上一段时间像大扫除一样,清理机关超占的兵员,提高了部队的战斗力,无意间也防止了"家贼"。

决赛在星期六下午举行,全旅官兵除了值班执勤的都参加了,旅长政委也参加了。旅长政委挨坐在最前排,面前各放一个嫩芽舒展的玻璃茶杯。气氛骤然庄重紧张起来。以前这类赛事,一般由政治部一名副主任牵头组织,旅里至多一名主官亮亮相。有时候恰逢周末或晚上,旅首长们常不请自到。如"攻坚杯"篮球赛,好几场安排在晚上灯光球场进行,旅里两位主官有时不约而同地出现在记分席前,看球员们在场上奔跑厮杀,无论谁输谁赢,一脸平静地微笑,完了还即兴讲几句。今天他们坐在最前排,后排的官兵看不见他们的表情,只是从政委不时凑近旅长的背影看得出,他们可能就某个话题在交流。

台上四个连队十二名选手,坐四张桌子呈弧形展开。每个连队三名选手,一名干部,一名士官,一名义务兵,各个层面兼顾,且美其名曰具有广泛的代表性。四张茶色的玻璃桌和绿色的椅子是从文化活动中心搬来的,为筹备这次比赛,小常和电影队的几个兵忙得颠颠的,连午休都放弃了。张潮、李国中和王天乐坐在最左边,位置不太理想,但他们目光炯炯,一副胸有成竹、胜券在握的样子。果然,比赛还没过半,张潮就将观众的目光拽了过来,把左侧变成舞台的焦点和中心。第一轮抢答,试题较为容易,四个组你追我赶比分没拉开多少,随着试题难度加深,分数加重,愈富有挑战性,张潮他们仨像服了违禁药品一样亢奋,落落大方,侃侃而谈,准确详尽,妙语连珠。这时,刘小虎率领的掌声啦啦队充分发挥了火借风势、火上浇油的作用。其实从张潮他们一出场,二连的掌声就憋足了劲,令他们腰杆挺直,以后他们每答对一道题,哪怕不是那么完美，随着最后一个字落音，随着刘小虎不易觉察的肢体语言，挺胸仰头，掌声骤起，气势夺人。那掌声分明是在向全场宣告，我们是最牛的！如果说力量和勇敢的展示需要士气，那么知识和智慧的表现也需要士气。士气是士兵的营养液，是一种无处不在的状态。在张潮他们咄咄逼人的气势下，相对而言其他几个组就有些逊色了。张潮又抢到一道"重磅"题，回答得有理有据，条理清楚，思维绵密。那天张潮穿一套熨烫的夏常服，平时不戴眼镜的他鼻梁上一副纤细的银丝眼镜，看起来很酷很帅的样子。每个人在自己熟知的领域里劳动的身影是最美丽的，挤奶工挤奶时最美丽，驾驶员开车时最美丽，工人操作机床时最美丽，科学家在专注实验时最美丽，战士持枪站哨的剪影最美丽。

二连代表队以领先亚军四十分的"绝对优势"夺冠。其他连队还在广场上稀里哗啦地整队，二连已跑步带回了。一回到连队，连长就让文书把"响器"拿出来。当张潮他们抱着奖状出现在连队门口，猛然一响的锣鼓声吓他们一跳，兵们夸张得像迎接凯旋归来的英雄一样，簇拥着他们，有兵把会议室桌上那几束塑料花也搬了出来，一把塞在他们怀里。

十

前天下午演习出发时，兵们脚步轻快，有说有笑的像郊游一样，经过近两天的折腾很多兵陷入了沉默，一路上时快时慢时紧时松地走来，不时穿插一些训练科目，防空袭，防化学武器，穿越炮火封锁区，穿越雷区，穿越障碍区等，再加上没休息好，好些兵这时才明白为什么他们的父辈劳累了一天后话那么少。宣传鼓劲队恨不得挠每个兵的胳肢窝，逗大家笑。只有那几个不老不新的兵"皮实"，精神好，一听到原地休息十分钟的命令，撸下背包就跑到路边摘山枣。层林尽染，秋色如醉，山道边灌木丛里泛红的山枣坠满枝头。这个季节山枣水分充足，糖分丰富，脆甜脆甜的，是真正意义上的绿色食品，连水洗这套最基本的消毒工序都免了。几个兵口袋鼓鼓囊囊地回来，蜿蜒前进的队伍里很快漫延起一片咀嚼声。

宿营时天已擦黑，兵们借助天边最后一丝光亮搭起过夜的"窝"，书面的说法就是个人帐篷。大致搭法就是用背包带在两棵临近的树之间拉一根绳，然后在绳子上呈人字形搭一块0.15厘米厚的塑料薄膜。塑料薄膜是司令部机关为单兵作战统一配发的。人字棚搭好后，快速用工兵锹在两边挖两条排水沟，同时用挖出来的土石压住人字棚两边的"屋脚"，这样防风又防雨，最后将两侧的"门"，一侧封好，另一侧整理作为出入口。弓身爬进去，将雨衣铺在最下面防潮，然后铺上棉垫、床单，摆上被子，如此就可以对付一夜了。单兵简易帐篷，熟练的老兵三到五分钟即可完成。这种帐篷一般以班为单位组织，排、连相对比较集中。地点选择很有讲究，需易于隐蔽，便于疏散，能防洪防火的林地。所以，有时候天黑了很久，队伍已走得很疲倦，前面还没有传来宿营的意思，那是打"前站"的同志将宿营地号得很远。

刘小虎刚把被褥整理好，值班员影影绰绰地在帐篷间穿梭，通报今晚有中到大雨，让大家把帐篷搭牢靠点。刘小虎俯身又检查了一遍一些易疏忽的边边角角，找来几个大石块压住帐篷脚。住这种帐篷怕晴又怕雨，太阳一露脸，里面的温度噌地往上蹿，热得像洗桑拿；雨天，小雨淅沥或大雨滂沱，到处雾霭迷漫，潮得拧得出水，地是潮的，树是潮的，空气是潮的，被子是潮的，人也是潮的，外衣雨潮衬衣汗潮，大汗淋漓后的身子钻进潮乎乎的被子，刚躺下去那种滋味无可名状，好在人实在太困了，浑身鸡皮疙瘩适应一会儿，就进入黑甜的梦乡。第二天一大早不是被起床哨唤醒，而是被鸟鸣吵醒，迟疑间，发现自己一夜的呼吸使薄膜蒙上一层水雾，发现一条大花"美女蛇"不知何时钻了进来,盘蜷在枕边陪了自己一夜。不惊扰"美女蛇"的好梦,小心翼翼钻出帐篷,眯着眼睛望望清晨第一缕阳光,贪婪深呼吸清新的空气,草木葱绿,露珠晶莹,迎来的是一个大晴天,心情似乎格外的舒展美好。

开饭了。刘小虎招呼张潮一声,他俩的帐篷紧挨着。空旷的草坪是偌大的露天餐厅,连队炊事班热腾腾的饭菜锅旁立一盏马灯,每个班一只小铝盆盛菜,围着马灯散开。连部、炊事班的"盆"离马灯最近,离马灯远的地方啥也看不清,筷子伸进盆里夹到啥吃啥。在一片碗筷声、咀嚼声、稀里呼噜喝汤声的伴奏下,连长大致讲评一天的演练,布置明天的任务,强调帐篷要注意防雨,吃完饭回去再检查检查,最后宣布饭后班长以上骨干留下来。

饭菜的口味还凑合,就是有沙子硌牙。刘小虎正风卷残云狼吞虎咽着,突然下颌嚅动的速度放慢,转为小心翼翼的试探,抿嘴不动,眉头一蹙,喉结一骨碌,嘴里含沙子的饭被他硬吞了下去。也有兵将"沙拌饭"吐出来,说炊事班把他们当作鸡了,需要沙子帮助消化。有兵接腔,我们是来保卫祖国领土的,不是来吃领土的。一两声说笑,周围仍旧是一片急行军般的进食声。谁都知道出门在外,炊事班比战斗班更辛苦。宿营地有时候设在远离水源的山腰,仅抬回那点烧熟饭的水就把人折腾得够呛。炊事班黑大个班长和刘小虎是老乡,刘小虎曾见他一时找不到大锅铲,顺手操起挖野炊灶的大铁锹,拍一下上面的土,于是那把大铁锹在锅里搅乎,发挥起锅铲的功能。那些沙子很可能是通过这种方式混进来的。

刘小虎回来时一片寂静,大多数帐篷口敞着,天气闷热。转了一圈,他也钻进帐篷。半夜,帐篷顶响起一片泼豆子般的雨声,一股冷风灌进,刘小虎醒了。隐约间周围传来起身关帐篷的响动,还有哨兵的奔走敦促声。雨哗哗的,感觉就像在巨大的莲花喷头下,风刮过树梢,拖着长长的呼啸声。一道闪电划过,只见风掀起浓密的树冠如群魔狂舞，帐篷不时如被一双巨手捏握，时扁时长，天地间一片水的世界，林子里密密匝匝乳白色的帐篷像大海里飘忽的小舢板。刘小虎渐渐感觉到一股湿漉漉的潮气和丝丝寒意。借着闪电光亮，可以看到帐篷外的排水沟水流湍急，卷起片片黄叶，有一两处快漫上岸了，好在还有最后一道防线，垫在棉垫下的雨衣。

裹着风，盖着雨，地当床，森林是曼妙的青纱帐。与大自然如此亲密接触，这种体验不是每个人都有机会享有。想着这些，依稀"夜阑卧听风吹雨，铁马冰河入梦来"。就在刘小虎迷迷糊糊准备再次进入梦乡时，帐篷被猛一掀，张潮像只落汤鸡抱着被子钻了进来，"我的帐篷进水了，到你这儿挤挤。"原来张潮的帐篷只压了一边，另一边只是用沙土压压。那么多人涌进林子，里面的石头一时成了紧缺战备物资，很不好找。还有他的排水沟也没开好，倾盆大雨中支撑一会，很快就水漫被窝。狭小的单兵帐篷一个人躺还勉强，两个人挤，顿时翻身都困难，空气也好像变稀薄了些。刘小虎一时没了睡意，想起班里那顶班用帐篷。那顶班用帐篷他几乎每年要住一次，每次七天，精神有点儿像那些有钱又有闲的"驴友"，可他们从内容到形式要比"驴友"们沉重认真得多。当新兵时，每次宿营班长都占据靠窗口那个位置，就这么个细节，班长的形象在他心目中咯噔了一下。靠窗口那个位置好呀，空气流动，视野开阔。直到一个雨夜，靠窗口那儿漏雨，班长从容不迫他拿出饭盒接雨，他才知道那儿的防水层被蹭破了，平时看不出来。那嘀嗒嘀嗒的滴漏声，还有班长顶着饭盒努力保持一个睡姿的样子，令他太难忘了。后来他当上了班长，也先把被子撂在那儿，开始时也有些兵不解。

混沌中刘小虎感觉张潮烫得像团燃烧的木炭。第二天早上雨变小了，但还是没有停。大家在雨中边整理背包，边随意扯几句昨夜的风雨，谁的帐篷被风雨破门，以至夜不闭户；谁的被掉下来的枯枝戳了个洞，半夜在抗洪。刘小虎盯着张潮通红的脸问，是不是感冒了，要不要上收容车？演习队伍后面跟有收容车，已有好几个人蔫在上面了，二连还没有。张潮摇摇头说，没有，只是没有休息好，头有点晕。张潮的棉垫透湿了，雨衣的衬布也湿了一大片。还好是演习的最后一天了，中午与"敌"接战，估计晚上可以回营。

队伍路过一个小村庄，路泥泞，走得很慢，好多老百姓倚在门口扒在窗户上看稀奇。从乡亲们的眼神里兵们读懂自己现在的模样：几天没洗脸刷牙，至少是草草敷衍了事，工作裤管上的泥巴如角质层，整个身子连同背包裹在宽大的灰黑雨衣下，像一只只步履蹒跚的企鹅。围观的人群中不时有人啧啧惊叹，没想到当兵这么苦。队伍在村边休息了二十分钟，有老百姓用篮子提着香烟、火腿肠、面包、饼干等东西兜售，很快抢购一空。刘小虎买了半斤茶叶，放在鼻子下陶醉般地闻了闻，连夸好茶。

战斗远没有想象中的那么激烈，兵们先是甩开膀子挖掩体，然后就是一阵紧一阵地奔跑，从这座山头冲到那个谷底，又从这个谷底冲到另一片开阔地，没有枪声，也没有炮声，更没有炸点纷飞，懵懵懂懂中上级宣布演习结束，我们胜利了。

回营路上，张潮终于撑不住了，上了收容车。一回营，就住进了医院。医生怪他不该逞强，再迟一步就麻烦了。

十一

"二排长，电话。""哪里来的？""说是你同学。"

这段时间张潮的电话有点多，有从军线打来的，也有从地方线打来的，有时匆匆数语，有时一打就是半个多小时，或窃窃私语，或相谈甚欢。找张潮的电话似乎深谙部队的作息规律，几乎每次第一时间能找到他。让那些想用电话的兵转悠到连部，看到二排长一副安营扎寨长期作战的样子，只得悄悄引退。

文书、通信员是"连机关"编外"首长",手上掌握不少公共资源,叫电话就是其中一项。比较"老气"的文书、通讯员常看人"下菜",一般的兵在连队没啥威信且与他们私交一般,有电话找,懒得跑,就在离话筒不远处(故意让电话里听到,他们叫了)叫两声应付一下,有时干脆说人不在。当然兵家里来电话,或上级机关来电话那另当别论。文书、通信员都是机灵鬼,哪儿来的电话,轻重缓急,一听就知道,哪怕是串老乡的电话,为了达到叫人的目的,谎称是机关某参谋、某干事,他们心知肚明,即使不太情愿去叫,也怕挂万漏一。张潮的电话,他们一个不落地叫,并不是因为张潮有多大的威信,也不是和他们打得火热,只因为他是干部,目前虽然连部不是他的"势力"范围,但说不定哪一天,文书、通信员下排锻炼,或张潮高升,成为连队三号首长呢。

　　文书、通讯员无意偷听张潮的电话,但就那么小的空间,谈话没有涉及机密和隐私,张潮也没有要求他们回避,他俩也不可能张潮一打电话就站在门外像两匹狼一样徘徊。电话内容断断续续隐隐约约往耳朵里灌,被他们有意无意地串成一个个有情节没情节的故事。最来电的好像是他大学里的一个"铁哥们",来电的环境也不拘一格,有时候好像是轻音乐徐缓的咖啡厅,有时候是欢歌劲舞的歌舞厅,有时候在涛声阵阵的海滩,有时候在松风过耳的山巅,有时候在风驰电掣的车上,有时候在交杯换盏呼朋引伴之际,有时候是刚捞一桶金春风得意之时。而这些时候张潮大都刚汗流浃背训练回来,刚满脚泥巴整理菜地回来,刚带兵出公差勤务回来,或刚因工作不顺郁闷着。张潮的"铁哥们"眉飞色舞地夸他是他们中最优秀的,如果他去,可以考虑禅让由他坐"头把交椅","铁哥们"给他当副手,跟着他发大财。张潮一会儿把话筒贴在左边,一会儿调到右边,哼哼哈哈的,心神不定地应着,偶尔插一两句话。

　　张潮平静的心底开始暗流涌动是从这些热线电话开始的。每次接完电话，有时脸色酡红如夏日彩霞，很兴奋，好像很想找个人拉拉；有时阴沉得似雨后黄昏，一声不吭，看什么都不入眼。后来，据几个"马后炮"思想骨干分析，这些电话为张潮打开了一扇窗，打开了一扇有鲜花盛开也有蚊蝇群舞的窗。一边是规律军号悠扬的营盘，一边是喧嚣热闹的大千世界。两相比较，他心里自然颇不宁静。

又轮到张潮值班，他这个新排长好像比干了四年没挪窝的老排长还没劲，散漫地把值班袖标扔给刘小虎。然后老干部似的跟在队伍后面晃悠。生活也"小资"了起来，每次上街不忘带回本时尚精美的杂志，对上面琳琅满目的商品一研究就是半天。为了抹去训练时太阳留下的纪念，也开始在脸上"精耕细作"起来。还有他刚下连队时像个大家闺秀，十天半月不迈出营门，现在几天不外出就如一条缺氧窒息的鱼，一定要浮到水面上去透透气。张潮外出，有时因公去别的营区，偶尔出公差跑跑腿，最主要的是送病号转院就诊。连队隔三岔五有这儿痒那儿痛的兵，旅医院那些医生唯一拿手的工作就是开转院介绍信，哪怕只是个感冒，也一股脑儿往体系内大医院推，然后他们几个男男女女坐在一堆漫不经心地聊天打发时光。根据长期的经验教训得出来的做法，连队的兵去体系医院就诊，得派一名素质好威信高的骨干陪同，职务至少是班长，当然干部陪同更好。这样既体现组织上对病号的关心，又防止病号一出营门就如取下"紧箍咒"的猴子乱翻筋斗，擅自改变行动路线，进入不该进入的场所，做不该做的事。张潮做这项工作似乎物尽其用，连队干部也很放心，没想到他对兵这么有感情。为此，指导员还在军人大会上专门表扬过。张潮头低脸红的，好像别人窥破了他的心思。

十二

  天空飘着小雨，晚点名散了，兵们松松散散的开始洗漱，准备就寝。这时，昏黄的路灯下两个机关督查干部模样的人行色匆匆的走进连部。片刻，连值日跑来请张潮去连部会议室，说是有人找。

  张潮走进会议室，里面的气氛凝重得令人呼吸不畅。指导员介绍说，这两位是旅政治部保卫科的王科长和李干事，找他了解一点事，让他有什么说什么，别藏着掖着。说完掩门出去了。王科长和李干事他有些面熟，没打过交道。太平日子里和保卫科你来我往的也不是好事。营盘里有句老得上了年纪的俗语：天不怕，地不怕，就怕保卫科找谈话。

  少校王科长面无表情地让他坐下，一旁的中尉李干事翻开笔记本准备记录。问话没有拐弯抹角、旁敲侧击，而是单刀直入地问他，有没有经常上网，访问过哪些网站，上过哪些论坛，和哪些人交往过，聊些什么话题？……张潮额头渗出一层细密的汗珠。

  张潮从会议室出来，雨已经停了，一弯新月清冷地挂在西天，营区万籁俱寂，只有哨兵踩着树叶飘落般的脚步触摸着夜的神经。

  张潮在地方互联网上好几次穿军装和不明身份的人员视频聊天，被上级保卫部门掌握，通报到旅里，深入一了解，发现他是网上"老江湖"，不但邮箱、QQ号一应俱全，还开有个人"博客"，且"博客"和好几个所谓的名人连接。在虚拟世界里，他像个独行侠浪迹许多网页和论坛，他看待事物的角度较为独特，虽无"爆料"吸引眼球，但常有不失幽默之语，所以人气较旺，很多只是"一面"之缘都将他加入"好友"行列。由此，和他交往的人"阶级成分"较为复杂，有金领精英，有走卒贩夫，有持重老者，有雌黄愤青，有纤秀美眉，有厚膀爷们，大都为国内同胞，也有国际友人。保卫部门在查询他与国外网民的聊天记录时，搬来一本厚厚的英汉辞典，连蒙带猜，费了很大的劲才弄清楚。

部队三令五申不准官兵进入地方网吧，就像不准进入涉嫌不健康的娱乐场所一样，确实因为工作需要，不准涉及军事机密，不准透露军人身份，更不准将涉密电子媒介连接地方网络。营盘里每隔一段时间就翻箱倒柜掘地三尺地查找泄密隐患，各级都成立了保密组织，层层签订责任状。保卫部门印制了许多警示贴，上面白纸红字写道："保密就是保战斗力，保密就是保胜利，保密就是保生命，保密就是保家庭。"这些警示贴像"吸烟有害健康"卫生贴一样深入人心，贴在兵舍、走廊、路口、要道、食堂等醒目处。还有人创意性地贴在公共厕所的蹲坑前，让人看了哑然一笑，联想起保密就像保隐私。

张潮在保密氛围如乌云摧城的情况下，竟然顶风作案，而且着军装与网友视频聊天。经查，虽然所言的都是些司空见惯的流行元素，没有涉及军事内容。但他那套军装，他的军人身份很可能已招来潜伏在网上的"苍蝇"，说不定已被人设下了套，单等他往里钻了。

这次，对张潮的处理不像上次他和毛勇闹冲突那样只是小范围内"调停"，而是大张旗鼓，大造舆论，一人生病大家吃药，相互查找隐患，人人对照检查，个个洗澡过关。首先是班排组织讨论，然后是连队帮助教育，营里拿出处理意见，上报旅政治部。我军的优良传统就是力争把已经发生的坏事变成"好事"，让大家都从中吸取经验教训，从而提高免疫力，吃亏也不能白吃。

最后对张潮的处理是，全营军人大会上做检查，全旅通报批评。这还是有关领导反复权衡考虑，秉着对他的关心爱护作出的决定。尽管如此，对才迈开军旅第一步的张潮来说，这一跤跌得几乎让他的膝盖蹭破皮，渗出血。

十三

四楼顶楼梯处有间小屋，约莫三四平方米，靠里边有一排垂直上下的铁梯连接天花板，整个小屋只有一扇打开杂志大小的窗户，且有一人多高，关上小门，小屋昏暗逼仄得像间禁闭室。小屋被当作杂物间，里面堆满了床板、床架，还有一些废弃不常用的生产、训练器具，落满灰尘的门常虚掩着，门上挂着一把大铁锁，那只是摆设。

就在这个不易觉察几乎被人遗忘像蜘蛛藏身处的一个角落，刘小虎腾出一点仅能容身的空间，断砖支起一张跛腿的板凳当桌子，一把破旧的马扎当椅子。周末下雨没有安排集体活动，或其他自由支配时间，他躲进小屋成一统，把手表放在"桌子"左角，掌握时间，然后平心静气地看书、写信、记日记。倦了，累了，站起身扭扭腰，或愣坐着任思绪神游。周围的热闹与喧嚣仿佛信号屏蔽似的从他身边消失。当他神清气爽地再次出现在兵群中时，有点儿短梦初回的感觉。

连队本来安排有大家看书学习的地方，地点是三楼课堂，二楼会议室也可以，自由活动时间到文书那拿钥匙开门，晚上能延长半小时熄灯。这两处条件都不错，宽敞明亮，桌椅整齐，空气清新。但每次刘小虎从文书那儿要来钥匙，或请文书"亲自"上楼开门，坐不到一会儿刚进入状态，一些兵就像看到光亮的飞蛾，陆陆续续来，咳嗽声、走路声、挪椅子声、小声说话声、摆弄书本声，声声入耳。人是群居动物，但有时候希望独处一会儿，哪怕只是一个容膝之所，发一会儿呆，傻想一会儿，写点属于自己心灵的文字。刘小虎就是这样，如果隔些日子不让心里沉淀沉淀，就会连自己都不认识。当然有的人不需要，如同一个气体分子永远在做无规则运动。

这几天，张潮形影相吊像只受了伤的小动物，不时在各个角落转悠，摸摸看看，似乎在寻找"疗伤"之所。张潮推门而入时，刘小虎正扒在凳子上写什么，随手将摊开的笔记本合上。"半天没见你，原来躲在这。""这儿安静，我有时候在这儿看看书。"刘小虎站起来，小屋顿时局促得转不动身。张潮饶有兴趣地打量起大半屋子的杂物，抬头皱眉望了望那盏吊在半空中昏黄催人欲睡的灯，"不错，是个好地方，只可惜灯太暗了。"

张潮甚至没有征求刘小虎的意见，星期天带领两个兵将小屋整理了出来。地板细致地拖过，门和那个高不可攀的窗户擦得干干净净，墙角的蜘蛛网被扫帚打尽，只差墙面粉刷了。那些杂物搬到一楼，一楼楼梯处也有一间同样大小格局的小屋，里面摆放一些常用的生产、训练器具，诸如铁锹、粪桶、喷雾器、教练手榴弹、胸环靶之类的东西。四楼那些东西放进来后，由于整理有序，摆放整齐，所以较以前并没有显得更拥挤。

张潮领着两个兵像毛糙的搬家公司上上下下砰砰嘭嘭地搬弄时，谁也没太在意，刘小虎也没在意，直到张潮将一把钥匙递给他说，小屋收拾出来了，以后我们一起用。刘小虎心里隐隐有些不安。当了几年兵，部队上的事情也悟出一些门道，有些不该你得到的东西，如果你得到了就意味着失去，如得到不该得到的荣誉、待遇，失去的是战友们的敬重。

刘小虎将钥匙夹在笔记本里，小屋再也没进去过。

张潮像只搭窝的花喜鹊兴致勃勃地布置起自己的"书斋"。隔几天，不知从哪儿谋来一张桌子，又过几天，弄来一把椅子，将一张带日历的风景画贴在桌子上方的墙上，桌子左上角整齐码放几本常读的书，右边放一个洁净的玻璃杯，灯泡换成大功率的了，照得小屋亮堂堂的，抽屉里也许还有一台精致的袖珍收音机，看累了，可以听听音乐。小屋布置得简洁明快。

张潮拐弯抹角地向干部部门打听报考研究生的事宜，同时悄悄向一些已毕业的研究生和报考过以及正准备报考的同学、战友了解相关细枝末节。充分掌握信息后，他马上付诸行动，买回一大摞考研的书，以百米冲刺的状态投入紧张的考研学习。张潮似乎找到了努力的目标，不再为生活中的一些"藤蔓"搅绊，生活层面上平静了下来，平时该干啥时干啥，操课前扎好腰带等待哨声，开会、点名、看电影、听报告等集体活动一次不落，该咋呼时咋呼，该整队时整队，但是只要有一丁点可以自由支配的时间，他就见缝插针，不声不响地提着个开水瓶，无言独上小屋。当然，一有风吹草动刘小虎马上让人通风报信，如上级机关突击点名检查人员在位情况，临时有任务等。

张潮经常神秘"失踪"，连队干部似乎听到了什么风声。一天晚上新闻联播后，连长各个排房转悠一圈，径直来到四楼，直奔小屋门缝里透出的一缕灯光，叩开门，连长一言不发，目光呈机枪扫射状打量小屋里的陈设，半天冒出一句话："这样可不行，你这是擅自脱离兵，脱离你的岗位，脱离你的责任！"

第二天，文书用例行公事的口吻向张潮讨要小屋的钥匙说，连长、指导员交代了，小屋得用来摆放床板和床架，床架放得高不会生锈。尽管理由有些勉强，张潮还是将钥匙交了出去。

张潮的"书斋"梦前后不到一个月就夭折了。

十四

连队门口一排法国梧桐树，瑟瑟秋风中叶子落个不停，才扫过，一阵风来，又落了一地，下雨天，湿漉漉的叶子紧贴湿漉漉的地面，扫也不好扫。几个兵一合计，猴一样爬上树，站在枝丫上晃荡，顿时落英缤纷，还有些顽固的坚守最后的"阵地"，怎么也抖不落，干脆找来长竹竿，打枣似的，"一劳永逸"解决问题。这种违背自然规律的做法似乎成了二连每年进入冬季的一种仪式。

傍晚接到通知，明天早上出操统一换冬装。明天上午点验。

换装，尤其是换内衣，要洗过澡后才觉得舒服清爽。刘小虎和几个兵在洗漱间说着笑着哼着歌冲凉水澡。服务中心洗澡堂每星期开放两天，星期六和星期天。这样的安排很不科学，不说别的，兵们每天早晚跑几圈下来浑身像刚出笼的包子，热气腾腾的，更何况白天训练强度那么大，几天汗捂下来，人都馊了。可不合理归不合理，不合理长期存在人们也就习以为常了。连队洗漱间几乎每晚临睡前都有哗哗的水声、唱歌声和嚎叫声，每当一盆冰凉的水哗地一声浇下去，总伴随着一声欢快的嚎叫。屋外路过的人们和站在走廊上的人听到那水声和嚎叫声，马上条件反射似的浑身起鸡皮疙瘩，但身处其中并不觉得很冷。也许当兵的日子就是这样，没有经历过的总觉得那是难以忍受的苦，难以承受的累，其实当兵就像寒冬里冲凉水澡，透彻肌肤的快乐着。火热的青春是浇不凉的。

晚点名后，值班员吹哨，储藏室开放半小时。兵们进进出出准备各自的战备物资，以应对明天的点验。点验一般在新兵下连、老兵退伍或面临重大任务前举行，有时候也借点验之名检查违禁违规物品。经历多次点验，刘小虎的战备物资早就像停泊轮船的铁锚，固定到位了。

随着一串悠扬的熄灯号，刘小虎抖抖瑟瑟地钻进被窝，屋子里一片昏暗，耳边一片悉悉窣窣的就寝声和小声说话声，屋外的脚步声变得清晰起来。刘小虎微闭着眼，想象起明天的点验：兵们整齐得像蚂蚁搬家似的，肩背手提着战备物资，在偌大的操场上展开，指挥员高喊一件物什，兵们将相应物什高高举在手上，纵队间有干部来回巡视，看兵所举的东西是否相符。也有的兵丢了一二件战备物资，情急之下举别的东西"滥竽充数"，如有的雨衣丢了，把一件旧军衣举在手上，不细心还看不出来。

点验不仅是当兵的人物质上的检藏，更应该是精神上的检藏。刘小虎难得一次失眠。

十五

哨声响过好一会儿，张潮还没出来，刘小虎探身望了望，张潮转了个身，继续蒙头大睡。连长在门口看了看，没吭声。一阵沙沙的脚步声，队伍走了，紧接着吼起一串番号。张潮赖床，仅仅是躲避早操而已，早饭时起床吃饭了。

张潮要求作为义务兵退伍。

报告送到指导员那儿，指导员免不了从大道理到小道理苦口婆心地做一番思想工作。在这场不同价值观念的论战中指导员并没有占优势，更何况张潮是预有准备的"防御"，指导员仓促组织"进攻"，张潮的思想已构筑坚硬的"堡垒"，一时难以突破他的"防线"。

情况反映到营里，教导员慢条斯理和蔼可亲地找他散过几次步，作用不大，只是没有明显的抵触情绪。教导员已在任四年了，现在正处提拔前的考察阶段，干啥事一改往日咋咋呼呼的架势，变得有板有眼，一副老成持重的样子，似乎在为下一步就职酝酿风度。他还找张潮下过几次棋，试图将思想工作艺术化，把人生的一些道理寓于棋局之中。可惜教导员的棋艺太"稀松"了点，一开局张潮就毫不客气地连胜两盘，第三盘赢得都有点儿心慈手软。张潮也许不知道，教导员是在"一心两用"，为做他的思想工作分神呢。真是对牛弹琴，枉费一片苦心。

张潮要求作为义务兵退伍的事，营里本来不准备上报的，既不用爆火去炒，也不用文火去炖，"凉拌"着，先让他消消热冷静冷静再说。老兵退伍前夕，副政委下到二连蹲点，发现新排长张潮的举动有点儿异常，别的排长像小老虎似的嗷嗷叫，他却如浪荡公子游离于火热生活的边缘。侧面一了解，大致知道他的情况。连队、营里见瞒不住，便主动做了详细汇报。

每年老兵退伍前夕，首长机关都要下基层蹲点，为老兵解困排忧，对困扰基层的事现场办公，实行特事特办，随到随办。每个兵，尤其是那些即将退伍的老兵随时可以向首长机关汇报，就连队的发展建设，就一些不良现象，乃至对某个干部的看法意见等，也可以谈谈当兵几年来的感想和退伍回乡后的打算。平时普通一兵难得上机关叩响那一扇扇发布命令和计划的门，即使有非办不可的事，有非去不可的理由，也是犹豫再三，鼓足莫大的勇气，整理好军姿，梳理好要表达的意思，颤抖的手指叩门声很轻，报告声很响。首长机关呢，平时除正常检查指导工作外，难得有整块的时间，抛开其他繁琐工作和兵们泡在一起。这时候如果兵试着想和他们接触，首长和机关干部会用一次性纸杯给他倒杯白开水，然后满脸真诚地倾听。

副政委在二连蹲点好几天了，像个老农蹲守在苗圃边，睁大眼睛似乎没发现什么不和谐的苗头，意外察觉张潮这件事，马上投入地忙乎起来。

这些年，从地方高校入伍的"学生官"很多，各级领导都很重视，如何用好他们，发挥他们最大的潜能，这对改变我军的知识结构，提高战斗力至关重要，堪称又一次军事变革。他们中的绝大多数积极肯干，吃苦耐劳，学以致用，朝气蓬勃，为部队发展建设充当起催化剂、酵母粉的作用。但有极少数对部队生活过于理想，心理承受能力差，经不住摔打，稍遇挫折就打退堂鼓。张潮的情况不是有点类似吗？副政委准备逮住张潮这个"麻雀"，剖析存在的某种现象。

副政委一有空就和张潮凑在一起，下午最后一小时体能活动，他俩在乒乓球桌上的厮杀常吸引很多眼球，张潮直杀得副政委东奔西突，左右招架，气喘吁吁，让旁边的观众不知如何叫"好"。放下球拍，副政委谓然长叹：这几年来，你是第一个打败我的，自从我当副政委后，球技就逐渐见长，不知道是他们真的很赖，还是故意让我。

副政委对张潮的很多想法颇为赞赏，他们甚至成了好朋友。但张潮要求作为义务兵退伍好像并没有因此动摇。

十六

根据往年的规律，这个时候士官改选工作约莫开始了，兵们隐约有点儿兴奋躁动。其实谁的军事训练如何，谁的工作怎么，大家心里都有一本明细账，连队干部办事公不公，有的兵民主意识特强马上跳出来直嚷嚷，有的兵嘴上一时不一定说，但心里明晃晃的。如果离尺竿相差太远了，不但连队干部的威信大打折扣，而且来年的工作开展都会不顺。

尽管刘小虎是骨干班长，军事训练、思想素质都比较硬扎，大小工作也舍得出力，可临到这时，他没了信心，就像有些优秀的运动员面临大赛怯场一样。他在信上和电话里向家人有意无意地透露，年底可能退伍回家。听到这个弦外之音，他父亲心急呀嘴上起泡，又不敢给他施加太大的压力，孩子已经尽力了。朝中有人好做官，啥年头都一样。他父亲心里开始估摸着够得着的人。小镇上另外还有四个当兵的，一个是去年才入伍的新兵，一个是和刘小虎同年入伍的，在海军部队上，也是一期士官，据他家人放话说眼下转二期不成问题。刘小虎父亲心里很不是滋味，那家祖上和刘小虎祖上有些恩怨，两家少有来往，两家孩子当兵后，双方不动声色地较着劲，年底谁家孩子寄个优秀士兵奖状回来都要弄出很大的响动。想到这儿，刘小虎父亲咬了咬牙。另两个是军官，一个据说是在空军部队上当连长，刘小虎父亲见过他穿军装的样子，肩上一条蓝杠三颗白亮的五星。职务好像低了点，又在空军部队上，刘小虎父亲默默地将他的名字抹去。最后一个是团级干部，刘小虎父亲也见到过他穿军装，肩上两条红杠两颗白亮五星，很威武也很和气的样子，而且和刘小虎一样当的是陆军，述起来两家还是多年未走动的远房亲戚呢。刘小虎父亲心里像往台秤上搁重物似的，结结实实沉了沉。

　　想到就做到马上行动，这一点刘小虎像他父亲，他父亲也像刘小虎。一天下午，刘小虎父亲特地提前吃过晚饭，提着十来斤自家种的野麦粉来到团级干部的老家。野麦粉是他考虑再三定下来的礼物，这东西以前可不稀罕，现在珍贵着呢，不但是纯天然绿色食品，而且据科学分析可以降血压血脂等，是食疗佳品，出口日本好几十块钱一斤呢。在团级干部老家的火塘边，刘小虎父亲从国家现在的农村政策说到今年的收成，这段时间的天气，由团级干部挂在墙上的戎装照谈起他听来的部队上的一些事情，团级干部家人自然地问起刘小虎的情况，终于绕到刘小虎转士官这件事上了。团级干部家人热情地表示，可以打电话问问他，看能不能帮上忙。说完"正事"，刘小虎父亲又东拉西扯地坐了一会儿，硬丢下野麦粉回家了。

　　没几天，团级干部家人回话说，现在部队上转士官不但要看能力素质和工作表现，还要定岗定编，得有编制。刘小虎父亲想细问，团级干部家人也说不出个道道，只会转话。看样子走团级干部这扇门也不了了之。没想到部队上转士官还有这么多名堂。

　　一次，刘小虎和他妈妈通电话，没唠几句，话筒里传来他父亲的声音，说想亲自来部队探探虚实。刘小虎一听急了，坚决反对他父亲这个时候来部队，这时候来不是把他五年来一点点树立起来的形象全毁了吗？刘小虎说，二期士官转不上不打紧，但要留个好名声。

刘小虎父亲没再坚持，但压低嗓音提醒，让刘小虎看看银行卡，他已往里面打了一万块钱。三年前自从他拿到第一个月工资，就坚持每个月往他父亲的卡上打钱，他父亲晓得他的银行卡号。他父亲反复提起地方上的某些"潜规则"。刘小虎没有过多解释，只是将银行卡保管得更加仔细。

十七

营区广播一改平日高亢昂扬的队列歌曲，播放一些珍惜战友情谊的抒情歌曲。天气仿佛也加入煽情的行列，阴冷阴冷的，有时还飘起小雨，夹杂零星雪花，落地即化。这时空气里有一种离情别绪的雾霭在漫开。

老兵退伍和士官改选工作几乎同时进行。退伍教育第二年兵、第五年兵和第八年兵都参加，老兵班长和他们昔日带的兵又站在同一起跑线上。教育从盛赞祖国的辉煌成就，各自家乡的巨变开始，到组织老兵去驻地经济技术开发区参观，请地方有关部门介绍相关政策，请往年退伍事业有成的老兵回来谈"创业经"等，最后讲解乘车坐船的安全知识。连队司务处把老兵聚拢成几桌，每顿加几个小炒，慰劳慰劳他们这些年的辛苦。那些自认为有把握退伍的老兵开始酝酿着说一些惜别的话，甚至留赠言送照片，叮嘱常联系，到那片地头吱一声；那些心里还思量着留队的老兵则比较低调，提及这个热门话题，只是谦和地笑笑。所有老兵像往常一样该忙啥忙啥。文书向连长建议晚上不排老兵的哨，有老兵笑着说，咱们还没脱军装就不信任咱们了，晚上站岗夜深人静，正好梳理梳理自己当兵几年的日子呢。

这是张潮穿上军装后第一次经历老兵退伍，他平静地打量着周围的一切。

指导员客气地把刘小虎请到房间时，他已经有了思想准备，但亲耳听到从指导员嘴里说出组织上已安排他退伍的消息，泪水还是禁不住从指间溢出。其实，此前连队为了保留他已不动声色地做了很大努力。连长、指导员郑重其事以书面报告的形式向营里提出，要求增加一个二期士官名额。营里没办法，如实向军务科汇报。军务科的回答硬邦邦的，这个岗位没有二期编制，不能转二期。没有一点通融的余地。事情惊动了在连队蹲点的副政委，副政委在交班会上将其作为一个典型现象抛出：一边是优秀的班长骨干，一边是严格的定岗定编，寻找怎样一个平衡点，既保留骨干又落实编制。大家听了刘小虎的情况介绍，有的表示应该具体情况具体对待，不能搞一刀切、一锅煮。但最后还是达成一致意见，定岗定编是生成战斗力的必要，必须坚持原则，哪怕忍痛割爱也不能开这个口子，这个口子一开就会乱方寸失阵脚。

经历短暂的阵痛，刘小虎变得很平静，依旧按部就班地忙碌着，仿佛铆在机器上的螺丝不由自主地运转着。只是睡得比往常迟了，二楼会议室寂寞的灯光将他单薄的剪影映在窗玻璃上，愈显清冷。

向军旗告别仪式是在大操场上举行的，秋风飚飚，军旗猎猎，军号苍凉，近千名老兵庄严地举起右手，向军旗行最后的军礼，当指挥员嘶喊宣布老兵摘下帽徽、领花、肩章时，平时动作利落的老兵们，这时有点儿迟缓、零乱、稀拉，有的眼圈开始泛红。后来，刘小虎常回想起那一幕，那天的风真大，指挥员的话刚出口就被风骨碌碌的吹跑了。

告别军旗回来，退伍光荣榜已贴在连队门口。刘小虎醒目地排在第一个。

早上，张潮主动带操。老兵们戴着大红花，整齐地走在队列最前面。番号似乎从来没有如此响亮过，步伐似乎从来没有如此整齐过，士气似乎从来没有如此高亢过，大家都在憋着一股劲、一腔情，跑步前进的队伍像深水里一尾疾游优美的鱼。从队伍带出去到收操解散整个过程，张潮脸涨得通红，军姿挺拔，好像在努力控制什么。

营盘里每个角落好像都响起鞭炮声锣鼓声，有老兵开始走了。不同方向的鞭炮声锣鼓声渐渐汇成一处流向礼堂门口，在那儿老兵集中乘卡车，去火车站、汽车站。刚才听各个连队的鞭炮声锣鼓声好像隔山隔雾，有点儿零星、缥缈。现在在礼堂门口，一阵紧张的忙碌和嘈杂后，鞭炮声畅快淋漓地炸响，锣鼓声切，喇叭声咽，那曲令铮铮汉子泪流满面的"送战友，踏征程，默默无言两眼泪……"适时响起，卡车被一双双手臂缠绕、牵扯，负载沉重，提速艰难，终于它急吼一声，挣脱藤蔓般的手臂，向前奔去……

汪建军是二连第一批走的。别人已经登车了，他还在努力向张潮挤去，"排长，给我签个名吧。"说罢，指了指胸前。他的冬常服上已密密麻麻地签满了名。他说，在他眼里这套军装比名牌西装更沉甸温暖。

李国中走时脖子上滑稽地挂着一双蓝色拳击套，很扎眼。此前他向张潮请求送他一双拳击套时，眼泪都在眼眶里打转了。他说，看到这双手套我就会想起你。其实你心里有我们，我们心里也有你。

毛勇是晚上九点多钟走的，临上车时，他接过张潮手中的行李，看了看他脚上潮湿的棉鞋。接连几天阴雨，心里都慌慌的。两人结实相拥，毛勇在张潮耳边轻轻地说："排长，你床下有一双新棉鞋，回去换上吧。"

一下子走了好些老兵，望着空荡荡的床铺，排房里一下子好像变得空旷冷清了许多，让人很有些不习惯，心里空落落的。

十八

老兵走了一星期,刘小虎才走。主要是教王天乐新装备的维护保养方法,包括他自己的经验积累,直到教会为止。刘小虎的行李先托运走了,晚上没地方睡,恰好副连长休假,张潮让他睡副连长房间。刘小虎犹豫一下,说:"还是你睡副连长房间吧,我睡你那儿,我想和大伙儿多待待。"

说好明天早上大家送送他,待起床号吹响,发现他已经走了。被子叠成整齐的豆腐块状,一尘不染。

一场大雪,天地间真干净。老兵退伍光荣榜被风雨侵蚀得发黄,没粘妥的一角被风吹扯得哗哗作响。张潮久久伫立,招呼哨兵,一起把光荣榜小心翼翼揭下。

新兵马上就要来队了,连队已经安排张潮去带新兵。

遥远的手榴弹

　　熄灯号如三月风拂过营区，阵阵哨声中灯光次第熄灭，刚才还盈盈一池欢声笑语灯火通明霎时一片寂静，原本响亮清脆的蛙鸣、鸟啼经迷蒙的月色过滤也显得迷蒙，如微醺轻醉般不真切、宁静。

　　三连前面是一片落叶水杉林，树叶已冒出鹅黄的嫩芽。月色中，林子里一棵碗口粗的水杉抽筋似的，一下一下有节律地颤动着，在夜色的微风中很不容易觉察。突然，水杉停止颤动，被迷彩服裹得像只绿皮青蛙一样的列兵焦文文猛然一个趔趄，险些跌个嘴啃泥，背包带又断了。焦文文的背包带已断了好几处，上面打着一个个不规则的结。好在他熟稔每一个结的位置，黑暗里紧急集合打背包也不碍事。

　　第一班自卫哨约莫完了，连队干部该蹑手蹑脚地查铺查哨了。焦文文摸索着解下背包带向连队走去，背影看起来像劳作了一天的农夫。

　　又是一个夜晚，月色还是昨夜的月色，蛙鸣与鸟啼似乎还是昨夜那些青蛙和鸟儿制造出来的声响，一切还是老样子。焦文文把背包带挪了几个地方，先是拴在水杉林旁的一根水泥电线杆上，拉了一会儿臂，好像突然想起什么，忙转移阵地把背包带拴在操场上的篮球架上，没拉几下，远处依稀有人朝这边走来。焦文文匆匆解下背包带，今晚的"夜训"就此结束。

这两天，焦文文很为拴背包带的地方发愁，虽然不需要太大的场所，可"陪练"的角色难找，需要把背包带的一端固定在一个屹然不动不知疲倦的物什上。焦文文先是把背包带拴在水杉上，可水杉是有生命的呀，像人一样，如果谁在你身上套根绳子不停地用力拉扯，你烦不烦？难受不难受？尤其在这春暖花开里给它制造痛苦，使得它更痛苦；拴在水泥电线杆上呢，那也不是闹着玩的，水滴石穿，绳锯木断，背包带日复一日地拉电线杆太危险啦，它松动了，万一再有什么外力强加于它，那可是事故隐患啦；拴在篮球架上呢，无遮无掩的，目标太大了，大家还以为我焦文文在发奋苦练要刷新什么记录呢。

午饭后，焦文文在水杉林里转悠。突然，他发现一根光秃秃的水泥柱：一人多高，四方形，表面坑坑洼洼地露出一些小石子，以前可能是用来拉固电线杆什么的，现在退役了，隐居于此。在那个春日午后慵懒的阳光里，它漫不经心地站在那儿好像专门等待焦文文前来拜访似的，准备着发挥余热。焦文文绕着它转了几圈，用力扳了扳，纹丝不动。粗糙得有点丑陋的水泥柱一时在他眼中可爱得闪着光。

焦文文如此痴迷刻苦地进行拉臂训练，源于那次实弹投掷，源于一种遥远而神奇的力量。

三连一班以投弹著称。行家一出手，就知道有没有。一班随便哪个兵一出手就是四五十米，不需要酝酿情绪，不需要活动身体，他们那不经意的轻松样，看得那些刚分到三连的新兵一个个眼睛发直。如果高手偶尔露露腕，扬手就是六七十米，投实弹十拿九稳空炸，新兵们惊讶得合不拢的嘴能塞进一个鸡蛋。一班高手云集，每年分到一班的新兵并没有经过刻意挑选，也就是说并不是投弹好的兵就分到一班，有的兵刚分到一班时投弹只是勉强及格，但在一班泡上一段时间，他们的手臂如有神助，一斤二两左右重的手榴弹握在手里跟耍小石子一样，甩手就是四五十米。这个成绩在别的班算得上种子选手了，在一班还是垫底的。

焦文文分到一班时投弹就不太行，教练弹从他手里飞出去好像地球的重力突然变大了似的，每次都在三十米处的石灰线上徘徊。焦文文投弹不太行，并不是说他什么都不行，是个孬兵，其实焦文文是个好兵，好得有些让人心疼的兵。他的军事训练虽然不拔尖，但平时干活干脆利索，而且心细。焦文文还写得一手行云流水般的粉笔字。自从他下连队后，连队黑板报由"月刊（季刊）"变成"周刊"，出版用的耗材由成本较高的水彩变成物美价廉的粉笔。周末，兵们自由活动自得其乐时，他吹着口哨或哼着不知名的曲子在黑板前或弓步或马步或站立，一番凝神地精耕细作，一期图文并茂，简洁明快的黑板报就呈现在大伙儿面前。他还煞有介事地开设了几个栏目，如"时事快递""练兵场上""士兵心声"等。为了让这方寸之地真正能反映兵们的心声，他在板报的一角刊出征稿启事的同时，还有目标地重点出击，向那些文化较高工作肯干群众基础好平时说话有一定见地的兵们"约稿"。当他微笑着把意思表达清楚后，老兵们笑笑说忙。也有几个新兵很当作一回事，认真写过几篇短文。尽管内容文字离他的要求相差甚远，但他还是修修改改刊了出来，并且没有忘记署上作者的名字。群众幼嫩脆弱的积极性不容打击哟。开始一两期，兵们聚聚散散地看个新鲜，没太在意。大家认为他只是心血来潮，冒一个泡就会偃旗息鼓，沉寂下去。没想到他周周不落，接连出了好几期，甚至搅起不大不小的响动。

　　焦文文制造的第一声响动，是在"十一"全团黑板报评比活动中，在众多用五颜六色的水彩出的黑板报中，只有三连的黑板报黑白分明，一副超凡脱俗、不卑不亢的样子。由团政治处主任担任组长的评审组在三连的黑板报前驻足许久。最后在评选第一名时评审组在三连和另一个连队之间举棋不定，争议颇大。矛盾的焦点是，一方认为三连的黑板报没有用水彩，颜色不够鲜艳，主题不够突出，说明他们对这项工作不太重视；另一方说，这是偷换概念，颜色不够鲜艳并不说明主题不突出，能用粉笔把黑板报出到这个样子实属不易，何况黑板报就是应该用粉笔出，要"短、平、快"地反映连队生活，否则它作为连队的宣传阵地就失去了意义。在一锤定音时三连以微弱的多数夺冠。

　　第二个响动说起来很偶然，是军区报社一位记者帮助制造的。那天军区报社记者下基层逮"活鱼"，路过三连门口时，出于职业习惯朝黑板报上瞟了瞟，一下子发现几尾"活鱼"，"鱼"虽很小，但它们在黑板上欢蹦乱跳着呢。记者把三连黑板报上的鲜活小故事稍加改动转发在军区报纸上，并且署名焦文文，注明出处摘自某部三连黑板报。这下焦文文可露脸了。以前大家听说过《战士的第二故乡》这首歌的诞生，是一位艺术家在一座偏远的海岛上看到驻岛连队黑板报上的一首词，他被兵们以苦为乐以苦为荣的精神所感动，即兴谱曲，由此而传唱不衰。没想到相似的故事在三连上演，可惜三连上报纸的只是一个简短的故事，不是一首歌，不能传唱。焦文文将那份报纸小心翼翼地珍藏起来，一时觉得自己连同那块黑板都笼罩在大伙儿目光的光环里，走路有点儿飘飘然。但脑子里偶尔闪过投弹这个概念，马上就英雄气短。在一班手榴弹是使用频率最高的词，什么67式木柄弹、67式加重木柄弹、反3式防坦克弹、像个话筒样的77-1式塑柄弹、82-2式弹,什么徒手投、持枪投、跪姿投、卧姿投、甩手投、抛掷投,什么窗户靶、地壕靶等等,就连兵们海阔天空聊天时,也常常以手榴弹为参照物,如形容某个兵的女朋友身材丰腴时说,嘿,那身段像流线型弹柄;如形容某人平时闷声不吭,关键时刻一蹾屁股顶得上,说他的性格是"手榴弹"型。如果步兵也分族的话,他们就是手榴弹一族。在手榴弹占领绝对话语权的集体里,黑板报只能是一种点缀,投弹好说话才硬气。

焦文文是个好兵,还表现在他心实。用连长的话说他懂得什么叫作责任,能够坚持岗位,坚守阵地。那个霜冻夜,他站军需仓库的哨从午夜十二点一直到凌晨六点起床号响,原因是自卫哨脱岗,忘了叫下一哨。军需仓库位于离连队一里多远的一座小山坡上,须臾不能离哨。一般是一个连队站一个月,轮到哪个连队站军需仓库的哨时,全连排两班哨,一班自卫哨,一班军需仓库哨。军需仓库换哨需自卫哨叫,待下一哨到达后,上一哨才能离开。那次脱岗的兵在全连军人大会上做检查,差点挨个处分。焦文文被连队干部着重号加感叹号地表扬一番。

"实弹门"(官兵私下里冠名)事件发生在焦文文身上谁也没想到,可事后仔细想想,似乎早就初露端倪。焦文文当兵没多久还处于精神"断奶期"时,他父母就不请自来地来到部队,拎着大包小包吃的喝的,让那些带兵骨干看得直皱眉。他们解释说是出差顺道看看。焦文文像他父亲,话不多,斯斯文文的。他母亲看得出来是个泼辣角色,说话像打机枪,别人根本插不上嘴。她如介绍英雄成长经历一般,滔滔不绝地说起焦文文从光屁股满地爬到入伍前的点点滴滴。说他从小就是个乖孩子,听话、安静、干净、心善、不调皮,没有和小朋友吵过架,没有和男女同学红过脸,没有玩过网络血腥游戏,甚至连坏念头都没有过,没有接触过危险的事物,过马路都是红灯停绿灯行，没有爬过树翻过墙，没有下河游过泳，偶尔游泳也只是在游泳池的浅水区里戏戏水，没有玩过火，更没有放过那骇人的炮仗之类的东西。焦文文母亲说得一班长直点头，焦文文的胆小他已经领教了。第一次实弹射击，首先每人发五发子弹体会练习。尽管对手里的枪和射击理论都已经很熟了，可要让每发子弹命中目标，还有一个漫长的过程，难度较大。焦文文只觉得手心汗津津的，抖得厉害，突然旁边的兵率先开火，焦文文慌得手一抖，眼睛一闭，一嘟噜，五发子弹全不知跑到哪儿去了。原来他把击发开关糊里糊涂地打在连发上。焦文文第一次体会射击就像猪八戒吃人参果不知滋味。现场指挥员只得又给他压上五发子弹，让他加入下一轮，再体会一次。焦文文的母亲还说焦文文从幼儿园得小红花到高中得三好学生奖状，成绩一直很好，可惜高考时思想压力太大了，发挥失常，没考好。他们把孩子送到部队，没有别的目的，就是希望孩子锻炼得结结实实，肩宽腰粗，步子大，走路说话做事像条汉子，两年后平平安安回家就行。

对于刚入伍的新兵，手榴弹爆炸的轰响具有某种非同寻常的意义，无论是生理上还是心理上，有时候就像阳光下的影子将伴随你一辈子。投掷训练近两个月了，把引弹、蹬地、转体、挺胸、送胯、挥臂、扣腕等一系列动作，结合物理学上的初速度、抛物线、自由落体，以及声学、光学、力学，再牵扯到人体肌肉骨骼构造，再到心理学，每一个动作反复纠缠不知多少遍了，早已熟记于心。真没想到一个简单的投掷动作有这么多学问。但班长说投弹的时候不要想得太多，想得太多了就像走路决定先迈哪条腿一样，反而别扭得不会走路了。新兵走队列就有同手同脚的现象。

每天下午体能训练时间，兵们抬着一柳条筐教练弹来到投掷场，扔出去又捡回来，捡回来又扔出去，循环往复中，饭量大了，嗓门粗了，手臂壮了，当然手里的教练弹也轻巧得像低空蹿飞的燕子，一掠至少三十米开外。

按照训练计划该进行实弹投掷了，一种紧张兴奋的情绪像流行感冒一样在新兵中间感染传递。投弹可不是打枪，打枪只需要枪口向前扣动扳机，子弹不会拐过弯来，投弹时心一慌手一抖动作一迟缓，就有可能将你的人生划一个句号加惊叹号，说不定还殃及旁边的指挥员。报纸上不是偶尔有指挥员因掩护投弹的兵而牺牲的报道吗？

这几天，兵们盛传一个说法，比网速还快，说一班长右耳下面那道像细蜈蚣一样的疤痕是为掩护一个吓愣了的新兵留下的纪念。听到这种说法，班长右耳下面那道伤疤又一次牵动焦文文的目光。疤痕呈淡褐色，细长，两旁淡淡若无的针脚像蜈蚣两侧的腿，乍一看活如一条蜈蚣趴在那儿和他说悄悄话，尤其是他大声说笑或咀嚼东西时，那"蜈蚣"一下一下地蠕动，让人不由得一惊一乍，浑身起鸡皮疙瘩。焦文文从新兵中队下老连队那天，班长热情地拽过他肩上的背包那一刻，他就注意到了那条"蜈蚣"，一路上偷偷打量好几回，不知不觉间觉得自己右耳下和脊背上爬有一条货真价实的蜈蚣，不由得阵阵发凉发麻发痒。后来日子久了，熟视无睹，也就自然了，好像班长从来就是这个样子，本来就应该是这个样子。

现在焦文文再看班长那道疤痕，觉得它极富个性，比街上那些"愤青"的纹身美多了，甚至像军功章一样闪着光。兵们还传说班长就是因为那道疤痕，女朋友谈一个崩一个，差不多能编一个排了。她们的说辞几乎统一，连语气和神态都差不多，说如果和他过日子，半夜里醒来，猛然见一条蜈蚣爬在他脸上，还不把人吓得尖叫。三期士官的班长已经老大不小了，在他们老家同龄人的孩子早就满地跑，能打酱油了。可他连目标都没有出现在他的准星口，更谈不上锁定目标，集中火力打击。焦文文忽然觉得班长举手投足间每一个动作都是那么可爱，富有魅力。他将他所认识的异性在脑海里过了一遍。他没有姐妹，堂表姐妹里也没有合适的，女同学呢，也一个个被否决。如果有合适的，他一定要给班长介绍一个，他要告诉她，不要老盯着他们班长的伤疤看，要看他的全身，他身上99.9%的皮肤是好的，即使要看，也要把它欣赏成精美的纹饰、秀美的花。

明天就要投实弹啦。好些兵像顽童盼望过年玩炮仗一样，摩拳擦掌，跃跃欲试的。班长望着一个个兴奋得满脸通红如麻雀叽喳的兵，淡淡地说，其实投实弹没啥意思，还不如投教练弹，教练弹投出去还可以看看它在空中的抛物线，是像高射炮一样投高了，还是像坦克炮一样投低了，投多远？弹着点有没有偏？以便修正下一次投掷。投实弹就不同了，你站在高坡上的壕沟里把手榴弹朝前方用力扔出去，然后头一埋，后面的情形就全靠你想象了。班长越是轻描淡写，兵们越觉得那是班长曾经沧海，经历多了，也就平淡了。

晚点名，连长站在队列前郑重其事地宣布明天实弹投掷纪律：一切行动听指挥。没有轮到的在指定区域休息，不准随意走动，不准站起来东张西望；叫到谁的名字谁上场，投掷时严格按照操作要领，沉着冷静，不慌不乱，如果你把投实弹也视为刺激的网络游戏，那么你那百十斤可能连裹尸袋都不需要，只要一个脸盆把你散布在四周像碎布一样的肉片捡捡就行了。焦文文双腿紧绷，心跳得咚咚的响，手心满是汗。连长似乎感觉到了下面的气氛有些异样，临了补充说大家也不要紧张，没有什么好紧张的，投实弹比投教练弹还轻松，把它投出手就行。

临睡前的讨论不可谓不热闹，主题词是：投弹。焦文文察言观色了一番，排房里就山东兵车前草的情绪和他差不多，好像对这个话题不太热衷，趴在床沿磨磨叽叽地写着什么，看起来就半页纸。

焦文文凑过去，起初车前草不给他看，捂在怀里，比护和他有点那个意思的女同学的第一封来信还要紧。车前草的性情脾气和焦文文相近，经不住几句软磨，焦文文看到了那封短信。车前草写给他母亲的，大意是连队明天要组织投实弹，如果他不幸"光荣"了，只怪他自己，不能怪班长，不能怪连队，更不要向部队提任何要求，最大的遗憾是他不是在战场上或见义勇为而"光荣"，"光荣"得有点窝囊，"光荣"得并不光荣，唯一欣慰的是他在尽一个公民的义务，一个士兵的义务，"光荣"在练兵场上，在自己的岗位上。最后一句话是：孩儿不孝，请娘不要悲伤。焦文文看了看这封煞有介事说不上味的"遗书"，开始想笑，但很快忍住了，一种淡淡的悲壮感像湖面上的水雾缓缓升腾、弥漫。焦文文把信还给他，说了几句宽心话，默默上床睡觉了。

那一夜，焦文文仿佛又回到高考的前夜。明天又要参加"高考"，另一种形式的"高考"。整个晚上他躺着、侧着、趴着，每一个睡姿都感到难受，越强迫自己入睡，越不能入睡，天亮时刚迷糊着，起床号响了。

早晨太阳鲜亮升起。由于要进行实弹投掷，连队提前半小时开饭。饭后，炊事班喊灌开水。尽管炊事班烧的开水油腻腻的，有股烟火味，但总比到时候嗓子干得冒烟强。于是，有兵提着一大串水壶叮叮当当地向伙房跑去。当然也有兵昨晚就悄悄从军人服务社买来矿泉水，已装进水壶里了。

焦文文觉得头有点儿沉，几次想向值班干部提出由他担任连值日。那天的连值日是个军事素质较好，但作风有点"稀拉"的老兵。那老兵见焦文文像只猫一样在值日台前蹭来蹭去地徘徊，笑歪歪地拍了拍他的肩说，好好投，这是他人生第一声具有血腥味的轰响，意义不同寻常。一个兵就是一份战斗力。决不能流失一份战斗力，决不能让老百姓的血汗钱养一个一听到枪炮声就尿裤子的废物！这两句话如胡碴儿一样常挂在连长嘴边。焦文文一想起连长说这话时咬牙切齿斩钉切铁的样子，就犹豫了。集合哨一响，他迅速站在队列里，随队伍朝实弹投掷场走去。

实弹投掷场设在一座绿油油的青草坡上。两边的山梁上长满了马尾松，大的碗口粗，冠如华盖；小的也有锹柄粗，亭亭玉立。那是兵们年年植树造林，绿化驻地的结果。队伍逶迤顺着山坡往上走时，焦文文发现脚下有许多鸡窝一样的坑坑洼洼，周围散落着零星草皮、草茎，有的还沾有新鲜的泥土。每个"鸡窝"边沿长草的地方都有一圈黑褐色的细土，底部是一层像黄色炸药一样的沙石，由此可见这片山坡土地贫瘠，土质坚硬，很不利于植物生长。树木在这种地方枝繁叶茂，种树的兵和被种的树都不容易。队伍像条巨蟒无声无息地向前移动，兵们一个个神情庄重，如临大敌，似乎谁也没在意脚下，又似乎谁都觉察到了脚下的异样。焦文文一下子反应过来，那些坑坑洼洼是手榴弹爆炸留下的杰作，是前面的连队投掷时留下来的。看样子手榴弹的威力也不过如此，只能在稍硬一点的地上炸一个窝窝。焦文文的脚步轻快了些。

接近坡顶的地方有两堆新鲜的泥土，很显眼。爬近一看，原来那儿挖有两个紧挨着足有半人多高的深坑。队伍在坑边集合，连长宣布方法秩序后又强调了一遍投掷纪律。全体人员在北山坡休息等候，叫到谁的名字谁就跑步上来，没有叫到的不准轻举妄动，不准屁股像猴子一样坐不住，脖子伸得像长颈鹿一样探头探脑。

三连官兵坐在北坡的松树林里，样子不甚整齐，有点儿像游击队。有人窃窃私语，有人仰着脖子喝水，有人在伸懒腰调整坐姿，准备好好休息一会儿。焦文文身后正好有棵小松树，他随手掐起一根草茎，含在嘴里，身体顺势向小松树靠去。值班排长开始叫名字了，人群一阵骚动。随着一名新兵脆亮地答到，起身，大家的目光锁定他的身影，直到拐弯处。片刻，山那边传来"轰"的一声，焦文文一骨碌挺起腰，小树晃了晃，好一会儿他又向后靠去。

每一个完成投掷的兵回来，大家的注目礼像迎接凯旋归来的英雄。从"火线"上下来的兵手里都握着一个拉火环，拉火环上拴着一根细黄线。拉火环很普通，甚至有些粗糙，可兵们视若珍宝般，放在手里端详、摩挲、把玩，被周围的兵一个接一个传看。有的说要用它做书签，有的说要把它串在钥匙扣上，有的说要用它做台灯的开关，还有的说要把它缠成相思扣送给某一个女孩。总之它意义不同寻常，它是某一时刻，某段生活的见证，以后的日子要把它时刻带在身边，可触可见。即将上场的兵像关进笼子里的野物，看起来比临上奥运赛场的运动员还激动，红着脸站起来又坐下，坐下又站起来，揉揉腕、甩甩臂，蹬蹬腿，如同上角斗场。听投掷回来的兵介绍经验：上去后，连长站一个坑，你站一个坑，连长会告诉你把手榴弹柄上的后盖拧开，戳破防潮纸，把里面的拉火环取出并套在小拇指上，然后握弹，朝坡下用力扔出去。手榴弹在坡下爆炸，拉火环自然留在你手中。他们的介绍都有点成功后的平淡、轻松，都表达同一个意思，其实也没什么。

连车前草都握着个拉火环，脸上饱满的青春痘又红又亮地回来了。焦文文挺了挺腰，信心大振。

"焦文文"，"焦文文"。值班排长叫了两声他才答应，他突然觉得自己的名字很陌生，汗水顺着作训帽檐洇下来，已爬上脸颊。焦文文只感到膝盖有点晃，顶不上劲，他回头看了看坐在最前排的班长，一入眼就是班长脸上那条蜈蚣状的伤疤。班长微笑着朝他做了个胜利的手势。班长一笑好像那条蜈蚣又在蠕动，直往焦文文心里钻。

连长紧扎腰带满脸严肃地站在左边那个坑里，样子像严厉的教练，又像居高临下的将军。他吩咐焦文文从后边不远处已撬开的箱子里取一枚弹，拧开后盖，戳破防潮纸，掏出拉火环，套在小拇指上，握紧，然后朝坡下扔。一切简单明了。

真手榴弹拈在手里沉甸甸的，似乎比教练弹沉实些（其实一样重），模样也比经历无数次投掷磕碰的教练弹富有美感些，乌黑的弹头泛着油光，木柄微黄细滑，整个线条看起来很别致。这物什如果能用来钉钉子或砸核桃什么的该多好呀，可惜它是一个嗜血的令人胆战心惊的精灵。

焦文文按连长的吩咐，手榴弹已握在手上了，就在他右脚后退右手引弹的一刹那，手榴弹鬼使神差般地滑落在他脚边的黄土里，咝咝冒着蓝烟。焦文文大脑一片空白，呆若木鸡地高举着右手，小拇指上套着拉火环。就在这千钧一发之时，连长一跃而起，一声断喝，如老鹰抓小鸡一把将他拎过，扑倒在身下，"轰！"的一声巨响，手榴弹在右边那个坑里爆炸，冰雹样的泥块扑扑直落，砸在连长身上如打在雨篷上，呼呼作响。焦文文趴在连长身下，如躲在母鸡怀里的小鸡。爆炸坑里硝烟弥漫，微风拂过，硝烟缓缓飘散，瞬间周围死一般寂静，好一会儿，焦文文稍稍回过神来。连长个子并不高，身体也不是很壮，刚才何以将他百余斤的身体一把拎过，护在怀里，焦文文百思不解。事后，连长自己也暗暗吃惊，当时哪来那么大的力气，在文化活动中心的健身房里，他单手试着举了举一百斤重的杠铃，只能轻轻挪动。后来，这件事在小范围内扩散后，有人提议按照当时的情形演习一遍，但又怕伤害焦文文本来就脆弱敏感的心，只得作罢。连长心里清楚，再演习一遍他肯定拎不动焦文文。演习永远只是演习。有报道说一位母亲看到自己的孩子压在车下，她一声撕心裂肺的叫喊，柔弱的双手竟然把数吨重的汽车提起，救出孩子。这种现象无法用物理知识解答，只能用爱来注释。爱的力量是无穷的。

连长拍了拍身上的泥土，脸色惨白，一言不发地操起一旁的铁锹将弹坑填平，再拍上几锹。这时，值班排长气喘吁吁地跑来，连声问，怎么啦？怎么啦？手榴弹一响，谁都趴下身子缩着脖子躲那不长眼的弹片，所以没有人看到刚才惊险的一幕。而且就数秒钟时间，没人很在意。排长只是听到手榴弹的爆炸声有点儿沉闷，好像跟往常不太一样，于是跑过来。连长扬了扬手说没事。排长一伸脖子看到一片狼藉的右坑，什么都明白了。

"这事谁也不许提，就当没发生。"连长看了排长一眼，脸上恢复了自然，"回去冷静冷静，别放在心上，谁没有失手的时候？"连长按了一下焦文文的肩。焦文文像个犯了错的孩子跟在排长身后，几乎是拖着脚步向集合地走去。

集合地一片平静，大伙儿各式各样的坐姿较刚来时更"休闲"，有的斜倚着树干养神，有的在小声交谈，有的干脆将帽檐拉下遮住眼睛假寐，焦文文闷声不吭地回来没有引起大家的注意。投弹人数已过半，谁上场，谁下来了，投得怎么样，大家似乎兴趣索然。

投弹仍旧按原计划有条不紊地进行。

焦文文坐在深绿色的折叠板凳上，目光散淡，车前草伸手在他眼前晃了晃，他好一会儿才缓过神来。车前草动员起脸上的肌肉先笑了，焦文文仍一副苦大仇深的样子，一脸严肃。

自从那次实弹投掷后，焦文文像丢了魂似的，目光常定格在某个地方，像被胶水粘住似的，反应明显慢半拍，饭量也变小了，黑板报虽然还坚持出，但已不是那个味儿，以前他的粉笔字是灵动可爱的小蝌蚪，现在变成了甲壳虫，内容设置和版面编排也不是那么独具匠心了。

周末，班长找焦文文谈心，启发式地问他是不是家里发生了什么事，或者遇到什么困难，不要闷在心里，说出来大家帮忙排解排解。焦文文半天不吭声，就那么盯着班长的脸，直看得班长不好意思，渐渐心里发毛。突然，他莫名其妙地冒出一句："班长，你脸上的伤疤是怎么搞的？"班长一愣，摸了一下伤疤，哈哈大笑，说这是有一年在野外驻训时不小心被树枝划了一下，由于驻训点偏僻，医疗条件有限，当时只是简单处理了一下，没太在意，没想到后来伤口感染，留下这么一个让人过目难忘的标记。"它很难看吗？"班长又摸了一下，似乎想以此为突破口，挑起话题。焦文文又没了声音，很长时间，眼里缓缓噙满泪水。谈心难以为继，只得草草收场。班长隐隐感到焦文文的心事与自己的伤疤有着某种关联，可这只是谜面，谜底是什么呢？他不得其解。

这期间，焦文文被连长叫去过几次，他和连长在一起时，好像排长也在场。他每次从连长房间出来情绪似乎稳定一些，可没几天又旧病复发，而且比以前更严重，变得多疑易怒易躁。生活在一班这个集体无法绕开手榴弹这个物什，手榴弹于他们就像生活必需品，如同现代人的手机。可焦文文一听到手榴弹这三个字就如触及他的隐私似的，脸色很不自然。投弹训练常借故不参加，理由大多数时候很勉强，实在逃不脱时，就站在弹着点处报数，待弹投完了，十分积极地提着柳条筐去草丛里捡弹，宁愿做"服务员"也不做"战斗员"。难得有那么一两次投弹也紧张得如触毒蛇，动作僵硬别扭，浑身不协调。

焦文文的"病因"是临时来队的嫂子——连长家属揭开的。星期五晚，兵们自由活动（在连队范围内自己找乐，一个战斗的集体永远不存在放羊），排长到连长的"家庭旅馆"小坐。家庭旅馆又称士官公寓，是已婚士官和已婚基层干部的家属来队探亲期间的下榻处，简装，可以拎包入住，大件至热水器、洗衣机、电视机，小件至锅、碗、瓢、盆、筷一应俱全，能让风尘仆仆赶来的主妇找到家的感觉。三连有个传统，连队里无论谁的家属来了，干部骨干都要抽空去坐坐，拉拉家常，聊一些与武器装备编制实力无关，听似闲聊的话，当然前提是识趣，不能影响人家"春宵一刻值千金"的团聚。说说笑笑间，平常生活的酸甜苦辣不经意地流淌，有时发几句牢骚，旁边宁静得像一幅油画般的军嫂突然觉得自己和这群人有着某种剪不断的牵扯，他们的笑声让人感到异样，他们的生活离自己是那么远又是那么近。那天排长说漏嘴提及那次有惊无险的实弹投掷。连长在一旁细致地削苹果，又是咳嗽又是使眼色，但已经来不及了，嫂子小巧的鼻子灵敏地捕捉到了一股硝烟味，尽管若有若无，欲盖弥彰，但这种敏感事必须大胆怀疑，得做"有罪"推断。连长讪笑着岔开话头，嫂子毫不上当，像个老辣的侦探，顺着刚才的蛛丝马迹、只言片语，穷追猛挖。在嫂子的步步紧逼下，连长无奈地看了一眼排长，苦笑，将那天投实弹的一幕尽量降低语速，避重就轻，轻描淡写地说了一下。绝不是场景再现似的描述。

这还得了！如此重大的安全隐患事故苗头竟然隐情不报。排长一迈腿离开，刚才还笑语盈盈，小鸟依人模样的嫂子马上狂风暴雨，河东狮吼地和连长大吵起来。她原以为和平时期当兵的苦点累点挣钱少点，应该没有什么危险，没想到还是随时有危险。

已婚军人鹊桥会，年年岁岁度"蜜月"。这是连长和嫂子今年"蜜月"期间第一次出现不和谐音符，随着争吵的升级，嫂子严正提出让连长要么离队，要么离婚；要么要她，要么要兵，只能做单项选择，不能做多项选择。连长紧急启动婚前预案，进行双边会谈，他俩都声称原则问题（相当于国家主权问题）不容讨论。由于一时无法达成共识，以致陷入胶着状态，双方筋疲力尽时，连长主动撤出战斗，进入"冷战期"。连长在连队里住了一夜，让嫂子留守空房冷静冷静。星期一下午，嫂子轻施粉黛，打扮得鲜鲜光光，高跟皮鞋轻叩地面，以三连"第一夫人"的优雅姿态径直走进连长房间。兵们一个传一个，路过连部时脚步放得像猫一样轻盈。连长房间的门开始是敞开着的，一副坦露无遗随时欢迎的样子，后来不知不觉中关上了，里面先是一阵语速极快嗓音极低的争吵，不一会儿，响起嘤嘤的哭声。连长咋欺负嫂子啦？！连部几个兵急得直搓手。这时短期集训回来的指导员叩开连长的门，嫂子清楚人民军队内部是党管干部，政治指导员在党内是一把手。她迅速调整战略，寻求外援，向指导员鸣不平，诉说自己的遭遇。只是将要求连长转业这一细节绕过去了。在指导员富有艺术的斡旋下，连长和嫂子终于芥蒂冰释，相互言欢。当然这其中"实弹门"事件是绕不开的。

其实这件事一发生，连长就如实向营里、团里做了汇报。团里形成两种意见，一种认为要把"坏事变成好事"，大张旗鼓地宣扬，说不定一个先进典型由此隆重产生，这年头有典型就有名声，就有成绩；一种认为应该以平常心对待，不要搞得沸沸扬扬的，出了这种事说明我们平时的训练还存在问题，再说事情大了对这个兵影响也不好，反而加重其心理负担。意见汇集到团长、政委那儿，政委批示：要以发展的眼光对待老问题。事情到此为止，注意做好该战士的心理疏导工作。

指导员刚回来，连长还没就"实弹门"事件与他进行沟通。三连绝大多数官兵像指导员一样，不知道几天前他们身边差点发生"惊天动地"的大事。连长叮嘱极少数几个知情人士封锁消息，说平常环境有利于焦文文恢复内心的平静。

就在嫂子来连队那天下午，三连官兵好像都知道了这事件，又似乎仍蒙在鼓里。兵们像往常一样闻号而起闻号而动闻号而息。大家和焦文文相处还是那样随意、自然，有时还开点无伤大雅的玩笑。只是"手榴弹"这个词仿佛从他们嘴里逃匿似的，焦文文很少听他们提起。

三连掀起一股看老电影热，节假日、自由活动的晚上电视房里军歌激越,屏幕上"五星"闪耀,金光万道,上个世纪六七十年代风靡一时的战争影片扎堆上演。这些电影大部分是"八一"电影制片厂摄制的,以现在的眼光来看,剧情简单,人物形象脸谱化,情感爱憎分明,非正即反,非此即彼。尽管如此,兵们还是童心回放似的看得饶有兴趣。

这些老掉牙叔叔辈的影片是指导员通过内部渠道从团音像室借出来的,成批成套成系列的DVD碟片,看完一摞,指导员让文书拿着他的"手谕"去换一摞。音像室的碟片别的连队也可以去借,但不可能像三连一样"批发"着借。这是因为指导员在政治处时管着音像室,且和保管音像资料的那个三期士官私交不错。兵们享受如此丰盛的精神大餐,并不是免费的,得结合影片写观后感,经过评选,张贴在阅览室的"读书栏"里,让大家评头论足指点一番。指导员说古人"发表"作品,就是把自己的得意之作题写在人流量大的驿站、岔路、楼亭、酒肆、要道等处,让通文懂墨的旅客一睹为快,作品随着他们的脚步广为流传。当然电影观后感可以不拘形式,不拘文体,不一定非要和"战斗精神"捆绑在一起,可以写通过看哪部影片勾起童年的回忆,可以写年迈的奶奶,也可以写儿时的伙伴,甚至可以写看电影时的场景。一时间,三连阅览室的"读书栏"里贴有许多饶有意思的小文章。业余时间常有人驻足微笑。

指导员还以老电影为由头给大家上了一堂政治课,讲革命战争年代我军武器的来源及使用情况,重点介绍步兵必备武器,手榴弹。内容拉拉杂杂的像漫谈,但兵们支棱着耳朵听得很入神。

指导员说,抗日战争和解放战争时期,我军武器的主要来源是以战养"战",靠敌人"送",所以那时候我们手里的武器堪称"武器博览会",有我们自己国家的汉阳造,有小日本的三八大盖,有美国的汤姆逊,有前苏联的水连珠等。那时新兵入伍没有配发武器一说,要武器得自己从敌人手里夺。蒋介石就是我军没有任命没有编制的"运输大队长"。我们太行山区也有少量设备简陋生产能力低下的兵工厂,很长一段时间我们自己生产出来的手榴弹,一炸分成几瓣,烟很大,杀伤力很小,只能听个响。敌指挥员常给裹足不前的士兵打气说:别怕,共军的手榴弹就像放鞭炮,欢迎我们啦……我们的革命先辈真勇敢呀,手榴弹一摞一摞地堆在身边,战斗间隙把盖子一个个拧开,敌人蜂拥而上时,牙齿咬住拉火绳,手一扬,手榴弹就在敌群中开了花,比我们扔石子、耍弹弓还轻松……还有,那时候极少有专门装手榴弹的弹药袋,突击队为了多带弹药,尤其是杀伤力较大适合近战的手榴弹,勇士们用篮子提、用家织布包,脱下衣服裹,把衣服撕成布条把手榴弹拴成一串串披挂在身上……我们"土八路"光着脚丫凭着这种玩命的精神,打败那些穿皮鞋武装到牙齿的敌人。

指导员说完这些,抬腕看了看手表,一堂课的时间才用去一小半,离下课还早,他干脆把手表摘下来,放在桌子的左上角,摆开架势,讲起一班在抗美援朝战场上的一次精彩表现。

那是第五次战役二阶段我军在战略转移途中,以美国为首的"联合国"军趁机以坦克、装甲车组成"先遣队",沿公路快速楔入,占据交通要点,企图阻止我军后撤。敌人13辆坦克边朝两边山头打着机枪边急吼吼地攻上来了!上级命令三连阻击敌坦克前进。怎么对付敌人的"乌龟壳"呢?反坦克手雷和爆破筒早就用完了,工兵班迅速用炸药炸路边的岩石,无奈炸药太少,只炸下一些小碎石,敌坦克咆哮着碾了过去,根本形成不了障碍。在这危急时刻,一班长王银娃挺身而出向正在紧张研究的党支部报告:"把任务交给我们一班,我们坚决完成!"连长吹哨全连集合,大家为一班壮行就是把各自的炒面袋抖一抖,凑一点吃的,让一班填填肚子再上去与敌搏斗,结果把全连的炒面集中起来,分到一班每个人手里还不到一小把。这时部队已全面断粮两天了。一班顶了上去,班长王银娃和副班长李金贵看了看周围的地形,当即决定把打坦克阵地设在靠山崖的拐弯处,那儿一面临江,一面紧靠山崖,敌坦克不能调头,后面的不能支援前面的,且敌坦克开到这儿必然减速,便于我发起攻击。指导员说得抑扬顿挫,从情节铺垫,环境描述,氛围烘托,寥寥数语勾画出硝烟弥漫十万火急的战争场景,不由得让人神经紧绷。如果让指导员身穿长衫,手摇绢扇进茶馆说书,说不定还能成为大腕呢。焦文文思想有点儿走神。

一班刚进入阵地,敌坦克就耀武扬威如入无人之境地开过来了,王银娃轻轻一扬手,放过第一辆。当第二辆放心大胆地爬过来时,李金贵怀抱五枚一捆的集束手榴弹,利用山坡顺势跃上坦克,他发现敌坦克炮塔上的盖子没有盖好,当即毫不客气地拉燃手榴弹往里一塞。敌人发现坦克上有人,迅速旋转炮塔,李金贵被摔了下来,恰在这时一声沉闷的巨响,第二辆坦克哗啦一声,冒着浓烟,瘫了下来。第一辆坦克听到爆炸声,停车观察,王银娃手持集束手榴弹,同样利用山势跳上坦克,像只壁虎紧紧地趴在上面,两眼死死盯住炮塔上的顶盖。敌坦克乘员推开顶盖观察外面的情况,正好和王银娃脸对脸,敌人吓得头一缩,急欲把顶盖关上,可惜已经迟了,头还没缩回去,王银娃的手榴弹已冒着烟紧随敌人的头顶落进坦克里。王银娃猛一下滚到山崖边,又是一声巨响,第一辆坦克紧赴第二辆坦克的后尘。两辆坦克一炸,敌人"先遣队"的道路被堵得严严实实,后面的坦克见此,手忙脚乱连滚带爬地后撤。一班歼敌两辆坦克,扼守住了公路,顺利掩护大部队撤离,战后荣立集体一等功。这个故事三连的老兵都知道。

指导员说完仍意犹未尽,提出让大家自由讨论,可以像召开记者招待会一样提问,由他暂时充当连队的"新闻发言人"。几个入伍前就是军事"发烧友"的兵提的问还比较尖锐,说现在军事科技这么发达,光战争的种类就有电子战、信息战、心理战等,武器有石墨弹、集束弹、精确制导导弹等，实施打击的手段更是多元化，常常鼠标一点，决胜千里，而我们还在练这种近乎冷兵器时代的手榴弹有意义吗？这不是在浪费物力财力兵力吗？手榴弹主要用于近战、巷战，现代战争可能连敌人的面都没照着，就已经胜负已定。当然，这场讨论在指导员的启发和引导下，最后的结论是手榴弹在现代战争中的作用和地位极其重要，是不可替代的，现代战争需要精确打击的高科技，也需要刺刀见红的常规武器，高科技有高科技的妙处，土办法有土办法的实在，过分依赖哪一方面都不行，就如人的两条腿，跛一条腿不但容易被敌人打倒，而且打倒了很难爬起来。作为普通一兵就是要让你手中的武器灵活得像你身上的部件，实现人与武器的最佳结合，最大限度地发挥武器的性能。

这堂课一开始焦文文像患重感冒似的，虚弱得满脸通红，低头不敢看人，偶尔抬头，能看到他额上一层细密的汗珠。课后讨论阶段，焦文文身上的虚寒仿佛被一剂猛药逼了出来，他勇敢地抬起头，眼睛亮晶晶的，但还是一言不发。

晚饭后，兵们像傍晚时分鼓噪的鸟群一样呼叫着或打篮球、或踢足球、或下棋、或看球赛，自由组合离开排房。班长看了看这段时间来有点儿形单影孤的焦文文，提议出去走走。焦文文点头答应了。两人不紧不慢地顺着林荫道往前走，道路两旁是高大入云的泡桐树。四月天，大多数树木已绿叶成荫，只有泡桐树还没舒展叶子，但吹开着一嘟噜一嘟噜紫色的喇叭花，吹面不寒杨柳风，微风中泡桐花香得醉人，香得独特。"今天，指导员讲得怎样？"焦文文似乎预料到班长会提这个问题，低头认真想了一下说："很好，我明白了投好手榴弹过去对一个士兵来说很重要，今后很长一段时间仍然很重要。"班长没接话。"喂，麻烦把球踢过来。"那边绿茵场上有人喊，一个足球慢腾腾地停在离他们不远处。班长上前飞起一脚，足球又回到奔跑尖叫的人群中。"投弹不仅靠技术和臂力，还要看心理素质。"刚才的一脚好像给了班长单刀直入的果断,挑起这个话题。焦文文如忽然被人抓住致命的短处似的,脸白得像一张纸。又是一阵沉默。

班长将目光投向林荫深处,像是自言自语地说:我们班投弹最远的记录是84米,是我们第一任班长创造的,至今没有人打破。第一任班长是陕西人,放羊娃出身。他放羊不用鞭子,眼看羊群快跑出他的控制范围了,随手捡起一颗石子或一块土疙瘩甩过去,不偏不倚正中头羊。让羊群往右边走,打左边;往左边走,打右边;回头走,打正前方,那身手比牧鞭还管用,还自如,石块和土疙瘩就是他延长的牧鞭。十六岁那年他被国民党抓壮丁,在国民党军队里糊里糊涂地当了三年"大头兵"。解放入伍后,这身本事才"展露"出来。战斗中,他投弹扬手就是六七十米,而且指哪打哪,又狠又准,由于投得远,手榴弹不时在敌群上空数米处凌空爆炸,俗称空炸,杀伤力呈几何数发挥。面对冲到阵地前沿二三十米处的敌人,他把手榴弹拉燃后,在头顶转三圈再扔出去,恰如其分地形成空炸,打得敌人鬼哭狼嚎,连滚带爬。大伙儿送他美称"小钢炮"。在老班长的培养带动下,我们一班的投弹技术突飞猛进,随便哪个兵随便一出手至少是优秀(四十五米以上)。后来,一班被当作"杀手锏""秘密武器"由营里直接掌握,在战斗最激烈最关键的时候顶上去,常常扭转战局,起到意想不到的效果。那时候我们的重火力少得可怜,真是手榴弹顶大炮呀。淮海战役中,合围黄维兵团,最后我军以壕沟推进,层层剥皮,敌人就在数十米外,没有枪炮声时,双方说话咳嗽都能听得清。这时上级把我们一班拉上去,一阵轰轰隆隆的手榴弹炸得敌人晕头转向,抱头鼠窜。接连几次打击,敌人发现了这个秘密,恼羞成怒几乎集中一个炮兵阵地的火力向我们一个班阵地倾泄弹药,那次我们一班仅王银娃和李金贵两个新兵幸存下来,他俩保住了一班的火种,留住了一种精神。后来我们一班经过补充在朝鲜战场上再一次"雄起"。

"我们一班苦练投弹,善于投弹的种子是第一任班长播下的,从此代代相传,没有间断过。"班长停住脚步,目光从远处收回,落在焦文文脸上。这时已暮色四合,露天的地方温热温热的,树荫下还透着丝丝寒意。焦文文感觉如听传奇故事般,"班长,你说的这些怎么团史、连史上没有记载?""团史、连史只记下一些地名和数据,哪有这么生动,生动的故事还得靠口口相传。"

一方水土养一方人,一脉血缘延续一个家族的基因。铁打的营盘流水的兵。流动的是兵,流不动的是精神。一支有着钢铁般硬度的队伍肯定有看不见摸不着用化学仪器分析不出来的东西在一茬茬新兵中流传,这种东西影响每个士兵的气质,左右着每个兵的言行,经常让每一个士兵浑身骚动,热情似火,激情澎湃。焦文文突然感觉到这种东西在自己身上的存在,浑身的细胞顿时如蚁群涌动,在奔跑、呐喊,手臂渐渐发热、肿胀。那一刻他真想大喊大吼,跳上几跳,甩上几甩。

焦文文练投弹先是悄悄的,像武林高手一鸣惊人前那样躲起来偷偷苦练。他选择大家不在意的时间,如午休时,晚饭后,熄灯后,起床前,节假日等;选择大家不在意的地点,如后山的荒草坡,猪圈旁的瓦砾地,连队前的水杉林等。他从拉背包带开始,拉背包带是一代代传下来的老法子,据说很管用。拉背包带动静小,受场地限制小,只要有个固定背包带的地方就行。

新兵中队的班长常敦促投弹不及格的兵"加餐",拉背包带。营盘里对训练跟不上趟的兵有一段戏谑的顺口溜:投弹二十五(三十米才及格),单杠像跳舞(拉不上去),双杠腿打鼓(腿乱蹬),木马坐屁股(跳不过,骑在木马上),打靶不用糊(子弹跑靶,连糊弹孔都免了),只有吃起饭来像老虎。这顺口溜也算是军营文化吧,属集体创作,谁也没有独立版权,它的使用权大多数时候是那些"媳妇熬成婆"的班长们的。焦文文记得新兵班长说这段顺口溜时的神情就像家长面对顽劣的孩子,几多无奈,又有几多慈爱。还好虽然训练方面不行,但吃饭还可以,能吃就能长劲,能吃就能干,能吃就说明思想没问题,不想家。

背包带顾名思义是用来打背包的,三横压两竖,一声令下打起背包就出发。现在却让它承受不堪承受之重。焦文文的背包带几次负伤不下训练场,已打了好几个结,为了不使它完全丧失战斗力而退役,不得不让它回归原来的功用。焦文文从通信连一个老乡那儿讨来一小捆废旧的电话线,像织绳,又像小姑娘编麻花辫一样把电话线织成一条粗重的绳子,正好可以练拉臂。焦文文和那老乡是一个镇上一个火车皮拉来的,新兵训练结束后,那老乡分在通信连,焦文文常看到他背着一大捆电话线在营区笔直的大道上像驴一样奔跑喘息。焦文文脑子里决定寻找背包带的替代品时,马上想起那黑乎乎的电话线,老乡的专业术语称之为被复线。那玩意儿在战场上能抗炮弹炸,抗坦克装甲车碾压,肯定结实柔韧好使。当焦文文小心翼翼说出自己的想法时,老乡答应得很爽快,并马上付诸行动。中午,午睡的兵在打呼噜,没午睡的兵像犯大烟瘾一样犯困,老乡做贼似的抱来一大捆电话线,压低嗓音说,这些都是残废品,在我们连队不受待见,杂物间、工具间到处堆的都是,有时还碍手碍脚的,连队种菜、整修花坛、道路常用它来拉线。

粗实的电话线绳被焦文文几经改进,一端织成"丫"形,便于拴在树干或水泥桩上;另一端织成一个拉环,缠上毛巾,很好使,比背包带结实多了。拉背包带发出来的是"嘭嘭"声,拉电话线是"噗噗"声,像水开了冲动壶盖一样。一个星期坚持下来,焦文文只觉得关节、韧带和肌肉酸痛酸痛的,吃饭举筷像举重似的,盘子里的菜也在左躲右闪仿佛故意捉弄他。最初的不适咬着牙关挺过去后,焦文文明显地感觉到右臂的肌肉发酵般肿胀，好像他摄入食物的营养成分都在救火般的往右臂输送，全力保障它的高能消耗。右臂在变壮变粗。为了使身体各个部件、区域均衡发展，达到共同壮实，不至于长成畸形，焦文文制订了一套周密的训练计划，并卧薪尝胆似的时时提醒自己严格执行。如早晚坚持五公里长跑练耐力，坚持短跑练爆发力。跑得大汗淋漓时做单、双杠，感觉身轻如燕，平时完成得有点勉强的动作，此时一挥而就。为平衡锻炼双臂力量，做俯卧撑；锻炼腰部力量，做仰卧起坐；锻炼双腿弹跳力，做远距离蛙跳；锻炼全身的协调能力反应能力，打篮球踢足球。一次次汗水迷离了双眼，身上的迷彩汗衫仿佛刚从水里捞出来似的，紧贴着脊梁，脚上沉重如戴镣铐，步子变得拖沓，但一想到身上的脂肪在噼噼燃烧，在转变为雄性的健美，转换为士兵的力量，就又来了劲。坚持，坚持，再坚持！

繁花褪去，羞涩的青果掩藏在渐渐浓绿的树叶间，恣意奔跑在林荫道上如穿越隧洞般阴凉，目光拂过高大的法国梧桐树干，偶尔能发现一两只幼蝉趴在上面，一动不动。夏天很快就要来了，蝉已经开始鸣唱了。水真是个奇妙的东西，至柔至刚。汗水也一样，经历汗水的浸泡冲刷，焦文文感觉自己像块普通的石头，渐渐变得圆润透亮如"灵通宝玉"似的；又像一条蛹，已蜕化成蝉，试着振翅枝头歌唱。焦文文除了饭量变大了，睡觉变香了，皮肤变黑了，身体变壮了，喉结更加突出了，走路步子变大了，还有做事的动作幅度变大了，变得果断有力了，说话嗓门变粗了，大笑时像鸭子叫一样嘎嘎响，老远就能听见，这在以前是不可想象的。焦文文的性情甚至都变了，心胸如穿过一道逼仄的门洞后豁然开朗，和大伙儿一起玩，一起闹，不再为一句无心的玩笑话计较怄气。劳动改造人，训练改造兵。晚点名后，焦文文在灯光昏黄的洗漱间冲凉水澡，看着手臂上的肱二头肌、肱三头肌及胸大肌和一些叫不出名字的肌肉,他学着画报上的健美运动员握紧拳头摆出一个个POSE,样子更酷。用手指轻弹坚硬的肌肉似乎有金属之声,一盆透凉的水浇下去,水珠滑过肌肤如露珠滚动在荷叶上。焦文文不由得轻哼起不知名的曲子。

下午体能训练,三连官兵像鸟群一样扑扑啦啦跑一阵后又是投弹。兵们仿佛一群企鹅呈三路纵队坐在投掷点一侧,一个个神情轻松得犹如坐在草坪上放牛。文书在前方三十至四十五米处画出一道道石灰线,然后像一根标杆站在那儿报数。投弹报数很多时候是文书的活,开始有新兵嘀咕,说文书"拈轻怕重"不参加训练,后来有一次,大家投弹暂告一段落,文书活动活动筋骨试着扔了几枚,每一枚都落在五十米开外,几个新兵表情极不自然地耷拉下眼睑。这时有老兵开玩笑说,真不愧是一班副,虎离老窝威风还抖呢。原来文书以前是一班的副班长,怪不得他看大家投弹时的眼神那么牛。投弹训练,每人三枚教练弹,投完后坐到最后面,周而复始,一直投到开饭前十五分钟带回。轮到焦文文了,只见他像前面的兵一样轻松地从柳条筐里随意捡起三枚弹,走到投掷的石灰线前,立啤酒瓶似的把三枚弹立在一起,然后拎起一枚,掂了掂,他没有助跑,就那么定定地站着,有点笨拙地手一扬,手榴弹在空中划出优美的弧线,"53!"文书报数的声音似乎格外大。"嗷——"兵们一阵惊呼。"54!""嗷——""52!""嗷——"焦文文每投出一枚,兵们像配音一样发出阵阵嗷嗷声。在大家眼里焦文文能投出这个成绩,很意外。刚才他上场时他们的目光还散淡如冬日墙角里晒太阳的农夫。此前,焦文文每次亮相都是波澜不惊勉强及格,而且还要郑重其事地活动活动身体,来一段助跑。焦文文自己也很不自信,尽管他闻鸡起舞似的进行拉臂训练,毕竟只是拉臂训练,训练的效果怎样,他心里没谱。但只要有进步,哪怕像只蜗牛一样一点点前进,他都高兴,发自心底的高兴。没想到成功和喜悦就这样不期而至。

焦文文像匹黑马闪亮登场，三连的兵一阵惊叹，很快归于平淡，熟视无睹一样的平淡。焦文文身处一班，一班的兵就应该是这个样子，如果不这样反而另类了。对于焦文文的崭露头角，三连最喜形于色的还是一班长，比焦文文本人还高兴，他嘴上没说什么，但脸上兴奋得像买彩票中了大奖似的，连打量焦文文时的眉角都沾有笑意。

班长像发现战役突破口似的，很快靠了上来，帮助焦文文纠正一些痼癖动作。在焦文文的印象里那些注意事项班长以前也说过，但那时他迷迷糊糊似懂非懂，现在仿佛心有灵犀，一点就通。看样子学任何东西都像小鸡破壳，在小鸡啄壳将破没破时小心翼翼帮一把，它就获得了新生，否则带给它的是拔苗助长，是灾难。

班长告诉他，下一步训练必须投教练弹，不能再搞拉臂训练了。如同婴儿到了一定的月份必须断奶，母乳已不能满足他（她）成长的营养需求了。瞄准实战练兵，投教练弹已经隔了一层了，拉臂训练隔得更远。还有，他以后的成绩每提高一点都很难，要付出更多的辛勤和汗水。

焦文文头昂得高高的，由"地下活动"变成"阳光行动"，开始"明目张胆"地在训练场上投弹了。"手榴弹向鬼子们的头上炸去！全国武装的弟兄们，抗战的一天来到了，抗战的一天来到了……"焦文文将《大刀进行曲》改编成《手榴弹进行曲》，歌词简洁，节奏铿锵。亮开嗓门，甩开手臂的感觉真好。让手榴弹在空中如闪电，像流星一样的飞吧，越快越好，越远越好，让它唱响生命的绝响，在敌人的头上开花。它是勇士挥舞的铁拳，只有胆小鬼才在它的轰鸣中战栗。

刚开始练投掷教练弹时，焦文文常以饮料、饼干之类的零食雇佣车前草给他捡弹，报数。其实焦文文心里还有一个原因，那就是有人做伴好像理直气壮些，面对路人好奇的目光坦然些。几次下来，小恩小惠渐渐失去诱惑力。有时候自由似乎比解馋更重要。对于焦文文来说额外增加一项开支，财政有些吃紧，有突破义务兵在津贴内消费这一规定的危险，也就顺水推舟取消了"雇佣军"。自己投弹，自己捡弹，投完了再去捡，捡好了继续投，报数就免了吧，反正每一次都铆着劲儿投。一有空，焦文文就用半大不小的化肥口袋叮叮当当地装上十来枚教练弹，一扬手搭在肩上甩步向训练场走去。教练弹平时就堆放在一楼的杂物间里，与胸环靶、漂浮器材、铁锹、粪桶之类的东西堆放在一起，门敞开着，只要是三连的兵随用随取，不用向任何人报告，充分显示每个兵都是连队的主人。粗糙沾有零星泥巴的化肥口袋驼在焦文文背上，从背影看很像背着种子或化肥下地的农民，又像出门打短工的民工。风卷着裤管，脚步并不趔趄，放眼望去一片翠绿。

中午，营区很静，一切都似乎迷离着眼，连太阳都在打盹。焦文文捡起一袋手榴弹从杂物间探身出来，见连长下穿迷彩裤，上穿迷彩圆领衫从洗漱间走出，"我陪你一起去"，连长说着转身进屋取衣，边穿衣服，边和焦文文一起走。焦文文刚才还如午后阳光平静的心情，很快像着了火一样，有些激动和不安，浑身的肌肉不由得收紧，走路脚尖着地。

"连长，我想投好弹。"

"我知道，你已练了一段时间了吧。"

焦文文心头一热。

"连长，上次让您受惊了。"

"别放在心里，都已经过去了。"

"下次我一定能投好。"

"我相信！"

焦文文和连长并肩走在去训练场的路上，像沉默的兄弟俩。四周依然很静，只有风晃动着浓绿的树叶，卷起阵阵黄尘，半空中偶尔飘舞着一两只白色塑料袋，像风筝一样。这个季节风真大。

　　连长报数很认真，弹道高了，低了；弹着点偏了，斜了，一一提示，有时还来几句点评。一投完，连长和焦文文一起跑去捡弹。

　　投投捡捡几遍下来，连长和焦文文在一棵槐树下小坐。槐树下是兵们训练间隙休憩的地方，裸露的黄土已被踩成细碎的粉末，像乡村里拴牛的树下一样。连长和焦文文满不在乎地席地而坐。当兵的不惜衣。训练场上就不用说了，拉练，演习，施工，救灾，一声原地休息，一屁股往下坐，就连晒衣服都很少有人翻过来。惜衣会被人讥笑，认为你婆婆妈妈，不洒脱，不合群。也真是的，当兵的在很多情况下连命都不顾惜，还顾惜衣服干什么呢？坐在树荫下，连长抽了一支烟，散散淡淡问起焦文文家里的一些情况，还有这段时间心里有什么想法。焦文文一一做了回答。连长抬手遮掩着打了个呵欠。焦文文说，连长，咱们回吧。于是他俩像来时一样往回走。

　　连长为焦文文捡弹报数就一次，可就是那一次，连长站在风中的样子，躬身捡弹的样子，坐在尘土里的样子常在焦文文脑海里重叠交替出现，久久挥之不去。

　　为了锻炼焦文文的心理素质，尽可能地让他寻找投实弹的感觉，连长凑了十几枚实弹拉火环，用透明胶把拉火环上的细线粘在教练弹木柄上，拉火环套在小拇指上，如此投出去贴近于投实弹。受连长的启发，一班长还在前面的铁壳上绑一个小鞭炮，点燃后再投出去，似乎更身临其境。可惜操作性差了点，只能偶尔为之。

　　安排焦文文投实弹，是三连党支部在一次支委会上提出来的。当时会议已经接近尾声，有的支委在收拾笔和记录本，挪凳子准备离座，突然支部副书记连长清了清嗓子说，有个事和大家商量一下，想以连队党支部的名义上报，再安排焦文文投一次实弹。连长原以为这件事一经提议，意见很快能统一，会一致通过。没想到支委们的反应那么敏感，大家僵在那儿，眼望着他。连长只得耐心解释说，焦文文上次没投好，差点酿成流血事件，这在他心里一直是个阴影，这个阴影只有让他成功完成一次实投才能消除。实弹的炸响对于一个新兵来说是醍醐灌顶的，拉响的是英勇自信，炸飞的是胆小怯懦，意义不可小觑，这将影响他的军旅生活，乃至一生；对于连队来说，将影响整个连队战斗力的生成与提高。一个兵就是一份战斗力，我们绝不能浪费战斗力，不能用老百姓的纳税钱养一个不能打仗的熊兵。

连长的话大家很耳熟，只不过今天的表述方式略有改变。会议继续进行，支委们纷纷落座，低垂着眼睑谁都不吭声，隔了好一会儿，"副指导员，你先说说"，连长点将，打破僵局。副指导员环顾左右，骑墙似的说："实弹投掷组织起来很危险很复杂，从布置警戒到安全保护每一个环节都要周密细致，慎之又慎，即使这些环节准备考虑得很充分，能做到万无一失，还要看投掷者，不仅要看他能投多远，最主要的要看他具备不具备相应的心理素质……"副指导员这段话有点儿说了也等于没说。副连长心里一直对连长那套"战斗力论"有些不以为然，他站起来旗帜鲜明地反对再安排焦文文投实弹，说："现在是平时，不是战时。作为个人，生存才能发展；作为一个单位，在安全稳定的基础上才能发展。强调战斗力没错，但如此高危训练，万一闪失，全连官兵用汗水和心血凝结起来的成绩将一棒打碎，不但战斗力倒退，而且荣誉扫地，几年都爬不起来。还有投实弹牵涉到方方面面，即便我们三连通过了，上级也不一定同意。"

会上一时谁也说服不了谁，那就举手表决吧。副指导员略一迟疑举起手，和连长站在同一条阵线。副连长和一直做沉思状的指导员表示反对。最后大家的目光一齐落在士官支委一班长脸上。这时候，他的一票显得举足轻重。一班长好像在摆谱，强调自己作为支委的身份，他不慌不忙地举起手，投了连长一票。连长不动声色地笑了。对于这一票，他有信心。

三连要求给一个兵再安排一次实弹投掷的报告送到营里，再送到团里，在团首长们的办公桌上游历一圈。团首长最后批示，将全团各连队心理素质不是特别过关的兵集中起来，统一安排一次实弹投掷。这个结果让三连感到很意外，皆大欢喜。

还是上次那个投掷场，一切都还是老样子，只是草木浓茂了许多，坡上那些像鸡窝一样的坑坑洼洼已被野草啃得只剩下一个底窝窝，坡顶那两个并排的投掷坑似乎积了不少雨水，这从堆在一旁新挖出来湿漉漉的泥土可以看出。猜想打前站的同志先把坑里的水舀干，然后把面上的一层湿土挖去，再用锹拍打平整。两边山梁上插有警戒的红旗，绿树掩映中让人滋生出许多想象，好像那儿藏有伏兵。从这可以看出，哪个行当都一样，台上的精彩演出离不开后台的剧务支持。

投实弹的兵来自各个连队，一个连队一两个，至多三五个。三连来的是焦文文和车前草。焦文文和其他兵不太熟，邻近连队的也只是脸熟，彼此叫不上名字，没有什么好交流的。最主要的是大家心里都有点儿微妙，自卑的神情像考试不及格的学生参加补考一样。

"三连，焦文文。"现场指挥员作训股上尉股长的嗓门大得像手榴弹爆炸。

焦文文临上去时看了看带队的班长，班长也在看他，打着胜利的手势，微笑着，右耳下那道疤痕仿佛一朵青色的核桃花。焦文文突然想起核桃花开就是这个样子。这个季节核桃树该开花了吧。今天三连连长原来准备亲自带队的,结果临时有任务。让一班长充当这个角色似乎更合适。

三枚实弹。当焦文文投出的第三枚弹在坡下炸响时,他把头埋在胸前潮湿的泥土里。那枚弹仿佛不是他投的,是放羊娃出身的老班长投的,那枚小小的土制手榴弹从烽烟缭绕的太行山上一道不知名的山坡上投出,穿越历史的时空,在今天平静的阳光下一道青草坡上炸响。当焦文文抬起头时,脸上的泥土泡在泪水里。

从军行

点　名

　　星期六晚上，自由活动。何铁桥在走廊上的寒风里拿起密码卡电话和他娘没说几句，屋外响起一长两短的哨声：点名。还没到点名时间，怎么突然点名呢？从连部到一、二、三楼宿舍，到电视房、电脑房、阅览室、棋牌室、学习室等每一个角落响动起一阵土豆滚落般的忙碌声，很快楼房里的灯光次第熄灭，兵们穿戴整齐呈三路横队站在连队门口。

　　当连长整队报告时，何铁桥才注意到队伍右侧不远处站着一个上校和一个上尉，很威严的样子。何铁桥听班长介绍过那上校是他们政委，和团长一样大的官。虽然只见过一次面，但政委对于一个兵来说过目难忘，至于那上尉是谁，他就不知道了。政委简单讲了几句，说今晚利用大家的休息时间来点名有两个目的，一是检查人员在位情况，有没有不假外出的；二是检查干部知兵情况，新兵入伍快半个月了,看看我们的带兵干部到底对新战士了解多少?政委说话声音不大,但仿佛从胸腔里擂出来的一样,他的胸腔像面鼓。连长似乎胸有成竹,问,是背对背,还是面对面?上尉征询地目光移向政委,政委低了一下头说,今天就不搞什么背对背了,也不说每个兵的情况了,只要不用花名册面对面把名字点出来就行。团里对干部知兵有严格要求,对带新兵的班长骨干要求:一天知姓名,三天知家庭,一周知全情;对干部要求:一天知姓名,一周知家庭,半月知全情。"知兵"点名分两种形式,一种是指挥员背对官兵,不用花名册,把全连官兵的名字一一叫出来,叫到谁,答到后跑步离开队伍,另成一列。这是最基本的,更深层次的是不仅要叫出名字,而且要说出其籍贯、出生年月、家庭情况、性格特点,还有对近期的工作表现、精神状态等做一个简短点评。面对面点名,就是这套程序面对面进行,相对而言面对面比背对背要容易多了,至少每一张脸孔是熟悉的,能够唤起大脑平时的记忆,无论哪一种形式,让一个指挥员当着全连百十号人的面,把每个兵的情况大差不差地说出来,都是一种很大的考验。

连长洪亮的点名声夹杂着阵阵答到声跑步声,原来的队列变得稀疏,另一侧转眼密匝起来。连长点名刚开始那阵子像爆米花似的,响亮、流畅,有一气呵成的架势,渐渐地速度慢了下来,从一个兵到下一个兵间隔的时间越来越长,大脑像电脑似的负载过大,点击鼠标后好一会儿才有反应。最后剩下三个兵,连长卡壳了,有点儿电脑死机的味道。三个兵毫无规则地站在原地,从军衔看一个上等兵,两个列兵。时间好像一下子变得漫长,连长就那么与三个兵面面相觑地站着,三个兵军姿笔挺,脸上毫无表情,倒是连长的脸色开始微微发红,嘴唇颤抖着,几次欲言又止,喉结滑动一下,将话连同唾液一起吞咽下去。这时邻近连队的电视声、说笑声、走路声、关门声传过来,似乎很热闹。隔了好一会儿,连长好像在重新启动程序，紧贴裤缝的手指微微抖了抖，扭过头，嘴角挤出一丝比哭还难看的笑容说，政委，我说绰名行么？政委勾了勾下巴。"肥猫！籍贯江西九江，1988年10月20日出生，父亲机关公务员，母亲中学教师，独生子，性格开朗，好吃零食……"好像对绰名进行解释补充似的，连长一口气报出肥猫的详细情况。政委宽容地笑了笑。一旁的队列里也像微风拂过树林一样，氛围轻松了许多。几乎每个人都有过这种情况，有时候思想突然短路，溜到嘴边的话又忘记了，面对十分熟悉的人突然叫不上名字。"郑伟！"连长乘胜而进又叫出一个兵的名字。现在只剩下一个列兵孤零零地"一枝独秀"了。

何铁桥怎么也想不到全连一百多号人，连长就记不住他的名字。怪爹娘把自己生得太平常了，没有一点特色，不像人家肥猫，脸圆圆的，胖乎乎的，嘴角不时冒出几茎葱郁的胡须，再加上一副馋相，每天中午训练回来，别人最关心的是有没有信件，有没有电话找，他是边解腰带边问，中午吃什么，活灵活现一只"肥猫"。他呢，并不以此为忤，别人叫他肥猫，反而极其配合咪地一声，做一个猫扑动作。长期下去，口口相传，这个"雅号"连临时来队的家属都知道了。连长以前从没叫过，没想到第一次叫竟然以这种形式。何铁桥怪自己的名字太普通了，不像人家郑伟，"郑伟（政委）"一听起来就像首长；也不像马锐，说得快一点舌头卷一点，像个洋名字；也不像邓圣雄、杨振伟等，他们的名字多么富有力量、气魄，一听就是干惊天动地大事业的，让人印象深刻。何铁桥的名字是他爹取的，他呱呱坠地时，他爹正在离家几十里外的铁路大桥上挥汗如雨，在同一个工地上干活的邻居二胖因事刚从家里回来，隔老远就喊：元宝，元宝，你婆娘生了，生个大胖小子。何铁桥爹大名叫何元宝。他老人家抡起铁锤，一激动，信手拈来，小兔崽子就取名铁桥吧。于是何铁桥这个名字一方面成了他爹一段民工生活的纪念，另一方面是他爹希望他的命像铁路大桥一样坚硬、挺立，连轰隆隆的火车碾压都抗得住，还怕什么。何铁桥对自己的名字一向不太在意，认为那不过就像逗号、句号一样的符号罢了，就如阳光下人的影子，影子的大小高矮并不影响人的健康和食欲。现在，连长在一大堆兵中间惟独叫不出自己的名字，他终于"顾影自怜"地感觉到自己的名字多么平常，自己从长相到工作表现是多么地不起眼。

连长盯着何铁桥，就是忘了他叫何铁桥。他仿佛在动员起每一个脑细胞，唤起记忆。仔细打量何铁桥，还是和别的兵有区分的，就像世界上没有两片完全相同的叶子，部队上也不可能有两个完全一样的兵。何铁桥尖瘦的脸上零星点缀着"红高粱（青春痘）"，眉毛有点儿倒八字，套在身上的冬季作训服长短倒还合适，就是肥大了点，里面再塞一个枕头都没问题。操课训练、菜地生产、执勤站哨、扫地帮厨、文娱活动等，没觉得眼前这个兵有什么特别之处。他就像羊群中间的一只羊，在牧羊者眼里很多时候只是一个数字。不像列兵郑伟，连长站在队列前一问，你们谁会理发？郑伟应声站起来说他会，尽管他的手艺实在不敢恭维，把几位"勇敢者"的头发理得像梯田似的，令人不敢再次造访，但他积极热情为大家服务的思想让连长眼睛为之一亮。还有邓圣雄，连长让新兵中谁站起来指挥大家唱个歌，何铁桥的脖子正微微往下缩，担心点到自己，邓圣雄已站在队列前，手摆得像弹棉匠弹棉花，开始指挥了。连长好像很注意从新兵中发现培养各方面的人才。他说，我们当兵既是尽义务，自己也要加强锻炼，包括身体素质、思想觉悟、胆识能力、文化水平等多方面，经过两年锻炼，退伍回乡后，你的家人亲戚朋友再也不会老眼光看你了，都把你当作一个成熟稳重的大人了。何铁桥有个表哥，在部队是给首长开车的，三期士官转业，安排在家乡县上一个部门开小车，很是吃得开，县里大大小小那么多单位，他进进出出的好像每一道门里都有熟人，每一道门后没有他摆不平的事。村里邻居乡亲每有大事小事好事坏事棘手事，诸如到县医院动手术，小孩高考填志愿，夫妻离婚到法院判决，酒后开车驾驶证被收了，小偷小摸被派出所关起来了等等，大伙儿首先想到的是他。很多时候他有求必应，而且利利索索地把事情办成，他成了大家心目中了不起的能人。何铁桥父母对这个表哥更是奉若上宾，言听计从。何铁桥一拿到入伍通知书他父亲就领着他来到表哥家，请他谈谈当兵的经验，在部队上要怎么干，要注意哪些问题。表哥略一沉吟，就滔滔不绝地说开了。他说，当兵首先要少说话多干事，不要多干一点活就唯恐别人不知道，夸夸其谈，你不讲同志们也看在眼里，不会把你当哑巴，尤其不能发牢骚讲怪话，这样活干了，也等于白干，同志们对你的印象不好。还有少串老乡，班长和老兵们最反感的是新兵串老乡，你到别的连队去，或别的连队的老乡来你们班，用家乡话喋喋不休地制造噪音，让人心里很烦。还有领导在与不在要一个样，有时候虽然偷了一点懒，但让人看不起……何铁桥将表哥的话认真地记在一个小本子上，也记在心里。

　　连长的脸色由通红变成酱紫，作训帽檐下沁出一层细密的汗珠。看到连长那窘迫样，何铁桥真恨不得化成尘埃消失掉，他很想给连长一点暗示：我叫何铁桥，湖南常德人，1988 年 8 月 12 日出生……众目睽睽，况且在首长鹰隼般的目光下，他一动都不敢动，臆想只能是臆想。但从另一个角度想，自己来到这个连队"同吃一锅饭，共举一杆旗"已快半个月了，连长竟然还叫不出自己的名字，尽管名字长相性格都很大众化，可是我训练认真干活舍得花力气呀，领导怎么就没注意到我呢？何铁桥突然有一种伤心悲凉的感觉。

　　"算了吧，再想你也想不出来了。"政委一挥手让何铁桥回到队列里，"这个兵你可能再也不会忘记他了。作为基层带兵人，我们要欣赏排头兵，帮扶后进兵，也要关心关注中间那些默默无闻的兵，他们占绝大多数，是完成任务的中坚力量呀。"

　　点名后，政委又让连长报了一组数字，连队编制多少，实力多少，在位多少，不在位多少，休假的多少，参加各种集训学习的多少，上级借用帮助工作的多少等。这次连长回答还算流利。政委赞许地点了点头。

从那后，连长记住了何铁桥的名字。

班　长

听表哥说，新兵连训练很艰苦，每个兵都要经历新兵连生活，才分到老连队。何铁桥没料到一踏进营门，被包就被一双双热情的大手拎到老连队。他有些奇怪，一打听，老兵们说，刚改革的，现在服役期短了，新兵一入伍就分到老连队，据说这样能缩短适应期，容易形成战斗力。

何铁桥分到一连一班，一班号称连队的"尖刀班"，刚分到一班时，他觉得高人一等，心里暗暗沾沾自喜。通过一段时间的观察，他发现一班和别人的班没什么两样，兵都是一样的兵，只是班长有点儿特别。

何铁桥的班长叫刘志超，四川乐山人，第五年兵，一期士官。他年纪仅比何铁桥大两岁，但那份干练沉着好像比他大一轮似的。班长的军事素质十分了得，有"跑步推进器"之称。连队每次全副武装跑五公里，班长总是冲在最前面，与大家拉开一段距离后闪在一旁，慢步跟进，待最后一名路过他身边时，不由分说一把抓过其肩上的枪，拽住膀子直往前冲，待把最后一名带到最前面，他又闪在一旁，将下一个最后的又带到最前面，如此反复前进，一直冲到终点。一次五公里跑下来班长至少跑了八公里，最后他肩上也变成了多副武装。在班长的推进下，一班每次都跑第一。

班长训练好，话不多，做事有板有眼，在兵中间威信很高。班长对别的班里的兵蛮和气，有时候还和他们开开玩笑，但对自己班里的兵却像面瘫似的，难得有笑容。在何铁桥眼里作为"军中之母"的班长一点也不慈祥，甚至有"法西斯"倾向。如训练做错动作，着冬装忘记扣风纪扣，打扫卫生留有死角等不大不小的问题，常以拔军姿或跑步"加深记忆"。白天在训练场爬滚，已经累得快散架了，晚上还要"加餐"，让他们几个新兵排成一排做俯卧撑或仰卧起坐或端腹训练。他像个凶恶的监工手持腰带站在后面，发现谁偷懒或动作不标准，马上一腰带抽过去，尽管下手不重，但对新兵的心理震慑力还是很大的。

　　班长做事认真，经常是一条胡同走到底。他有一套理论，生活中许多小事，持之以恒地坚持下去就形成了习惯，进一步就转化为气质、品格。比如有的兵队列训练时走得有模有样的，但平时走路却松松垮垮、没形没象，这样的兵当得再久，也难以养成军人气质，只会变成一个兵油子。又如练字，有的人临摹字帖时很认真，但平时做笔记、写信还是信手涂鸦，这样把做事当作"作秀"是成不了事的。连队规定每天下午起床后各班组织读半小时的报纸，每个兵轮流读。连队曾一度很当回事，还专门检查评比过，但只坚持了一个夏天，随着秋天来临，日子变短了，再加上工作重心转移，领导就不太上心了。读报这件事在别的班渐渐无疾而终，只有一班每天下午起床，兵们扒在自来水龙头上抹一把脸后，迅速端坐成两排，听一个个兵用浓重的家乡口音磕磕巴巴地读报。哪怕这一天报纸没来，读报活动不能断，捡起前一天的报纸照样读。还有每天晚上七点钟看新闻联播，连队有一段时间要求每个兵看新闻时带一个小本子，把要目记下来，新闻联播结束后，连队干部随意抽查。在抽查的那些日子里，大家都记得很认真，后来不抽查了，许多兵的小本子就不知弄到哪儿去了。只有一班还在不动声色地坚持，新闻联播结束回到班里，班长常常提问或检查小本子。周日晚上的班务会，一班也有个土规定，班务会上每人要发言，时间不得少于三分钟，可总结上周的工作，可谈下一周的打算，可回顾已取得的成绩，可谈谈心里的想法，也可以向某个同志提意见和建议等。何铁桥每次发言都要反复想好词，讲完后瞟一眼手上的表还不到二分钟。

班长这些"不合时宜"的做法，弄得几个老兵颇有微词。班长可能有所觉察，在一次班务会上他特地拎出来，说，我们做的这些，有的人现在也许不理解，以后你们就会了解的，以后你们无论走到哪里，哪怕是当民工，当保安，下煤窑，因为有这段生活经历，那么为人做事就会与别人不太一样，就会比别人认真些，细致些。

班长个子不高，身材有点儿单薄，何铁桥觉得他身上有一种让人信赖、踏实的东西。直到那次挖鱼塘，他才恍然明白，原来班长身上有一种"向心力"，能让每个兵像高速运转的行星一样围着他转。那次挖鱼塘，任务平均分配到班。班长站在队列前几乎没有做动员，只是淡淡地说了一句：我们先干完先休息。说完他第一个跳进淤泥，开挖。一班的工段上热火朝天，兵们嗷嗷叫唤着掀起一个又一个比赶高潮。不到上午十点他们的任务就完成了。兵们在小溪边洗干净身上的淤泥，懒散地坐在树荫下聊天，一副惬意的样子。上午十点，太阳开始热起来了，正是"日高人渴漫思茶"的时候，其他班还在淤泥里像苦力般的跋涉着，他们看到一班舒服享受的样子，心里很不平衡，纷纷向排长提建议，要求一班帮他们干。排长找到正在"休闲"的一班长，以商量的口吻说出大家也是他自己的想法。一班长沉默，未置可否。排长以为他没听清楚，又说了一遍，没想到一班长坚决不同意，没有任何商量的余地。一个班长竟然当着全排的面违抗命令，没有组织观念，没有集体意识，这还了得！排长立即宣布全排集合，让一班长当着全排的面说清楚。眼看事情闹大了，何铁桥"识趣"地提起铁锹准备去帮别的班干活。班长大声喝住他：你们休息你们的，有事我担着！班长镇定地站在全排面前，声音还是不大，但每一句都像在铁板上钉钉。他说，任务是平均分到各个班的，我们先完成了，说明我们班的战斗力强，我们想早点儿休息，如果大家"和稀泥"，卖力和不卖力一个样，那么我们下一步的任务就无法按时完成，我无法向全班交代，这个兵我无法带。排长接过话说，那么现在再给你们班分一些任务。班长说，今天不行，除非各班把所分的任务干完，再一起分，哪怕给我们一班多分一些，我们毫无怨言，坚决完成。最终一班还是按兵不动。第二天分配任务时，一班果然被"照顾"，任务明显地多了些。一班憋着一股劲，还是第一个干完。

　　事情过去了好几天，连长才听说。他把班长叫过去问明情况，夸一班这样做是对的，如果不这样一班就不是"尖刀班"了。一班长也谈了谈自己的想法。他说，我们战士不像民工，战士年轻大都有一股冲劲闯劲，干活像冲锋一样，一鼓作气干完，最怕拖怕磨，拖得时间越久越没劲。而阅历丰富的民工"皮实"，干活有韧劲，他们能从早上八点一直不紧不慢始终如一地干到中午十二点。所以我们在完成任务时，要充分发挥好前面两小时的战斗力。连长听了若有所思。

　　班长各项工作很出色，但那年年终总结，群众评议，全连包括炊事班在内十名班长中，班长得票率最低。当然这是后话。

　　班长是第五年兵了，在步兵连队转二期士官很难。他独处的时候，常走神。上等兵杨振伟老家浙江温州的，家里开有皮革厂，据说规模还不小。他悄悄跟班长说过几次，让他退伍后到他父亲厂里去干，他父亲正需要他这样的人手。年底，班长退伍后去了南方，没有去杨振伟家里开的厂。这也是后话。

　　班长走后，再也没有消息。在以后的许多日子里，何铁桥偶尔想起班长，刘志超，四川乐山人。因此他对乐山那个遥远陌生的地方都感到温暖亲切。这还是后话。

争表现

何铁桥临上火车时,父亲帮他理了理衣领说,儿呀,你到部队上一定要听领导的话,千万不能顶撞领导,不能像在家里,在家里你顶撞父母几句,父母不放在心上,很快就过去了。部队上的领导可不会像宠任性的孩子一样宠你,你要比对父母还尊敬。

表哥说,到部队后要好好表现,表现好了,领导和同志们对你印象就好,以后就一路顺风顺水,你越干越起劲,领导对你越来越信任器重,啥好事都轮得着你。反之,表现不好,印象搞砸了,以后花数倍的努力都很难扭转。

为了争表现,给大家一个好印象,何铁桥铆着劲儿干活。训练场上,他认真完成规定的训练任务外,还咬着牙给自己加码,同一年度兵中总有那么几个比他身体素质更好、更刻苦,因而显得更优秀;每天早晨,起床号响之前,他条件反射似的起来打扫卫生,扫了几个早晨,连队干部让他别扫了,说不提倡这样做,影响他本人,也影响大家休息;他课余时间去帮厨,看起来手忙脚乱满头大汗的,但由于对炊事工作不熟悉,有时候反而添堵添乱,炊事班的同志并不太领情;周末,他替请假上街的兵站连值日,大伙儿进进出出热热闹闹的,好像他站在那儿是应该的,是轮到他站的;他不声不响地将连队的菜地施了一遍肥,傍晚大家去搞菜地时,没有人问起,也许是没在意,也许认为是自己班里人干的吧;他将晒衣场上的衣架、绳子整理了一遍……他多么希望晚点名时能听到自己的名字,除了正常的点名答到外,还能出现在当天表现好的同志一栏里,如果那样他走路都很轻快,梦都是甜的。几乎每个晚上失望,值班员宣布解散的口令是冷的,门口的路灯是冷的,连大家散会有些拖沓的脚步声也是冷的。他觉得自己就像一只丑小鸭抖瑟在一群引吭高歌的白天鹅之间。一个人无论在哪个领域要想取得成功多难呀。

连队百十号人，就那么些事，能与好人好事沾得上边的被一茬茬前辈不知挖掘了多少遍，雷锋同志更是达到了登峰造极的地步，以致于他的名字都成了做好人好事的代名词。这么多年来，虽然时代在前进，连队的武器装备生活条件等各方面都有很大的变化，唯独做好人好事没有多少新花样。何铁桥像只机灵的老鼠，悄悄寻找每一个做好事的机会，无奈身边的事太琐碎太平常了，别人都习以为常，见怪不怪了，还有的老兵认为新兵表现伶俐多干点活是应该的。何铁桥多想来一个轰轰烈烈呀，周末上街与持刀歹徒搏斗；路遇儿童落水奋不顾身；野外训练奋勇救火等。如果有这么一刻像电闪雷鸣一样出现在他面前，他一定毫不犹豫冲上去，哪怕让自己的大幅照片缠上黑纱，一想到人们的赞叹、唏嘘、惋惜、悲痛，他就觉得欣慰，值得。每天白云悠悠飘过营盘，何铁桥的活动范围依旧是连队、训练场、饭堂、菜地，日子过得像溪水淌过光滑的石板，上面布满单调寂寞的青苔。

何铁桥第一次被表扬是参观旅历史陈列馆。历史陈列馆在旅部营区，距团驻地有八里多路。不知上级出于啥考虑，决定全团各连队步行去参观，也许是作为一次小拉练，把传统教育与军事训练结合起来，也许是为了让官兵散散步散散心，看看沿途的风光，这样还可以节省汽油，防止车辆安全事故。参观历史陈列馆的前一天，何铁桥的右脚在训练中扭伤了，脚踝肿得老高，尽管晚上班长口含"二锅头"喷在扭伤处揉了一两个小时，第二天早上还是未见消肿。班长说别去参观了，就在家休息，由他去向连队请假。何铁桥坚持要去，来回路上，他一瘸一拐地走在逶迤的队伍里很是显眼。晚上点名时指导员重重地表扬了他一番。正当他暗自高兴，有风言风语传来：哼，有的人去观光旅游还受到表扬呢。

月末，军人大会上出台了连队年终评功评奖细则，其中最主要一项就是参考每周被评为"好同志"的次数。指导员说，往年评功评奖由群众民主评议，尽管群众的眼睛是雪亮的，由于标准没有具体量化，条件模糊，有的同志难免凭个人印象和情感投票，难免委屈个别表现好的同志。有的同志平时工作并不冒尖，眼看快到年底了，突然发起冲刺，处处领先，这时大伙儿对隔了些日子的事都淡忘了，对眼下的事印象倒深，往往让"黑马"讨了个巧。何铁桥恍惚又回到学生时代，好像墙上贴着一张写有许多名字的表格，他的名字后面稀稀拉拉地排着几面小红旗，别小看那些小红旗，那可是通往"三好学生"的旗帜。

每周"好同志"在周日晚上的班务会上评出。班务会快结束时，评选本周好同志，兵们腰杆微微挺直，眼睛平视前方，脸色骤然凝重。评选好同志，谁都可以提名，简单列出表现好的方面。人数较多时由班长、副班长定夺，一般上报连队一名，最多两名。能否评为好同志，每个兵内心深处都很在意，有的兵平时表现一般化，有点儿淡泊名利的样子，对评选好同志不以为然，但如果他偶尔一次被评上了，马上像变了个人似的，脸含春色，大小工作积极主动多了。

每天晚点名，何铁桥听得认真，他不像有的老兵嫌连队干部讲话啰唆，点名时间长，于是思想走神，或练"提肛"功消磨时间。他认真听连队干部讲评过去一天的工作，布置明天的任务，存在的不足及值得提倡的地方。每一次他的名字从连队干部嘴里报出，他都感到异样。

学技术

新年度的开训动员元月初就举行了，兵们似乎并没放开手脚，心里在隐隐地期盼着什么。那是因为后面还有个隆重的节日——过年。真正找到开训的感觉，要等到过完年以后，那时候探亲休假的归队了，炊事班加菜取消了，作息时间正常了（节假日晚半小时熄灯，推迟半小时起床），营区招展的彩旗、闪亮的彩灯退守到昏暗霉味刺鼻的仓库里了。当午夜的空气中蕴含着丝缕春的气息时，当农夫扛着犁铧吆喝着牛准备开犁时，兵们把绒衣或棉衣整齐地摆放在训练场一侧，开始翻腾了。

早春，春寒料峭时是共同科目训练，共同科目顾名思义是每兵必须完成的，它培养一个兵最起码的素质和最基本的技能。共同科目训练完后，是各兵种的专业训练。团里选拔技术兵就是这个时候进行的。这时天气已经转暖，但乍暖还寒，还没到换春秋常服的时候。

星期五晚点名，连长通报一个消息说，下周一团里举行专业技术兵选拔考试，去年底入伍的新兵都可以报名参加。专业有汽车驾驶、卫生员、厨师、汽修等。但丑话说在前面，学技术要有留下来转士官的思想准备，国家花那么多钱培养一个技术兵不容易，不多干几年怎么行呢。连长还说，通知刚刚收到，本来打算星期天晚上公布的，想到那时候太突然了，现在公布，大家正好利用周末这两天酝酿酝酿，复习复习功课。

当兵学技术，是好些兵入伍前就揣在怀里的"小九九"，现在眼看就能实现，顿时蠢蠢欲动，跃跃欲试起来。也有一些兵不为所动，冷眼旁观似的看着其他新兵满脸兴奋得像有可能彩票中奖一样，如杨振伟，他当兵就是锻炼来的，尽两年义务平平安安回去，不想留下来转士官；又如邓圣雄，他唯一的目标就是考军校，不想因为其他斜插旁逸的小目标而分神分心。点名解散后，何铁桥像间谍似的来到营区电话超市。傍晚他已经给家里打过电话了，家里都好，该说的都说了，现在突然冒出新情况，必须及时和家里沟通，请家里人拿拿主意。电话超市里有不少新兵，有几个和何铁桥是一个连的，从他们躲闪的神态和漏出来的只言片语，一听就知道他们也在和各自的家人说学技术的事情。何铁桥拿起电话，想了想，还是拨通了表哥家的号码。父母亲对部队情况不了解，又没有经历过大世面，所提的意见宏观指导有余，具体操作性不足。翻来覆去就是那么几句意思相近的话，好好干，听领导的话，和战友们友好相处等。何铁桥先是问他表哥，在他们部队他有没有熟人？他表哥说没有。接着他将眼下的事说了说。表哥清了清嗓子便分析开了：这可是个难得的机会，你一定要把握住。你想想看又尽了义务又学了技术，这是打着灯笼都难找的好事。最主要的是还为下一步转士官打下了基础，现在部队上转士官光凭踏踏实实干可不行，得有技术，有特长，如果你只是普通一兵，你的岗位哪一个兵都可以代替，谁稀罕你呢，部队留你干啥呢。根据何铁桥提供的几个专业，他又分析起学哪个专业好，把几个专业排了个队，依次是学汽车驾驶、汽修、卫生员、厨师。学驾驶当然好嘛，离地三尺，高人一等，没钱可以开车挣钱，有钱可以自己开车；汽修虽然爬上爬下钻来钻去，苦点累点脏点，但这个行当东捣捣西敲敲来钱快；学卫生员，虽然不可能一穿上白大褂就能行医，知道个皮毛也好，以后家里有个头疼脑热的，你知道怎么护理；最不济的是学厨师，学得不精，实践操作的又是连队的大锅菜，连队炊事班的厨师如果自己不肯钻，退伍以后到路边小店应聘都难。地方对部队上出来的驾驶员都很认可，认为部队上的驾驶员爬山涉水，陡坡急弯，冰霜雪雨什么样的路况、气候都能开，对付得了，事实也是如此。可提起部队上的厨师就不那么响亮了，好像部队上的厨师就会翻炒大锅菜，调和大众口味。当然如果前几个专业都学不成，学个厨师也可以，学总比不学好，艺多不压身，学个厨师至少能在自己家里系上围裙下得厨房。

　　表哥真不愧是当了十二年兵的老同志，把学技术分析得头头是道。何铁桥不住地应嗯，电话超市里有好些新兵，他不能多说。表哥突然压低嗓音，让他在他们连队找一个老乡打听打听消息，注意，这个老乡最好是同一个县的,要没有就同一个地区的,再没有就同一个省的,你们连队不可能没有湖南兵吧。这个老乡要热心一点而且要活络一点,最好兵龄比较老,这样他信息了解多,各方面情况熟。找到目标后,你坦诚地把自己的想法告诉他,你来自农村,家里条件不太好,很想学一门技术,如果能留在部队长期干更好,留不下来退伍回家也不愁,看老班长能不能帮帮忙。一般来说远离家乡的人或多或少有一点乡土观念,有的老兵甚至还有虚荣心,你找到他,他很高兴。你问他团后勤机关有没有老乡,有没有他认识的,尤其是运输股、军需股等单位有没有老乡当助理员。新兵学技术不需要多大来头,只要这些分管单位具体操作的助理员在一大串名单里删增一个就行了。这其中最好是这个老乡和某位助理员熟悉,由他领着你去,如果他们之间不熟,或者熟悉不想引荐你,怎么办呢?这时候就看你自己的了。我不在场,也没有诸葛亮的锦囊妙计,你自己认为怎么合适就怎么办吧。新兵来到部队谁都是白纸一张,有熟人,有亲戚,有父亲的老战友这层关系的毕竟是极个别。天高任鸟飞,海阔凭鱼跃。部队也是社会一角,你现在就等于走上社会了,面对各种纷繁复杂的情况,自己走着看吧。

何铁桥很快就瞄上了三排八班一个叫李佑军的老兵。李佑军是一期士官,第四年兵,和何铁桥同一个地区的,说话拿腔拿调的有点儿"油",但军事素质特好,参加集团军比武取得过名次,据说转士官时还摆谱,不太想转,是连队干部做思想工作,才半推半就转的。此前何铁桥隐隐约约知道他是老乡,虽然在同一个连队,但在不同的班排,打交道少,自己一个新兵蛋子,本班排的兵都没处熟,怎好意思到别的班排去攀老乡?何铁桥临去找李佑军时,溜进连部,在文书那儿若无其事地翻了翻花名册,印证了一下他的记忆。何铁桥瞅准李佑军一个人猫在排房里的最佳时机,恭恭敬敬地递上一支"玉溪":"班长,您抽烟。"李佑军看了看烟,又看了看何铁桥,"抽这么好的烟?"营盘里抽烟的兵有个规律,义务兵、一期士官抽 10 元一包的,二期士官 7 元,三期士官 5 元,月初抽好烟,月末抽差烟。李佑军接过烟叼在嘴上,何铁桥四下探摸口袋,才发现只顾得买烟,忘了买打火机了。李佑军微微一笑,掏出打火机点上,陶醉般地吸了一口。"你不抽?"他伸了伸手里的打火机。"我不会。"何铁桥羞涩地一笑。"烟民"们都知道,身上有烟没火,再加上揣着与其经济条件不相符的好烟,都是不抽烟的,身上的烟只为办事"方便"。李佑军一副很老成的样子问:"什么事?"何铁桥满脸堆笑地介绍:"我叫何铁桥,是一排一班的……""别说了,大家一口锅里搅勺子,两个多月了,谁还不认识,有什么事你说吧。"何铁桥的思绪马上像电路切换一样想起表哥传授的"机宜",诚恳地表明自己想学技术,请班长帮帮忙。李佑军没什么反应,"想学技术,想在部队长期干,好呀,报名参加技术兵选拔考试,考上了就行。"何铁桥讪笑着:"班长,团后勤处有没有我们老乡,您能不能帮忙引见一下?"李佑军警惕地扭过头来打量着他,好像突然不认识他似的,直看得何铁桥心里七上八下,隔了好一会儿才说:"后勤处有一个湖南的,地方大学生,据说英语比汉语说得还溜,人有点儿傲,我和他不熟,不可能带你去,要去你自己去好了。"李佑军有点不耐烦地掐灭手里的小半截香烟。烟灭了,他们的交谈也就此结束。何铁桥再递烟给他,他不接。何铁桥尴尬地举着烟,想了想,小心地把烟放在他面前的桌上。

何铁桥没有去找那个老乡,也没有去打听有关情况。此后,何铁桥和李佑军的关系一直很淡,淡到和连队大多数兵之间差不多。

何铁桥心境平静地从班柜里取出入伍时带来的中学课本,走马观花地翻看着,回忆回忆一些知识点,以迎接周一的考试。

考试是在水泥操场上进行的,参加考试的兵呈军体拳队形散开,一片黄绿色铺满整个操场,蔚为壮观。试题和答题卡发了下来,哨声响起，兵们扒在各自的折叠椅上开始答题。乍一看并不难，大部分是初中课本上的内容。看样子学习掌握这几门技术并不需要很高的文化。答题只需做选择和判断就行了，几乎不用写文字。说是方便电脑阅卷，把答题卡一扫描，分数就出来了。有一两道题何铁桥有点儿把握不准，抬头扭了扭脖子，发现前后左右相距达两米以上距离，好些干部在通衢大道般的间隔里闲庭信步似的走走看看。据说这次考试是司政后装几大部门联合组织的，那么那个老乡助理员有没有来呢？他叫什么名字，长得什么样子？何铁桥走神时，有兵开始交卷了，噼噼啪啪地响起折叠椅的声音。交卷很快呈蔓延之势，不断有兵起身，提椅子走人，操场上一大片一大片的场地空出来，最后剩下寥若晨星般几个兵。一个上尉喊了声，只有五分钟了。何铁桥是为数不多坚持到最后才交卷的。他提着椅子走在阳光下，感觉有些燥热。

笔试结束后，紧接着体检身体。按理说新兵经过严格的入伍体检，时间隔得不久，身体应该没啥问题，但团卫生队还是怀疑一切似的挨个儿过了一遍。听老兵说，团小车班就发生过一件荒唐事，一位首长的驾驶员竟然是色盲。他怎么当上兵"混进"革命队伍里来的，那只能臆想了，至于他怎么看红绿灯开车呢？他说，每次过红绿灯，前面的车停他也停，如果他恰好是第一辆车，那就看对面的来车，对面的车子开过来了，肯定是绿灯亮了。就是凭着一份小心谨慎，他开了几年车居然没有人怀疑他的眼睛有问题。这是他退伍时酒后吐露的。老兵们讲的故事很传奇，何铁桥分不清是真还是假。还说从那件事后，团卫生队就开始较真了。

考试结果出来了，用红纸贴在团机关大楼旁的事务公开栏里。严格来说不是全部结果的公布，只是公布了被选上人员的名单及其分数，没有选上的如被遮掩在厚厚的幕后。一连选上三个，一个学汽车驾驶，一个学卫生员，一个学厨师。何铁桥榜上无名。

军民共建

  天气渐渐转暖，早晨出操穿冬装跑两圈下来，只觉得贴身的内衣汗津津的。军务股通知星期一统一换春秋常服，并组织会操。部队每到换季换装都要组织会操，所谓会操说白了就是军容风纪检查，从头发、领花、肩章、指甲、内衣、鞋袜等，不放过每一个细微之处。检查完后，军务部门对各连队不合格人数分类统计，如某连队头发长的几人，鞋袜不符合规定的几人，全团排名次，通报到连。所以每一次会操，连队干部如临大敌，理发员常常熄灯号响过后还在挑灯夜战。看得出，一个兵身上事关军容风纪最麻烦的"工程"就是头发，这也是上级每次检查的重点。本来条令条例规定：露出帽檐外的发茬不超过1.5厘米就行。为了达到全部合格，连队实行一刀切，全部理板刷头，头顶任何一处头发不得超过1.5厘米，检查起来很简单，用手指贴近头皮插进头发，只见手指，看不见头发就合格了。大部分官兵没啥意见，头发短洗起来还方便些。只是脸型显得胖的兵，头发一短看起来活像个胖罗汉，如郑伟、杨振伟等人，但为了连队的集体荣誉，他们即使心里一百个不情愿，也只能小声嘀咕。何铁桥理成板刷头换上夏常服后，感觉良好，特地给营区大门哨兵替了一会儿哨，挎着钢枪，照了一张英姿飒爽的相片寄回家。

  那天课间休息，大家围坐在树荫下，不知是谁挑起军训的话题，连长也许是为了调动大家的训练积极性，发话说，今年谁军事素质好，军人气质好，就让谁去带军训，并且去带女生队。老兵带大学生军训，新兵带中小学生，特别优秀的新兵也可以带大学生军训。说起带军训谁都想去，尤其是带大学生军训，不但可以锻炼自己的组织指挥能力，而且能找到在连队里完全不同的感觉。在连队，你是普通一兵，顶多是个士官班长，带大学生当"教官"的感觉多好，甚至比林冲当八十万禁军总教头还来劲。带军训虽然苦点累点，可那生活多丰富多有意思，每个日子都洒满阳光，每一缕阳光都青春飞扬，每一抹青春都绽放着笑脸和歌声。尤其是带女生队，那更是炙手可热的"美差"。但带女生队并不是军事素质好军人形象佳就行，经过多年的摸索总结，带女生队的兵军事素质好是一方面，但要木讷一点，笨拙一点，长相平常一点，甚至要有点儿丑，这样军训结束后可以杜绝一些欲说还休的故事。每年带女生的"教官"就像最后才揭晓的冠军一样，那个愣小子常常被大伙儿嫉妒得恨不得揍他一顿。

何铁桥在新兵中军事素质较好，而且耐心细致，连队确定他为八一小学的校外辅导员（连队单方面定的未经学校认可）。班长让他做好这方面的准备，平时翻翻儿童心理方面的书。老兵们和他开玩笑，今年带小学生，明年说不定带大学生呢。

"端午节快到了，八一小学的小朋友们又要来啰。"临睡前上等兵马锐感慨了一声。真的一晃眼就快端午了，宿舍里好像有一股五月的槐香在漫开。兵们嘻嘻哈哈说起孩子们的一些趣事，说他们走路像企鹅像熊猫像猴子，说他们提出的一些问题很多时候不知如何回答。大家谈论得最多的还是一个姓陆的女教师，说她穿裙子漂亮，穿牛仔裤也漂亮，几个老兵开始打赌她有没有男朋友。班长干咳了两声，大家意犹未尽地噤了声。

端午节那天早上，何铁桥边扎腰带边往外走，班长叫住他，让他留下，说等会儿八一小学的学生要来。何铁桥一下子呆立在那儿，待训练的队伍喊着口号走远了，才发现手心满是汗。他将全班的内务卫生又仔细地检查了一遍，自己要做哪些准备，要注意一些什么呢？他一时理不出个头绪。

指导员把几个辅导员集中起来，讲了讲有关事项。大家似乎还没进入状态,一队小学生像一队灿烂的向日葵已朝连队门口走来。孩子们鱼贯穿过每一个房间,连一楼的杂物间和六楼的小阁楼都要好奇地瞧一瞧,楼房里霎时间如同落满叽喳的小鸟。转完一圈,孩子们群星拱月似的围着几个辅导员。何铁桥身边也围了十几个,他先是把自己叠得方方正正的被子拉开。"小朋友们自己的事要自己做,每天早上起床后要叠好被子,解放军叔叔的被子叠得这么好,是怎么叠的呢?"他边说边开始叠。除了几个文静的小女孩外,大多数小朋友对叠被子不感兴趣,有两个小男孩开始往上铺爬,何铁桥赶紧将他们抱下来。匆忙把被子叠好后,把班柜全部打开,展示里面摆放整齐的战备物资,有水壶、雨衣、挎包、学习笔记本等。何铁桥额头渗出一层细密的汗珠,正当他思量下一步出个什么节目时,几个小男生凑过来发问,AK47能不能打坦克,中国潜水艇厉不厉害,买一把狙击步枪要多少钱……这时一位年轻女老师款款走过来,朝他歉意一笑,很甜美的样子。她说话并不凶,但孩子们一见到她马上温顺得像小绵羊。望着女老师转身离去的背影,何铁桥猜想她可能就是老兵们眼里美得像花一样的陆老师吧。她离开后,何铁桥才想起忘了打量她穿的是裙子还是牛仔裤。好像是牛仔裤。等会儿,他要告诉那些老兵。

　　孩子们在连队待的时间不长,很快就走了,走的时候留下好几筐慰问品,有粽子、咸鸭蛋、苹果等。何铁桥随手翻了翻粽子,这粽子好像和商店里卖的不太一样,乍一看,有点儿眼花缭乱,有的贴有商标,有的没有,有的尖尖的,有的圆头圆脑,有的用棕榈树叶捆扎,有的用白线捆扎,还有的用彩绳捆扎,估计里面的馅也是五花八门的。再看那些咸鸭蛋和苹果,每个咸鸭蛋和苹果上都贴有一张小纸条,纸条用透明胶密封固定好,上面笔迹歪歪斜斜地写有一句话,或绘有一个卡通图案。上面的话有:解放军叔叔辛苦了;解放军叔叔最帅;我长大了也要当解放军;我家的水果甜吧;吃这个水果的解放军最可爱；解放军叔叔我好想摸一摸真枪……每句话下面都留有班级和名字，看起来主要是二年级的，也有部分三年级的。何铁桥端详着一个个咸鸭蛋、苹果，忍俊不禁，心底涌起一股甜蜜的暖意。这些慰问品显然是孩子们从自己家里带来的，他们老师也许前一天或前几天就布置了，像布置家庭作业一样，孩子们回家向家长们传达后仍不时提醒准备好了没有，比完成家庭作业还要认真。这小小慰问品不止是孩子和学校的一片心意，更是他们背后一个个家庭的心意。难怪兵们很看重。

大致清点了一下，全连官兵每人能分到两个粽子、一个咸鸭蛋、一个苹果。趁大队人马还没回来，何铁桥留给自己的那份有点儿特别，咸鸭蛋上写着：叔叔你想家吗？落款是三（3）班一个叫亮亮的同学；苹果上写着：解放军叔叔，我做你的女朋友好吗？落款是二（5）班一个叫金灵敏的同学。两个粽子，他和别的兵一样当场就解决了。那个咸鸭蛋和那个苹果他藏在班柜的最里面，放了很久，直到有异味。

游泳训练

苏北的春天俗称"春脖子"，时间很短，感觉春秋常服才穿没几天就开始换长袖衬衣，很快就是短袖衬衣。这段时间军容风纪检查中最频繁。也许是考虑到同志们冲澡洗衣服方便了，连队的训练也随着气温节节攀升而层层加码。每天早上一个五公里，下午体能训练时间一个五公里，一天至少要跑两个五公里，有时候甚至三个四个，晚上还要进行夜训。每天训练结束，何铁桥只觉得腿脚不听使唤一样，一坐下来就犯困，动都不想动，床是最舒服最温暖的地方，一挨床三分钟之内肯定能入睡，一封信写三四天还写不完，不是要说的话太多了，而是时间紧张得像火箭的屁股着火了一样，难得有空坐下来。

　　游泳训练就是在这个时候开始的。那天文书来到班排一个个登记：谁会游，能游多远，谁只会狗刨式，谁纯粹是"秤砣"等，以便下一步分组训练。众目睽睽下，何铁桥张嘴报能游一万米。班长以为他训练劳累过度，头晕脑热地说胡话，提醒他是游一万米，不是走一万米，让他掂量掂量。何铁桥认真想了想，还是说能游一万米。

　　连长扫了一眼文书的统计数字，目光落在何铁桥三个字上，和几个久经风浪的老兵排在一起。连长未置可否地笑了笑。

　　游泳训练分两步走，首先是在内河训练，待时机差不多了，就拉到海上训练，称为"海训"。情形有点儿像老鹰训练雏鹰，先是在窝边振翅，然后将其推下白云缭绕的悬崖，搏击长空。内河训练前一天，连长在门口喊，谁喜欢游泳？我！何铁桥应声答道。他很快随连长和几个士官班长去布置内河游泳训练场。望着何铁桥扛着浮标、拉绳等器材兴奋得像大公鸡一样的背影，几个老兵掩嘴窃笑。晚饭时，连长回来了，何铁桥跟在后面蔫得像只阉鸡，有老兵一脸坏笑地问游得很痛快吧。何铁桥有好声没好气地回答，没捞到下水呢，还游？干洗差不多。排房里顿时暴响喷饭的笑声。其实，何铁桥出发前他们就预料到了，他一回来，一瞟他脸上晒得黝黑黝黑的，再看那几个班长洗得每一个毛孔都清晰舒展着，他们马上证实了开始的判断。每年有新兵上当，兴高采烈地跟着去游泳，结果只是在岸上从事跟游泳有关的工作，如铲草皮捡石块拉绳子等设置活动场，需要下水的活都是几个士官班长干。今年是我上当，明年不知道是谁，到时候要不要事先提醒一下那个可怜的倒霉蛋呢。何铁桥一时像林黛玉葬花一样伤感。

　　何铁桥期盼的游泳训练开始了，没有彩旗招展，锣鼓喧天，喇叭声响亮，一切都很平常，平常得跟往日操课没什么两样。刚下水时，何铁桥被分在丁组。丁组都是只会"狗刨式"的，下水前他们得先在岸上反复练习游泳动作，活动开身体，下水后严格控制在规定水域，只能在用彩色包装绳圈起来的戏称"儿童区"的浅水区戏戏水，水深及腰，能做到人一慌，一挺腰脚能踩到底。就是在这种环境中，还对他们实施重点保护，有专门负责这一水域的安全员不时吹哨子叫喊着提醒他们不准潜泳，不准竖蜻蜓，不准嬉笑打闹，注意保持队形等。何铁桥被分在这一组，似乎很沉得住气，游得很认真，在别的"狗刨式"停下来喘气东张西望时，他仍一个劲地游，当然不是用"狗刨式"，而是贴近彩绳（这一区域的最深处），时而自由泳，时而仰泳，时而蛙泳，一副潇洒自如的样子，他游在"狗刨式"们的最前面，几乎不参加他们的技巧交流，很有点儿耻与为伍的味道。

  班长见何铁桥在"儿童区"缩手缩脚的，明眼人都感到别扭。休息时他坐在连长身边，好像无意地提起这件事。"就你看到了，我没看到！"连长的话有些冲。又过了几天，何铁桥被升级到丙组。丙组条件稍好一点，能在水里扑腾百十米左右距离，但还是重点保护对象。一天的训练下来，别的兵已累得像团泥，何铁桥还在跑来跑去地保障大家，活跃得像一只欢跳的泥鳅。何铁桥很快升级到乙组。乙组对于何铁桥的加入表示欢迎，惺惺相惜似的。套用指导员的话说就是他给乙组带来了新的鲜血，新的力量。何铁桥反应平淡，没有和他们打成一片。蓝天白云下，大家开始游的速度都差不多，可几个大圈绕下来，好多兵渐渐变慢，何铁桥将他们一个个甩在身后，他上岸时也累了，累得腿打晃，一回头，看到乙组其他兵还泡在茫茫水中央，头顶呈一个移动的小黑点。

  连长宣布：何铁桥编入甲组。甲组有"浪里白条"之誉，全连就十来人，每人武装泅渡在万米以上。一个季节，何铁桥就以跨越的姿势，从"狗刨式"突击进入"浪里白条"，创造了一连游泳史上的神话。那天刚编入甲组的何铁桥像服了兴奋剂似的，一下水就遥遥领先，那咄咄逼人的架势分明在向全连证明他的实力。他很快游到对岸，在拐弯处的浅水区搅起一片浑浊。突然，他像是被绊了一下，想站起来，稍一迟疑，又继续往前游，但速度明显地慢了下来。这些没有躲过两岸观察员的眼睛，今天何铁桥的表现有意无意是他们最关注的。何铁桥终于冲到终点，在浅滩上缓缓站起，一个趔趄险些跌倒，定了定神后，脸色惨白地向连长报告："对岸拐弯处得设一个警示标志，那儿有碎玻璃，不能游近。"这时连长才注意到他的左手被划开一道大口子，经水一泡，白森森的，皮肉像裂开的嘴唇一样向外翻露着……划了这么大的一道口子，不知道他在水里流了多少血，不知道他是怎么支撑到终点的。"刚才怎么不报告？"连长直皱眉。"今天是我编到甲组的第一天……"何铁桥低下头，说得跟蚊子哼似的。

何铁桥因手受伤暂时不能下水，连队让他留在家里"放鸭子"。所谓"放鸭子"就是当游泳教练，教那几只望水兴叹的"旱鸭子"游泳。由于连队离游泳训练的水库较远，加上库区水深，浅水滩面积小，对于"旱鸭子"们来说危险系数大，为了保险起见，他们游泳训练就在连队的战术训练场上展开。几只"旱鸭子"大都是新兵，也有一个上等兵，去年没学会，今年"留级"的。他们好些是北方人，老家连一条才没脚的小溪都是时断时续的，别说大江大河了，真是环境造就人呀。何铁桥怎么也没想到其中竟然有来自水乡浙江绍兴的郑伟，问他，他们那儿水网星罗棋布为何没学会游泳？郑伟很不好意思地说，他命中犯水，他母亲从小连他到河边池塘边玩都不许，更不用说下水了。何铁桥一遍又一遍纠正他们的动作，直练得有些不耐烦了，有一只"旱鸭子"很是不服气地说，他以前还是游泳冠军呢，后来多年不游就退化了。何铁桥大惊，问他是什么时候？他说是出生以前。

何铁桥望着在旱地上折腾得汗流浃背，满脸灰尘的"旱鸭子"们，想起自己儿时学游泳的情形。他很小的时候父亲就在村旁波光粼粼的小河里，用手托着他的肚子学游泳，很快就学会了最基本的"狗刨式"。上学时尽管老师、家长一再强调不能私自下河游泳，但还是禁不住水的诱惑，隔三岔五地约上几个同学溜到背人的河段，游个痛快。一到放暑假，老师管不着，家里大人又忙，他就整天背着个汽车内胎和小伙伴们泡在水里，浑身晒得跟泥鳅似的。可以说他是在水里长大的，他在水里就像猴子在山上一样快活。

何铁桥从自己学游泳得到启发，摸索出一套训练方法，用一张小板凳支撑住腹部，面前放一脸盆水，这样四肢和身躯就腾空了，可以模仿各种游泳动作，面前脸盆里的水仿佛水面，可以自如地训练憋气和换气。还有一个作用，就是防止偷懒，一偷懒头就会埋在水里。

何铁桥手上的伤似乎"伤有所值"，结痂快好的时候，那几只"旱鸭子"也变成了"水鸭子"，可以下水了。连长检验完训练成果后，很高兴，说尽管他们游得还不远，如果坐在运兵船里，敌人一发炮弹把运兵船掀翻，总不至于像秤砣一样马上沉下去，还能给别人一个施救的机会。当然要想不沉，消灭敌人保全自己，还要加强训练。

天气越来越热，蝉躲在浓密的树叶间叫嚣着，狗扒在荫凉处吐舌头，内河游泳训练告一段落了。兵们开始准备去海训的物资，蒙着伪装网的解放牌汽车停在连队门口，驾驶员不时爬上去发动起来，轰几脚油门，试试车况；炊事班在忙着准备柴米油盐菜蔬；有的兵在准备漂浮器材；有的兵在噼噼啪啪地拆床铺，稀里哗啦地往车上装，声音弄得很大。连队干部一会儿聚集在会议室里，一会儿到营里开会，大战在即似的。熄灯号响过，好像还没忙停当。

晚上，何铁桥躺在地铺上（床板已经装车了），想象着明天一大早那一溜着伪装网的军车出去是何等壮观；想着副连长带几个兵打前站去了，驻训点是怎样一个地方呢？天蓝蓝，海蓝蓝，畅游期间是多么的惬意呀。

向组织靠拢

立秋过后，水变凉了，天黑得早了，前些日子晚上七点新闻联播时屋外还亮堂堂的，兵们利用晚饭后的闲适时光踢足球、打篮球、打羽毛球等，现在同样的时段外面已影影绰绰，看不清人脸了。营区通往家属区的路上偶尔有自行车驶过，铃声清脆。这一切都是不经意的变化。这时想起海训的日子，仿佛很久以前的事了。海训对于何铁桥来说是愉快的，愉快得像在海滨浴场度假。海训中，他们的训练场就连着海滨浴场，那边的红男绿女戴着墨镜，穿着沙滩裤、比基尼在沙滩上享受阳光，在海浪里追逐，欢声笑语竞鸥飞；这边兵们穿着迷彩服裹得像粽子一样，进出步伐整齐，口号洪亮，哪怕漂在海上也俨然一行大雁。两种情形、两幅意味深长的画卷，常常让人浮想联翩，生出几许感慨。海训期间，何铁桥每星期全票通过被评为"好同志"，他脸上装作无所谓的样子，心里窃喜着。

周六下午他给家里打电话，他父亲接的。很多时候他不喜欢父亲接电话，他们之间例行公事般的简单问候后，就没有什么话说，不像他和他母亲，他母亲会絮絮谈起村里的新鲜事，邻里乡亲的光景，家里的琐碎，听母亲说话就像冬天猫在温暖的阳光下。那天他父亲简单问了几句后，口气突然变得很郑重其事，问他写入党申请书了没有。何铁桥老实回答，没有，还没往这方面想过。他父亲让他抓紧时间写入党申请书，积极向组织靠拢，争取早日加入党组织。他父亲说，入党以后即使不能提干，不能转士官，退伍回家也能进入村委会。他们老家村上几个党员全是大姓，村委会由大姓人家把持着，上面拨下来的救灾款、拆迁款、退耕还林款等许多名目复杂的款项补助，全被他们以党支部的名义嘀嘀咕咕捣来捣去，尽管上面一再强调村务公开，但那只是来检查时才做做样子，几户小姓奈何不了，连个内幕都不知道。小姓人家的子弟要想在村里入党比登天还难，只有从部队加入，曲线进入村委会了。小姓人家如果有一席之地，他们就不敢胡作非为了。

开始何铁桥对他父亲的话不以为然，认为他父亲小气、市侩，是小农意识。但在生活中还是有意无意地关注起党组织的事。以前报纸上的理论文章及关于党员修养的文章他都是一瞟而过，现在常认真看看。周六上午的党团活动他变得十分敏感，他们团员青年在这边热闹得像一锅粥似的，党员们在那边应该是正襟危坐地讨论大事要事吧。他从团图书馆借来一些党史军史方面的书籍，有些知识上学时粗浅学过，一鳞半爪地知道一些，现在把它们串成一串，连成一片，系统地学一学。他大致知道了发展党员的程序，要经过考察培养，入党申请，填写党表，组织谈话，入党宣誓，预备期，转正等环节。他还特地打听了在义务兵中发展党员的比例，得知在义务兵中发展比例很低时，他心一沉，目标虽然可触可见，但竞争太激烈了，所有的对手都好像比他有实力，他有点儿不战而退的胆怯。

何铁桥有个中学同学，中学毕业何铁桥高考落榜当兵，他考上了大学。由于上学时要好，他俩像沙漠里的季节河一样仍保持时断时续的联系。前几天他同学捷报飞来说，他光荣加入中国共产党了。看了他那封意气勃发的信，何铁桥心里酸溜溜的。中学时，他的成绩并不比何铁桥好，只是心理素质强，高考超水平发挥罢了，而何铁桥呢，反而该做出来的没做出来，做不出来的还是做不出来。他那同学上了一所名气不错的大学，层次似乎高了，眼界似乎宽了，偶尔心血来潮向何铁桥激扬文字一番。他说，中国的兵员素质江河日下，尤其是高校扩招以后，中学成绩好的上名牌大学，成绩一般的能上二三流大学，就是成绩差一点的也能上个民办大学，剩下的当兵是过了几重筛子的，不像以前考大学多难呀，没考上大学，能当上兵的也是一些"佼佼者"。兵员素质要增强，战斗力要提高，必须出台相应的措施，鼓励大学生入伍。他在一封信里也谈论过入党的事，高谈阔论地说：当兵就是尽一个公民的义务，动机应该单纯一点，尤其不能把入党作为动机。目标性很强的人，功利性也很强，这样有的人会入党前和入党后工作标准不一样，干劲不一样，会把党员的身份作为捞取个人好处的资本。入党是个人的信仰追求，是道德品质、理论修养一种水到渠成的风景，只有把入党作为个人工作、学习、修养的一个泵站、加油站，这样才能使个人的追求入与不入，入前与入后始终如一，心态平和。他说，以前当几年兵大都能入党，老百姓也把部队看成是党员的制造厂，不可否认很大部分普通青年经过部队的培养锻炼，思想觉悟提高了，能力水平增强了，符合党员的标准；另一方面党需要对军队的绝对领导，需要将官兵的个人信仰转化为战斗力，也就需要党员在官兵中占较大比例，那时候义务兵三年制是可行的，现在听说，两年制义务兵入党很难了，比大学生还难……他在大学里能力见识确实增加了不少，但那种居高临下自我感觉良好的口吻让何铁桥很不舒服。

又过了些日子，父亲问，入党申请书写好上交了没有？何铁桥含含糊糊地应着。何铁桥就入党一事征求他表哥的意见，他表哥鼓励他写入党申请，写与不写，是你的态度问题，写了说明你积极要求上进，在不断进取，不断完善自己，不在乎你目前能力多强，不在乎你能否超越别人，只要你不断超越自我就行，写了能给你枯燥单调的军营生活增加一份生机，一份充实，一份动力，一份约束；不写说明你还没有明确的人生航向，也许你认为自己离党员的标准还差得很远，但你写了入党申请书就等于为自己的追求确定了高度，为你的安身立命确立了坐标。尽管差得很远，你追求就是了。当然你有进取心，工作也很努力，有向党组织靠拢的想法，但你不写组织就不知道，你不写就像在黑暗中向自己心仪的姑娘使眼色。一句话，写与不写是你的事，能不能加入是组织考虑的事。

何铁桥写入党申请书比女人生孩子还难，整整花了他半个月的业余时间。连队生活本来就紧张，一听到哨声就神经收缩。何铁桥利用一些鸡零狗碎的时间，有时写一句话，有时写几句。这些话都是他反复酝酿斟酌打好腹稿的。何铁桥写申请书搞得像地下党员写密信似的，写一点，上面用书本盖一点，有人来到身边马上搁笔遮掩住。他不想让别人知道，传得沸沸扬扬的，尤其不想让同年兵知道，有的可能暗暗地把他当作竞争对手，有的自己不求进步，对别人要求进步反而冷嘲热讽的。他从入伍时写起，写他对党组织由浅入深的认识，经过部队的培养教育他思想上的"蜕变"，愿意为党的事业工作一辈子，愿意完成党组织交给的任何任务等，其中还引用了他同学好几句话，大部分是他自己的语言，是他自己的所思所想，有从书本上提炼的理论，有他母亲从小教育他做人的朴素道理，甚至还有"良心""积德"这样的字眼。开始何铁桥认为共产党员是唯物论者，提"良心""积德"这样的话合不合适，心里有点儿拿捏不准。在一次大会上，政委拍着胸脯说，我们共产党人为人做事就是要讲良心，要积德。政委还将讲良心积德分为几个层次，较低层次就是默默无闻问心无愧地做事，但心底还是期望有一天人们能发现，念叨他的好，记住他的情，给自己给后代留一个较好的生存环境，一个较好的名声；最高层次是大仁潜流，大爱无言，你努力工作，你做好事善事是出于一种虔诚的宗教信徒般的情感，是不图回报的，直到有一天你的生命像羽毛一样飘逝，你所做的一切还是不为人们觉察，永远不为人们觉察，天地依然宁静祥和。

何铁桥觉得自己的入党申请书没有高深的理论、时髦的理论提法、响亮的口号，整个看起来像"丑小鸭"似的，但它是自己写的，说的是心里话。连队里偶尔有工作表现不错的老兵写入党申请，他们的工作表现是不错，但在写入党申请书这件事上似乎草率随意了点。他们的入党申请书大都有范本，根据范本依葫芦画瓢，改改弄弄，一篇入党申请书用不到一个小时就"新鲜"出炉了。这种入党申请书开头和结尾都是"八股文"式的大话套话，中间段落揉进一些时下流行的政治理论术语，再穿插介绍一下个人情况。像一个人穿上制服似的。入党申请书范本的来源有多种渠道，有悄悄找文书从老党员的党表上抄下来的（老党员可能也是抄来的），有退伍老兵当作秘笈一样传下来的，还有从别的连队经老乡关系引进的，总之一个连队有一到两篇范文，那些想要入党的兵很快就能嗅到，一传二，二传四，遮遮掩掩，一番改头换面，很快一份字迹工整页面洁净的入党申请书交到指导员的桌子上。在不少兵眼里，入党主要看工作表现看军政素质，至于写入党申请书只是一个程序罢了。何铁桥也知道写入党申请书只是一个程序，但这个程序如果不发自内心，不庄重严肃，就不足以表达心灵深处的想法，就觉得轻慢了这个神圣的主题。

转眼又到周末，连队上下灯火通明，兵们各自忙碌着，气氛轻松。何铁桥若无其事地从连部转了一圈，侦察一番后，揣起申请书，心跳加速地叩开指导员的房间。指导员接过他双手递上的入党申请书，脸色温和，一目十行地翻了翻，然后凝重地叮嘱他好好干，时刻接受组织的考验，党的大门随时向他敞开着……指导员没有认真看他的入党申请书，更没有就里面的内容进行点评，他有点儿失望。但愿指导员一个人的时候好好看看。

交了入党申请书后，何铁桥感到身边的氛围好像不太一样了，干部骨干向他交代任务时语气不一样，大家打量他的目光也不一样。太阳每天都是新的，日子每天都是新的，每一天都是一场跃跃欲试的赛跑。

出公差

周日下午，夕阳柔和，营盘沉思般的宁静。兵们开始调整心情迎接下一周的训练工作。

团政治处值班室来电话说，让一连派五个兵出趟公差，具体到哪儿干什么都没明确，只是说到团机关大楼下有人带。文书将电话通知报告连长，连长脸拉得像驴一样，冷冷地说让一班去几个兵吧。何铁桥第一次听说出公差，立刻从凳子上跳起来，我去我去。到了那儿后才知道，部队出公差和地方单位不一样，不是外出公干兼游山玩水，而是去完成职责任务以外的苦力活（少有脑力劳动）。日子久了，他还了解到，公差公差，不一定是公共事务，有时候是帮人干私活，干人情活，也且美其名曰公差。

当兵如果没出过公差那真是稀罕事，如果公差出得太多了，那就成了勤务兵。听老兵们说，老连长在时连队的公差勤务最多。老连长在这座营盘里从战士到连长，待了十几年，再加上头脑灵活，人缘好，机关上下没有他不熟的，各个部门那些参谋、干事、助理员有什么跑脚打杂的活最先想到的是一连，如司令部装卸训练器材，设置各种场地；政治处搬运上级下发的书籍、刊物、文娱器材，会务保障等；后勤处卸大米、卸白菜、卸水果，往菜地里卸牛粪等与后勤生产生活沾边的事情。由于公差接触频繁，私事也难免麻烦，有的参谋要搬家，有的干事要粉刷墙壁，有的助理员要在房前屋后开辟几畦菜地，也常常叫连队派几个公差。当然有麻烦就有"实惠"，在营盘里一连是最吃得开的，训练器材最完备，随时损坏随时修换，图书室的书种类最多，吃的米最好，如果哪天中午一连的餐桌上没有肉，那么其他连队的餐桌上肯定没有肉。一连和司、政、后、装几个部门的关系由此可见一斑。这些还只是看得见的，还有看不见的呢。一连的训练瓶颈、教育难题乃至局域网的设计安装维护，总是得到机关大力技术支持。平时打印份材料，给官兵家里发封慰问信什么的，一连文书跑到机关哪个办公室都可以搞定，进去时手里只是一个小小U盘，出来怀里抱着一大叠打印稿。还有就是由机关主持各种各样的检查评比，一连有时候提前几天就知道一些蛛丝马迹的消息，甚至检查评比的大致范围，一连兵闻风而动，率先准备，屡有不凡成绩。另外，如果一连偶尔出个可通报可不通报的小差错，如环境内务卫生还存在死角，请假外出的兵军容风纪不整，哨兵不很正规，有在哨位上看报纸杂志的现象，熄灯号响后，有个别房间灯还亮等，机关督查干部一般都是指出纠正，很少在首长交班会上汇报。有那么一段时间，一连的兵很活跃，个个机灵得跟机关公务员似的，连队各项工作表面上都不错，其实兵们骨子里作为一个战士（战斗之士）的素质正在滑坡，尤其是两次大的突击任务，一连完成得很勉强，这是一连历史上没有过的。不久，老连长调任司令部管理股长（很多人说团首长知人善用，这个岗位很适合他）。现任连长上任后，一下子斩断了和机关各种拉拉扯扯的关系，一心一意抓训练。有的机关干部还按老规矩办事，被连长不卑不亢地顶过几次后，一连的公差勤务少多了，即便有也是轮上他们了，由机关值班室逐级通知的。

何铁桥他们出这趟公差是帮一位老首长搬家。老首长夫妇俩满头银发，笑容慈祥。几个兵进进出出，老首长在一旁不住提醒小心点，偶尔搭个帮手。阿姨（论年纪应该叫奶奶，但兵们约定俗成似的叫阿姨）在一旁张罗茶水。从老首长朴素的衣着看不出曾经的职务，但可以肯定他和团里的关系不一般，说不定是参加过战争的老前辈，至少也是为团队的建设做出过贡献的。兵们抬的抬，扛的扛，抱的抱，提的提，先把屋里的家具、书籍及一些坛坛罐罐搬到外面的空地上，然后装车。何铁桥干得满头大汗，灰头土脸的，他每次都挑最重的和最不好搬的东西搬。不像有的兵或抱几本书，或提盏台灯，或端个脸盆也算一趟，晃晃悠悠的，有时候还要到拐角处歇一歇，抽支烟，聊一会儿。出公差一般是随便抽几个兵完成临时性的任务，大多数时候干好干坏一个样，用兵单位或个人不太较真。但越是从这些小事越能看出一个兵的素质，一个集体的素质。何铁桥在抬一个带穿衣镜的衣柜时，门没锁好，开落下来，他用手一挡，哗啦一声镜子碎了一地，他的右手被玻璃划得鲜血直流。何铁桥在一片劝说声中坚持将衣柜抬到外面，平稳放好。看到把老首长的东西损坏了，他一时像做错事的孩子，站在那儿不知如何是好，任凭手上的血在滴。老首长忙上前查看他的伤势，阿姨急得团团转，又是找创可贴，又是找纱布，看到两位老人着急心疼的样子，何铁桥很感动，放松了许多，甩了甩手上的血说，这有什么，我们在训练中磕磕碰碰常有的事。

　　何铁桥出过很多次公差，他知道使用公差的单位和个人对他们是没有多少印象的，他们完全是概念性的只代表连队，只能默默地把活干好。大部分使用公差的比较客气，说话用请，态度和蔼，天热或干活时间久提供矿泉水，赶不上连队开饭有时还提供盒饭。但也有颐指气使的，只是把公差当作干活的工具，呼来喝去。有次何铁桥和几个兵帮一个少校卸车，大热天，中午，满满两卡车货物，有纸箱有木箱，沉甸甸的，不知装的啥，少校不住地提醒他们轻点再轻点。干了一会儿，热得汗浸衣背，嗓子直冒烟，也许少校自己不渴，压根儿没有提供饮水的意思。何铁桥悄悄溜到附近小店，拎来十几瓶矿泉水。看到何铁桥将矿泉水分发到其他兵手里，少校斜了斜眼，没作声。当然这种情况很少，因为少，所以印象深刻。

　　何铁桥因为伤闲了下来，老首长随意问起他老家哪儿的。何铁桥说是湖南常德。哦，那地方我去过。老首长像是为了证明自己去过那儿，说了一些那儿的风土民情和留给他的印象。老首长又问他叫什么名字，今年多大了。何铁桥一一做了回答。老首长还问起他们连队的伙食怎样，津贴费够不够花，一星期给家里打几次电话等。看得出来，老首长对现在的连队生活还有所了解。

那天下午他们回来很晚，连队已经开过饭了，炊事班给他们留的饭菜变凉了。他们几个往饭里冲上开水吃得唏哩呼噜的，很香甜，毕竟肚子有些饿了。

没几天，那次出公差的信息反馈回来，晚点名时何铁桥受到表扬。虽然只是轻描淡写一带而过，但完成公差后有信息反馈，有总结讲评，这是以前没有的。

年终总结

草黄羊肥，沙场秋点兵。兵们经历一个春夏的摔打，秋天该拉出来遛遛了。演习是战争的"彩排"，虽然"演出"不知道什么时候开始，但"彩排"容不得半点马虎和侥幸。其实兵们是很喜欢演习的，它是士兵的节日。试想离开那熟悉的营盘，天高云淡下，从野柿火红的荒坡爬上枫叶红透的山冈，那是怎样的心旷神怡。演习过后就是军事考核。如果说演习考的是指挥机关，那么军事考核主要考的是基层官兵。一年中当这两大主题上演完后，营盘就进入"冬藏"季节，年终总结开始了。

年终总结一般是个人半天，班排半天，连队一天左右，加起来两三天时间搞定。何铁桥写个人总结，磨磨唧唧的，半天没写几行字，觉得实在"泛善可陈"，每天踩着号声哨声作息，领导叫干啥就干啥，别人干啥他也干啥，日子忙碌而庸常，没有弄出轰轰烈烈的响动，也没有留下看得见摸得着的业绩。何铁桥枯坐了很久，待他理清思路后，又觉得可写的太多了，从年初的开训动员到共同科目训练、专业训练、野外驻训、游泳训练,再到拉练、演习、军事考核;从寒冷的冬天到春寒料峭,绿树成荫,骄阳似火,再到层林尽染,草木萧条,这期间有着太多的汗水泪水和欢笑。如果打量日子的粗线条,似乎没有什么可写的;如果你仔细触摸日子的纹理,每一天都如鹅卵石,粒粒可数,它们构成你生命的河床。何铁桥按照要求,写好总结后仍意犹未尽,但有些想法只能搁在心里,不一定非要落在纸上。那天上午,何铁桥心境平静。

评功评奖是年终总结的"压轴戏"。部队里不讲经济效益,讲荣誉讲奉献。试想埋头苦干一年,谁不想立功受奖,谁不希望自己的辛勤付出得到领导和同志们的认可?何铁桥想,如果自己幸运评上优秀士兵,他要戴上优秀士兵勋章照一张相,放大成书本大小寄回家。现在照相馆里用的都是数码照相机,电脑制作,他佩戴勋章的相片肯定很英武很精神,脸上有碍观瞻的青春痘也可以隐去。家人接到他的照片和喜报会高兴地恨不得在广播里喊。每当有在他家走动聊天晒太阳的人,他娘就会拿出他的相片和喜报,邻居们一个个边传看边啧啧称赞,铁桥这孩子多有出息,当兵才走一年就有喜报寄回家了。过年时乡政府可能还会发一两百块钱的奖励。钱事小,荣誉多大呀。

连队评优秀士兵按照兵员人数比例。立三等功一般只有一个名额,大多数时候是连队主官,两位主官劳心劳力是大家有目共睹的。有时表现突出的副职、排长和兵也有可能立功。今年一连的军事训练工作出色,年终考核连队丰收般的皆大欢喜,按理说军事工作有成绩应该是连长立功,可连长在军人大会上把立功的名额让给了指导员,态度很诚恳。指导员谦虚一番,接受了。事后,听班长闲聊,说连长档案里已有两个三等功了,指导员一个都没有,指导员任现职满三年了,年底可能转业,也有可能提升,无论走与提,这个三等功对他来说很关键。何铁桥才知道原来荣誉有时候也可以当作礼物。

　　评选优秀士兵，每个兵心里隐隐地按捺不住兴奋和不安。何铁桥三个字毫不起眼地排在一大串名字里面，全连官兵无记名投票。评选规则：每周被评为"好同志"的次数占总评的百分之八十，这次年终综合评定得票率占百分之二十。有点儿像学生守则上面的评定，分平时成绩和期末考试成绩，均衡的结果就是总评成绩。选票很快收了上来，副指导员唱票，一老一新两个兵监票，文书在一个个名字下画"正"。副指导员唱得抑扬顿挫，偶尔还模仿几个老兵的家乡口音，引起一片笑声，空气仿佛被搅动，气氛轻松了许多。何铁桥感觉自己的名字隔好一会儿才唱出一次，别人的名字出现频率要比他高一些。每唱一声他的名字，心咯噔一跳，有一种陌生感。望着文书在一个个名字下面一笔一画地写"正"字，何铁桥突然若有所悟，"正"字刚好五画，方便计数，而且寓意荣誉要来得堂堂正正，名正言顺，做人做事要一身正气。至于每添一笔要间隔较长时间，这说明修炼人生的清正如同长途跋涉，一步一个脚印，每一笔都代表群众一份肯定和赞扬。由于名字较多，全连有四分之一的兵位列其中，选票上的名字并没有按黑板上的排名顺序，副指导员每唱一个名字，文书前后扫描几次才能找到，直看得台下的人着急，于是有兵自告奋勇地上前帮着找名字的位置。

　　这情景何铁桥想起一位老英雄来连队讲的一个传统故事，战争年代评功评奖的故事。那时候每次战后各连队都要评选战斗英雄，报请大功中功小功之类的荣誉。由于官兵大部分不识字，评选时让战斗中表现英勇的同志在前面坐成一排，每个人背后放一个碗（本人吃饭用的洋瓷碗），全连官兵列队从他们身后鱼贯而过，你认为谁勇敢够得上评功，就在谁身后的碗里放一粒黄豆或一粒苞谷或一粒米。放黄豆还是放苞谷还是放米粒，视情况而定，当时大伙儿干粮袋里装的什么就放什么。队伍走过去评选也就完成了，把每个人碗里的黄豆、苞谷或米粒倒出来数，以数量的多少排名记功。想象：一排穿着灰布军装打着绑腿的士兵安静地坐在长条板凳上，他们身上散发出硝烟味、烟草味、汗馊味、尘土味，灰布军装有的缀满补丁，有的洗得发白绽线，有的很不合身，还有的帽檐调皮地耷拉在眼前，他们被硝烟熏黑干瘦的脸庞如同雕像般平静，老实，木讷，听着颗粒掉进坑洼斑驳的洋瓷碗里发出清脆的叮当声……这是一幅多么朴实感人的画面啊。现在虽然时代进步了，物质条件改善了，兵员的文化素质也不可同日而语了，但今天的评功评奖与那时候相比显得很轻，轻飘飘地轻。如果此刻让所有的参评对象坐在前面，大伙儿挨个地在他们后面的碗里放黄豆，那该是什么样子呢。

评选结果出来了，何铁桥以两票之差落选。指导员对评上的同志热情洋溢地说了一番祝贺的话，对没评上的言辞恳切地说了一些勉励的话，说他们同样干了很多工作，付出了很多辛劳，只是因为名额有限，希望他们在以后的工作学习中再接再厉，继续争取。指导员的话好像从很远的地方传来，有些不真切似的。散会时，何铁桥磨磨蹭蹭地落在后面。

这几天评功评奖是营盘里的热门话题。何铁桥觉得胳膊腿有些沉，不像以前装有弹簧似的轻快。电话也不想给家里打，打通了也没话说。最终他还是憋不住将心事向他表哥说了。他表哥说，军人看重荣誉是应该的，但更要看重奋斗的过程，你全力以赴地争取了，没能得到，你问心无愧。能不能评上优秀士兵是你现在的奋斗目标，当下的生活意义，也许若干年以后，再回头看看今天的评功评奖，其实它占据你人生的比重很小。当然，你不能漠视眼前的生活，你的人生是由现在一步步铺向未来，如果你漠视眼前的细小，那么你无以积累，你的未来将一无所有。我只是劝你把握当下，着眼未来。表哥真不愧在部队吃了那么多年粮，听了那么多年号，说得那么在理。那次电话后，何铁桥心里恢复了往日的平静。

竞争副班长

老兵走了，走得如同一场落地即化的小雪。班长也走了，好几天了，何铁桥觉得班长的影子和气息还在，班长的一些做法和习惯性动作愈发清晰。比如班长喜欢用图钉把床单的四个角钉住，这样床单绷得很紧，中间部位微微隆起，看起来清爽整洁，很方便整理内务；又如班长喜欢在腰带内侧记事，记下他入伍以来的经历和连队发生的一些大事，心情愉快的时候喜欢把腰带拉得啪啪响，以代替掌声，心情郁闷时低头摆弄腰带不说话；作训帽戴在班长头上永远有角有形，训练再怎么累，施工再怎么苦，军装哪怕被污泥浆得看不出本色，班长站着或坐着始终像个军人，绝不像一个民工……这些不经意的细节，现在何铁桥也有意无意地模仿着做。

老兵退伍是营盘里的"霜季"，新陈代谢，季节轮回的"霜季"。经历这个"霜季"，何铁桥举手投足间多了几分稳重、韵味，作为士兵的韵味。

老兵刚走完，连队就大搞环境内务卫生。兵们把欢送老兵的彩旗、横幅、锣鼓收起，挥舞着扫把清扫鞭炮屑，爬上凳子桌子用报纸、卫生纸、旧毛巾使劲地擦门窗玻璃，细致地撕下墙上、过道上的退伍光荣榜和各种标语，不留一丝痕迹……连队干部想用这种方式告诉留下来的兵，一切从头开始，过去的都过去了。这其中最重要的一环是对空出来的床铺进行调整。每个班排走了好几个人，如果不及时调整，兵们从外面一走进那人去床空、显得空荡的排房顿生凄凉冷清之感，连队士气很久缓不过来，还有不方便查铺、查哨、集合等管理。床铺调整后，把多余的床板床架放进仓库，大伙儿又暖暖和和地挤在一起，很快就将伤感的一页翻过。这些事看似很小，其实这是基层带兵人的一种神韵。可惜现在许多大学生干部，文化是高了，可带兵的那种韵味一时还难以领略、把握。

老兵退伍后是短暂的训练预备期，营盘里的训练预备期像秋收后的田野，表面上看起来冬眠般的宁静，其实蕴藏着无限生机。训练预备期主要是进行队列训练，这时候的队列训练和新兵入伍时不一样，新兵主要是学和练，老兵不仅要练，还要能组织指挥和做示范动作。训练以班为单位，每个兵轮流上去当指挥员，边示范边喊口令，其他兵听口令做动作。有时候是"结对子"，一个对一个，一个大声喊口令，另一个做动作，喊的兵不时纠正做的动作。从齐步、正步、跑步三大步伐开始，到蹲下起立、坐下起立、出入队列、方向转动、步伐变化、方向变化等，这些军人生活养成的基本动作，做起来是一回事，用语言把各个动作要领简明扼要地表达出来又是一回事。比如一个简单的立正动作，其动作要领从头描述到脚，身体每一部分的位置和状态都有精确表达。这个动作许多人会做，甚至没当过兵也没参加过军训的人也会做，但要把其动作要领准确、流利、有条不紊地表述出来非要有担任过步兵班长或相似的经历不可。何铁桥开始上前指挥时，口令生硬，声音打飘，是从口腔里发出来的，不是从胸腔里撞出来的，没有厚重感和穿透力。还有他看到下面有人做错动作，或动作别扭时，故做严肃的脸再也绷不住了，笑声像爆米花一样绽开。这些都是不成熟不持重的表现。

何铁桥细心观察连队干部和骨干组织指挥时的口令、动作以及表情，又想起班长带他们时的情形，他领悟到，作为一个带兵人，要想严肃纪律首先自己要严肃，要想队伍战斗作风强首先要自己素质强，要想当将军胸中就要有数万雄兵。所谓"兵随将转"就是这个道理。再喊口令时，何铁桥将自己想象成站在高台上发号施令的将军，台下是千军万马，所处的情势是即将上前线与敌厮杀，将军每发出一声号令就意味着枪声炮声，意味着流血和生命的消亡。他顿时觉得气冲丹田，激情澎湃，声如洪钟，动作干脆利索，表情严肃认真。经历几个训练日后，何铁桥的组织指挥渐入佳境，脱颖而出。

训练预备期的过渡训练看似"闲笔"，其实是不可缺少的"伏笔"。这个时期的队列训练，至少有三个作用，一是让继续留队的兵收人收心，步入正常的生活轨道，从心理上唤起并进一步强化他们的命令意识服从意识；二是培养锻炼每个兵的素质，做到人人能当"四会教练员"；三是选拔预提班长对象。老兵退伍后，不少班长位置空出来了，这时候连队干部开始着意留心，谁的军政素质好，谁的威信高，谁的责任心强，谁能真正顶上来。

一班长退伍了，如果没有特殊情况，副班长顺其自然就任班长，那么副班长位置就空出来了。副班长"宝座"一时醒目地空在全班八个兵面前，大伙儿嘴上没有，其实眼里和心里都有。从道理上讲他们八个普通群众站在同一条起跑线上，机会面前人人平等，但到底"花落谁家"，就看谁素质过硬最终把握住机会了。

能当上副班长，虽然谈不上进入连队的"决策层"，但至少能得到更高层次更多更全面的锻炼机会，加入党组织的希望变大。有可能选送教导队培训，然后当班长，有可能留下来转士官，同时为考军校增加一份砝码，增添一段履历。再不济就是退伍回去打工，当个小工头，也能积累管理十来个人的经验……

上等兵杨振伟他自己是想退伍的，可他家里，让他留队，改转一期士官。他父亲说，如今当两年兵，还没当出兵味来就退伍了，至少要当五年。他父亲就当过五年兵，至今恋恋不忘那段时光，感谢那段生活。由于来自家庭的压力，加上杨振伟表现还可以，军事素质也不弱，参加旅步兵专业五项赛，还获得较好名次，他提出改转申请，上级很快就顺利通过了。在士官选改大会上，政委甚至还将他树为榜样，说他家里开有工厂，不是小作坊，父亲是民营企业家,家庭条件那么好,回去不愁吃不愁穿不愁没活干,还是那么爱军习武,志在军营,奉献军营。刚转上一级士官的杨振伟,军衔才戴没两天就咋咋呼呼的,说话的口吻以副班长自居,尤其是副班长不在位时,他常常主动充当"代理人",管这管那的,比在职的副班长要求还严,还要琐碎。大多数兵很给面子,默默配合他的工作,但也有个别兵不买账。例如那个星期天早上杨振伟说,今天大家不要晒被子,明天营里要检查内务卫生,如果今天晒被子晚上虽然睡舒服了,但明天早上内务难整,摆来弄去被子像个发酵的面包。其他兵都老老实实地没有晒,只有马锐不但晒了被子,还晒了棉垫。杨振伟说他几句,他立刻像吃了火药似的撅起蹄子(兵们称马锐发脾气为撅蹄子),说杨振伟极左,形式主义,如果他当领导,大家都跟着遭殃受罪等。搞得杨振伟很没脾气,不了了之。杨振伟拿工资了,请全班每个人吃个"萨其马"。马锐边咀嚼"萨其马",边含糊不清地对何铁桥说,真小气,家里富得流油,又刚领了一叠刮刮响的钞票,就请大家吃个"萨其马"。

上等兵邓圣雄这段时间好像从"一心只读圣贤书"中缓过神来,表现得空前活跃。平常他干完本职工作后就扒在床沿上,安静地看书演算,他眼里似乎只有考军校这个终极目标,其他一切热闹纷繁嘈杂都充耳不闻,视而不见,学习起来跟老衲坐禅一样,心如枯井。现在他的心被什么东西拽回"滚滚红尘"了,主动帮助几个同样想考军校的兵复习文化;和副指导员一起策划团日活动;向指导员献言献策,连队应该拉开层次,制定一个人才培养计划,有目标较高时间较长,以士官为主的参加军地自学考试的长远计划;有立竿见影,甚至能现炒现卖以义务兵为主的各种技能培训;有读书计划、演讲比赛、才艺比拼等经常性活动。让当兵尽义务的同时,又能学到东西增长知识。一套一套的说得指导员直点头,夸他有想法,在为连队的发展建设着想。邓圣雄在这个时候性情突变,让人觉得

"醉翁之意不在酒"。

就连平时号称"无欲则刚"的马锐也蠢蠢欲动。马锐是带城镇兵安置卡入伍的，他直言不讳地说他当兵就是为了曲线就业，老老实实奉献两年回家找个工作。由于目标并不远大，他各方面的表现也就平平塌塌。但他心里到底想的啥，谁也搞不清。这段时间他也像面临机遇和挑战似的，情绪亢奋。他和连长是老乡，连长夫人还和他是一个镇的。老兵退伍后，连队工作相对而言不那么忙了，连长夫人，也就是嫂子带着孩子像候鸟一样来队了，就住在士官公寓那小巢里。有人悄悄观察过才半个月，马锐跑了三次士官公寓，跑得这么勤，为啥？他自己说去看看嫂子，拉拉家乡话，亲切。

何铁桥很想当副班长，他一会儿觉得自己哪方面都不如人，一会儿又信心十足，感到自己具备竞争实力，军事训练虽然一般，但游泳拔尖，工作踏实认真，群众基础也不错，没有违犯过条令条例，没有什么不良记录，他还有个最大的优点就是内务整理得好。连队每周内务卫生评比，黑板上公布好的同志里面准有他。他开始睡在靠墙角的上铺，因为被子叠得好，被移到靠门口的下铺，成为连队个人内务的一张"名片"。每次上级来人检查工作一进排房首先看到的就是他的被子，顿时感觉不一般，还有军民共建活动或有地方单位来体验军营一日生活，参观内务时，他的被子常常被一些年轻异性围着啧啧称赞，纷纷蹲在床边与之合影。一床四斤来重柔软的被子给他带来这么大的荣誉是他不曾料想到的。班副班副，生产内务。这是营盘里的一句俗语。如果连队任命他为副班长，别人会往他的特点和优点上想，不会有多大的非议。

在这关键时刻，想着自己随时面临组织的挑选和考验，何铁桥工作更加努力认真，态度更加谨小慎微。那天上级突然通知有集团军首长来营区检查，各连队要做好各项准备工作。连长让何铁桥临时负责，带几个兵去家属区把连队的卫生包干区打扫干净。何铁桥领着几个兵不仅把生活垃圾清理完，连枯枝败叶都扫拢一堆，运往垃圾箱。另外，诸如副连长叫他拉上板车去菜地收菜，指导员派他到机关取教育计划、授课资料等，每一件小事他都干得很好很欢。他表哥对他说过，你要把领导交给你的每一件事都当作非完成不可的任务，而且是战斗任务，当作领导对你的关心、信任，是在锻炼你，给你创造成长进步的机会，只有这样想你才会干得身心愉快，才会想尽办法全力以赴地完成任务，同时你的成长进步也就水到渠成了。反之，如果你把领导交给你的任务当作跟你过不去，给你找麻烦、增添负担，那么你即使硬着头皮不得不完成，也身心俱累，任务完成了，还得不到好评。表哥说这段话时如推心置腹。

元月中旬，新的一年开训动员后，充满悬念的骨干配置终于定了下来，一班原副班长任班长，一期士官杨振伟任副班长。杨振伟比赛获得过名次，工作也没得挑，军政素质明摆在那儿，最主要的他是士官，士官拿工资就要承担一份相应的责任。上级要求士官必须担任班长职务。

这个结果在情理和预料之中，大伙儿抢"绣球"般的心很快平静下来。何铁桥总结出，人在面临机遇的时候，往往将自己的优点放大，心存侥幸，待结果出来后，才清醒地认识到自己的不足。

考军校

营盘外边年味儿很浓了。各类店铺门口挂起了红灯笼或闪烁彩灯，贴上成批量印刷出来的春联，里面高分贝音乐使得购物的人们不得不放大嗓门说话；路边卖各种各样年货的摊点花花绿绿，人流熙攘，大人手里拎着大包小包的，小孩臃肿得像小花熊，人们脸上堆满笑容，遇到熟人，亲热地招呼，年货备得怎样？今年准备到哪儿去过年，在城里还是回乡下？空气中混合着糖酒、香烟、瓜子、鲜花、水果、新衣服的樟脑味以及爆竹的硝烟硫磺味。这个季节即使寒风凛冽或细雨淅沥，哪怕雪花飞舞，也不觉得冷，浑身仿佛被一股热烘烘的氛围包裹着。

营盘里的年味就淡多了，主要表现在文书开始统计干部士官的休假计划。过年了，谁都想回家看看，和亲人朋友围着火炉拉拉家常，谈笑风生。当然探亲假平时也可以休，不一定非要挤在过年的时候。原因是现在许多亲友在外打工，有钱没钱，回家过年，他们也只是过年的时候才回老家一趟。平时休假，很多想见的人见不着。连队有个二期士官春暖花开的时候休假，应该说时机比较好，可他回来说老家没什么生机，村里全是九九三八六一部队（老人妇女儿童）成员，年轻人都在外面打工，从那后他对平时休假不感兴趣。可是部队是用来打仗的，越是重大节日越要绷紧战备这根弦，休假有严格的比例控制。于是这个时候大家发扬风格，未婚的让已婚的，年轻的让大龄的，老家父母身体棒的让着年纪大身体差的。炊事班在食堂门口贴出食谱，让大伙儿提意见，说吃饱了不想家。指导员带着连部几个兵在咋呼着准备营造节日气氛的东西，有彩旗、彩灯、对联、横幅、锣鼓、黑板报等。至于大多数兵还是该训练时训练，该学习时学习，该搞菜地时搞菜地。直至大年三十下午，按照训练计划兵们还在雪花飘零中训练，只不过这时好些兵的心已不在训练场上了。

何铁桥想起去年过年，零点的钟声快敲响时，他向班长请半小时假去服务中心给家里打电话。服务中心就三部电话，打电话的队伍弯弯曲曲的排得很长，半个小时很快就过去了，他离电话机还差一大截。寒风凛冽，远处不时爆竹轰响，礼花升腾，他孤零零地往回走，突然想哭，泪水无声地蓄满双眼。往年这时正暖烘烘乐融融地和家人在一起，没想到现在连打个电话回家都难。节假日打电话难这件事可能上级首长也觉察到了，很快在地方电信部门的帮助下每个连队安装了三部密码卡电话,服务中心还专门开设了电话超市。周末打电话再也不用排队了,但过年打电话的人肯定还会很多。何铁桥吸取去年的教训,决定错过高峰期,大年二十八就往家里打。

何铁桥问起家里过年的一些情形,也说了说自己这边的情况。新的一年里得有新的打算,父母亲在电话里鼓励他报考军校。从他们的说话听得出这件事他们酝酿已久。其实考军校也是他心中一个蕴藏很深的梦。他入伍时啥都没带,就带了一大摞中学时的课本,可以说他是有备而来的。一踏进军营,军校梦很快被紧张的训练搅得支离破碎。藏在班柜最里边的课本,只是偶尔翻出来见见天日,此时布满老茧的手翻阅课本的感觉如同刺拉着光洁的绸面。很多时候他回避不愿意正视这个梦,现在经家人提起,也是他们的殷切希望。何铁桥心中的梦幻仿佛烟火似绝非绝的火堆,一下子被扇燃成熊熊大火。

何铁桥决心报考军校。

他留心观察过,连队明里暗里有四个想考军校的,他们分别是邓圣雄、郑伟、李想、陈凯俊。李想和陈凯俊常黏糊在一起,他们在工具间、杂物间、楼道里等少有人打扰的地方学习,如果有人看到他们,他们很不好意思地笑笑。何铁桥和他们交流过,看过他们的演算本,知道他们成绩一般。他们中一个高中肄业,读到高二就辍学了,一个虽然读完高中,但读的是文科,而且成绩平平。何铁桥很理解他们的心理,一方面想努力拼搏一把,一方面又担心考不上,反而因为学习影响工作,进而影响成长进步,到时候两头落空。他俩学习犹抱琵琶半遮面是心里很不自信,是为自己留后路。邓圣雄和郑伟就不一样了,郑伟参加过地方高考,以几分之差没能进入重点本科院校,一气之下投笔从戎,想以考上军校"雪耻";邓圣雄是正儿八经的大学生,大学上了一年,保留学籍入伍,由于对原来的学校和专业不甚满意,想报考军校达到改弦易辙的目的。何铁桥想,幸好考军校不考游泳,如果游泳是必考科目,郑伟那"旱鸭子"水平能否考得上,很悬。邓圣雄和郑伟虽然成绩很好,但学习还是抓得很紧,对自己也很有信心,学习起来大张旗鼓,光明正大地在窗明几净的会议室、学习室里学。其实他们四个躲躲闪闪也好,旗帜鲜明也好,全连上下都知道他们的想法,并尽可能地给他们创造条件,业余时间如果不是非参加不可的集体活动不惊动他们,晚上熄灯后他们在学习室可以推迟半小时熄灯。他们几个也常聚在一起探讨学习中遇到的难题,交换复习资料等,给人一种惺惺相惜的感觉。

何铁桥认真分析了一下自己的实力,觉得他介乎于他们四个人中间,比邓圣雄和郑伟略差一点,比李想和陈凯俊又稍好一筹。但到底能不能考上,他心里也没底。现在考军校很难,听老兵说全团每年参加文化复习班的人数与一个连相当,考上的不足一个班,被录取者的姓名、单位、分数、学校及专业等均在军区报纸上公布,古时候金榜题名也比不上这个风光。能考上的都是中学时学习上的佼佼者,不是发挥失常以几分之差的高考落榜者,就是已踏进大学校门转而有志于军营的大学生。至于那些成绩二三流的要想考上很难。据传这是因为军校缩小从普通士兵中招生的比例,增加从地方招收优秀高中应届生,还有从地方高校签订国防生也成了培养军官的一条渠道。报纸上说是为了提高我军基层指挥员的素质,为国防事业的长远发展建设着想。何铁桥听他表哥说过,以前部队上考军校很容易,只要高中毕业,成绩还可以,考一个指挥类院校没问题,甚至初中毕业都可以考两年制中专步校,毕业也能扛一杠一星。他问过表哥,他当年怎么不考军校。表哥回答,他只有初中文化,虽然初中时成绩不错,但军事素质过不了关,考两年制中专也难。没料到几年之间风云突变,何铁桥觉得有点儿"生不逢时"。

何铁桥向考军校发起冲刺是在过年七天假里。七天时间除了轮到他帮厨和站哨外,其余全部用来学习。当别的兵在打牌、下棋、看电视、玩游戏、嗑瓜子时,他闹中取静如饥似渴地学习。虽然环境嘈杂了点,但他学得格外入神,学习效果出奇的好,他为自己内心如此专注和宁静而高兴。那四个想考军校的由于平时花的精力多,过年时也放松放松,不时和大家玩一玩。望着他们欢乐的背影,何铁桥愈发投入,一方面觉得自己比他们准备得晚,另一方面心里暗暗地和他们较着劲。

离团里组织的军校预考还有近两个月时间,何铁桥将这两个月的业余时间科学合理地计划列表,细致地分配到每一门功课,对比较有把握的临近突击,对感觉薄弱的加大力度,重点进攻。全团每年想考军校的足有五六百人,可以说符合报考条件的兵都想来试试,一圆军官梦。但团里不可能让那么多兵参加全军统考,于是设立了预考制度,将真正有希望能考上的圈进来,组建文化复习班。团里将有望成为军官的"苗子"集中起来,组建复习班也是为了提高考中率,为团队建设培养人才。作为一个考生,能否通过团里的预考,是过五关斩六将的第一关。何铁桥想,待预考完后,如果能进入文化复习班,他还要将学习计划再做全面调整。考军校有针对性很强的复习书,其他几个兵都有,何铁桥见缝插针地向他们借来看看,借了几次,觉得不是办法,他打听到地址后,也邮购了一套。

何铁桥学习不像李想和陈凯俊那样遮遮掩掩,也不像邓圣雄和郑伟那样造声造势。他顺其自然地平静,当会议室、学习室大门紧锁时,就找个偏僻的角落看书,当邓圣雄他们从文书那儿要来钥匙打开会议室、学习室时,他也不客气地跟进。在他的带动下,李想、陈凯俊也"涉足"这些条件好的场所了。连队干部很快知道何铁桥也想考军校,于是一些"优惠政策"也考虑到他。

三月份,军校预考前夕,各种技术兵培训又开始了,团教导队也准备开训。连长找何铁桥,征求他的意见,问他是否愿意去教导队参加骨干集训，时间六个月。连长的话如同在他紧张有序的生活中投进一块巨石，顿时水花四溅，波浪激荡。参加教导队集训吧，就得放弃梦寐以求的军校考试，自己将与军官梦失之交臂；不参加吧，又担心万一没考上，到头来不但丢了西瓜，连芝麻也没捡着。参加教导队集训就是预提骨干，下一步就有可能当班长，再下一步就有可能转一期士官。转一期士官参加过半年以上的培（集）训的优先。如果没考上，那时候只有退伍这条路了；当然，如果考上了，那就是"春风得意马蹄疾"。何铁桥一时拿不定主意，打电话问家里，他父亲问他把握如何。他说没把握。他父亲仔细地询问了考军校和进教导队的有关情况，比较了一番利弊，也左右为难，说不出一个所以然。何铁桥又一次求助于他表哥，他表哥说男子汉得成大事，大主意自己拿，即使错了也扛着，没有什么后悔的。表哥的话虽然没有明确指向，但有一种暗示。他突然觉得自己像一位当机立断的大将军，胸中涌起一股豪气，再一次决断：考军校。

经过几天的徘徊，耽误了一些复习，何铁桥心里很惋惜，但想起连长向他征求意见，这说明在同年度兵中他的综合素质是可以的，领导看在眼里，同志们是认可的。心里不由得一阵窃喜。

团里按计划组织预考，连队邓圣雄、郑伟、何铁桥三人通过，李想和陈凯俊没通过。对于这个结果，他俩好像有预见性似的，没有什么失落感，很快融入兵群，恢复平常的生活，似乎从来没有那么回事。何铁桥思量好几句安慰的话，始终没有机会说出口。这时他才理解他们当初"低调"复习是正确的。

在文化复习班何铁桥仿佛又回到高三那不堪回首的备战高考阶段。黑板上醒目的倒计时牌如同迎接奥运会的牌子一样，每天在变，老师、家长不放过每一个细微的方式提醒你，抓紧点，再抓紧点，"十年寒窗无人问，一举成名天下知"。现在高考虽然不能完全决定一个人的命运，但能大致决定你的人生走向。在文化复习班没有那种紧张得让人气喘的氛围,大家都是革命军人,革命靠自觉,学习也靠自觉。文化复习班由干部股一个中尉干事负责管理,作息时间和连队差不多,只不过把军事训练课改为文化课,晚上学习室可以推迟一个小时熄灯。上午有老师授课,下午和晚上自习。负责讲课的是驻地中学富有高三教学经验的老师,干部股请来的,学校和团里是共建单位。老师只讲课,不维持课堂纪律,上课可以看小说,写家信,画漫画,可以趴在桌子上打瞌睡,只要不影响别人听讲,中尉干事也不怎么干预。可以看出,文化复习班的兵同样形形色色,并不是全部冲着考军校而来。有的明知考不上,连预考都没通过,是个别首长打招呼硬塞进来的,企望进文化复习班博一搏,碰碰运气;有的成绩还可以,认真复习很有希望,但他本人对上军校并不十分热衷,他是敷衍父母的心愿而来的,来文化复习班抱着玩的心态,这儿不但有伙食补助,而且没有紧张艰苦的训练,没有繁重累人的公差勤务,比连队轻松多了,尽管不是长久之计,管他呢,先舒服两个月再说,当兵不也就是两年么,军校考完后就是盛夏,盛夏过了到秋凉,秋凉时也就退伍了,日子过得飞快。话说回来,这两种兵毕竟是极少数,是文化复习班的"点缀",绝大多数像何铁桥一样,咬着牙铆着一股劲,背水一战似的瞄准上军校。

沉湎于某一件事情时日子过得很快。从某种意义上说,苦读者和混日子的时间过得一样快,近两个月的文化复习眨眼就过去了。六月初,全军统考结束,兵们边整理背囊边开着"苟富贵勿相忘"之类的玩笑,然后怀着复杂的心情回到各自的连队。

何铁桥一回到连队,倍感亲切。两个月时间里,他仅回来过两次,一次是取信件,一次是拿换季衣服,两次都匆匆忙忙,和好多兵没照上面。现在回到连队,甭说战友相见,就是看到一些物什都感到亲切,想上前摸一摸。蓦然回首,他突然找到了家的感觉。连队就是他的家,战友就是他的亲人。这种感觉他似曾相识,仔细一想，那是中学毕业时回家那一刻曾经有过，当他挑着被褥、脸盆、书籍等行李出现在村口，见到热情招呼的邻里乡亲，见到家人和家里的一切，有一种久违的亲切感。他感到家里的温暖，心里愈发负疚，同龄人许多初中毕业就外出打工，大把大把的钞票挣回家，攒起来盖房子娶媳妇，难得一两个没有出去打工的，也是家里的主要劳动力。他呢，不但不能自食其力，不能减轻家庭负担，反而让父母操劳。即使考上大学，也得掏一大笔学费；如果没考上，更不知道路在何方。想着这些，他变得很勤劳，家里家外到处找活干，邻居们看到了直夸，他父母心里也很宽慰，感到他长大了，懂事了，会体贴父母了。现在他又有一种同样的负疚感，觉得自己欠连队，欠战友的，参加文化复习班这两个月期间，本该他承担的工作是战友们帮他分担了，而他们乐呵呵的，毫不介意的样子。无论自己能不能考上都要努力干好工作。考军校这件事很快被他扔在脑后，转身便走进连队火热的生活。

考试关注分数，比赛关注名次，这是人之常情，但何铁桥很少主动了解自己的分数。他上学时，班上总有那么几个人喜欢向老师打听分数，他考多少分，每次都是同学先告诉他的。这次考军校也没例外，他的分数是邓圣雄打听到告诉他的。七月底，分数出来了，紧接着录取分数线也划出来了，邓圣雄和郑伟两人考上，何铁桥以6分之差落榜。大伙儿向邓圣雄和郑伟表示祝贺的时候，也没忘记悄悄安慰他几句。当时部队正在海边海训，就在前一天何铁桥觉得浑身是劲，横渡大海都没问题，当分数和分数线传来，他马上像脚抽筋似的，感到游起来很吃力。连队干部关切地叮嘱让他休息几天再下海。

军区报纸刊登文章，团政治处下发通知强调要做好军校落榜生的思想工作。连长和指导员分别找何铁桥谈心，他知道他们会说些什么，甚至连话语里的关键词都能猜个八九不离十。他认真听着，听完后，一脸如释重负的样子。

对于落榜何铁桥不是没有心理准备，但那只是一闪而过的预案，没想到预案变成了现实。他有些发愣，有时候突然一个激灵，反应慢半拍似的。他开始变得沉默寡言，默默地训练，默默地做事。随着开学临近，邓圣雄和郑伟忙着开具各种关系，准备行李物品，和大家说一些告别的话，大家对他俩客气得像待客似的。何铁桥心里空落落的，像夕阳快下山时的感觉。直到九月，邓圣雄和郑伟上学去了，走了一段日子后，他的心才渐渐平复。

学吉他

秋日的阳光有些落寞。何铁桥散漫的目光移向那微黄的树梢，心里突然想学点什么打发时光。

团里曾轰轰烈烈地刮起过一阵学乐器风，学笛子、学二胡、学手风琴、学口琴，甚至学萨克斯管，这其中最多的是学吉他。团宣传股把各连队学某一门类乐器的兵集中起来，组成一个诸如笛子队、二胡队什么的，周末请音乐学院的老师或地方艺术团体的演奏员来教，很是热闹了一段时间。那时候何铁桥觉得还有许多重要的事情要做，没有时间参加，其实他是很想学吉他的。现在当他回过头来想学时，这股风早已过去。也许是团首长感到兵们把很大一部分时间精力放在摆管弄弦上，终究是不务正业。后来，只有学音乐指挥成为常态，组织好几次了。毕竟音乐指挥更贴近连队需要。

何铁桥小时候对当过兵的很崇拜，清澈的瞳仁里写满敬畏与敬佩，觉得当过兵的都是了不起的能人。那时候他们村上有十几个不同时期从不同部队里退伍的老兵，他们有的会吹笛子，有的会拉二胡，有的会理发，有的会木工，有的会油漆家具，有的会泥瓦匠手艺等。一打听，大都是在部队上学的。难怪老百姓把部队当作大熔炉大学校，对退伍兵要高看一眼。何铁桥家有个邻居，刚退伍回来时挑水不用扁担（那时自来水还没有接进家家户户），一手提一只大木桶，面不改色气不喘两桶满满当当的水很快就提回来了，力气大得跟电影里的少林寺和尚一样。还有时在月亮爬上来的晚上，他就在自家院子里的葡萄架下吹笛子，月华如水，笛声悠扬，把人的心都揉碎了。他那清秀的婆娘就是他用笛声引来的。如果说何铁桥的邻居展现的是单个退伍兵的形象素质，那么村里的篮球赛就是退伍兵们集体登场亮相。农闲季节，村小学操场上常举行篮球赛，精壮小伙们在场上追着篮球奔跑叫喊，场外围着许多大姑娘小媳妇大娘大婶，她们边看球赛边不耽误纳鞋底绣鞋垫织毛衣，不时有什么话逗得她们笑成一团，追逐打闹着，另一侧还有一些眯着眼睛吸旱烟的老头和蹲在地上玩耍的孩子。这时候场上活跃的年轻人绝对是全场的中心，而那几个穿着白背心，背心上印有侦察兵、通信兵、坦克兵等字样的小伙子更是引人注目的焦点，他们运球、传球、投篮的动作好像比村里那些没当过兵的灵活些，如果他们是正规军，那么村里其他小伙子就是游击队。平日里退伍兵们穿着印有红字的白背心，出现在田埂上、水田里、旱地边等，在哪一个角落都是那么扎眼。那白背心仿佛他们的荣誉勋章，有的破得像渔网一样还舍不得淘汰。当时何铁桥就想，以后如果他当兵，也要印一些这样的白背心（具体怎么印，是上级统一配发，还是自己花钱请人印，这些具体细节他没考虑），印好多件，够穿一阵子的。他当兵后，发现印字的白背心已不流行了，开始流行各式各样的迷彩汗衫、迷彩服。何铁桥怀着一种深深的情结，了解到以前那些老兵穿的印着字的白背心大都不是组织统一印的，也不是请人加工的，就是他们自己印的，印制方法很简单，买来白背心，在塑料膜上刻出想要的字或坦克图案等，再有一瓶红色染料，就可以操作了，心细一点就行。

现在何铁桥很想学吉他。他想，退伍回去后，夕阳西下时，偶尔坐在闪着金光的小溪边，弹上一曲，琴声细碎，流水叮当，相映成趣，夕阳将他的影子拉得长长的，样子肯定很美。他甚至想不远处也有一个美丽的姑娘在偷偷注视他，他的爱情由此翩然而至。

何铁桥的吉他是别的连队一个老乡转手给他的。学乐器流行那会儿，老乡买了把吉他，新鲜了一阵子，后来腻味不想学了，半价卖给他，红棉牌，八成新。学吉他的教材印象中排房里几乎每张桌子上都有，十六开杂志般大小，封面早已不知下落，里面的书页卷得像花卷，上面零星沾有茶渍、油污、墨水，或随手写着一行字，有的地方是一个没头没脑的电话号码。当时何铁桥对这些教材没太在意，反而认为它们与内务卫生不协调，碍手碍脚的。待到何铁桥想要用，回过头去找，它们仿佛全都躲了起来。何铁桥不动声色地找了好大一圈，才从杂物间一个废纸箱里找到一本，样子和他印象中的差不多。

有吉他也有教材了，何铁桥从指法把位开始，像小孩学步一样练。边看书边向人请教，连队好些弹吉他的"半吊子"，都可以当何铁桥的老师。闲暇时，他们看到何铁桥在走廊上摆弄吉他，不时有人凑过去弹上一曲，然后指点一二。何铁桥表现得很谦虚，认真听着，听完后练上一会儿。初学时，他常跑到离连队不远处的一片树林里练，担心自己弹出来的声音像锯木头或弹棉花，影响大家的情绪。人们大多数时候，喜欢听优美的歌声，不喜欢听吊嗓子的声音。天晴的时候，席地而坐，地上铺有厚厚一层金黄色落叶，比坐在地毯上还心宽舒服；天阴的时候带张小板凳。林子里很静，叮叮当当弹一会儿，突然不弹了，周围似乎更静，世界好像停止运转似的。暮色四合，华灯初上，连队那边隐约传来说话声、电视声。何铁桥感到丝丝凉意，遂站起身提着吉他向连队走去。在林子里时间仿佛过得快些。

何铁桥投入地学了月余，能弹几首简单的曲子，会一些和弦指法，听起来蛮像那么回事。这时候何铁桥就坐在连队门口枯黄的草地上，边弹边唱。他嗓音低沉，略带沙哑，有时候还跑调，但周围的兵谁也没有笑，因为他唱得很用心。秋色愈加浓郁了，夕阳仿佛卡在远处的山腰上，何铁桥披一身金黄，影子长长的，让人看得生出莫名其妙的伤感。

据说孔子学琴三月不知肉味。何铁桥学吉他没有这种感觉，反而觉得饭菜香了些。在学弹吉他的日子里，他忘记了许多不快。看样子人在感情低潮的时候，得学会转移注意力，自己找乐子。

演习留守

有消息说今年的演习很精彩，场面铺得很大，是和友邻部队搞对抗，到时候有坦克、装甲车、直升机、战斗机、无人侦察机助阵，还有特种侦察分队配合行动。消息很快由上级郑重其事的通知得到证实，使得本来就揪得很紧的训练，又在加班加码。

白天的训练安排得满满当当，只有从晚上挤时间了。晚上训练除了正常的夜训科目外，有时候还安排一些弱项需补训的科目。夜训一般是七点半看完新闻联播后出去，十点或十点半左右回来，具体以完成科目的时间而定，科目不同回来的时间也不同。出发前全连官兵黑压压地排在连队门口，连长有时即兴讲几句，夜战是我军克敌制胜的法宝，我们不仅不能丢，而且要发扬光大。单兵要练好技能战术，各班要组织练好班进攻。班进攻是完成战斗任务的基础，连进攻、营进攻乃至团进攻都是班进攻的放大，每个班的进攻组织好了，胜利就有把握了。夜训看起来很苦很累，让人觉得有点儿恐怖神秘的味道。其实夜训很有意思，比白天训练更能激发想象力和创造力。想想看在月明星稀的夜晚，兵们奔跑、跳跃、翻滚在沟坎边和山冈上，一个个如同夜行的武林高手，不一会儿后背浸湿，恍惚又回到童年月下玩打仗的游戏。一旦停下脚步,晚风习习,顿觉阵阵寒意。何铁桥很喜欢夜训,他在"青草池塘处处蛙"的春夜里奔袭过,在"随风潜入夜,润物细无声"的雨夜里潜伏过,在"月黑雁飞高"伸手不见五指的漆黑夜晚攻击过,还在"大雪满弓刀"的雪夜里摔打过。他能在不打断蛙鸣、蝉噪、虫唱的情况下,突然出现在敌后,即使不小心打断了,也能惟妙惟肖地模仿它们的声音,很快唤起一片。这本事他好不容易才学会,有的兵直到退伍也没学会。

火药味越来越浓了,兵们在训练之余开始学习演习裁判规则,哪种情形算阵亡,哪种算负伤,哪种算武器装备损坏,退出战斗与否必须服从导调组的命令。各级反复强调保密的重要性,涉及机密要守口如瓶。连长说,上次演习,我们一个兵化妆成老百姓,在演习区域的边缘地带开辟出一小块菜地,故意把菜苗踩得乱七八糟的,那"老百姓"歪戴草帽,敞着汗衫,胡子拉碴的,站在菜地边骂骂咧咧,骂解放军不长眼睛踩坏了他的菜。很快蓝军军需科长闻声而来,又是敬烟,又是赔笑脸说好话。军需科长经不住几句套,心直口快地将蓝军的保障方案抖出个六七分。结果战斗一打响,蓝军的后勤保障就招致沉重打击。

团里召开战斗动员大会,官兵情绪被煽得嗷嗷叫唤。团政治处给每个班发一副扑克牌,上面印有蓝军主要指挥员的头像。寓娱乐于战斗搞得像通缉要犯似的。战斗口号很简单,一句话"活捉某某",某某是蓝军的最高军事指挥员。"擒贼先擒王",试想把他们的最高指挥员都捉住了,他们还能不输吗?"空炮弹"从弹药库领回来了,每人两个基数,暂时存放在兵器室。大家谈论着想象着打"空炮弹"过瘾的情景。炊事班在忙着准备吃的喝的,整理野战炊具,保证到时候热腾腾的饭菜能送上"火线"。排房里像开了锅一样,几乎每个床铺上都摊有战备物资。大家新奇兴奋的神情,不像去打仗，倒像是去探险旅游一样，有几个还真的在往迷彩背囊里塞数码相机，准备在适当的时候抓拍几张，留作纪念。服务中心的饼干、面包、矿泉水等便携食品饮料开始脱销，兵们大包小包地往宿舍拎，以防患于未然。

何铁桥被这股热烈的战斗气氛包裹着，激荡着，摩拳擦掌，跃跃欲试。当兵就是为打仗，生活在和平年代不能真打，来一次假打也行。

参战人员名单直到临出征前才宣布。那天下午晚饭开得比平时早，在饭堂门口，往常雷打不动的饭前一支歌取消了，改由值班员宣布参战人员和留守人员名单。宣布参战人员时，何铁桥没听到自己的名字，他以为听落了，可接下来寥寥数人留守人员中分明有他。"还有没有听明白？"值班员大声问。"报告！"何铁桥举起手。值班员瞟了一眼手上那张纸，"你留守"。马锐路过他身边时挤眉弄眼，我们在前方打仗，你可要把家看好。兵们一阵哄笑。那顿饭他几乎没搛菜，数着饭粒，盘算着饭后该如何找连长、指导员，连队那么多人，为什么偏偏让他留守，是他军事素质不行，还是工作表现差？连队另外两个留守的是两个病号，一个刚动过阑尾炎手术，才从医院回来，需要休养；一个在训练中扭伤了脚，也是积极想参战的，没想到乐极生悲，脚不争气。何铁桥觉得作为一个健康的兵在战斗中与病残为伍是一种奇耻大辱，是对他能力素质的极不信任。虽然这个结果不一定能改变，但他一定要讨个明白。饭后，他来到连部，徘徊在连长、指导员门口。连长、指导员忙得脚不沾地似的，何铁桥几次没递得上话，他终于瞅准一个机会，"连长，我……""这是组织对你的信任，相信你能完成！"连长用力按了按他的肩，好像往上面放了一副很重的担子。

暮色四合，演习的车队怒吼着，冒着股股青烟留下浓烈的汽油味走了。偌大的连队，偌大的营盘顿时寂静下来，寂静得让人心里发虚。何铁桥回到排房,望着一个个空荡荡的床铺,又看了一眼自己床铺上那个孤零零的迷彩背囊,一种很可怜很自卑又像是在嘲弄他的样子。何铁桥上前掼球般,狠狠地踢了铁架床一脚,他痛得直咧嘴。

营区喇叭准时响起悠扬的熄灯号,似乎不介意每个连队就留下几个兵。一连留守干部是副指导员,他招呼着把留守人员的床铺挪到一起,自己也取消了单间待遇,搬了过来。临睡前,副指导员斜倚床头,咳嗽了几声说,我们留守的几位同志代表战斗任务的一个方面,责任很大,我们要看好门守好家,打扫好环境内务卫生,搞好菜地生产,不能丢失损坏一样东西,不能出一点纰漏,重点部位是伙房、炊事班、司务处、车库、兵器室、弹药库、军需仓库等,两位养病的同志轮流担任连值日,我和何铁桥服从团留守指挥部的统一安排,站大门哨、流动哨,及各个要点的巡逻警戒。没有特殊情况不准请假,不准私自出营门,任何人请假须经团留守首长批准。早操和下午的体能训练都免了,这段时间改为打扫环境卫生,整治菜地。吃饭到营部搭伙……还有没有疑问?副指导员问。谁都没吭声。

旁边几个床铺都已发出均匀的鼾息,何铁桥还在烙饼似的折腾得床架吱吱作响。排房里一下子少了几十号人,没有了那种热烘烘的气息,一时很不习惯。演习的车队这时候开到哪儿了呢?那上百辆披着伪装网的车排成钢铁巨龙般轰隆隆地向前开,场面何等壮观呀。兵们几乎都一个姿势,抱枪坐在各自的背囊上随着疾驶的军车颠簸晃动着。这时如果有人探起身来,向前看看,再向后看看,一定热血沸腾,豪情万丈,我们的队伍多么强大,铁流滚滚,势不可挡,我们面前没有攻不破的城,没有打不垮的敌人。那一刻说不定还会有许多充满壮志豪情的诗词冒出来,"大风起兮云飞扬,安得猛士兮守四方","男儿何不带吴钩,收取关山五十州","但使龙城飞将在,不教胡马度阴山","八百里分麾下炙,五十弦翻塞外声,沙场秋点兵"……连队有好几个兵带了相机,何铁桥想过到时候一定要让他们给自己来几张酷照:头戴迷彩钢盔,脚蹬陆战靴,手握冲锋枪,或以漫卷烟尘的坦克,或以直指苍穹的大炮,或以低空掠过的战机为背景。战斗紧张可能来不及做这些,但一定有空闲一点的时候,抓住间隙,马上行动。这些照片能让老家那些没当过兵的伙伴羡慕得眼睛发直,能让他独处的时候细细回味当兵的岁月。现在连这点可怜的虚荣心都无法满足。

早晨,太阳涨红着脸爬上一片金黄的梧桐树稍,将树影铺在枯黄的结有一层胭脂般薄霜的草地上。副指导员和何铁桥各执一把扫把,打扫昨晚的落叶。副指导员的心情似乎很好,伴随着扫把的哗哗声哼唱着《你的秀发拂过我的钢枪》。何铁桥知道副指导员和他一位中学女同学正处于一日不联系如隔三秋的状态。何铁桥也很喜欢这首歌,还将歌词工工整整地抄在笔记本上,但此时听起来很刺耳。他手上的力气好像很大,扫把在水泥地上划拉得很响,副指导员似乎沉醉在自己的世界中没在意,扫了一会儿,搓了搓冻僵的手说,这么冷的天,不知道他们昨晚怎么熬过来的?何铁桥没有接话,仍然自顾自地扫,动作幅度很大。副指导员又说,其实对抗演习没啥意思,苦得要死,白天跑得虚脱一样参加战斗,睡觉前还得像土拨鼠,没命地挖猫耳洞藏身,晚上还要站各种各样的哨,有潜伏哨、流动哨、固定哨,得时刻提防敌人来骚扰,情况复杂,设哨的地方多,不像在营区,营区里一个晚上一个兵最多站两个小时的哨,其他时间可以高枕无忧呼呼大睡,在前线与敌人对峙每人只能轮流睡两个小时,其他时间处于高度警惕状态。天气晴朗还好,如果接连几天阴雨更折腾人,脚下是厚厚的"泥靴",越走越重,身上雨水汗水发酵出来的气味连自己都恨不得戴防毒面具,吃不好,睡不好,没法洗澡,甚至连刷牙和洗脸这些基本卫生程序都免了,又累又困又饿又脏,还随时有"阵亡"被裁判出局的危险……副指导员像个家庭主妇似的啰啰嗦嗦了一大堆,他曾参加过几次这样的对抗演习,个中滋味很了解。

我想去,就是"阵亡"也愿意!何铁桥拿着扫把在地上用力扫了几下,几乎在吼。他自己都不明白怎么一下子蹿起那么大的火气。

副指导员怔怔地看着他,好半天,压低嗓音诚恳地说,关于留守人员的安排上级有指示精神,并且专门下过通知,坚决不能留"重点人",不能留让人不放心的兵。下一步马上面临退伍工作,对于个别调皮捣蛋的兵,让他们随大部队行动,易于管理,反而消除事故隐患。留下来除了有伤有痛的,其他的要综合素质好,责任心强,能独立完成任务,而且人不能多,必须是那种一个顶三个用的兵。组织上把你留下来是经过反复权衡考虑的,这是组织对你的信任和考验。何铁桥没想到让自己留守还有这么多名堂,他竟然被连队这么看重。副指导员见他没吭声,走近两步说,你也可以想一想,干任何事不可能每个人都是主角,都能成为台上的英雄,哪怕是真正的战争,也有运输队、救护队、炊事班等许多幕后保障者。如果你实在想不通,也可以理解为这是命令,军人以服从命令为天职。你想得通,想不通,都得把留守工作当作战斗任务一样完成好。停了一会儿,副指导员换了一副温和的口气说,当然组织也不能一味地强调命令,让大家机械地去执行,其实最好的命令是让大家心甘情愿心情愉快地去执行,这样才能调动大家的主观能动性,激发出创造潜能。

营区各路口、要道难得见人影走动。几只麻雀突然像扔石子一样跳到笔直的营区大道上热烈地叽喳。背风的地方阳光暖暖的,有风的地方感觉不到阳光的温暖。大部队走后,时光宁静得近乎静止。何铁桥每天早上依然闻号而起,匆匆洗漱整理好内务,然后打扫连队包干区卫生。连队的包干区很宽,平时至少一个班打扫,时间紧时一个排甚至全连出动,现在就何铁桥一个人打扫,有时候副指导员来帮帮忙,但大多数时候他有别的事。何铁桥打扫一遍包干区要花一个多小时,刚扫完,身后又落了些树叶。留守指挥部规定,各连队包干区卫生每天必须打扫两遍,上午一遍,下午一遍,重点部位、主要干道必须随脏随扫,时刻保持干净。决不能让营区荒芜得像久弃不用的仓库一样。何铁桥一天中大部分时间花在打扫卫生上,另外就是管理菜地,到各个重点部位上转,看门窗上的封条有没有动过的痕迹;爬在窗户上往里瞧,里面的东西有没有少;绕着营盘的围墙、栏杆走,看有没有可疑的蛛丝马迹等;再就是参加团里统一安排的大门哨,关键敏感点位的岗哨。那些地方的岗哨丝毫马虎不得,哪怕唱"空城计"也要唱得煞有介事,正规威严,让外人看不出来。留守的日子看似落叶般的散淡轻松,其实节奏更紧张,责任更大,心要更细,手上做着这件事,心里盘算着下一步该干什么了,要统筹计划着。

　　一天,何铁桥巡逻到营区后山坡一个拐弯处,发现围墙上又被扒出一个洞,大小刚好容一个人通过,洞口遮掩在树丛荒草后比较隐蔽,那些拾荒的看起来又脏又瘦的老头老太就是从这样的洞口溜进营区,捡一些破烂,有时候顺手牵羊卷几件晾晒在外面的军装,弄得兵们意见很大。营房部门发现后,很快把洞口堵了起来,过一段时间又神不知鬼不觉地扒开了,如此你扒我堵,我堵你扒,像玩猫抓老鼠的游戏一样。现在大部队不在家,可不能掉以轻心。何铁桥当即向副指导员报告,副指导员向团留守指挥部作了汇报。当留守指挥部来人查看时,洞已被何铁桥堵得差不多了。他拉上连队用来收割蔬菜和运猪食的板车,从离营门不远处的一个小建材店里拉回一袋水泥,又捡来大半车砖头,花去大半天时间把洞口堵得严严实实的。堵好后,他看了看潮湿的水泥,还有点儿不放心,又费力搬来几块很大的石头垒在新补的地方。

半个月的对抗演习很快就结束了。部队回来那天，何铁桥乐颠颠的用彩色粉笔在连队门口的黑板上写上"欢迎战友凯旋归来"的标语，和副指导员一起在通往连队的路旁插上彩旗，把连队的锣呀鼓呀钹呀等乐器全部搬出来，做到留守人员人手一件，又买来一串长长的鞭炮。他们虽然人少，但要摆出最大的架势，闹出最大的动静迎接战友们回来，要让战友们感到回家的感觉真好。做完这一切后，何铁桥没忘记将每个房间的热水瓶灌满开水。

大队人马在锣鼓声、鞭炮声中，踩着细碎的鞭炮屑兴高采烈地回来了，那激动人心的情景像红军会师一样。参加"战斗"的兵们一个个晒黑了，变瘦了，说话的嗓门也粗了，就连握手的劲也变大了似的。队伍后面还跟着好几个走路姿势不太对劲的兵，他们不是脚底磨出了泡，就是磨破了裆部，或扭伤了脚，他们边别扭地走着，边有点不好意思地笑着。队伍一宣布解散，连队上下个人物品顿时摊开得到处都是，像河滩边打捞沉船时的情形，一股股刺鼻的脚臭、汗馊味堪称人体化学武器。这时值班员在楼下吹哨集合，去澡堂洗澡。入冬以来，团里的洗澡堂从今天开始开放。

参"战"官兵都去洗澡堂了，何铁桥不想去趟那池浑水。他就在连队洗漱间冲凉水澡，边冲边快活地唱着叫着，一盆凉水从头浇到脚，随着哗啦一声他像赤脚踩在炭火上，跳跃着尖叫着，渐渐的叫喊声里带着哭腔。

退　伍

年终总结，何铁桥还是没能评上优秀士兵。如果严格按标准，何铁桥的确不够条件，上半年他在文化复习班待了两个多月，没有参加连队工作，下半年考试完，尤其是落榜后，工作平塌过一段时间，总的表现还不如去年。但另一方面，何铁桥是第二年服役期满的老兵，如果确定退伍，连队一般会照顾性地给评一个优秀士兵。毕竟踏踏实实地干了两年，没有功劳也有苦劳，走的时候对他心里也是一个安慰。年终总结时，何铁桥流露出想留下来转一期士官的想法，连队干部认为问题不大。于是这个照顾性的优秀士兵名额与他擦肩而过。

连队评功评奖有一些"潜规则"，无论某个兵训练再拔尖，表现再优秀，也不可能把几个荣誉同时给他，在入党、选取士官立功、优秀士兵、嘉奖等之间有个均衡，军政素质俱佳，表现突出的加入党组织后有可能留下来转士官，但不太可能再立功或评为优秀士兵，评上优秀士兵的不会同时入党或授予嘉奖。尤其是留下来转士官的，在立功受奖上就要让着一点，你留下来，毕竟还有机会。工作是大家做的，任务是大家完成的，连队大多数兵默默无闻地训练、执勤、生产，以及完成一些大项突击性的任务，评功评奖是评和谐评士气，以调动绝大多数人的积极性和创造性为目的，不能让少数几个人把"好处"占尽，到头来评出一大堆矛盾和怨气。对于连队干部来说，手心手背都是肉，大多数兵都很可爱，就是那几个"后进兵"也很可爱。当然"后进兵"一般对评功评奖不抱希望，他们没被评上，也不会闹思想情绪。

退伍工作开始了。这时候何铁桥那些一列火车拉来的老乡频频聚会，叽里呱啦地用家乡话商讨着走与留的事。何铁桥几十个老乡寥若晨星般地分散在全团各个连队，有的熟悉，有的只是认识，有的仅听说过名字。这种聚会很随意松散，没有召集人，没有固定地点，器械训练场，打开水时的开水房，双休日的足球场、篮球场等，三五个老乡偶尔凑到一起，随便聊聊，大家你一言，我一语地谈起家乡的变化，部队的最新情况，自己或留或走的打算。这其中有小道消息，也有正式公布的"官方文件"，有掏心窝子的话，也有遮遮掩掩的言外之意。星期六下午，何铁桥打篮球时遇到几个老乡，大家很自然地说起走与留的事，没想到他们几个都想走，认为留在部队转士官没啥意思，干多久还是一个兵，拿钱也不多，回家哪儿都能挣到这个数，最主要的是人不自由，严格的条令条例像孙悟空头上的紧箍，领导就像念紧箍咒的唐僧。现在政策这么好，回家以后认准行当抓住机遇，甩开膀子大干一场，说不定还能干出一点名堂，不像在部队撑不着也饿不着，日子过得平淡如水……听了这些话，何铁桥有点动心，想走。甚至把退伍以后的时光憧憬一番。

没过两天，何铁桥又听一拨老乡说想留，他们的理由是，现在地方大学生找工作都难，何况我们身无所长文化又不高的退伍兵，做生意没本钱又没经验，即使东挪西借凑一点资金也亏不起，大都只能从事一些诸如保安、搬运工、餐馆服务员之类的简单劳动，除去吃住，收入可能还比不上部队，如果碰上黑心老板，说不定要不到工资，不像部队到时候发钱，一个子儿也不会少，丁是丁卯是卯，很多退伍兵刚退伍那阵子，意气风发，幻想轰轰烈烈地干一番事业，经历几年跌跌撞撞，一事无成后，才感到社会的现实，这时又回忆起军营生活的美好……听了这些话，何铁桥的心又朝留的一边倾斜，最主要是他家里人希望他留下来。为此他父亲特地来信（平时以电话联系），说他活了几十岁了，以他的人生经历来看，让他想办法争取留下来，留下来肯定比退伍好。但如果努力了实在留不下来，那就算了。

正当何铁桥在走与留之间摇摆不定时，上级关于士官选取专门下发通知，规定哪几类人员优先，依次是，军事技术骨干，参加过团以上单位组织的为期半年以上的培训，立过三等功的，党员班长，大专以上学历，还有坦克、通信、修理等重点专业。规定抄写在连队门口的黑板上，兵们围在黑板前有的叽叽喳喳，有的默不作声，一些兵离去，又一些兵凑上去。何铁桥站在人群后面，目光从缝隙间穿过，逐字逐句地将规定读了一遍。那些规定像一把把尺子，谁都可以对照自己量一量，不符合条件的自觉地黯然退开。何铁桥突然感到腿变得很沉，沉得走不动，比那次考军校落榜还沉。许多人都有过相似的经历，当两扇门都开着时，举棋不定究竟走哪扇，当其中一扇轰然关上后，心里强烈地想走关上的那扇，情感上怅然若失。这时，何铁桥才发现其实他不想走，想留。可已经留不下来了。

向军旗告别时，何铁桥没有像别的老兵那样哭鼻子抹眼泪，心里又想起那次点名，想起连队的花名册。现在他的名字还如火苗一样闪烁跳跃在花名册上，过不了多久，就会从新造的花名册上消失。再过几年，只有和他一起战斗过生活过的兵才知道，有一个叫何铁桥的曾经在这个连队服过役，后面的许多兵就不知道了。

他如军营这棵大树上一片两年生树叶，两年一季，不长似乎也不短，飘忽而落时他发现尽管自己很努力了，但来的时候是什么样子，走的时候还是什么样子。他一会儿觉得两手空空，一会儿又觉得收获很多很多。在火车启动那一刻，他脸贴近车窗玻璃，望着窗外随火车奔跑的战友，泪水终于潸然而下。

一封没有署名的信

一

那年夏天我们部队驻地周边地区的天空像被捅了个大窟窿，天河水直往那儿灌，暴雨如注，下了二十几天，还没有消停的意思。我们部队已派出两拨人马，没日没夜地奔跑守护在抗洪大堤上。我们每天吃过早饭后就靠在背囊上听广播闲聊，等待那抓扯神经的紧急集合哨吹响。我们营是最后的预备队，是杀手锏，不到万不得已不能撒出去。

在下雨的间隙，哨声响起（是集合哨，不是紧急集合哨），全营集合，在营长昂首挺胸地带领下，我们呈三路纵队雄赳赳地向旅机关进发。走在队伍最前头两个牛高马大的兵端举着一张很大的红纸，红纸上用浓黑的墨写着满是惊叹号的请战书，紧跟着的是锣鼓队，几个手臂上的肌肉像榔头一样鼓起的小伙子在卖力地敲打，恨不得把锣鼓敲打破。在旅机关门口，锣歇鼓停，一位上校（听老兵说是代职的副旅长）领着几位校尉军官郑重地接过请战书，说了一些鼓劲的话就让我们回去，继续待命。

我们真是等得嗷嗷叫了。休假的已被召回，结婚的、亲人病重的、老婆生孩子的全部按兵不动，暂缓休假。共产党员上交了决心书，共青团员和进步青年上交决心书还附上一份入党、入团志愿书，有的前些日子还病歪歪的现在像打了鸡血一样，精神好得很呢，有的害怕轮不上打算咬破手指写血书。

周铧就是在这种氛围中参加抗洪的。连队干部怕他身体吃不消，在拟名单时本来没有他，他坚决要求去，往连长指导员房间跑了好几趟才勉强定下。这时，距他出院才一个多月。我记得清楚是三十八天。

大堤决口，我们终于出动了。

周铧是在离决口的不远处牺牲的，为了救一个中年妇女，中年妇女当时被困在激流中的一棵杨树梢上。

转移到高处的人们撑着披着顶着五颜六色的雨具，七嘴八舌地支着招，湍急的水流冲锋舟吼破喉咙也靠不过去，杨树梢弓成一根鱼竿，低垂水面，摇摇欲断，穿黑衣服的中年妇女远看起来像垂在竿上的一条黑鱼，离中年妇女脚下不远处缠着一条锹柄粗的蛇，昂着头，吐着信子，尾巴泡在水里。雨，不紧不慢地下，这会儿又大了急了，黄汤样的水面好像又上涨了点，缠在树上的蛇好像又往上挪了一点。"解放军，救命呀！"中年妇女歇了好一阵又开始瘆人的叫喊，喊声如宫廷里娘娘们锋利的长指甲挠扯着我们的心。尽管是一条水蛇，并不伤人，伤人也无毒，它也是为了活命才无奈地和人挤在一起。中年妇女可能不知道这点，即使知道也吓破了胆。据科学实验，蛇、老鼠之类的东西怕女人比女人怕它们更甚，女人的尖叫声首先把它们的胆吓破。中年妇女又往前爬一点点，咔嚓！树梢终于承受不住她肉坨坨的身体，断了。

我蹲在冲锋舟船头略一迟疑，扑通，船猛一晃，蹲在我身后的周铧纵身跃入激流，几朵浪花眨眼间消失得无影无踪。我不是平时受的思想政治教育不够，不是不想去救处于水火之中的群众，而是我游泳的水平太糟了，五千米武装泅渡从没及格过，我下去可能人没救上来自己先挂了。在我从幼儿园到出来当兵的成长过程中，父母亲无数次告诫我，救人一定要量力而行，不要人没救到把自己搭进去了，我们就你一个儿子。其实，周铧的水性比我好不了多少，程咬金三轮板斧的冲劲，冲完了就蔫了，每次武装泅渡考核，前有身强力壮的替他开浪（深海列队游前头开浪的很关键，如雁阵的头雁要承受更大的阻力），后有健若蛟龙的为他护航，连推带拉，才勉强及格。他们家也就他一个儿子。

周铧以自由泳的方式奋力向中年妇女游去，橘黄色的救生衣随着浑浊的水流急促起伏。还好，树梢不是脆断，还连着一小半纤维，中年妇女双手紧紧抓住倒在水里的树梢，身子随着激流摇晃得像块布条或一个塑料袋，树梢断处白生生的纤维在一点点地撕扯，眼看就要全断了。她没有再叫喊，只是扬着一张惨白看不清五官的脸望着周铧游来的方向。此时，周铧如果过去，她肯定会把他当作一根救命的稻草，双手铁桶似的抱住，他俩顺流而去，生死只有天知道。

岸上有人说，中年妇女是个拾荒女，涨水前就在那棵杨树下搭了座简易窝棚，住一年多了。连日暴雨，那片低洼地带如顶着一个巨大的水缸，随时可能被淹，政府上有人举着喇叭喊话让大家离开，零星的像她一样的窝棚住户都跑了，只有她舍不得那堆辛辛苦苦淘来的破烂。涨水了，她先是站在破烂上，然后爬上棚顶，最后爬上树，没想到最后堤会决口。雨中，有人在抱怨，有人在叹息，还有人沉默。

近了，更近了，远看起来几乎伸手可以够得着了。滚滚浊浪中周铧脖子一缩，脱下救生衣，用力向中年妇女甩去，一片橘黄色打着旋以水滴下坠的速度向她漂去,她松开一只胳膊眼疾手快地抓住救生衣,整个身子熊一样扑在上面。

树梢断了,零星几片树叶支棱在水面上,很快没了踪影。趴在救生衣上的中年妇女瞬间也消失成一个小黑点。

周铧往回游时,完全没有几分钟前的利索,他穿着夏季迷彩服在水里看起来像捆草,随着水流沉浮。这时,他位于激流中央偏右岸一点,只能顺势往右岸游,逐渐靠岸,这样不需要穿过激流中心。他刚才去救那中年妇女也是这样游的,我们在上游几十米处,他借水势呈斜线靠近她。从他返回的路线判断直到这时他的头脑还是清醒的,没有呛水。眼看他就要游出激流到达水缓区域了,只听见站在高处的人们阵阵惊呼,再看周铧的迷彩帽变得像个花葫芦,没了自主性,一个并不起眼的浊浪打去,迷彩帽不见了,哦,又冒出来了,加油呀,顶住,人群指点,呼喊。

迷彩帽消失了几秒钟,漫长得像好几年。突然,一条合抱粗的松木裹持着一阵风飞流直下,迷彩帽再也没有出现在人们的视野中。人群仿佛小孩搭的积木一下子垮了,哗啦一片哭声、喊声、骂声、奔跑声、尖叫声……我瘫倒在摇晃的冲锋舟上,泪流满面。

天边的太阳在淌血,洪水开始消退,往日绿得冒油的玉米叶、灌木丛如涂了一层厚厚的黄泥,空气中有股浓烈的异味。两天后,疲惫的人们在下游十几公里一处浅滩上找到面目全非的周铧(迷彩服的衣襟卷成一团,掉了两颗纽扣)。被救的中年妇女闻讯赶来,跪倒在地,拍打着周铧的遗体号啕大哭。

在整理周铧身上的遗物时,从他衣服口袋里找到一部电信手机(旅通信科统一办的,听说保密效果好),一个泡得发胀的钱包,还有一包已化成纸浆的纸巾。对周铧的遗物每一样都做了详细登记,哪怕毫不起眼的。据清点登记他遗物的人透露,他钱包里有三百二十块钱,有一张电影票票根,能辨认出是大华电影院的情侣坐票。大华电影院是我们部队驻地小有名气的现代影院。

最神秘的是他上衣贴身口袋里有一封信，信已变软，粘结成一团，小心翼翼打开，仍大致看得清信的内容。至于上面的内容说的人不愿意讲。我听了那话，心沉重得像积雨云。

二

周铧牺牲了，军区报纸有关他的报道和他工作训练带兵的大幅照片整版整版的，驻地城市电视频道有关他的成长经历和别人谈起他的镜头大段大段的。集团军几位笔杆子和我们旅几位笔杆子一杆子捅到我们连队，和我们一起吃住，挨个儿找我们谈。只要和周铧有关的、印象深的，该说的我们都说了，不该说的、无益于（不是有损）周铧形象的我们也说了。在他们眼里我们的嘴就是一个挖掘不尽的富矿，他们很不满足，不断提问，启发式、迂回式、循环式，挤牙膏一样掏话，有时就只言片语也让他们兴奋不已。

除了报纸广播电视宣传外，上级指示还要成立一个"周铧英雄事迹报告团"，要多方式多渠道多角度地影响教育更多的官兵，更多的人。

宣讲团成员有四人，旅大校政委，我们连队上尉指导员，旅医院中尉军医张巧云，还有我，上等兵刘佳阳。我们的讲稿还是由集团军和旅里的笔杆子们操劳。我的他们让我先写，写好后拿给他们把关。他们把我的宣讲稿改得比藤野严九郎先生改鲁迅先生的讲义还厉害，只剩下开头那句首长、同志们，还有一个冒号是我自己写的。

笔杆子们在我们连队掘地三尺挖到第一手资料后，就在旅政治部会议室架上投影仪，吞云吐雾，眼睛熬得跟兔眼似的，逐词逐句推敲，浓墨重彩地在周铧身上涂抹了一层熠熠生辉的金色。我们连他左手（男左女右）上的"三线（生命线、爱情线、事业线）"每一个转折走向都很熟悉，这时突然觉得他很陌生，陌生得几乎不认识，也许我们平日里就没有对着阳光抬起头看他。数份讲稿囊括了周铧工作学习生活的方方面面，有感人的故事，也有闪光的思想，具体到每份讲稿，根据主讲人的身份不同各有侧重。政委侧重于讲环境对他的熏陶，组织对他的培养；指导员讲他的成长经历，他身上所蕴含的时代精神；我讲他平时是怎样关心爱护战士的以及他对待工作生活的态度；张巧云讲他的性格特点、才华素质等。张巧云是报告团唯一的女性。安排一名女性参加，不但能调节听众的视觉听觉，而且从情感上拉近与听众的距离，更能打动人。

让张巧云参加"周铧英雄事迹报告团"，事先并没有征求她的意见。旅政治部值班室通知她后，好几天里如一片树叶飘进枯井里，没有回音。主任急了，打电话请医院院长和协理员做她的工作。院长、协理员围着她媒婆劝嫁一样，好说歹说，晓之以理，动之以情，只差绳之以条令条例了，她就是不答应，一副不怕开水烫的样子。我们指导员代表我们连队拎着一袋水果去看她，嘘寒问暖地像看望病人，她不为所动，软硬不吃。

这是首长们始料未及的，原以为在英雄舍己救人精神的感召下，只要是和英雄沾边的，只要是有利于宣传英雄、树立英雄高大形象的，每个官兵都会流泪流汗地去做。组织者也曾想过由被救的中年妇女上台现身演说，可能更具说服力，更有感染力，可她那样子无论几个女兵怎么包装、摆弄，实在有点扶不上墙，不认识几个字不说，还满口方言，连比划带猜才知道她是河南某个县的，如果让她上台还得配个翻译。

其实，让张巧云参加"周铧英雄事迹报告团"，不全是因为她的性别和形象、气质，还和一封信有关。后来，在一次报告会后休息时，张巧云平静地如叙述别人的故事，向我说起她第一次看到那封信的情景。

天下着雨，时断时续，在旅医院那间潮湿阴暗的会议室兼会客室里，政治部主任苦口婆心地说得口干舌燥，院长和协理员在一旁不时帮几句，张巧云始终一言不发，如寺里的观音低眉垂眼用针扎都不动的样子。主任技穷了，看了一眼桌上黑色的公文包，又看了一眼紧抿着嘴的张巧云，示意院长和协理员出去，他略一犹豫，用微微颤抖的手拉开包，取出那封信。

信装在旅政治部的制式信封里，上面除了右下方的红色印刷体外没有写字，平整簇新，没有封口，显然这信原来不是装在这个信封里的。抽出里面的信，就一张纸，用的是旅医院的办公信笺，皱巴巴的，很薄很软，颜色发黑，看得出被一双汗津津的手摸过多次，信的折痕处磨得发毛，呈灰尘色，有几处丝缕相连，将断未断，用透明胶带小心翼翼地粘连着，有的透明胶带欲脱未脱，露出乳白色的胶状物。信是用黑色签字笔写的，尽管被水长时间浸泡过，变得模糊漫漶，但仔细辨认，仍能看得清。字迹娟秀工整，是仿宋体。信是这样写的：

亲爱的战友：你好！

来信均悉。你住院期间，我所做的一切都是我应该做的，如果还有什么地方做得不好，没有关心照顾到，请你理解并原谅。常言说，伤筋动骨一百天。你住院不到三个月，出院后，要遵照医嘱，安心休养，不要干重体力活，不要再去踢足球、打篮球等进行剧烈的体育运动，多吃含钙的食物，多喝牛奶、骨头汤。懂得关心爱护自己才能去关心爱护别人。连队里都是大大咧咧的年轻人，他们不一定想到的，你自己要想到。如果有什么不适，及时到医院来，也可以联系我。

读到很多你和你战友有意思的事，看得出阳光洒满你们的笑脸，你们的生活丰富多彩，你和你的战友相处得很愉快。你写的信和诗都很美，看得出你读过很多书，你有理想有抱负有才情，是一个率真积极开朗乐观的人。我远没有你说的那么好，只是一个普普通通的战士，一个普普通通的女孩。谢谢你七夕节的礼物，谢谢你精美的贝壳，谢谢你采来的大束花，我不是你说的佛前许愿千年邂逅的人。我们之间只是战友。祝早日康复！
　　此致
军礼！

你穿白大褂的战友
××年××月××日

　　张巧云看完信，掩面而泣，小号女式军装下削瘦的双肩剧烈颤动，好一会儿，她抬起泪眼朦胧的双眼，随手捋了下鬓角一缕青丝，低低的，几乎只有她自己能听清楚，"我去。"说完，眼泪又扑簌簌地掉。政治部主任小心地收好信，悄悄掩门而去，什么也没问，什么也没说，始终一副凝重低沉的样子。

三

　　那封信在我们连队有的兵看过，大多数兵没看过，但知道大致内容。往常这类事很快会成为大家开玩笑的话题，但关于那封信谁也没提过，好像没有那回事。别的连队有兵打听，面对的是一阵沉默。

　　周铧从他报到到离去，永远的离去，满打满算当了我们一年零二十五天的排长。我翻开日记本、掐着指头数过。这个时间不算长，但留给我们的记忆太多了。

周铧是我们排长,可我私下里一直直呼其名。我和周铧来自江南同一所大学,他是国防生,大学毕业后,"4+1"又学了一年的军事。我在大二时想挣奖学金,又想调换专业,选择了休学入伍,如果能在部队考上军校也是我很乐意的事。我大一时周铧大四,在那所芳草萋萋垂柳依依的大学校园里,我好像没有见过他,他说也没见过我。当然即使我们照过面,不是骑自行车撞在一块,不会有什么印象。

在那个鸣蝉噪鼓、太阳晒得树叶打卷的午后,周铧背着迷彩背囊汗津津地来连队报到时,我已当了半年兵,自我感觉是老兵了。听我们班长说,以前有大学生干部刚来(包括我们现任副指导员),放下背包就急吼吼地问自己的办公室在哪儿,哪儿有网孔接宽带。我们班长在周铧报到前是代理排长,中士军衔,初中毕业,和我同岁,大多数时候脚步迈得很自信稳重,有时候不是,如碰到新装备的英文说明书时。我们班长说的这个笑话可能早就传开了,也有可能大学生干部在军训时有人指点,他们对基层连队的情况增加了了解。反正后来好像没有新大学生干部闹这种笑话,我没有看到过,周铧也没有闹。

下午起床哨响过,兵们打着哈欠、伸着懒腰缓了会儿神,读报时间开始,周铧走进连部向连长、指导员报告后,就在"虚位以待"的排长铺位上安静地整理床铺。列兵陈阿财起身过去刚讪讪地叫了声排长,我们班长没抬头,在报纸的"社论"中夹了句"陈阿财,你去我们的卫生包干区把卫生搞搞"。

周铧虽然"贵"为排长,但军事素质实在不咋地,有好几项甚至比不过我这个列兵。比如说投弹,他每次投三枚都在27米左右徘徊,这个成绩如果在女兵中还行。报弹员抑扬顿挫的声音大得有些夸张,大家笑得也有些夸张。单杠二练习卷体上杠,他腿乱蹬脸憋得通红，如果没人托一把屁股，挣扎一阵还是上不去，有气无力地垂了下来。跑五公里，我和他一对难兄难弟经常"断后"，跑到最后身上只剩下水壶和挎包，气喘如牛，脸色像翻白的死鱼，快到终点时身体晃得像刚出锅的面条。

周铧比我心理素质好，他毫不在意大伙儿的目光，投弹、射击、器械、攀岩、单兵战术、四百米障碍等，大庭广众之下，在笑声喊声欢呼声中，他动作别扭、姿势难看地练，边练还边问下一个动作怎么做，怎样才更到位，好像别人越起哄他练得越起劲，很多时候我的脸上都挂不住，几次想以"老同志"的身份提醒他注意形象，难道从那些恣意的笑声里听不出什么吗？他像是在回避我，只有我们两个在一起时，他就起身忙别的事去了。我是不会像他那样，丢不起那个脸，我要练到成为男人的一种力量和美的展示了，才迎着大家的目光出现。就比如跑步，我跑在最后是撩起迷彩汗衫遮住脸装作擦汗的样子，真不好意思。

为了军事考核能及格，为了在对抗演习中不很快"阵亡"或被敌方"俘虏"，为了考军校，最主要是为了后者，我每天看完《新闻联播》后，就冲一杯牛奶晾起来，然后跑去大操场锻炼。先跑步，跑得气喘吁吁，大汗淋漓后做器械，这个时候感觉最好，平时咬牙蹬腿上不去的单双杠练习，一翻身就上去了，身轻如燕。

夜色中，好多次我看到有人在我前头或后面不紧不慢地晃动，开始没在意，只觉得不寂寞，夜训也有同路人。后来一次照面，我看清楚了是周铧，我们没有说话，只是伸手互击一掌，以示彼此鼓励。一个循环后我们又照面了，我掉头和他一起跑，问他，为什么要在大家的嘲笑声中练？他说他在烧自己的"栈道"，让大家来监督，不想留退路。

周铧不抽烟，但口袋里随时备有一包上档次的烟，和几个班长、老士官凑在一起时，很随意地发一圈。他从不给我发，哪怕我就在一旁，也不示意一下，来一根？可能他知道我不抽烟。

周铧很想踢好头"三脚"，可一番努力只在沙滩上留下一串歪歪斜斜的脚印，一个细浪卷来就抹平了，直到那次对抗演习。上级指示，这次一定要把新装备"亮"出来，不是"秀"出来。新装备列装快一年了，是骡子是马该拉出来遛遛了。连队干部心有疑虑，害怕关键时候拉稀掉链子顶不上去，希望厂家到时候派技术人员来跟踪保障。在拟定演习方案时，周铧说，没必要。刚开始语气还有点含糊，后来很坚决，愿意立"军令状"。说打仗的时候总不能把人家技术人员拴在裤腰带上吧，人家又没有军籍。

演习前半场还顺利，后半场新装备老出情况。一有情况，营连干部轰的马蜂一样围上来，将周铧团团围住，他不慌不忙，边捣鼓边说，像是自言自语，又像在向几个兵分析故障情况。情况很快解除，有惊无险。周铧这招蒙住了很多人，如果他自己不说就一直没人知道。有一次他当着我的面，在电话里和别的部队一位战友窃笑着提起，那些情况都是他"导演"的，两个目的，一是练兵，二是露两手。

四

报告会第一次试讲是在旅政治部三楼小会议室，人不多，张巧云没讲几句就开始哭，不停地抽面前的纸巾擦眼泪，最后哭得说不下去。

周铧的父母坐在台下一个不起眼的角落里，几天来他们的情绪波动得厉害，有医生护士全程跟着。现在总算平稳了些，张巧云的哭，又一次把周妈妈的情感闸门打开，老人先是木然坐着眼泪在脸上如小溪淌，后来趴在桌上抽泣，喉咙像卡住一样发出低吼声。周爸爸开始还稳得住，端坐着，看到张巧云哭，看到老伴哭，脸上的肌肉在痉挛，眼睛不住地眨，后来看到老伴趴在桌上悲痛欲绝的样子，俯身扶住周妈妈的肩哭着说，我们不听了，我们回去，我们回去。

张巧云的哭和周妈妈的哭像是互动，看到周妈妈斑白的头发一抖一抖地颤动，张巧云更是哭得一塌糊涂，眼睛红肿，头发蓬乱，眼泪鼻涕流成一团。

"周铧英雄事迹报告团"具体由旅组织科组织承办，邀请周铧父母参加，是想模仿某个电视栏目，出乎意料地把关键嘉宾请出来，以煽动起听众的情感。

周铧牺牲后，两位老人的言行太令人感动了。周铧的父亲在街道办事处上班，是个退伍老兵，母亲是一家电子厂的工人，已经内退了。周铧出事后，连队和旅组织科先后打电话去他家，说周铧在抗洪救灾中出了点事，现在住在医院里，请他父母来一趟。电话是周妈妈接的，她在家照顾周铧年迈多病的爷爷奶奶，她压低嗓音说想和儿子通个话，对方说周铧住在医院里，不方便接电话。周妈妈一听抽掉了主心骨一样乱了方寸，火急火燎地和周爸爸说了。当过兵的周爸爸心里跟镜子一样明晃，连队一般不会主动邀请战士父母来队，而且还有政治部门。周爸爸当即就收拾行李，还特地带上一套他退伍时用作纪念的军装，连夜往周铧部队驻地赶。本来周妈妈是想一同去的，因为离不开两位老人，一时找不到合适的人手接替，还怕老人担心。周爸爸犹豫再三，下决心说，他先去，了解清楚情况，需要她去再去。

在部队驻地火车站，我们连队指导员和组织科科长接到周爸爸后，沉重地将周铧可能已经牺牲的消息告诉了他。这种情况，这幅情景是他一路上料想过无数次的，但事实陡然出现在眼前，还是掩饰不住内心的悲怆和痛苦。他仰坐在后座上，飘忽的路灯不时映照着他脸上鼻梁上闪闪的泪光。"勇士（越野吉普）"在郊区坑洼的道路上颠簸,他仿佛没有骨头,如一麻袋稻谷被甩来甩去。

"去哪?"声音有点嘶哑,这是他上车以来说的第一句话。"先送您去招待所休息。""先去看看小孩。""还,还正在找,还没有找到。""那就去事故现场。""勇士"掉头奔向防洪大堤的决口处。

接下来,周爸爸穿着他那套老式军装,和我们一起扛沙袋,一起奔跑向周铧可能出现的地方,呼唤、寻找。周铧的遗体找到后,他用手机和周妈妈说了几句话,让她请亲戚照顾一下老人,速来,小孩出了点事,住在医院里,很想她。

周爸爸胡子拉碴,发如蒿草,眼窝深陷,几天里老了十几岁。一见到周妈妈,终于压抑不住,号啕大哭:"玉兰(周铧母亲名),我们的孩子没啦。"周妈妈脸色惨白,目光呆滞,嘴角嚅动,两个女兵恰到时机地出现在一左一右,还是没有搀扶住,周妈妈瘫倒在地上,昏了过去,当即送上停在一旁的救护车。

周铧父母没有向部队提任何要求,只是说,孩子当兵,为了救人而牺牲,值得。反复说这句话。语气低沉、软绵。

报告会被泪水和哭声胶着,而且是由张巧云引发的,现场很多人没想到。

空气中缓缓流淌着悲伤、感动、沉重,还有少许尴尬,谁也没动,也没说话,挨了一会儿,有人低头翻阅稿子,有人离座去倒水,有人起身去卫生间。

突然,张巧云扭身哭着向周铧父母跑去,从一侧搂住周妈妈,脸贴在周妈妈背上,"妈妈!"一瞬间,周妈妈止住哭,将张巧云紧紧搂在怀里,很快两个女人的哭声汇在一起,揪扯着每个人的心。

时间、空气已经凝固,坐在椅子上的低垂着头,走动的停住脚步,倒开水的一手端着杯子一手举着水瓶……我鼻子发酸,张巧云的哭喊,喊出了我们连队好多兵的心里话。

"闺女,别哭了,我们都不哭,谢谢你照顾周铧,谢谢你给了他那么多,他不能谢你了,他妈妈在这儿替他谢谢你……"周妈妈轻抚着张巧云耸动的肩。"妈妈!"张巧云无语凝噎。

周铧父母也看过那封信,他们是循着别人的叫声认识眼前这个叫张巧云的女军医的,知道周铧曾深爱过她。不知道周铧以前有没有在信中或电话里向他父母提过,估计没有,因为她毕竟没答应这份感情。

五

周铧在训练场上是有点儿"萌",他用他的方式一点一点渗透,让兵们接受他,喜欢他。

排里很多兵是"周董(周杰伦)"的"粉丝",说起周杰伦的家庭成长服饰喜好情感专辑等,一套一套的,相互补充,如数家珍,熟悉得周杰伦就像他表哥。周铧发现这个公开的秘密后,也试着去喜欢他,学唱他的歌。周末有人请假上街买有他头像的圆领衫、大幅海报、签名照片、最新专辑,他也掏钱让捎一份。了解周杰伦后,发现他身上有一种闪光的东西,渐渐地他也弄不清自己是"真迷"还是"伪迷",也许有的真迷就是由伪迷进化而来吧。

我们部队有旅歌、团歌、连歌,往大的说还有军歌。周铧列出一些条件,诸如阳光、积极、奋发、向上等,提议以不记名的投票方式选出周杰伦某首歌作为"排歌",在我们排开会、列队、集合的时候唱。经大家踊跃投票,选出来的是《听妈妈的话》。才唱过几回,一次,周日晚上开排务会,我们正扯着喉咙唱时被旅政治部督查组听到了,督查组那位带队的少校皱着眉头听了一会儿,没说我们什么,可能跟指导员说了,指导员在晚点名时含蓄地指出,有些歌曲虽然思想内容健康,但娱乐性太强,软绵无力,不适合作为合唱歌曲,尤其不适合作为军营合唱歌曲。我们的"排歌"就这样无疾而终了。

后来，以周铧为主创，我们自己作词，以半桶龙虾（我们自己钓的）为报酬，请宣传科号称极有音乐天赋的文化干事李干事作曲，创作了一首拥有自主版权的歌，我们没有把它定性为"排歌"，但一有机会就唱。歌名是《军营走来90后》，歌词这样写道：爱追星有个性思想不保守＼军营走来我们九零后＼虽然十八九不是太成熟＼我要自己做到最优秀＼服役章一戴便感到热血流＼队列中行进比前辈还雄赳赳＼会操中炫技众战友惊羡自信爆棚＼样样都要争排头＼知识在我左右手＼我们九零后潇洒军中走＼军营绿色把梦染透＼我们九零后勇气超一流＼明天的战场冲在最前头。

大多数时候，我们随手脱下几件衣服扔在连队门口的草地上当球门，追逐一个飞快滚动的球，大汗淋漓，大呼小叫地送走一个又一个落日。

周铧玩的花样又翻新了。周末，他从炊事班找来一些装过米的编织袋，叫着几个兵去后山上背黄土。后山的黄土很黏，下雨天搞训练路过，道路泥泞，恨不得把迷彩胶鞋拎在手上光着脚丫走。背回黄土，他们在连队门口空旷的草地上认真地修筑起"长城"。开始只有几个兵参与，后来很多兵围观，忍不住脱下鞋子，挽起裤脚加入进来。一个个浑身泥点的兵如一群淘气贪玩的大男孩，蹲着、跪着、趴着，屏声息气，兴趣盎然地忙乎大半天，一座微缩的"万里长城"栩栩如生蜿蜒在连队门口，箭垛、烽火台历历可数，连砖缝都勾勒得清晰可见。袖珍版"万里长城"一时成为连队一景。兵们摆出各种"POSE"与它合影，发到军网上，寄给家人和朋友。

我们修筑的"长城"时间不长就夭折了，主要是维护起来麻烦，天晴太阳一晒，泥巴干裂，得搅稀泥抹抹；下雨打出一些麻麻点点，还有被冲垮的危险，得找块塑料薄膜罩住。这给连值日增添了很大的工作量，以前连值日只要接待来访人员、接电话、维护环境卫生等,现在还要保护"万里长城"。动手铲除"长城"时,有的兵面对自己的作品难以下手。周铧边铲边说,有时候快乐就是一个过程,就如堆雪人,雪终究会融化,但它带给我们许多快乐。

　　周铧和那些性格开朗的兵打得火热,和性格内向的也玩得可以。主要是他肯为他们着想,眼里不尽是那几个表现优秀的活跃分子。上级分配给我们连队几个学技术的名额,有驾驶、卫生、厨师、兽医等,连队开干部骨干会议讨论,决定谁去。绝大多数人说,通过民主测评,把名额作为一种奖励,让表现好的,能力强的,愿意留在部队长期干的兵去。往年都是这么做的。轮到周铧发言,他说激励先进没错,但还应该拿出一定比例,照顾孤儿、单亲家庭以及来自贫困地区家庭经济条件较为困难的兵,这些兵由于成长环境、文化程度、习惯养成等原因,素质不一定很强,表现不一定很优秀,其实他们更需要关心,关心他们能让他们感受到连队的温暖,增强训练的热情、工作的干劲,也为他们退伍以后谋一条出路,还有通过这种形式告诉他们的家人和亲戚朋友,部队的好和部队的人情味。

　　我们连队学技术的名单报上去后在旅里引起很大争议,一场争议后被很多连队推广。这条建议有的兵知道是周铧提的,有的不知道,那些知道的平时默默无闻的兵再看周铧时眼里揉进了别样的东西。

六

　　列兵陈阿财知道那封信后心情最复杂,从他单独和我在一起时吞吞吐吐的样子看得出,他晓得我了解一些内情,想问,终究没问。随着时光的流逝,一切已不再需要答案。

　　陈阿财是我们排三十几个兵中最先和周铧套近乎的,还在我们一致对周铧"凉拌"时,他就跃跃欲试,这一点让老排长、我们的中士班长像闻到焦臭味一样反感。陈阿财像条尾巴跟在周铧后面转来转去的，以他的经历和平时的为人，我们总觉得他有什么不可告人的目的，有不光彩的勾当不太可能，勾当需要两个人配合，周铧应该不会。

陈阿财黑瘦黑瘦，老家广东的，也是大学生，还是大学毕业后入的伍，只不过他上的那所大学，在没遇到他之前，我们都没听说过。他在大学里学的专业是计算机，大学毕业后贩过水果，在一家网吧当过管理员，由于专业对口，他在网吧里干的时间最长。他说起当兵前的经历和当兵的过程时很淡定，很沧桑，很吸引人，刚开始很多人围听，可老是那么些事那么些听众，时间长了也就没人听了，他也不讲了。

他在网吧上班时，除了负责收银、登记证件、电脑维护和网吧秩序卫生等，还要做饭。他们三个管理员，上班三班倒，做饭先是抽签，谁抽中下签谁做，后来改为轮流。做出来的饭不但自己吃，还供应通宵达旦上网以网吧为家的人（当然是收费的）。他们做的饭只能说是煮熟了，难吃得连他们自己都咽不下，反正那些上网的也不计较，他们熬红了眼，已经没有多少味觉了。每次做饭要到老板那儿去拿钱买菜（收银台的现金绝不能动，有监控），老板三十多岁，网吧刚开张那阵子很敬业也很规矩，一天大部分时间守在网吧里，后来迷上了打牌。他们每次找到他的牌桌旁向他要买菜的钱，跟讨一样，他赢钱了心情高兴就多赏点，做出来的饭菜就好吃点，耳边的叫喊声也就少点。如果老板恰巧输了心情不爽，他们忐忑不安的，不敢上前，老板呢，爱给不给，给一点点跟打发要饭的一样。钱少，做出来的饭菜和猪食差不多，招来骂声一片。每次轮到谁做饭谁心里直打鼓。

秋天，因为做饭他真不想在那儿干了，干脆回家待上些日子再找事做吧。村支书听说他回来了，当天晚上就赶到他们家劝他去参加当兵体检。闲着也是闲着，转转看吧，他是抱着这种心态去的，没想到一体检身上每个零部件都合格。这时他后悔了，从电视里看到当兵的那么苦，听当过兵的人说部队很不自由，他担心自己受不了，与其当逃兵不如不去。村干部三番五次到他家做工作，说当兵是每个公民应尽的义务，这是法律规定的，说他是大学生有文化，说不定在部队能干出点名堂，比东一榔头西一斧的打工强多了，最后说如果他实在不去那就罚款，把罚来的钱给别的村，别的村合格的多，有愿意去的。他是想来部队看看有没有发展机会，总比在网吧里做饭有尊严，他父母是害怕被罚款，于是他来当兵了。

陈阿财到连队没几天就自告奋勇要求担任 DV 员，他说他是学计算机的，电脑玩得溜。他在连部的电脑上噼噼啪啪地演示了一番，当着连长指导员的面。连队老 DV 员退伍了，一时没找到合适的，由文书兼着。

听老兵说 DV 员是这几年新兴的一个角色，蹦蹦跳跳东跑西颠的地位不咋的，但作用很重要，电脑技术要精，其他电子产品哪怕没见过的要一拿到手上很快就会摆弄；要有责任心，上级配发的电脑、摄像机、照相机、刻录机等价格都不菲，使用要爱惜，用完后要注意保管；最主要的是要耐心细心，要让每个兵都觉得军旅纪念光盘真正有纪念意义，要让每个兵看到自己奋斗的汗水，成长的足迹，不要临到退伍了才"抱佛脚"，用大量退伍前后的照片、镜头拼凑，这样制作出来的光盘纪念意义会大打折扣。

陈阿财担任这个角色后，提出一句口号：你对你的历史负责，我对你的镜头负责。一有大的或有意义的活动他就披挂上场，数种"武器"轮番使用，那上蹿下跳"目中有人"的架势搞得像大牌记者。他镜头所指处顿时精神振奋，神采飞扬，或坐姿端正，全神贯注，或奋力拼搏，顽强冲刺，或群情激昂，排山倒海。在所有画面中排长周铧的镜头最多，也最酷最帅。

排房里有三台电脑，一个班一台，最里边的那台几乎是陈阿财的专用电脑。大的活动结束那天傍晚或晚上，不管电脑前有没有人，是在打"魔兽"，还是在聊天查资料，只要陈阿财向电脑走去说要用，电脑前正在忙乎的兵马上起身让位。就在陈阿财鼠标移动，手指翻舞，将所有的镜头资料编辑整理归类时，周围探满了一个个汗味浓郁额头上有一圈帽痕的头，指指点点，嘻嘻哈哈，盯着看自己的风采，笑别人的"糗态"。这时，兵们才注意到那台电脑的屏保画面居然变了，以前是一个浑身伪装冷面杀手样的特别有种的兵（简称特种兵），现在变成了一个有几分姿色女郎的艺术照。兵们猜测是陈阿财的女友？同学？还是从哪个网页上下载的？陈阿财未作任何解释。

大家对那个女郎在电脑屏幕上像美人鱼一样游动习以为常了。一天，陈阿财神秘地对周铧说，她是我表姐。谁呀？周铧没反应过来。就是电脑上那个。陈阿财指了一下。哦，很漂亮也有气质。我表姐对我很关心，她说她很想和我的直接领导谈谈。陈阿财，你这是演的哪一出，你表姐比你父母还关心你？周铧笑着说。

每天熄灯前的"卧谈会"一个很重要且能引起广泛参与的话题就是谈论女朋友。新兵刚入营时调查，差不多有一半坦诚有女朋友，或谈过女朋友。谈论起各自的女朋友（包括曾经的），新兵最活跃，毫不吝惜地拿出一个个精彩的细节供大家分享；老一点的兵就小气多了，在大家的"逼供"下，一点一点地往外挤，其实在挤的时候他也是快乐的；更老一点的兵分明有女朋友，而且正热乎着，谈论这个话题时只是笑，什么也不说，对于他和她的细节，大家只能展开丰富想象，七嘴八舌地说，说对了他不吭声，说错了，他矢口否认。这种"卧谈会"最直接的成果就是大家对一个个未曾谋面的美丽女孩"久仰芳名"，对她的喜好了然于心，待到见面日，兵们在"准嫂子"面前说相声绕口令似的准确说出一些情况，女孩的脸马上飞红霞，毫无疑问是男友"出卖"了她。

对于这种群众自发组织的讨论会周铧从不参与，最热烈的时候有士官班长问他，有没有马仔？陈阿财和几个新兵紧跟着起哄。马仔在我们部队指女朋友，不知道别的部队是不是这样叫，为什么称女朋友为马仔我到现在都没弄清楚。周铧平静地说没有。根据他平时的"蛛丝马迹"分析真的可能没有，他没有地址内详字迹娟秀的信，没有话语低絮刻意回避大伙儿的电话，节假日也没有把头发梳得光滑请假外出，这几点虽小，但足以说明许多情况。

傍晚，菜地生产，周铧和陈阿财扶着锄头站在一垄菜地旁。陈阿财红着脸用他拗口的广东普通话吞吞吐吐，周铧耐着性子听了半天才明白他要表达的意思。陈阿财的表姐看了某当代军旅题材电视剧后很想找一个和里面主人公一样的男友，而他们家乡小城没有驻军，她也没有当兵的朋友同学，也就没有可利用的条件，突然想起她正在部队的表弟陈阿财。她向他提起过好几次，每次和他联系好像专为说这事。陈阿财利用手里掌握的资料，把周铧表现并不出色的照片和几段视频发给了她，原以为不会有下文，事情就这样过去了。想不到他表姐像"花痴"，看了周铧的照片后喜欢得着迷，缠着一定要认识，这下陈阿财可犯难了，只得硬着头皮向周铧坦白。周铧哭笑不得，勉强答应联系联系。

陈阿财的表姐和周铧通过几次电话后，说要来部队看看。周铧劝她不要来。她说她以战士亲属的身份来。周铧说以战士亲属身份也不要来，还说了一些理由。她坚持要来，最终来了。她约他去"星巴克"喝咖啡，吃简餐。他躲着死活不去。她气恼地说，我是你手下的亲属，你作为他的上级向我说说他在部队的表现总应该吧。在连队干部的劝说下，最后在连队二楼会议室里周铧和她见了面，就他们两个，谈些什么谁也不知道，话题可能围绕陈阿财展开，谈他在部队里的一些事吧。

这件事让兵们好一阵热议，对自己的身份地位有了新认识，还有女孩子很喜欢咱当兵的嘛，当然对"野蛮女友"追求幸福和爱情那种疯狂劲也有了见识。兵们嘻嘻哈哈，有的说陈阿财表姐看起来比电脑屏幕上还漂亮，有的说不如那上面漂亮。

七

周铧和张巧云是在医院认识的，有可能他早就认识她，她不一定认识他。不知道在这种场合相识是不是有什么征兆。

周铧是在攀爬训练中摔伤的，当时他从五楼腾跃而起到三楼准备破窗而入，就在他穿越窗户着地的一刹那，他感到右腿一沉，再也抬不起来，就是微微抬起也使不上劲，但并不觉得痛。他马上意识到自己的腿断了。

攀爬楼房本来是侦察兵的传统训练科目，随着这几年反恐力度的加大，一般步兵连队也把它列入训练计划。攀爬训练的形式多样，仅下跳方式就有好几种，有一层楼一层楼往下跳，有两人往下跳等，其中越层跳，然后破窗而入的幅度最大，难度也大，一些训练尖子常在这上面栽跟头。周铧其他军事科目一般般，攀爬还不错，主要是他体瘦，协调性好。

周铧单腿支撑着完成整个训练科目，一下来他就抱着腿坐在地上，不敢再动。我们班长一看他那样子就明白八九分，示意周围的人别动，拍了拍他的右腿，周铧咧着嘴痛苦地点了点头。快，送医院。我们班长刚要俯身去背，陈阿财已在一旁蹲下身来，大家七手八脚地把周铧扶到陈阿财背上，他起身就跑。连长马上电话通知旅医院值班室。从医院到攀爬训练场有一段路。几个兵接力赛般背着周铧跑，一个跑得气喘慢下来，立即换一个，跑了一半多路，旅医院的救护车才摇晃而来，像个风度翩翩的绅士。

周铧摔断腿就发生在陈阿财表姐离开后没几天,有兵说陈阿财的表姐是"扫帚星",给排长带来不好的运气。一向温顺得跟猫一样的陈阿财这次狰牙咧齿差点和人打起来。

周铧到医院后就住院了。晚上,陈阿财给周铧送洗换衣服和洗漱用品去时,把自己的日常用品也捎了去。望着陈阿财消失在暮色中的背影,班长说,是他自己找到连队干部要求去的,他说他了解周铧的脾气性格和生活习惯。陈阿财也说得没错,周铧平时的一些小事如叠被子,打洗脸水,洗两件泡了几天的衣服,跑腿买包方便面等,陈阿财每次都乐颠颠的,跑得很欢。大家认为他这次是将功补过。

周铧住院后,连队门口的草地上难得有往日追逐的笑声。晚饭后到新闻联播前这段时间常有兵相约去看周铧。我和大家一起去过,也单独去过,有时候我从连队阅览室捎几本杂志,有时候利用下午搞菜地的机会摘几根黄瓜几个西红柿,偶尔也在营房大门口买个西瓜或几斤桃子,次数很少,如果花钱周铧嘴多,还有出营门不容易,要巴结哨兵老半天。

我们连队有规定,业余时间离开连队"专属活动区"要请假。我们连的"专属活动区"范围前后距离从我们连的营房到挨得最近的一栋营房,左右不超过我们连队营房的长度,一句话,要在哨兵的视线内活动,要听到哨声马上能集合。平时请假班长盘问得细,如果说去看排长,准假还是蛮爽快的。

旅医院离连队不远,走路二十分钟的样子。俗话说老兵病多。连队里的老兵喜欢有事没事往医院跑,我们班长分析说,有可能是训练强度大真的有病,也有可能是思想有病偷懒,还有可能是别的原因。说到别的原因有兵暧昧地笑,我不知道别的原因指什么。我就去过医院两次,一次是身体复检,一次是手在地上蹭破了。

旅医院的门诊部虽然大部分时间空荡荡的,千呼万唤找不到值班医生，但建筑还可以，新修的三层小楼。住院的病房就寒碜多了，几排青砖平房，据说还是老前辈们抗美援朝回国时修的。病房前后是遮天蔽日的法国梧桐，初夏，病房里光洁的水泥地上泛着丝丝冷意，汗津津的从外面进来，坐一会儿汗就歇了。最强烈的感觉还是白，墙面很白（墙脚处已松软有成片的霉斑），床上的被子白得发黄，连床头柜、挂水的铁架子都刷上白漆，在白晃晃的白炽灯下，一切白得耀眼，白得瘆人。

　　这个季节当兵的住院很少。听老兵说要到九、十月份天气凉快了才多，那时有一些老兵来割包皮，当了两年兵退伍前把身体拾掇拾掇回去也是一份收获。偌大的几排病房里有零星病人，从他们的模样装束看估计是附近的农民。由于空余的病床多，陈阿财就睡在周铧旁边的一张床上，这是作为陪护在大医院里享受不到的待遇。

　　太阳落山时，病房里很热闹，有病人的家属端汤送饭过来，有小孩的追逐打闹声。我每次去陈阿财都不在，倒见到一个似曾相识的白大褂站在周铧床前，例行公事地问今天感觉怎样？或首长训话一样叮嘱一番注意这，小心那。她是谁？我努力往大脑深处寻找，哦，她不就是那个偶尔主持晚会，兵们挂在嘴上的军医张巧云吗？目送她窈窕的背影消失在医务室门口，我突然想起班长说的别的原因。

　　我坐在陈阿财的床上陪周铧说话，夸张地说连队一些人和事，周铧的笑声也很夸张。他一旁的手机不时有短信提示，他也不看。后来，我才发现陈阿财就站在走廊那头一张破桌子旁打电话。尽管光线很暗，但那小子大马猴一样的身材就是烧成灰我也认得。不知道他在和谁说，有那么多话，有时候要到我们快要离去时，他才匆匆赶来。

　　一次，我的脚无意中碰到周铧床沿下好几个大的空饮料瓶，其中一个装有大半瓶黄色液体。我端起来对着光看，这是啥饮料，你喜欢喝？周铧大笑，打着手势不让我拧开，说陈阿财老不在，他内急了就用它解决。

我终于等到了陈阿财，拉他出来悄悄问，你主动要求来陪护排长，结果大部分时间跑到哪儿去了？陈阿财支吾了几句，没说出什么。

八

熄灯后连长找我谈，让我去陪护周铧，说陈阿财的专业训练一般，不能耽误太久。还有我想考军校，到那儿正好可以看看书准备准备。让我在那儿照顾好排长的同时，管好自己，有事要向排长请假，不要像花脚猫一样乱跑。我望着连长，是陈阿财没照顾好周铧，周铧提出换人，还是因为我的原因？连长的脸在台灯下黝黑得冒油，实在看不出来什么。

我刚当兵时，连队上下都很看重，什么安全两防、训练部署、上级座谈等都拉上我这个扛一道杠的新兵，其他老兵新兵也都大学生大学生地叫。连队生活紧张不自由如衣领上插满了针。两人成行，三人成列，集合列队，番号响彻，饭前一首歌，且老是扯着喉咙吼那几首老掉牙的歌，手机不能用，互联网不能上（不能以军人的身份上），歌舞厅不能进，上厕所要请假……放眼不是方块就是直线，种菜拉绳子，要像队列一样美观，训练艰苦单调，整天是一千零一次机械动作的重复等，这些都在一点点锈蚀我最初的打算。

前几天发生一件事，我考军校的决心彻底动摇了。旅政治部到我们连队举行理论教育座谈会，连队布置重点人员准备，发下一百多道题让背。我是大学生士兵，自然是大家眼里的重点人员，那十来页密密麻麻的题目背得我头昏脑涨，就是当年考大学我也没有这么用功过。座谈中我们对答如流，一点儿也没有超出我们准备的范围，政治部首长看到我们理论基础这么好，连队政治教育落实得这么扎实，一个个喜笑颜开，很和蔼。政治部首长一转身，我就在网上发了一个帖子，说我们连队在制造假象，平时的教育没有落实得那么好。上级首长条件反射一样很快就查了下来，通过 IP 地址锁定我们连队，我们排，我们班那台电脑，一人做事一人当，我站出来承认了。我们连队被通报批评，指导员做书面检查，据说机关一个干事还差点挨个处分，座谈的题目是他透露出来的。

那段日子连队里每个兵都跟我有仇一样，横眉冷眼的。我们班长在班务会上含沙射影地说，还大学生呢，做事一点也不过脑子，幼稚得连我这个初中生都不如。连队干部在晚点名时说，有的同志做事要注意方式方法，有事有想法要按级请示汇报，家丑不可外扬，不要一点点事就捅得全军都知道。连队干部虽然没有点名批评我，但我听了比点名批评还难受。通知说很快要进行军事摸底考核了，我军事训练一般，又爱捅娄子，连队干部是不是对我不放心，这个时候把我支走？

早饭后，我开始收拾东西。有些兵在准备训练器材，有些兵手握腰带在走来走去，值班员很快要吹哨集合去训练场了。我们班长看了看我，似乎想说什么，我马上转身去了储藏室，去拿我一直没时间看的几本书，是小说，不是考军校的课本。陪护腿骨折病人应该没什么事，平时无非就是给他打饭，端茶倒水，扶上厕所，擦擦身子，洗一下难得一换的衣服，再就是有什么事跑跑腿，利用这个机会恰好放松一下心情。

我拎着行李进去时，周铧在翻一本杂志。来啦。他随手把杂志放在床头，指了一下左边的床铺说，你睡这吧，这没人。陈阿财的东西已经整理好了，放在床上，装在两个大的超市塑料袋里。一会儿，陈阿财回来了，把饭菜票给我，告诉我在哪儿打饭，哪儿打开水，上厕所要注意哪些事项，早上洗好的衣服晒在哪儿等。打针吃药呢？我问。这你不用管，到时候医生或护士会过来的。陈阿财望了一眼走廊犹豫一下说，如果有电话找我，就说我回连队了。

我简单地安顿了一下就躺在床上看书。看的什么书？周铧扭头问。闲书。我把书递给他。他翻了翻，把书还给我，不考军校啦？还没想好。我准备恭听周铧一大堆劝说，他只是叹了口气，什么也没说。

有两个小孩，一个女孩，一个男孩，从隔床老太婆慈祥的目光看，可能是她的两个孙子。小孩先是在老太婆床边玩，在大人的管束声中小声地嬉笑着，后来在病房里放肆地追逐，小女孩跌倒了大声哭，小男孩挨打了，也大声哭。我合上书皱着眉头。周铧饶有兴趣地看着，嘴角挂着微笑。见我那样子，他说，现在没事，你搬张椅子到外面去看吧，有事我叫你。

高大的法国梧桐枝繁叶茂，树叶密得洒不进一丝阳光，站在下面就是落雨一时也淋不湿。树叶间有蝉在歇斯底里地叫，树冠上有鸟儿在跳跃欢唱，烈日炎炎下树荫里凉风习习，不冷也不热，不潮也不燥。我拿着书看不到几行，就恹恹欲睡。要是有张吊床就好了，拉在树干间，躺在里面随风轻荡，醒着就翻几页，困了就把书遮在脸上酣然入睡。有资料说，法国梧桐不是法国产的，是地地道道我国云南的树种，只因为上世纪二三十年代上海法国租界种了不少这种树，人们就误认为它是法国的，本是我国土生土长的物种却给它取了个外国名字，这也是一段屈辱历史的见证吧。

我正走神，看到周铧从窗户里伸出一只手轻叩窗玻璃，窗户虽然开着，但声音不大，如果我没有随时瞟上一眼靠近周铧病床的窗户，可能听不到。我把打开的书按在椅子上，跑过去，第一眼就看到了张巧云。那天她穿着医务人员常穿的白大褂，两条并不修长的腿搭在一起斜坐在床沿，边和周铧小声说话边吃着樱桃。兵们老说张巧云漂亮，说真的我还没有正眼瞧过，那天我大着胆子分别用正眼和余光观察了。她，脸庞白净清秀，嘴唇薄有淡淡的棱线，鼻子不是挺拔的"希腊鼻"，是那种圆圆的像刚剥出来的小葱头，这让她平常得让人转身就忘的脸平添几分俏丽与调皮，她头发在发夹的作用下支棱而蓬松，长短应该符合条例规定，但有点儿发黄的自然卷，不知是不是故意做的，如果是又不符合规定了。

张巧云在我们部队除了客串晚会女主持，还兼职旅历史陈列馆解说员。她这种女子如果穿便装走在大街上，不会有多少回头率，假若衣服没有特色的话。但搁在男性荷尔蒙分泌旺盛的军营里，走到哪儿都享受首长阅兵一样的礼遇，注目礼。

有人说，当兵三个月看老母猪都是双眼皮。当兵后正处于青春期的我们，就是一件花衣服从一旁飘过，不用班长下达口令，全部行注目礼，回过神来再评头论足。此时我才回想起"乱花渐欲迷人眼"的大学校园，那时候真是身在福中不知福。营区里有限的美丽资源很快被兵们"人肉搜索"出，包括军人服务社收银的嫂子笑起来有两个好看的酒窝，不过她轻易不向小当兵的笑。"熊猫馆"的那群"熊猫"傲得跟土豆似的，还没有熊猫娇憨有趣。兵们把通信连那十几个女兵称作熊猫，她们整天猫在值班机房里，被部队的伙食催得胖嘟嘟的，又被严格的纪律管理保护着，真像国宝熊猫，她们住的地方当然就是神秘的"熊猫馆"了。我们旅女兵的形象欠佳听老兵说是旅首长发扬风格的原因，每年军务参谋到集团军去接女兵，旅首长都会叮嘱，让别的单位先选，剩下的我们收容。几年下来，以至于偶尔举办晚会很难找到个像样的女主持，上级首长机关来检查工作临时找几个长得周正的端茶倒水都困难。这个时候张巧云就脱颖而出，备受瞩目。

张巧云坐在我的床铺上，我正迟疑坐哪儿，周铧指了指床头柜上的樱桃，让我吃。这时，我才注意到床头柜已挪到过道中间暂时充当茶几，樱桃装在塑料袋里，湿漉漉的，鲜红欲滴。我在周铧的床沿上坐下，东拉西扯说些什么现在没印象了，但我清晰地记得张巧云抓樱桃的手，小巧白皙，手背上青色的血管如蒙在一层柔软透明的薄纸里。她挑大个的，灵巧的抓住细小的柄往嘴里送。我思量着每次挑个大的是什么性格，应该是乐观的，因为在她眼里剩下的总是最好的。从头至尾，周铧没有向她介绍我，也没有向我介绍过她。

她起身离去时说，刘佳阳，你跟我去取药，让你们排长马上吃。我突然觉得自己的名字很陌生，她居然知道我的名字。

那天有好几个电话找陈阿财，有两个男的，从那独具特色的广东普通话听，估计是他别的连队的老乡，也有可能是他以前打工时的同事。掌灯时分，一个女声找他，我说陈阿财有事回连队了，我是他战友刘佳阳。她说听说过我，问陈阿财还回来么？我说不回来了。然后她关切地问起周铧的病情，我一愣，这是否涉及机密，有没有违反保密规定？我被各种保密教育弄得神经高度敏感，尤其对方是个女的。我笼统说了一下，周铧恢复很好，很快就能出院了，感谢她的关心。请问您是？对方没有回答。我把这个电话跟周铧说了，他听了没吭声。

九

连队大部分人到山上的驻训点专业训练去了，吃住在那儿，要到蚊蝇长虫横行的时候才回来。周铧的日子落寞不少。

我用竹片给周铧做了把"老头乐"。他石膏壳里的腿常痒得难受，得随时挠。张巧云说，还好天不算热，如果天热会更痒。

只要不下雨我就搬把椅子到屋外的梧桐树下去看书看树看人消磨时光，周铧有事就叩窗户，我们已达成了某种约定。如果我哪天赖在床上，周铧就说，你出去看书吧。医院里大部分时间不是很忙，不忙的时候，张巧云就坐在周铧一侧的床沿上陪他说话，声音很低，几乎听不到，偶尔传出张巧云浅浅的笑声，很有特点，是那种克制的咯咯咯的笑。有人喊张医生，听到哎的一声答应，随后皮鞋咚咚咚地急促叩响水泥地面。不一会儿，皮鞋声又轻缓出现，在周铧的床铺附近停住。我一出现，他们说话马上打住，一副密谋的样子，有时候张巧云的表情不太自然。真是的，我还懒得理呢。

下午体能锻炼时间我问周铧没什么事后，就请假出去走走。离旅医院不远处有座小山，山上沿着山脊用石头砌了道一人多高的围墙，围墙里面是营区，外面是老百姓的地盘，围墙常被扒拉出一个口子，刚好能容一个人躬身通过。围墙里侧的山坡长满茂盛的树，外侧是一片不连一片癞头样的灌木，灌木间有低矮的坟，那是附近村庄有人死了，尸体虽然火化，但骨灰还是入土为安。秋天，老百姓把那些灌木割倒，晒在坟堆上，空地里，用来做柴火。

我是在当兵的第一年春天，连队让我们去砍搭丝瓜的架子时发现这个去处的，后来我不时去围墙边坐坐，那儿很静，很多时候只有鸟儿在树上歌唱，只有阳光停留在草叶上。属于部队这边的山坡由于树茂少有花草，老百姓那边的荒草坡除了冬天只有雪花，其他几个季节有不同的花，开得热烈。

在陪护周铧的两个多月时间里我几乎每天下午都采一束野花带回去，把他床头的玻璃罐头瓶装上清水，把花插在里面，屋里顿时有股风在摇曳。很久没在草地上走的周铧看到花只是嘴角微微一咧，张巧云则眼睛笑成一弯月亮，爱不释手。第一次是分她一半，她乐颠颠地捧走了，后来每次都没有忘记给她采一束。周铧和张巧云问我哪儿采的，我没说。独自守着这个秘密。

那个季节水果还属于奢侈品，还没大量上市。周铧常敲窗户差我跑腿，去买西瓜、桃子、樱桃等，这些水果从几块到十几块钱一斤，贵得咬手，周铧点钞票时手一点也不抖，样子很大方。水果买回来了，我还要去刺探张巧云在不在，待她来了才开吃。张巧云有时候也拎个哈密瓜或几个甜瓜来和我们一起吃。

端午节后，我回连队一趟，带回一兜粽子、咸鸭蛋、苹果等吃食，是一所小学里的孩子们送来的，小学和我们连队是军民共建单位。连队留守人少，吃不完，给我们的远远超过平均数。那些粽子乍一看眼花缭乱，有的贴有商标，有的没有，有的尖尖的，有的圆头圆脑，有的用棕榈树叶捆扎，有的用白线，还有的用彩绳，估计里面的馅也是五花八门。再看咸鸭蛋和苹果，差不多每个咸鸭蛋和苹果上都贴有一张小纸条，纸条用透明胶固定好，上面歪歪斜斜地写有一句话，或绘有一个卡通图案，如解放军叔叔辛苦了，我长大了也要当解放军，我好想摸一下真的枪……

周铧微笑着不停地翻看，示意我去叫张巧云。张巧云来了，握着一个咸鸭蛋又放下，端详起一个苹果，吞咽着口水，想吃又舍不得吃的样子像小孩。周铧说，这些慰问品说不定是孩子们从自己家里带来的呢。张巧云说，是的呢，他们老师也许前一天或前几天就布置了，像布置家庭作业一样，孩子们回家向家长们传达后每天不时提醒，准备好了没有，比完成家庭作业还要认真呢。张巧云说，这不止是孩子的心意，还是一个个家庭的心意呢。

张巧云拿起床头柜上的水果刀给周铧削了一个苹果。苹果在她手上像地球仪一圈一圈地转着，水果刀悄然划过，水果削好了，果皮还紧贴在上面，打开，如一条匀称的带子。周铧有点激动，接过苹果，咬了一大口，果汁溢出嘴角，张巧云递给他一张纸巾。张巧云挑了一个咸鸭蛋，说咸鸭蛋保存时间长，那上面写着，你想家想妈妈吗？她让周铧也保存一个，上面写着：我想做你的女朋友。

周铧在叩窗户，我跑过去，他让我扶他去上厕所。我一手用力扶住他的肩，一手提着根拐杖。他一只手搭在我肩上，当他那条"金鸡独立"的腿抬起往前迈时，整个身体的重量就落在我一边肩上,我几乎是半背半扶着他走。厕所离病房有一段路,断砖铺的,平时不觉得远,这时觉得又远又坑坑洼洼地难走。把他送到蹲坑旁,递过拐杖,我就在外面等。那地方等候别人解决问题,气味真大。我扶着周铧往回走时,他说她也扶他上过厕所。她是谁?我马上反应过来。

那次,她坐在一旁和他说话,他探起身东张西望,叫了几次陈阿财,没有答应,不知那小子又跑到哪儿去了。她问他有事吗?他连声说没有没有。他的脸色渐渐变红,越来越红,说话也心不在焉。起来吧,我扶你去。大人对待小孩的口吻,不由他分说。她扶他去时没感觉,他的注意力全部集中在臀部,咬着牙一定要坚持住,千万别出洋相。在男厕所外她大声喊里面有人吗。她扶他回来时,感觉到了她双肩的纤秀瘦弱,还不够他一搂。每走一步能感到她尖尖的肩胛骨硌着他的手臂,他努力把头往一边扭,不看她,但她发际淡淡的清香还是直往他鼻翼间钻。他尽量平衡住身体,不让重量往她身上压,但来回一趟还是让她气喘吁吁,额上脸上汗津津的。

陈阿财无意间的不尽责给周铧创造了另一种机缘,拉近了与张巧云的距离。陈阿财每次喘着气跑回来,马上洗碗拖地倒垃圾忙个不停,周铧看着他歉意的表达,没有责怪他,以致后来又发生过好几次。

上厕所实在太麻烦了,小便还是采用陈阿财发明的办法,用饮料瓶在被窝里解决。本来医院里也备有专门解决的器具,那东西宽宽大大的,还没有饮料瓶方便,这也是男人的优势吧。

我和其他医生打交道时认真捕捉每一条信息,和医院里几个兵闲聊时没忘记旁敲侧击,张巧云有没有男朋友?综合各种迹象,她很少收到信,也很少有电话找,节假日不是值班就是躲在宿舍里,不像有男朋友的样子。我把得到的线索分析给周铧听。周铧大笑,笑着往我胸前擂了一拳。

那个女声又来过两次电话，打听周铧的情况。我猜出来了她是陈阿财的表姐，问她，她还是没吭声。

十

周铧和主治医生磨了半天嘴，提前了一星期出院，其实他的腿还没完全恢复利索。

天气真好，晚上下过一场雨，早上太阳出来时草地上的露珠晶莹剔透。张巧云知道周铧快要出院了，可那几天她连个人影都没见。收拾好东西，我咚咚咚跑了几个来回，累得满头大汗都没有找到她，后来，问医务室另一位值班的医生，只是说她有事请了几天假，具体什么事不知道。张巧云不见我们是不是因为周铧提前出院？

回连队的路上，周铧头上好像有一片云跟着飘呀飘，一路无话。

周铧提前出院是为了参加连队某训练攻关课题组。课题组已连轴转了好多天，他一回来马上就卷了进去，中午不能休息是常事，有时候午饭都在训练场上解决。好在主要是用脑，不用腿脚，不然够周铧喝一壶的。

晚饭后，我准备去军人服务社，周铧脸色疲惫地叫住我，往我裤子口袋里塞了一封信，拍了一下我的肩，让我快去快回。我往旅医院的方向看了一下，他勾了勾下巴。我回来时，他已等在连队门口了，不时向通往旅医院的路望。他拉过我急切地问，见到了吗？见到了。信交给她了？给了。她说什么了？没有。有回信吗？没有。

他一番点射似的提问后，我详细地说起见到张巧云的情景。我像传递情报的特务，躲闪避开众人的目光，先是来到住院部的医务值班室，在窗户外的屋檐下站了一会儿，犹豫要不要敲门进去，如果里面还有其他人我该怎么说。门口不时有人进出，从里面的说话声判断她不在值班室，我来到她宿舍门口。她住在最前面那排平房的第三个门，这我们早就打听清楚了，只是从没去过。在她宿舍门口我又等了一会，听得出里面有人。她出来了，头发是湿的，穿一件月白色碎花衬衣，腰束得很好看。她一扭头看到我，你有事吗？我，我们排长出院了。我知道。她面无表情，好像她和周铧曾经是夫妻，现在感情破裂得无药可救。他让我把这信给你。她接过，捏在手上，没有当面看。还有事吗？她见我没走。没有了。我磨磨蹭蹭地往回走，暮色中我拐弯的时候她也进屋了。这就是我给周铧第一次当信使的全部过程。

　　唐代诗人李商隐好像有一句"青鸟殷勤为探看"的情诗。接下来的日子，我就充当周铧的青鸟，风雨无阻。每天傍晚他不动声色地塞给我一封信，照例拍一下我的肩，我就老马识途一样往旅医院跑，绕开障碍而又准确无误地找到目标。张巧云有时候在医务值班室，有其他人在，不见机会，我推门探头说，张医生有事找您。她闪出来接过信，身子一扭进去了，白大褂衬出她臀部优美的曲线让我愣神好一会儿。有时候找了一圈，她不在值班室也不在宿舍，我就把信塞进她宿舍的门缝里，如果窗户恰巧开着，就从窗户里扔进去。每次回来，周铧瞥一眼我的手，不见往口袋里掏，情绪顿时像下楼梯一样，一步一步往下落。我告诉他，她今天穿什么样的衣服，我去时她在干什么，她说了哪些话，她问起你呢，问你的腿恢复得怎样？真的？他眼睛一亮，看我笑得不太自然，又暗了下去。

　　周铧变得爱看诗了，有时候不说话，忧郁得像个诗人。有兵上街他就托带本诗集，有泰戈尔的，有普希金的，还有一些名字很拗口的。他给张巧云的信每次都没有封口，有一次我在路边悄悄打开看了一眼，就看到一句话：在所有的药物中你的笑容是最好的一剂。我心虚得像做贼，好像周铧和张巧云就在身后用鄙夷的眼神看我。

　　天色尚早，我又绕道爬上小山坡去采花，这时候太阳花开得正热闹，满山坡淡黄色的花，星星点点，如青春少女飞舞的裙摆。太阳花看起来像迷你版的向日葵，其实那种花学名叫什么谁也不知道，我们就给它起名太阳花。那天，我把花连同信一起交给她，她捧起花笑了。这是我充当"邮差"以来第一次看到她笑。我们排长给你采的。我特地提醒道。谢谢。她边走边嗅着花，花儿映着她的脸真好看。

我又一次去，张巧云不在，宿舍的窗户开着，那束太阳花插在窗前书桌上一个玻璃瓶里，开得正艳。我把信扔在书桌上那束太阳花旁。

傍晚，离值班员吹哨集合看新闻联播还有一会儿，旅军务科突击来连队点名，检查人员在位率。我去旅医院还没回来。当点到我的名字时，周铧说，请假去电话超市给家里打电话去了。

已经过去月余，晚饭后跑去送信已经被我程式化了，我程式化了没什么，就怕张巧云收信看信也麻木成程式化。她还是没有只言片语。周铧好像在冲着神女峰喊，甚至连回音都没有，看他那霜打的样，我试探说，你怎么不正面交锋呢？就是打仗也有个火力间隙，再忙，这点时间应该能挤得出来。他沉默片刻说，他打过电话，别人叫她的名字，是她跑过来接的，但一听出是他，就不说话，大部分时间是他在说，她在电话里只是缕缕声息。他也去过，去过两次，在医务值班室或病房里，她像往常一样说笑。在她眼里他如同恐怖分子，她目光躲闪，刻意避免和他单独在一起。他说，也不能老是去，他住过院，好多人认识。

我咬牙花了近一个月的津贴请收发室的上士给我捎两张大华电影院的情侣票。收发室的上士是我们这座营盘最令人羡慕的兵，他每天两次要蹬着自行车到邮局去取报纸杂志信件。为了让上士乐意帮我这个上等兵跑腿，也为了堵住他的嘴别乱说，我还额外花了一包中档香烟。我当着周铧的面把连在一起的电影票撕开，把其中一张塞给他时，他把电影票钱给了我，我毫不客气收下了，香烟钱我没提，他也不知道。

星期天下午太阳还老高，周铧垂头丧气地回来了。我问，她去了吗？他摇了摇头。我指天发誓说，电影票我亲手给了她，她接过了。当我说请她务必一定要去，不然那袋爆米花我们排长吃不完时，她笑了，露出整齐细白的牙齿。

星期一，我去送信。张巧云看了一眼我额头上的汗，说别来了，天怪热的。我连忙摆手，不热不热。她笑了，说，回去跟你们排长讲，我是不会回信的，我和他是注定没有故事的。

我找到营部通信员，营部通信员找到他在旅医院当卫生员的老乡，转了几个弯才弄来一本旅医院的信笺。如果他们问要这种信笺干什么，我就说用来写信。理由很勉强，这年头还有谁写信，就是写信为何要这种纸，还不吉利呢。结果是我想多了，他们什么也没问。本来我也可以向张巧云要，但怕引起她怀疑。

晚上，我在学习室挑了一个不被人打搅的角落，先是在草稿纸上斟词酌句半天，然后才誊写到有旅医院字样的信笺上。写几个字不满意，撕掉又写，写了又撕，一本厚厚的信笺被我折腾得只剩下几页，才把那几百字的信写好。张巧云的字我见过，端正娟秀，略有棱角，短时间内很难模仿。我就用工整的仿宋体，字小一号，用笔略轻，看起来像是出自一双柔弱之手。一本侦探书上好像提到过，仿宋体的书写最难辨别是谁的笔迹。

雨下得很大，我穿着雨衣真的像一个特工向旅医院走去。回来时我将那封信塞给周铧。他像不曾防备地被猛一击，脸通红，手颤抖，连声谢谢都没有，转身就走了。熄灯号响前，周铧拉过我悄声问，花是怎么回事？我把那天的事说了，以他的名义送过一束野花。周铧拍了拍我的肩，还是一声不吭。七夕节的礼物是周铧上街亲自挑的，贝壳是他托人从海训场带回来的（他由于腿伤没有参加海训），这两件礼物经过他手，也经过我手。关于那束花写不写我颇费了一番心思，后来还是决定写，主要是增加这封信的可信度，还有告诉他我在促成这件事上尽力了。从没料想过张巧云有一天会看到这封信。

熄灯号响过，周铧靠在床头上打着手电筒看那封信。我把头蒙在被子里，心里发虚，又一阵阵紧缩。

十一

周铧牺牲后，我们连队像其他连队对待牺牲了的英雄一样，晚点名时，第一个点英雄的名字，全连官兵吼着喊到。同时，保留英雄的铺位，被子叠得方方正正，床单一尘不染，值日员每天除了维护好整个房间卫生，重点维护好英雄的床铺，一切保持英雄刚离去的样子，好像英雄随时会回来，晚上就睡在那儿。

这么做起初好几个胆小的新兵晚上睡不着，为此，我们班长，不，排长（又代理上了）在排务会上强调说，我们革命军人怎么还迷信呢，老排长会吓你吗，他只会保佑我们训练平安，比武拿第一，指导员说了，这是让我们感受英雄的气息，在崇尚英雄的环境中成长。

在我们连队，兵们不再觉得那个叫张巧云的中尉军医长得好看，不再谈论她。去医院的也少了，去的可能真有病。

陈阿财的表姐来电话，说是找我，问周铧怎么啦？电话老关机。我问陈阿财是怎么说的。他说他调走了，调到别的部队去了。我说，那就是吧。

日子过得不紧不慢，没有因为我们的悲伤或者快乐停留脚步。当兵第二年我没有参加军校考试，年底改转士官。与我一起转为士官的还有陈阿财，自从排长牺牲后他好像淡出了兵们的视线，平时像只工蚁一样默默地忙，只有在大的活动中依旧披着挂着一些器具很抢眼。对于他提出申请转士官大家一时没反应过来,梦想当资本家的变得不爱钱啦,就连陪护排长住院还谋划着退伍以后做生意的事呢。当他肩上换成一个银色书名号(下士军衔)时,有人问他怎么想的。他抬头认真想了想说,在部队干其实很好的。

我当兵第三年考上了军校。八月底,开学报到前我去找张巧云。虽然立过秋了,天气还热,还是似曾相识的昏黄,在她宿舍门口遇到她,她还穿着那件月白色碎花衬衣,我恍惚回到了一年前。她正准备拉上门出去,扭头见到我,一愣,自从"周铧英雄事迹报告团"散伙后我们就没见过。她抓在门把上的手垂了下来,问我有事吗?我说,有些事一直闷在心里不得解,今天特地来问问。什么事?你为什么对我们排长那样,他住院时对他那么好,出院后小气得连张纸片都舍不得给。听我提起周铧,她平静的脸瞬间像有虫子爬过,半天没说话。我们就那么站在门口,看着夕阳在远处的山坳一点点隐去,她没有让我进去坐坐的意思。

暮色中有蝙蝠窜飞。她抚了一下光洁的手臂,一只手搭在另一只手上,眼睛漫无目的地望着前方说,她有个和她相恋几年的同学毕业时去了雪域高原,一次巡逻,双腿被冻坏,不得不截肢。他几个月没和她联系,没有信,没有电话,这在以前也有过,大雪封山时。后来终于等到他一封信,薄薄半页纸,让她不要联系他了,他已经结婚了。她气疯了,恨不得冲到他面前扇他一巴掌。后来才知道他出事了,回家休养时,由老家妇联出面找了个有轻度残疾的姑娘,他们结婚后,组织上给姑娘办了随军手续。这些事就发生在周铧住院前后,其实你们排长都知道,他劝过我很多次,给过我很多安慰和鼓励。她说,她在电话里告诉过他,她至今没走出那段感情,还无法面对新的感情。说完,她牙齿咬住下唇,拼命忍住一种东西溢出。

我把那个贴有"我想做你的女朋友"纸条的咸鸭蛋递给张巧云。

它已经变得很轻了，但壳还是完好的。我说，我们排长以前很珍爱这个东西，经常拿在手里看，送给你做个纪念吧。

张巧云转身进屋，一会儿拿出一沓信，用红色的绳子扎着。这是你们排长的，还给你，你把它烧了或者其他怎么处理都可以，你看着办。

我告诉她，我考上军校了，很快就要走。她伸出手说，祝贺你。我们握了一下。

我转过身走出几步了，张巧云冲我的背影说，谢谢你那封信，说出了我的心里话，你没骗你们排长。如果一切可以重来，我会给他一个满意的答复。

飞　翔

　　下士杨小杰本来字就写得差，再加上手抖把休假报告单上那寥寥可数的几行字写得跟蚯蚓爬似的。这是杨小杰当兵两年多来第一次休探亲假，自从休假报告单递上去后，他几个晚上都没睡好，一挨床就盘算着该见哪些人，该买什么样的礼物，该去哪些地方，该怎样安排这二十天时间，一遍又一遍地想，甚至连有的细节都设想好了。

　　连队年初就制订了官兵休假计划，为既保证条令上规定的人员在位率，又让符合条件的都能休上假，大家排队，过年过节时间让给那些已婚的和大龄未婚的，像杨小杰这样情况只能插空似的，安排在七月间。

　　回到家里，杨小杰奇怪心里竟然这么平静，看到熟悉的一切，仿佛这两年多他不曾离开，一切无缝对接了。

　　杨小杰家住在县城水泥厂宿舍区，整个宿舍区像笼罩在水泥粉尘中一样，灰蒙蒙的，一些违建和摊点懒洋洋、杂乱无章地散落着。杨小杰父母都是水泥厂工人，父亲还在上班，母亲前几年厂里效益不好时内退了。家里还是老样子，厨房角落里那台泛锈的冰箱像个老头间歇气喘，客厅里那台21英寸彩电算起来也是超期服役了，卫生间里的洗衣机还是他离家时的那台，双缸的。这些被母亲敝帚自珍地抹得能晃出人影。他小房间里的摆设几乎没动，书柜里的书还如他刚翻弄过，参差不齐地码着，几张碟片和几个汽车玩具，占据书柜一格，零乱着。从小床上铺的油亮的竹席看，他离家后，父亲可能就睡在他床上，现在他回来了，又得把父母挤在一起了。他家房子是上世纪八十年代中期盖的那种小户型，两室一厅，五十几平方米，厅小，厨房和卫生间也小，一间大房子带间小房子。他家没装修过，门窗还是原来交房时的样子，木头的，地板是水泥抹的，被母亲日复一日的拖抹，光洁如镜。这样的房子与那些一百多平方米，装修一新的"豪宅"比起来，是寒碜了点，可与那些住"蜗居"的"蚁族"比起来，又很不错了。

休假在家，杨小杰最喜欢开着门窗，让弄堂风吹过，母亲穿着居家的睡衣睡裤坐在客厅的小板凳上，边择菜边絮絮叨叨地说着一些见闻。厨房里煤球炉上烧着开水或煮着食物，丝丝冒着白汽，炒菜做饭的飘香，新鲜蔬菜瓜果的飘香，偶尔还有栀子花的幽香，母亲不时买几朵栀子花，挂在落地扇上，尽管电风扇不一定开，家里温馨而凉快。这个时候，杨小杰思绪常常走神，水开的声音、母亲的絮叨声、风过耳声都成为背景。

杨小杰带给父亲的礼物是两瓶父亲平时舍不得买来喝的好酒。父亲以前又抽烟又喝酒，后来因为身体和经济上的原因，烟戒了，但酒依然好两口，尤其是干活乏了时。当杨小杰把酒递给父亲时，父亲接过随手放在一边，很平淡的样子，但当他把几件旧军装递给他时，他显得很高兴，站起来把军装抖开，前后看了看，说这个穿着干活正好，耐磨。几件军装都是他当兵第一年发的，老式的，他没有交旧，只是交了点钱。老式的如果不交旧只是象征性的交点钱，据说新式的必须得交旧（免得军装像过去一样流入社会，不交旧就交钱，多得让人倒抽口凉气。杨小杰没料到几件旧军装竟让父亲这么高兴。他给母亲带的礼物，有胃药，有参片，他不敢买那种口服液、胶囊什么的，那里面的营养含量只有鬼知道，而这有着白斩斩切口的参片应该不会有假。除此之外，杨小杰还给母亲买了一套黑白搭配符合她这个年龄穿的套裙，为买这套裙子他花费了三个周末才搞定，女装柜那个身材和他母亲差不多的阿姨帮他出了不少主意，甚至被他的孝心和细心感动。母亲接过礼物，抱怨他乱买东西，乱花钱，但听口气还是满心欢喜的，头一低，进里屋去了。他母亲下午出去买菜的时候，就换上了那套衣服，上下楼的脚步好像轻快有力些。

　　杨小杰还当着父亲的面给了母亲一叠崭新的红色钞票，三千元钱，母亲接过钱时眼神有点儿异样，沾着口水数了数说，这钱先替他存着，以后他办大事时再拿出来。一看母亲数钱的动作，杨小杰心里隐隐一动。转上士官拿第一个月工资时，连队组织新转士官学习科学的金钱观、消费观。部队给每个士官办了工资银行卡，每个月只发一百元现金用来购买日常生活用品，其余的全部存在卡里，由司务处统一保管（已婚士官除外，可以自己保管），有事需要用钱，可提出申请支取，休探亲假时，工资卡发给本人。这一百块钱，住营区时需精打细算，勉强够用，但外出驻训，或海训时，根本用不完。本来就是自己的钱，还管得这么严。杨小杰开始感到很别扭。但在他离队拿到工资卡，取出一叠厚厚的钞票时，觉得这个方法也不错。

　　刚回家的几天，杨小杰哪儿也没有去，就陪着父母。父亲照常上班，一天三顿都在家吃。晚饭时他偶尔陪父亲喝一盅，相对无言。家里声音的主要制造者是母亲，从清早起来买早点、买菜开始，母亲腿脚没停过，嘴巴也没停过。早晨餐桌上，母亲说菜的价钱、品种，说街上的新鲜；上午，杨小杰和母亲蹲坐在一起择菜，或母亲守着一脸盆衣服搓洗（母亲很少用洗衣机，认为那样费水），他就坐在一旁，母亲絮絮叨叨说起，街坊邻居谁家发生煤气中毒差点出了人命，谁家闺女出嫁了，哪位老人去世了，谁家生小孩了，常在电视上露脸的那个贪官事发坐牢了，哪家小子考上名牌大学（现在上大学太容易了，一般大学引不起人们的注意），哪儿拆迁搞开发了等等。杨小杰安静地饶有兴趣地听着。这些零零星星的故事似乎填补了他记忆的空白。下午，母亲照例还要去买菜。母亲一天要上街买两次菜，清早那一次买得少，图个新鲜，下午买得多，图个便宜。

母亲买菜的过程就是她采集、整理信息的过程，也是她融入社会的过程。她好多话题就像她买的菜一样，尽管鸡毛蒜皮，但沾着露水，新鲜而有趣，当然也有的她说过三四次了，杨小杰还是认真地听着。

母亲出去买菜，打盹，或外出串门时，他就看书，看电视，或者发呆。几天里，要说他哪儿都没去，也不是，他去接过母亲，帮她拎过几次菜；帮送煤球的师傅搬过一次煤球。他家住五楼，煤球搬上五楼，四毛钱一个，他家买一千个，搬完后，师傅帮忙，主动要求少收三块钱。杨小杰看了看他背上的汗渍和衣领上的煤粉，没有扣那三块钱。杨小杰还在傍晚时去过几趟超市，买了一些日用品和吃食回来。一次，在楼下遇上住六楼的陈阿姨，陈阿姨拎着一袋米和一桶色拉油在歇脚，暮色中，映着昏黄的路灯，杨小杰说，陈阿姨，我帮您提上去吧。陈阿姨警觉地打量了他一下，半响，犹犹豫豫地说，好吧，不好意思，那就麻烦你了。杨小杰拎起米和油轻巧地上楼，陈阿姨在后面气喘吁吁地跟上，生怕落下。杨小杰把米和油放在她家门口，转身要走，陈阿姨叫住他问："小伙子，你是哪家的？""陈阿姨，我是楼下小杰呀！""哎呀，小杰，你变得我都认不出来了！"陈阿姨夸张地拍了一下腿说："你不是去当兵了吗?""是的,前几天休假刚回来。""哎呀,变得换了个人似的。"陈阿姨感叹着摸索钥匙开门进屋。杨小杰家和陈阿姨邻里关系并不好,因为浇花洒水和晾衣服晒被子等小事,杨小杰母亲和陈阿姨大吵过几次,路上见了都黑着脸侧身走。以前,杨小杰不争气时,陈阿姨到处添油加醋地败坏他们家的名声。

碰到陈阿姨后,杨小杰突然觉得这次回家应该穿军装,至少要穿军装进进出出几次,父母还没见过他穿军装的样子呢(只是在照片上见过)。入伍前,他看到过有些当兵的探家时穿着冬季或夏季迷彩作训服,脚蹬作战靴,一副敏捷英武的样子,连走亲访友都穿着,人们投来羡慕的目光。杨小杰也动过念头,探家时也这身打扮,离队前连队干部仿佛看穿他的心思一样,叮嘱说,因私外出尽量不要穿军装。当然,休探亲假肯定是因私。于是,他把已放进旅行箱的军装又拿了出来。

在母亲的催促下,杨小杰去了一趟舅舅家。舅母不咸不淡地拉着脸,还在怪杨小杰带坏了她儿子,也就是他表弟。直到杨小杰塞给舅母两百块钱,让她买点喜欢的东西,舅母的脸色才缓和些,尽管舅舅热情地留饭,杨小杰坐了一会儿,还是走了。

杨小杰拎了几斤水果和几样糕点去了一趟姨妈家,去了一趟姑姑家,他们都住在县城,坐两块钱的三轮,抬腿就到。在姨妈家和姑姑家各吃了一顿饭,都是在家里吃的,没有下馆子,饭菜还算丰盛,但氛围似乎隔着一层纱一样,大家小心翼翼地回避过去,只是热情地问起他在部队的情形,吃得好不好,苦不苦,想不想家等。杨小杰嚼着饭菜含含糊糊地应承着。远房亲戚,杨小杰仅去了一趟表姨家,他当兵是表姨父帮的忙,不能不去。表姨父见他转为下士了,很高兴,问了一些他在部队的情况后,又把当初送他去当兵的话说一番,要他少说话,多干活。

一天半晌,走亲戚这件事就算完成了。远没有料想中的兴奋、热烈。其他远房亲戚平时少有来往，只有大的红、白喜事才聚到一起，才看得出他们是一大家子。

躺在连队的高低床上杨小杰总觉得睡不够，每天晚上一个半小时的哨，起床号响时还在做梦。在家里反而一到点就醒，毫无睡意。他突然很想和已退伍的几个战友联系。县城和他一起当兵一起分到某摩步旅的有八个，在部队时他就和其中两三个来往多一点，其他几个只是打过一两次交道，彼此知道名字。这种交往在地方只是萍水相逢，算不得什么，在部队就觉得珍贵了，来自同一个地方，在同一个部队当兵，有着同样酸甜苦辣的经历，试想，这个世界上还有什么比战友关系更让人踏实的呢？当兵第二年底，他们几个都决定退伍，说起来各有各的打算，杨小杰几经犹豫还是决定留下来转士官。他们几个走时，杨小杰赶场似的去送了，彼此都留下了家庭住址和电话号码。

杨小杰挨个儿打电话，联系上三个，其他几个，有的家人说到南方打工去了，有的说出远门了，有的打了几次电话无人接听。杨小杰他们四个相约在一家叫"仙客来"的小酒店聚会。那晚，才喝一两杯啤酒，气氛就上来了，他们几个战友和杨小杰"咣当"碰着杯，很认真地盯着他说，一定要在部队好好干，退伍回来才知道要想干出点名堂真不容易，才知道部队时光的单纯难忘。杨小杰应着，类似的话他听很多退伍老兵说过。

那次战友聚会后，杨小杰有点儿意犹未尽的感觉。他试着和中学几个要好的同学联系，还真联系上几个，还是约在"仙客来"见面。"仙客来"菜价便宜，离家近，环境也还过得去。几个同学一见面，杨小杰就有些后悔，除了热烈回忆一番学生时代的生活，其他共同话题并不多，有时候谁也不说话，只顾夹菜吃饭，气氛有点儿冷。杨小杰想可能是学生时代相距不远，记忆还没有被时光酿成醇香的"酒",他觉得他们说话还是以前那样很冲动,这两年好像没经历过什么事。酒菜似乎也不太对味。吃得差不多了,他们几个互相望了望,其中有个叫了声"埋单",杨小杰笑着说,今天他请客,"单"已经"埋"过了。

杨小杰决定上街转转,走走曾经他边踢石子、塑料瓶边东张西望的那些路。他不由自主地来到离家隔两条街的那家叫"一网情深"的网吧。这儿留给他的记忆太多了,也太深了。网吧门口收银台前站着的还是那个精明得像阿庆嫂一样的女人,她一眼就认出他来,"哎哟,他兄弟,很久没见,转哪儿发财去啦?"老板娘描过的眉毛笑弯了。"在外面瞎转转。"杨小杰掏出士兵证和五块钱递了过去。"哎哟,啥时成了兵哥哥?"杨小杰径直往里走,网吧里光线暗,从阳光下走进来,眼睛得好一会儿才适应,里面好像没啥变化,还是人造革椅子,好些椅子的海绵绽露在外面,没有开空调,零星几台吊扇在晃晃悠悠吱吱呀呀地摇,空气浑浊,有人在抽烟;有人在打着嗝喝碳酸饮料;有人在吃盒饭,吃不上几口把一次性筷子插在饭盒上放在一旁;有人趴在电脑桌上打盹,流了一摊口水;有人对着话筒在窃窃私语……这一切杨小杰太熟悉了,连那种特有的气味都熟悉。

杨小杰穿过一排椅子,看到他以前的"专座"上没人。"专座"靠里边,避人耳目,一旁巴掌大的窗户上刚好有一块玻璃是破的,有凉风灌进来,这儿离厕所远。那个没有水冲的厕所,随着进进出出的人挟带出来的气味实在太大了。综合各种优势,这儿是杨小杰眼里的"雅座"。杨小杰以前读过一个故事,说马克思写《资本论》十九年,常在一家图书馆某一位置上就坐,由于他有用脚划地板的习惯,日久天长,他座位下的水泥地竟然被划出一条浅沟。杨小杰大脑里有时闪过一个奇想,他每天坐在这里说不定也会出现什么奇迹呢?打开电脑,移动鼠标,他的思绪像光标一样飘忽。他网络深度"中毒"是在高二,最高纪录是曾连续两天两夜上网,离开网吧时,走路脚都在晃,阳光像针一样扎得眼睛流泪,那一次他担心自己会死掉。回到现实中,他才明白自己不可能像游戏里的人物一样有九条命,或者经过"修炼""补血"能起死回生。年轻真好,吃饱了睡足了,又缓过神来。"一网情深"的老板娘服务热情周到,就如你是她娘家小弟弟,不但上网打折,而且提供吃喝住。但当他实在是一分钱也掏不出来时,老板娘又有点儿翻脸不认人,让他回家好好休息休息。

自从杨小杰迷恋上网,母亲就清楚县城每一家网吧的具体位置,很多时候夜深了还在一家一家地寻找玩红了眼的他。他被打过,被关过,要不是报纸电视上说有的网瘾戒除中心把人都弄死了,父母会毫不犹豫地把他送过去。最后父母毫无办法,咬牙切齿地说,就当没生他。迷恋上网后,上课成了网上鏖战后的小憩,很少听,即使兴致所至听听,也似看哑剧,只觉得老师的嘴一张一合,学习"飞流直下三千尺",成绩自然"疑是银河落九天"。

杨小杰定了定神,试着输入几个曾经熟稔的QQ号,屏幕上小小的卡通头像一片黯然。回去的小路已经被野草啃噬,他再也回不去了。

杨小杰没想到有一天上网玩游戏也会给他带来荣誉,当兵第一年,连队推荐他参加旅里组织的"网上尖兵对决",他以又狠又准又快的出手力挫群雄,在掌声和笑声中,他很不好意思地笑了,有谁知道他曾经是孤独的网络少年。

在网吧待了不到半个小时,他如打开心头一个结一样长舒一口气走出来,继续沿着街边走,一台台空调外挂机吹出热气阵阵,空气愈发闷热。转眼,他来到一家叫"金太阳"的酒店旁。

现在不是吃饭时间,隔着宽大的玻璃墙往里望,里面冷冷清清,有两个服务员好像在剥大蒜，有一个在用苍蝇拍追打苍蝇，那个胖得像"四喜丸子"一样的老板在指指点点，可能是在不住地提示苍蝇飞到哪儿了。杨小杰站在树荫下，好一会儿，悻悻绕开。

就在杨小杰几乎和家里决裂时，他认识了四毛他们。认识四毛像是在网上，又像是在网吧里，反正和四毛他们认识后，杨小杰就开始了在小城的"江湖"。上网时间一下子变少了，游戏由"虚幻版"变为"现实版"。四毛是他们那一片"地下少年"中的"带头大哥"，年纪比杨小杰大不了两岁，光头，肉疙瘩隆起的手臂上一边刺有一条青龙，一边刺有一把带环的大刀，不说话比说话更瘆人。杨小杰为了增加和他们的"认同感"，特地去理了个"鸡冠头"，把脑袋两边的头发理得光溜溜的，中间留一行并染成棕红色，打上摩丝，竖起来，像鸡冠似的。这个发型他记不清是在电视里看到过，还是从网上学来的，又觉得是他自己灵光一闪，拥有自主"知识产权"创造发明的。有了这个发型，他走在街上不再像以前一样，默默地如刮过一阵小风，现在很多人老远就行"注目礼"，连小孩、小狗、小猫都绕着道儿走。这个发型干什么都不碍事，就是回家不太方便，那天他戴着帽子，"低调"地回了趟家，大热天戴什么帽子，父亲一把掀起他的帽子，气得随手操起什么东西要打，吓得他抱头鼠窜。从那儿后，他回家更少了，有事非要回去，得先侦察一番，趁父亲不在家，只有母亲在家毕竟好说话些。

杨小杰顶着这个"很酷"的发型，在四毛他们眼里"座次"并没有得到提升，依旧只是跑跑腿，有事站在外围起起哄，报酬是四毛偶尔赏他几块钱上上网、吃个馒头、喝杯饮料，或者带他去吃一顿不要钱的大餐。

杨小杰第一次跟他们去吃"大餐"就在"金太阳"。那么多饭店，为什么四毛他们单单选上"金太阳"，他至今都不明白其中的缘由，是不是老板"四喜丸子"软弱可欺，还是他们之间有什么过节？那天，他们点了一大桌子菜，喝了近两箱啤酒，肚子撑得差不多了，只见坐在四毛旁边的马脸（脸形长，不知道叫啥，大家都叫他马脸，他也毫不介意）猛一拍桌子，大吼一声："叫你们老板来！"杨小杰正在夹菜，手一抖，菜掉在地上。"四喜丸子"脑门上直冒汗，滚似的跑了过来。马脸用筷子拨弄着面前的一盘辣子鸡，"你睁大'牛卵眼'看看，苍蝇都在里面，你们的卫生是怎么搞的？"杨小杰伸长脖子刚要站起来，被旁边的小兄弟暗暗拉了一把，又坐下。"老板，碰到这种事，你说怎么办吧？"四毛弹了一下烟灰，慢条斯理地说。"哪里，哪里？""四喜丸子"额头上的汗更密，他那粗胖得像火腿肠似的手指干脆直接在辣子鸡里翻找："这不是一颗炒焦了的花椒吗？""四喜丸子"捡起一粒黑色的东西，一张嘴塞了进去，嚼都没嚼，一咕噜吞了下去。"四喜丸子"的举动大家一下子没反应过来，沉闷了几秒钟，有一个小兄弟想拼命忍住笑，椅子都在抖。突然，四毛把烟头猛一甩："今天算便宜你了，兄弟们走！""你们怎么不付账就走呢，光天化日之下，这生意怎么做！"在服务员们的慌乱声中，"四喜丸子"带着哭腔喊："快报警！快报警！"四毛领着一帮人风一样逃窜。后来他们再聚时，把"四喜丸子"改名叫"吃苍蝇的"。

过了好些天，四毛又谋想着大家应该在一起聚聚。用马脸的话说，我们要不时来一点小刺激，以达到团结和鼓舞士气的目的。这个圈子里马脸文化最高，据说读过一个学期的民办大学。这次，他们聚餐的地点还是选择在"金太阳"。四毛让其他人先走，他和马脸留下来后去。杨小杰跟在人群后走出了几步，四毛叫住他，让他也和他俩一块儿走。

当杨小杰跟着四毛和马脸出现在"金太阳"热气腾腾香气扑鼻的一楼大厅时，那些先到的"兄弟"已一个个吃得满嘴冒油，见到四毛他们，大家纷纷起身挪椅子，一阵忙乱把四毛和马脸拥上上座。

杨小杰一瞥眼，只见站在收银台旁的"吃苍蝇的"望着他们，眼睛发直，额头上的汗一层层地淌，手一抹，汗水从手上滴下来。这时，杨小杰才明白，如果他们几个"特征鲜明"地一起来，可能进门都有点麻烦，更别提点菜。他不由得佩服四毛的老谋深算。

那天，"金太阳"好像在举办婚宴，几根大柱子旁的另一侧人影绰绰，兴高采烈的。四毛他们这一桌位于靠门口的角落边，谁也没说话，只顾埋头吃。杨小杰还在吃，一个"小兄弟"突然领来"吃苍蝇的"，四毛沉着脸朝一盆叫"毛血旺"的大杂烩勾了勾下巴，杨小杰一伸脖子，见菜里一条足有筷子头粗的红头蜈蚣正油汪汪的探出半个身子，这条蜈蚣什么时候出现的？刚才杨小杰还从里面挟过一片鳝段吃呢，杨小杰感到喉咙一痒，有东西在爬，他哇地一声，赶紧捂住嘴往门外跑。杨小杰还蹲在下水道口呕吐，兄弟们已悄然无声鱼贯而出，四毛上前拍了拍他的肩，悄悄塞给他二十块钱。以前，四毛也塞给他几次钱，都是三、五、十块的，这次最多。事后，有兄弟说他配合得好。杨小杰起身时，回头望了一眼"金太阳"，"吃苍蝇的"正站在门口，他们目光一碰，杨小杰头一低避开了，但很长时间忘不了他那样子：额头上不住地淌汗，厚厚的嘴唇颤抖着。他想，"吃苍蝇的"可能也不会忘记他长的样子。

从此，杨小杰走路绕着"金太阳"酒店走，即使后来他的头发恢复为正常的发型。

杨小杰拐过几条逼仄的小巷，来到县城最大也是唯一的公园广场，这儿是小城人们开大会、看戏、宣判犯人，也是过年那几天热闹非凡练杂耍的地方，现在在明晃晃的太阳下空无一人，放眼望去，草皮有的地方葱绿，有的地方稀疏，有的地方露出白花花的硬泥，没有一棵树，周围也没有，整个广场被周围犬牙交错的房屋围着，就像个饼，摊在七月的阳光里炙烤。

广场西侧有一家叫"皇宫"的夜总会，曾经热闹一时，华灯初上时，门口三轮车铃铛声、小汽车喇叭声不绝于耳。现在可能多时没营业了，屋檐上那个一到夜间就彩灯闪烁的"皇宫"的"宫"字已经脱落，垂吊着，走廊上墙皮脱落，台阶上蒙着一层厚厚的灰尘，破败的样子看起来如有鬼狐出没。

"皇宫"夜总会极盛时，杨小杰来过好几次，都是和四毛他们一起来的。里面光线很暗，音乐一起，就有一群男女在舞池里如痴如醉地跳。靠吧台处有一排沙发，上面坐着一排香艳垂钓似的女子，偶尔有男的过去搭讪，很快有一个女的站起来，双双步入舞池。杨小杰觉得自己的舞姿难看，舞技更不行，如果搂着一个女子的腰，不是踩痛别人，就是弄得自己一身臭汗，不知道要出什么洋相呢，所以他有点儿视舞池为"雷池"，从没下去过。他还知道里面的饮料、水果、点心贵得牙痛，他摆不了那个"派"，勾一下指头，或打个响指，就叫服务员过来。每次，他只要一杯不要钱的白开水。真没趣，还不如上网打游戏呢。坐一会儿，他没和四毛他们招呼就走了。

当兵后，连队组织学习有关规章制度，其中有一条，严禁涉足不健康的娱乐场所。看到"不健康"几个字眼，杨小杰眼前浮现出昏暗的灯光，浑浊的空气，黑暗角落一溜垂钓样的女人。军人是阳光的职业，军装有着太阳的味道，确实与那种地方情同冰炭，不应该出现在那里。

"皇宫"夜总会出事那天下午，杨小杰也收到了四毛粘有血鸡毛的指令：晚上九点"皇宫"见。那天晚上，杨小杰眼皮老跳，平时几分钟、十几分钟就搞定一局，那晚半个小时、四十分钟都没搞定。快九点的时候，他如约来到"皇宫"门口，突然觉得小便憋得慌，他转到"皇宫"一侧拐角处，那儿是一些大老爷们约定俗成的"公共厕所"，那个角落里冬天还好，夏天骚臭烘烘的，能把人熏倒。杨小杰解决完刚转过拐角，就看到几个熟悉的身影闪过，清一色的黑衣黑裤，像电视里夜行的侠客一样。杨小杰心里一咯噔，他在圈子里无意中听说，这种打扮就是准备干大事。黑色宽大的衣服便于隐藏双节棍、塑料棒、刀具等器械，而且在黑夜里好"闪人"。杨小杰摸了摸"鸡冠头"，似乎体味到头皮开裂，鲜血顺着眉宇、鼻梁流下来的感觉，就这么不明不白挨一顿，值吗？杨小杰往深处细想，犹豫了。他顺着墙根跑，一溜烟跑到电信局门口，全城的公共磁卡电话都被一些坏小子弄坏了，只有这儿还是好的。杨小杰摘下电话，拨通110，捏着嗓子，用他自己都感到陌生的声音说，"皇宫"夜总会出大事了，赶快去！电话里还在喂喂的喊，他啪的一声挂了，头也不回地往家跑。回到家里，父亲已经睡觉了，母亲还在洗洗涮涮，他悄悄和母亲打了个招呼，径直钻进自己的小房间，大气都不敢喘。一晚上他几乎没睡，竖着耳朵听外面的动静。

　　第二天早上，挨到父亲上班的脚步声走远了他才出来。母亲很快从菜市场惊慌失色地赶回来，说，昨天晚上"皇宫"夜总会差点出大事了，幸亏警察赶来得及时，连武警都出动了，抓了几十个带刀带棒的。母亲一边大惊小怪地说，一边心神不定地瞟杨小杰，瞟得杨小杰心里发虚。这时，他才发现母亲只买回一把又老又粗的空心菜。

　　母亲带回坊间各种各样的消息，一说是几伙人为了一个"马仔"（当地对年轻女性的称呼，含有暧昧之意）争风吃醋；一说是"皇宫"不交"保护费"，惹恼了黑社会；一说是几个团伙为争夺地盘，发生火拼等。据说，这次县城的几个类似黑社会的组织被一网打尽，连小鱼小虾都没有漏网的。坊间的传言很快得到证实，杨小杰的表弟也被抓了。表弟是杨小杰介绍给四毛、马脸他们认识的，才没多久，没想到这次他卷了进去。一时，"皇宫"夜总会事件像把胡椒面撒在大街小巷，四处热议。

杨小杰待在家里，几乎足不出户，如等待一把"达摩克利斯剑"随时从头上掉下来，他理解了惶惶然不可终日就是这个味道。几天过去了，心惊肉跳的敲门声没有出现；电话声响过几次，不是找他的；居委会、派出所也没有传来什么话。他心里隐隐地感激四毛、马脸他们，没有把他咬出来，转念一想，不对呀，自己并没有干过什么坏事呀，那天晚上他没有参与呀。他照了照镜子，镜中是让人过目难忘的"鸡冠头"。它也能证明那晚他不在现场。

傍晚，他悄悄溜出去，在一家小理发店将他的"鸡冠头"理了。不到半个月，他光光的脑袋如春草发芽般冒出粗黑的发茬。

杨小杰从公园出来，转回大街上。东西走向的主干道上坐落着县里好些大大小小的"衙门"，有县委、县政府、公安局、环保局等部门，还有县人武部。这些单位杨小杰以前没涉足过，也觉得和自己扯不上什么关系。只有人武部似乎有那么点牵扯，他有个表姨父曾当过兵，士官转业后安排在县交警队开车，仅此而已。没想到就这根若有若无的线索，让他和人武部发生如此密切的联系。他当兵前，只是偶尔从人武部的大门往里看到里面草木葱郁，人迹稀少，只有征兵的时候和民兵训练的时候，季节性地很热闹。他当兵是在那里面体检和从那儿出发的，对它的记忆仅是拿着一张表格从一个贴有纸条的房间走进另一个贴有纸条的房间，还有一股浓浓的樟脑丸味，也是和它联系在一起的，那是新军装的味道。他对它的印象如此单薄，但他觉得它是他的娘家，是它把他"嫁"到遥远的营盘。

"皇宫"事件后，杨小杰一度成为全家操心的焦点，亲戚朋友在一起，没几句就扯到他的出路，无不担心他不走正道，变得像个高温下的煤气罐，说不定哪一天把屋顶都掀翻。父母经过多次密谋般的商讨后，决定找他表姨父想想办法。表姨父当过兵，见过世面，又在政府机关当差，门路多。事情商量好后，父亲磨蹭了几天，不见行动，认为他们家和表姨父家平常没有多少往来，现在有事求人了开不了口。"有什么开不了口的,亲不亲,难时分。"母亲将早就准备好的烟酒之类的东西塞在父亲手里,几乎是推着父亲出了门。父亲去过表姨父家两次,表姨父来家里吃过几次饭。表姨父平时不喝酒,说要开车,有一次说不开车,一高兴多喝了两杯,多喝了两杯的表姨父话很多,话和酒杯都亮了底,他说,县人武部有个科长和他是战友,答应小杰当兵的事帮忙。还说,他也帮过那个科长一些忙,从没提过什么。"人呀,就是要相互帮助。"表姨父感慨道。"是的,是的,小杰这孩子就拜托他姨父了。"母亲忙不迭给表姨父夹菜,满上酒,父亲只是咧嘴笑。

"此处不留爷,自有留爷处,处处不留爷,爷去投八路。"这句话是杨小杰从电视里学来的,过耳难忘。话虽匪气、粗野了点,但透露出几分霸气豪气。杨小杰的日子似乎有了盼头,年底当兵去。

休假快一星期了,像一条落寞的野狗似的去了好些地方,故地重游,往昔的记忆又拾掇起来。有一个地方杨小杰很想去,但不敢去,最终也没去,那就是位于城东的县城唯一的溜冰场。

两年前那个夏天转眼即逝,立秋了,天凉了,杨小杰的心也如水温一天天在变凉。不错,当兵是他目前生活状态最好的选择,但身体合不合格,能不能顺利当上,这个概率有多大呢,谁也说不准。决定去当兵后,他大部分时间"宅"在家里,帮母亲做家务,看电视,看大片,看书,上网。家里为防止他老往网吧跑,一咬牙买了台电脑,并且安装上宽带,这样至少能把他固定在家里。这曾是他梦寐以求的事,现在却曾经沧海一样,他已对上网打游戏兴致不大,也有可能是家里没有网吧那种氛围和味道。就在杨小杰有点发蔫,对什么都提不起劲来时,他走进了溜冰场。

杨小杰从小到大,父母没有有意识地培养他什么兴趣爱好,没有学过绘画、书法,也没有学过演奏哪一门乐器,仅无师自通地学过溜冰，那双溜冰鞋还是他又哭又闹几经抗争才买的。第一次溜是在水泥厂宿舍区狭小的广场上，父母两边架着他，他一步一步地挪，如一位重伤员，惹得路过的熟人好一阵打趣。不过，他很快就学会了，尽管腿和胳膊摔得伤痕累累，他一次次摔倒，又一次次爬起来，爬起来总比摔倒多一次，掉皮掉肉没掉过泪，溜得也越来越顺。在他的带动下，小区里一时溜冰成风，他有时候和一同溜冰的小伙伴故意找一些斜坡，从上面冲下来，体验如飞的感觉。

在室内溜冰场溜和在野外露天溜感觉完全不一样，在室内溜冰场，打蜡的木制地板光滑得像玻璃板，当或徐缓或激越的音乐响起，整个溜冰场的人流呈一个方向缓缓旋转，旋转成一个巨大的漩涡，仿佛一朵巨大的盛开的牡丹花，人在其中如在激流上踏浪，又似在云端御风而舞，轻飞如燕，畅快淋漓，随意挥洒。到溜冰场玩的大多数是朝气蓬勃的年轻人，氛围轻快、明朗、阳光，没有夜总会那种昏暗、暧昧、污浊。

在溜冰场的边边角角常有一些战战兢兢的初学者，他们有的扶墙，有的扶旁边的铁栏杆，"探雷"似的移动，有的渐渐松手，看起来会溜又不会溜，敢溜又不敢溜，如履薄冰，像雏鸟振翅，似绒鸭试水。这时候经常有"好事者"自恃技艺高超，斜冲过去，在技术生怯者面前戛然刹住，或轻轻一碰，后者被吓得一声尖叫，眼看就要一屁股跌坐地上，技艺娴熟者胸有成竹轻轻一拉对方的手，稳住重心，化险为夷，对方报以感激羞涩的一笑。这种伎俩一般是男对女，如果哪个小伙子瞅见边上某个溜得小心笨拙的女孩清秀养眼，他就用此方法上前搭讪，两人很快就认识了，接下来，男的手把手地教女的溜，再接下来，两人手牵手身轻如燕飞驰在溜冰场，比翼双飞可能就是这种感觉。这种方法屡试不爽，除非小伙子长得太寒碜了，被女孩婉拒。在这种环境里，小伙子展现的是最青春、俊朗的一面，女孩看到小伙子灵巧地飞窜在人流中，就如看到王子踏着风火轮矫健飞来,牵着她的手去天边的玫瑰园,看霞飞霞落,看流星雨,她脸颊绯红,眼睛发亮。于是,一段诚挚的友情开始,或一份羞答答的爱情萌芽。

杨小杰就是用这种"俗套"的方法认识亮亮的,但他诅咒发誓决不是蓄意谋划的。那天,前面一个人下场时没示意,杨小杰从一侧冲上来,眼看就要"撞车"了,只好猛一转向,往旁边一拐,亮亮就在旁边,双臂微微张开慢得如走钢丝绳。当时,亮亮是背对着他,他并没看见她长什么样。就在他轻轻一碰她的脚后跟,她一声尖叫,马上要人仰马翻时,他抓住了她的手。这时,他才发现亮亮那么可爱,小脸小鼻子,小眼睛,笑起来露出贝壳一样的小虎牙,这一切搭配在她娇小的身材上,看起来是那么清纯可人。

杨小杰也先当教练,耐心地教亮亮怎样稳住重心,怎样用力,怎样避人,刹车等,教得差不多了时,再牵着她的手汇入旋转的激流。杨小杰最喜欢和亮亮手牵手滑翔在《蓝色的多瑙河》舞曲中,那种感觉就像飞。亮亮的手白皙纤细,不过盈盈一握,溜冰场大厅里尽管空调开得很足,但杨小杰还是感觉到他牵亮亮的那只手汗津津的,他不愿意松开,愿这舞曲一直播放下去,愿他牵着这双手一直往前飞。

杨小杰口袋里没钱,经常就几个钢蹦随着他跳跃,踢石子的脚步叮当作响,他倾囊用那几个钢蹦给亮亮买根雪糕什么的,看着亮亮顽皮地舔着,他吞着口水,这时亮亮也会善解人意地递过来,让他尝尝。正午的时候他们去烈士陵园,那儿古木参天。她躺在长条椅上,枕着他的腿,他为她驱赶蚊虫,很多时候,她咯咯地小眼睛笑成一条缝,有时候也匀称地呼吸,悄然入眠。他把她有意无意的话都当作圣谕。为了让她开心,为了让她转怒为笑,他常常急得抓耳挠腮。他有一种强烈的感觉,他是她卑微笨拙的男仆,她是对他从灵魂到肉体拥有绝对支配权的主人,他在她面前就像一朵娇艳的玫瑰花下一颗小小的尘埃。

就在杨小杰和亮亮在一起体味到食不知味时，大街小巷贴出一些诸如："一人当兵全家光荣""保家卫国，匹夫有责"之类的标语，一年一度的征兵工作开始了。这时，杨小杰突然觉得当兵并不是这个人生阶段唯一的选择，也许可以去打工，可以学着做点小生意，但他还是在父母的催促下作为适龄青年报名应征了。也好，免费体检一下，瞧瞧身体有没有什么毛病，三五一伙的体检人群中不止杨小杰一人有这种想法。初检、复检，杨小杰拿着写有名字贴有照片的表格从一道门走进另一道门，在医生毫无表情的指令下，做一些简单好笑的动作，最后表格上盖满了蓝色小印章和一些潦草的签名。就这么一天半天漫不经心地转下来，不久，杨小杰被通知体检合格。他有一个同学就没有这么幸运，因为他在手臂上用针扎了个"忍"字，扎完后还怕印象不深，不够提醒自己，也不够提醒别人，又用蓝墨水一阵涂抹。由于有"纹身"，很快就被刷了下来。事后，据说那位同学的爷爷气得山羊胡子直翘，戳着旱烟杆大骂："不肖子孙，身体发肤受之父母，焉能损伤！"这话传到杨小杰耳朵里，他不由得挠了挠头，真庆幸！他当初只是理个"鸡冠头"，不是"刺青"。头发染了，理干净，还可以长出来。皮肤可就没那么强的再生能力了。看到别人对当兵这么在意，杨小杰心理的天平又倾向于去当兵。

政审开始了，杨小杰父亲神色匆匆地跑了趟派出所，去的时候一言不发，阴沉着脸，回来的时候眉开眼笑的，还哼着小曲。晚饭时特地喝了一盅，兴奋得筷子戳着盘子说："派出所同志说了，咱们小杰政治清白，没有不良记录，积极应征入伍，支持国防事业，是个好青年！"听了父亲的话，母亲如受到了启发，和父亲小声合计了一会儿后，去超市买回一大袋糖果糕点，分小袋装好，左邻右舍一家一家地送。尤其没忘记楼上的陈阿姨家。杨小杰想象着母亲敲开门时的样子，还有所说的话"他姨（他叔），小杰您是看着长大的，这孩子年轻不懂事，以前有什么地方做得不好，冲撞过您。您千万别往心里去。"政审，有一套程序是接兵干部到"准军人"家里家访，这个杨小杰才听说，不知道母亲从哪儿得知的。没想到母亲如惊弓之鸟，如临大敌。我怎么啦，不就是理过让人看不顺眼的发型吗？

到杨小杰家里家访的是个瘦高个上尉，在人武部、街道和居委会几个人的陪同下走进杨小杰家狭小的客厅，客厅顿显局促，连端茶倒水都转不开。人武部的人起身以主持人的身份介绍一番，上尉微微笑着一一点头。他们这儿没有见面握手的习惯，上尉也入乡随俗了。杨小杰想，父母亲握手的动作肯定很别扭。刚介绍完，居委会陈大妈的嘴像早就上紧发条一样打开了：小杰这孩子怎么老实，从不招惹是非；怎么懂礼貌，见人客客气气地招呼；怎么身体好，从没生过病，连感冒都很少有；怎么朴素节约，连喝过的饮料瓶都攒起来卖；怎么聪明又乐于助人，谁家电脑坏了，请他一摆弄就好了，上次居委会的电脑坏了，就是他修好的……陈大妈说得杨小杰父母笑得合不拢嘴，杨小杰很不好意思，感到她是在说一个他不认识的陌生人，他没有那么多优点，没有那么优秀。那次他帮居委会修电脑是碰巧了，那台"老爷"电脑稍稍一捣鼓就好了，这件事如果陈大妈不提，他早忘了，事情实在太小了。陈大妈说完，大家赔着笑脸，目光热切地投向上尉。上尉问杨小杰，为什么当兵，在学校里学习成绩怎样，当兵后有什么打算，还说部队生活很苦，要有心理准备等，有的问题杨小杰认真想过，有的没想过，没想过的就想到哪里说到哪里。上尉边听边在一个小本子上记着。杨小杰后来到部队才知道，上尉就是他们副营长，他心里一直对副营长有一种亲切感，不仅因为副营长去过他们家，是他在这座营盘里认识的第一个人，还有一些说不上来的东西。

上尉没有走访左邻右舍，在杨小杰家坐一会儿就要走，杨小杰母亲极力挽留，转身要去刷锅做饭。父亲责怪道："在家里吃什么，上饭店！"在杨小杰的记忆里，父母从没进饭店吃过饭。众人起身推辞说，等小杰当兵了，在部队立功受奖，干出名堂了再来吃。然后就走了，留下几只没动过的茶杯，和几张放置无序的椅子。事后，有好几家邻居热情地对杨小杰母亲说，那天我们看到居委会、街道的人陪着接兵干部进了你家门，小杰当兵可是我们小区的大喜事。

　　接兵干部家访过了。杨小杰第一个想告诉的人就是亮亮。那天晚上，他鼓足勇气第一次上亮亮家。开门的是亮亮妈妈，她妈堵在门口，他自报家门后，她妈冷淡地说："噢，你就是小杰，亮亮把你们的事跟我说了，你们都小，亮亮还在上学（中专，酒店餐饮），你也要去当兵，你们先各忙各的事业吧，以后不要再来找她！"说完，亮亮妈妈啪地一声把防盗门关上。刚才亮亮妈说话时，杨小杰看到亮亮坐在客厅的沙发上，正眼泪汪汪地望着他，显然在他来之前，她和她妈妈激烈、无望地争吵过。杨小杰转到另一侧，那儿能看到亮亮家的客厅，亮亮家住一楼。他的身影刚出现在窗外的灌木丛边，里面的窗帘哗地一声拉上了，严严实实的，一丝一缕灯光都没透出来。杨小杰没想到是这种结果，连请求、辩解、抗争的机会都没有。

　　杨小杰领到了入伍通知书。母亲说是不是也像人家似的请几桌客，感谢感谢大家，也算送送孩子。父亲没吭声，半晌后说，不请客了更好。杨小杰离家到县人武部集合前又去了一趟亮亮家，他没敲门，只是在她家窗外徘徊，只是想听听她的声音。可是只听见她妈妈说话的声音，很少有亮亮的声音，似有似无。很晚了，外面很冷很冷，杨小杰倍感心寒，泪流满面。

　　杨小杰到了部队后，按照亮亮留给他的地址去了十几封信，均泥牛入海，他试着给亮亮家拨过电话，亮亮本人没接过，有几次是她妈妈接的，说亮亮不在。后来，电话一通，他一听是她妈妈，赶紧把电话挂了，再后来，电话通了，对方马上挂了。他估计她家电话开通来电显示了，一看区号，就挂了。

亮亮如一阵小旋风从他身边刮过，卷起迷眼的烟尘。他问自己，他和亮亮之间到底是什么，是友谊，还是传说中的爱情？真感谢亮亮，让他像个青苹果一样青涩过。

溜冰场那地方，杨小杰很想去，直到休假结束都没去，不知道那儿还是不是两年前的样子。

杨小杰当兵养成很多以前不曾有的习惯，其中之一就是每天雷打不动地看新闻联播。在没有形成习惯前，觉得枯燥无味，每天晚饭后六点五十分，值班员就鼓着腮帮吹哨子，喊看新闻，看之前连队干部有时候还抽点名，看过后有时候还提问播了哪些主要内容。刚开始杨小杰感觉如硬衣领扎脖子，很不自在。后来，渐渐习惯了，甚至还分析品咂出一些道道来。看完新闻，看天气预报，当报到家乡的天气情况时，他的心如用荷叶包着一捧水随时会溢出来一样。现在他在家里，部队驻地的天气又让他感到别样。

县城断断续续下过几场雨，雨水过后，街道干净，空气凉快而清新，还能闻到一些不知名花草的幽香。但电视的天气预报却是一番山雨欲来的景象滚动播报，资江上游雨一直下个不停，中下游已接近警戒水位，防汛抗洪已达到橙色应急响应。资江是依小城而过的一条母亲河，平时格外温顺温情，有时候也咆哮着发发脾气。

大概是杨小杰回家第八天左右，县城上空好像被孙悟空的金箍棒捅了个大窟窿，倾盆大雨下个不停，广播电视一片惊呼：雨水线下移，县城面临五十年未遇的特大洪灾，江堤吃紧，防汛抗洪指挥部已拉响红色预警，要做好准备打一场全民抗洪保卫战。中午，杨小杰父亲穿着件湿漉漉的雨衣回来，饭快吃完时瓮声瓮气地说，晚上不回来了，厂里组织四十五岁以下的男职工上江堤。"我替您去!"杨小杰感到自己像花木兰替父从军一样,"我在部队学会了游泳,武装泅渡五公里都不在话下,我还参加过抗洪抢险。"他显得有点兴奋,父亲没接话,还在唏哩呼噜地喝稀饭,也不拿眼看他。母亲站起来收拾碗筷,看看杨小杰,又看看他父亲说:"孩子他爸,孩子大了,在部队锻炼过,就让他替你去吧,再说你那个腰也受不了,天阴都犯痛,别说泡在水里了。"母亲的话似乎起了作用,父亲缓缓说:"那好吧,你先去,试试看,吃不消就回来。"

　　杨小杰出现在水泥厂的抗洪抢险队伍里,和大家一起打桩、扛沙包,垒石块加固江堤,他不躲不蹭不偷懒,舍得花力气。那些工人年纪并不大,但大多和他父亲一起工作多年,也就是说很多是他父亲那一辈的,大家见杨小杰干活牛一样的踏实,又像马一样跑得快,开玩笑说,小把式比老把式顶力多了,老把式不来也好。

　　杨小杰原以为父亲过几天才来看他,没想到第二天一大早就来了。上午,他们父子一同守在大堤上,杨小杰站在不远处,不时用眼睛余光打量着父亲。父亲正值壮年,但已显老态,鬓角发白,腰微微躬着,干活虽然有板有眼的,但不再利索。那些年轻的工人边干活边肆意地开着带荤的玩笑,父亲从不搭话,就是有人言语之间拉扯上父亲了,父亲也只是笑笑。不知父亲平时上班的时候是什么样子。水泥厂负责守护的那段江堤,江面较宽,水流徐缓,堤岸是前两年加固的,相对而言比较安全。全部人马分班组巡堤,不巡堤的时候就坐在堤上的帐篷里看豆大的雨点落在泥黄的江面上,江水卷起枯枝、树桩荡着波浪向下游漂去。离水泥厂不远处,那儿人声鼎沸,人影绰绰,激烈得像打仗一样。杨小杰跑了过去,很快折了回来向带队副厂长报告说,下游很紧张,他想去帮忙。他转身又和父亲打了个招呼。离开时,副厂长递给他一瓶矿泉水、一袋面包,还有一套劳动布工装和一条毛巾,这是水泥厂护堤正式职工待遇。杨小杰只是接过矿泉水和面包,边吃边向下游走去。

最危险的地方常常是穿军装的人守在那儿。下游险象环生的那段江堤由县人武部和武警中队负责坚守。下游有一段江面突然收束，江水湍急，能并排行使两辆卡车的大堤有一处被洪水撼动，出现滑堤险情，只剩下勉强能通过一辆小汽车的宽度，县武警中队和公安干警已经打响江堤保卫战，县人武部组织民兵应急分队正火速往这儿赶。达到最高警戒线的江面已高出县城近两米，一旦决堤，后果不堪设想。杨小杰一到，马上投入高速运转的"传送带"，发自胸腔的低吼着，扛着沙袋奔跑。不好，有人站在水里打桩晕倒了，众人七手八脚地把他扶下去，杨小杰快步上前，抢起泥泞里的大锤就打。杨小杰像一个刚上场的运动员，当大家都累得气喘吁吁，他仿佛还有使不完的劲。他"陌生"穿便装的身影出现在武警中队战斗队列里，引起好些人的注意，战斗在最紧急的时候谁也顾不上说话。为什么军语是最简短、直白、通晓的，战场上火烧眉毛了，谁还有那么多废话。直到滑堤缺口处零乱地垒满沙袋和石块，危险稍稍解除，战斗节奏缓了下来，有个武警下士招呼杨小杰，问他是哪个单位的，是不是服预备役的民兵？武警下士把服预备役几个字咬得很重。杨小杰说："我是服现役的，正在家休假，看到这种情况就来了。"当兵的？旁边好几个武警露出疑惑的神情，"我在一个野战部队，当的是步兵。"杨小杰一下子感觉到周围目光的异样。一个武警上尉走过来紧紧握住他的手说："战友，欢迎你！"上尉说他是武警中队的队长，姓刘。接着问起杨小杰的简单情况，问完后，没等杨小杰反应过来，他转身大声向堤上的人们介绍说，杨小杰是某英雄部队的现役军人，目前正在家休探亲假，看到家乡发大水，就赶来支援了。他的话音一落，大堤上响起热烈的掌声。

"管涌，管涌！""坚决堵住它！"只见堤内的稻田里冒出一团碗口大的水柱，泥沙翻滚，足有半人高。眨眼间，管涌变得像锅盖大。这处管涌如果不立即堵上，旋转的激流会将堤坝越淘越空，刚刚填好的大堤将功亏一篑。堵管涌必须从进水处堵，从出水处堵于事无补。往估摸的水域接连投了十几个沙袋，管涌依旧，丝毫不见减弱，且有愈涌愈汹之势。"大家拉好，我下去！"杨小杰随手抓起一根消防绳往腰上一捆，便潜入水中，一会儿，他冒出水面，抹了一把脸，喘着气说，找到在哪儿了，没问题，能堵得上。这时有人要替他下去。他说，不行，堵如此大的管涌十分危险，没有经验一不小心会把自己卷进去。其实，堵这种管涌杨小杰也没堵过，他只是听老兵说过，要先把沙袋试着往管涌处移，一感觉到有管涌的吸引力，要立马把沙袋顺着吸引力处往前推，让沙袋结结实实堵住管涌。杨小杰第二次下水，抱着一个超大沙袋，这一次他一下去，管涌处戛然偃旗息鼓，如滚开的水釜底抽薪。

杨小杰冒出水面时，县电视台摄像机的镜头正守株待兔似的对着他。他感到很累，脚步都有些趔趄，但他努力使自己的动作优美自然些，这可是对着摄像头呢。杨小杰在有着上千观众的舞台上模仿某歌星唱过歌，还上部队的有线电视，应该说经历过场面，但面对家乡电视台美丽的主持人递过的话筒，他一时不知说什么好，翻来覆去就那么几句话："我是个当兵的，这儿是我的家乡，我做的这一切是应该的。"事后，杨小杰突然想起这儿不同于部队，他的样子可能被父母亲戚看到，被邻居熟人看到，被同学朋友看到，还有可能被身陷囹圄的四毛、马脸他们看到，但愿亮亮也能看到，他突然很激动，想哭，有一种想流泪的感觉。他想，如果给他一点准备时间，他有很多话要说，要对亲人们说，对家乡的父老乡亲们说，这些话是他当兵以来积郁在心里的话，发自内心的话，但归纳起来就一个意思，就是他对这片土地这儿的人们那种心灵颤动的感情。

雨时断时续。天气预报成了最牵动大家神经的事，广播、电视、报纸，人们的交谈中常常冒出大雨、警戒水位、洪峰过境这些关键词。杨小杰每天和武警官兵，还有一些民兵守在大堤上，就像守卫着一座高地，随时准备迎击来犯之敌，敌人来时，他们奔跑呼号着一鼓作气将敌人击溃；没有敌情时，大家见缝插针似的东倒西歪休息。杨小杰也和大家聊聊天。几天下来，一道堤上奔忙，一个桶里搅勺子舀稀饭，大家比较熟了，杨小杰已能叫出好些人的名字，就如在自己的连队。他和他们最喜欢聊的话题是彼此部队上的一些事。他们管陆军叫大部队、老大哥部队，对大部队的一切都充满好奇，杨小杰对他们武警生活也有些好奇。其实，聊开了，了解多了，就发现穿军装的人大同小异，大的方面都差不多，只是具体到一些细节不同罢了。

入夜，雨停的时候，大堤上蛙声如鼓，有萤火虫飞舞。尽管已经困得眼皮直打架，但蚊虫跳蚤叮咬实在太难受了，双手一会儿抓，一会儿拍，身子跟烙饼似的翻来覆去，折腾大半夜，杨小杰刚合眼，就有人推他，该他巡堤了。他被编入武警中队三排八班第三组。巡堤两人一组，以便相互照应。"口令？"杨小杰爬起来，揉揉眼，"什么口令？""你不交接口令，我怎么上哨？""噢！"杨小杰看清面前的武警服才回过神来，他是在大堤上和武警战友们一起抗洪，不是在营盘里准备上哨。

夜色静谧，星星垂挂，近在咫尺的江水喃喃絮语（白天喧嚣，只有晚上才能听清它的低语），野旷天低树，长河星幕垂，这是一幅多么优美的画卷呀。杨小杰印象中看过这样的报道，记不清是在军报上，还是在军区小报上，说有战士休假在家看到家乡突然面临自然灾害，马上奋不顾身投入抢险救灾中，并积极主动地尽可能地寻找"自己"的队伍，投入组织怀抱，形成合力。人呀，在强悍的自然界面前渺小得就仿佛一条纱，这根纱只有和众多纱融汇到一起，拧成一股绳才不容易扯断，才有战斗力。这故事好像发生在汶川抗震救灾中，又好像是在玉树抗震救灾中，还好像是在哪一次抗洪抢险中，到底是哪一次，当兵的那么多，土地那么广，也许这样的事太平常了，经常会发生。每一个当兵的回到自己的家乡，碰到这种情况，都会这么做。试想，连家在外地的战友都把你的乡亲当亲人，把你的家乡当故乡，都在舍生忘死地战斗，你不更应该如此吗？夜深人静时，杨小杰能听到自己的心跳。

最大的一次洪峰即将到来，江水很有可能漫堤，抗洪指挥部不得不做出壮士断腕的决定，选择一开阔洼地，有十几户零散人家的小村庄作为泄洪区。守卫险段的武警中队临时被抽调大部去转移群众，杨小杰也去了。村庄里，群众和群众的财产能搬得动的，都转移到安全地带去了。杨小杰和武警战友们几乎手拉手地毯似的搜索过好几遍了，连躲在草丛、篱笆下的小猫、小狗都抱出来了。一声令下，开始泄洪！顿时，洪水滔滔，如数匹脱缰头马领着马群向洼地奔腾而去。就在这时，一个十来岁的小男孩"哇"地一声大哭，说他爷爷还在里面，躲在他家养鸽子的阁楼里。在场的每一个人都愣了，脸色惨白。"我水性好，我去！"杨小杰不由分说，转身就向小村庄飞快奔去。杨小杰找到老大爷时，老大爷瑟瑟发抖地抱着一个小木匣子，看着缓缓上涨的洪水，正在呜呜地哭。杨小杰原以为会费一番口舌，没想到一提出来带他走，他马上张开枯枝般的手臂，像一只孤零零的老鸟一样扒在杨小杰背上。往回走时，有一段路水才没肚脐，没走多远，渐渐及胸、及肩，最后只能凫水了。杨小杰以前也在如此危急的情况下救过人，面对这种情形，能走，脚还能踩到地，一定要走，以保存体力，实在踩不到地了，再游，背一个人在水里游比背一个人在地上走要费力多了。杨小杰背着老人快游到岸边时，有绳索拽着救生圈扔了过来，所以，他和老人最后是紧紧抓住救生圈爬出来的。

大家围着老人问，为什么转移时不出来，也不吭声？老人说，他儿子和儿媳都打工去了，他带着孙子在家，孙子先逃，他和老房子在一起，死也要死在一起。有几个参加转移群众的武警战士气得直小声嘀咕老人顽固、糊涂，差点酿成大祸，害了自己，也把他们害惨了。杨小杰说，老人的心情可以理解，有道是故土难离呀，还有你们看他一直死死抱着一个木匣子，那里面可能是他多年攒下的一点积蓄，老人挣下一份家业不容易，何况这么大年纪了。接着，杨小杰讲了一个故事，他们部队有次参加抗洪抢险，一个老乡看到自家一头猪还在洪水里，眼看就要被冲走了，老乡拼着命要去救，战士们死死拉住他，其中有个战士趁大家没注意跳下去，去帮老乡救那头猪，结果猪没救上来那位战士牺牲了。杨小杰讲完这个故事，一时谁也没吭声。

洪水过后的太阳毒得像火舔一样，照在洼地浑浊的水面上，空气里弥漫着动物尸体腐烂的臭味，草木露出水面的叶子裹着一层厚厚的泥顶着烈日站在水里，真是一半是火焰，一半是海水。蝉歇斯底里地叫着，没有一丝风，人闷得恨不得把肺掏出来直接放在空气里呼吸。洪峰一次比一次弱，但守在大堤上的人们依旧丝毫不敢懈怠，经洪水久泡的江堤已十分酥软，稍强的外力一折腾就有可能溃堤。

最热的时候，杨小杰母亲找来了，给杨小杰带来一网兜水果、饮料，还有洗换衣服。母亲找来时，杨小杰正坐在树荫下痛得抽着气咧着嘴，一个武警战士在帮他小心翼翼地脱衣服，他的蓝色T恤衫已看不出原来的颜色，肩上、背上磨破了，露出腥红的皮肤，如被滚烫的开水烫过……表皮起皱、翻卷，渗出来的血与破的衣服粘结在一起，只能一点一点地揭。杨小杰突然感觉到身后没了声音，揭衣服的动作更轻柔了，他扭头一看，见是母亲。"妈，您怎么来了？""娃，你怎么这么遭罪。"母亲看着杨小杰黑瘦得像猴且体无完肤的样子，眼睛红了。"妈，这点苦算什么，您看其他战友不都这样嘛，我在部队有时候比这更苦呢。"杨小杰轻松一笑，母亲的眼泪扑簌簌的往下掉。

洪水开始消退，江边那根标有红色刻度的水泥柱，最粗最醒目的那条刻度已经露出水面。早晨，杨小杰坐在江边望着滔滔江水出神，不远处抗洪前线指挥所传来中央人民广播电台的"新闻与报纸摘要"声音，他一听日期，猛一激灵，这个日子是他无数次提醒自己，一定要记住，千万不能忘记的，今天是他休假到期之日，晚上八点半晚点名之前，他无论如何要赶回连队，要站在队列里响亮地答到！

"我到假了，得马上赶回去！"杨小杰冲进临时帐篷，一把抓起装有日常用品的塑料袋就往外走，旁边好几个武警战士一时莫名其妙，待他们弄清原因，一片呼喊声中，杨小杰已经走远。杨小杰一路小跑着往家的方向走，边跑边理出一个思路：一是马上打电话订飞机票；二是设法租一辆小汽车即刻赶往机场。从小县城到省城机场小汽车约需三小时，从省城乘飞机到离部队驻地较近的城市约需二小时，然后再乘汽车抵达部队约需三小时，也就是说路上花费得八小时，而且必须踩准这些交通工具的时间点，不要出任何差错，才能按时赶回部队。

杨小杰没坐过飞机，只看到飞机从头顶上飞过。但他从嫂子那儿听说过坐飞机最简便的办法，打电话到某一售票处订好机票，到机场只要出示身份证即可换登机牌，直接登机。嫂子，连长家属是南方某大公司的部门主管，属于"金领"一类的人物，坐飞机像赶公共汽车一样，常来部队和连长一起度周末。

部队营房大门不远处有一个火车飞机售票处，杨小杰回家的火车票就在那儿买的。他知道那个售票处的名字，叫"伴您行售票中心"，但不知道电话号码。他当即掏出手机拨打部队驻地的查号台，找到"伴您行售票中心"的电话号码，他打电话，要求订一张中午十二点到下午二点之间到某市的机票。说话温柔的售票员一听他的证件的是士兵证，有点犹豫，杨小杰急了，说他是某部队某营某连的，士兵证绝不会假，他有工资，能付机票钱，一到部队马上就来还钱。最后杨小杰几乎是在央求，他是回老家休假，因为参加家乡的抗洪抢险耽误了归队时间，不得不坐飞机赶回来。听了这话，温柔女声说，你等一下，我请示一下经理。电话没挂，杨小杰能听到温柔女声在和旁边一个人说起他的情况。很快温柔女声给了他肯定的答复，中午十二点半的票，让他回部队后尽快来结账。

耶！杨小杰跳起来，亲了亲手机。这手机是他转上士官后买的，很便宜，功能就接打电话和发短信。连队很多士官拥有手机，平时统一保管，只有请假外出或休假期间才发给本人使用。所以买那么好的手机干吗呢，用得少，淘汰快，干脆用最便宜的。

杨小杰很快拦到一辆出租车，一番讨价还价八百块钱送他到机场。杨小杰心疼地摸了摸口袋里的银行卡，卡里还有三千多块，钱是够了，但他原来打算离家时再给父母留一点，没想到这么一折腾，一下子"泄洪"似的没了。

杨小杰领到登机牌，通过安检，飞机起飞前，他给家里打了个电话，他母亲接的，"妈，我已经上飞机，马上就要起飞了，您多注意身体！"电话里哇地一声传来母亲的哭声。

飞机开始滑动，起飞了。

回家的感觉真好！

英雄归来

一

故乡，让老兵魂牵梦绕。

驻地是老兵的故乡，营盘是老兵的故乡，部队番号也是老兵的故乡！铁打的营盘流水的兵哟。部队多次换防，铁打的营盘都变了，兵像流水，就剩下番号没变。老兵总想回来看看。

回望故乡，那老兵的精神家园！

新兵入伍一个多星期了，填了几份问卷调查，教唱了《军歌》和《三大纪律八项注意》《打靶归来》等几首队列歌曲，学习了旅史，参观了军史馆，下一步该请老首长回来讲传统故事了。这是顶重要的一项，出不得差错。

我给李竞老首长家打了几次电话，有次是公务员小张接的。他听出了我的声音，说："刘干事，首长有事出去了。"

"大概什么时候回来？"

"说不准，好像是哪个社区有什么活动，请首长去，首长回来，我跟他说您来过电话。"

有次是首长夫人接的，说首长去老干部活动中心练字去了。这次，终于和老首长通上话了，"首长，我是某部，您老部队组织科的小刘，刘干事，我们今年来了××个新兵，都有高中以上文化，有的还是大学生，旅首长指示我，请您回老部队看看，顺便给新兵讲讲您的光荣故事。"

"哦，哦。"电话里传出一阵翻动本子的声音，"下星期三，可以吗？"

"可以的，可以。"我忙不迭地说，"一切以首长的时间为准。"

李竞老首长是我们部队健在的为数不多的战斗英雄之一。在抗美援朝第五次战役第二阶段，"联合国军"一窝蜂反扑，我军后撤极为狼狈的情况下，老首长担任某连指导员，带领连队80余人（缺一个排），冲出联合国军的层层围阻，一路收容散兵、伤员，最后归队全连达140余人，还抓了十几个俘虏。不久，升为营教导员。老首长的最后任职是某省委常委，省军区政委。在很多场合别人介绍他是将军（论级别应该是少将，但没赶上授衔）。

李竞老首长住的地方离我们部队营区不远，开车满打满算一小时，含市区道路。俗话说，有老家中宝。李竞老首长就是我们部队的宝贝疙瘩。旅首长每年要去给老首长拜年，在老首长宽敞有股怪味的客厅里，恭恭敬敬地聆听老首长的垂询。我们每年要请老首长回来讲课，老首长的传奇经历，德高望重的身份是一方面，最主要的是老首长身体好，记忆力好，健谈，近两个小时的讲课不用稿子，一开场就像点燃一团火，烧得呼呼啦啦，说到紧要处，台下数千人静得像没人；说到高潮处，一片嗷嗷叫，讲课内容也切合我们的教育主题。

"土飞机在开动，土飞机在开动，轰隆隆，轰隆隆，城墙开花烟雾腾空……"我的手机响起我们旅的战歌，一个陌生的号码，显示来电属地，山东菏泽。那地方我没亲戚也没战友（就算有，也没联系过）。这年头，各种广告、推销、诈骗的电话太多了，陌生号码要防着点。这个号码锲而不舍地又打了几次，我接了。打一次有可能是陷阱或打错了，打几次可能真有事。

"您是刘小虎主任吗？"

"我是刘小虎，但不是主任，请问您是？"

"我是山东菏泽的，叫张新忠，我叔叔张明，弓长张，明天的明，是你们部队的老兵，曾担任过某团（1998年我们部队由师改为旅后，这个团撤编了）二营六连连长，前几天从中央电视台军事频道上看到他的老部队还在，他激动得几宿没睡好，叨念着要回去看看。不知部队首长同意不？老人身体还好着呢，八十多了还下地干活……"

"您把老首长的情况发给我，我向领导汇报，尽力争取。我们部队整天准备打仗，忙得屁股着火。有邮箱吗？QQ更好。"

晚上回到军官公寓，我打开电脑将张新忠加为好友。张新忠告诉我，他是从我们部队退伍老兵的一个QQ群里打听到我的电话。他当过三年武警，现在在一个派出所里当片警。张新忠说，他叔叔是个老八路，在抗美援朝第五次战役第二阶段营救被包围的某师过程中被俘，回来后，开除军籍、党籍，回乡务农。老人现在活着最大的愿望就是回老部队看看，回老连队坐坐。

我乍一听到这件事最初的打算是，帮助老人了却心愿，同时把它与部队的传统教育相结合。张新忠这么一说，我心里没底了。

我在接待李竞老首长的方案后面，附上张明要求回部队走动的报告及其简历。

科长看了，将报告放回我办公桌上说："老刘呀，这个不合适吧，我们现在正抓战斗精神教育，你让一个俘虏兵回来，怎么向部队介绍，他自己怎么说？"

科长是我当班长时带的新兵，进步快，一不留神蹦跶到我前面去了。

星期二下午，我再次打电话核实、确认李竞老首长明天的日程安排。电话是一个男的接的："晓得啦，老头子回来，我跟他说。"估计是老首长的儿子。

清早，在起床号的余音中我带着"勇士（吉普车）"驶出营门。路上，我买了几个包子，和驾驶员一起填了填肚子。早上八点，我准时按响李竞老首长家独门独院的门铃。铃声清脆，引得一阵犬吠。油漆斑驳的大铁门上一扇小门吱呀打开，一条小黑狗在门口欢跳。小院闹中取静，树荫浓郁，遮得院子里弯曲的小道阴暗潮湿。

李竞老首长满面红光，穿一双黑色圆口布鞋，戴一双白手套，正背着手勾着腰在院子里散步。我上前敬礼："老首长，我是某部政治部组织科刘干事，接您回老部队来啦。"

"哦，来啦。"随着老首长一喝，"去！"在我脚边跳着叫着的小黑狗马上摇着尾巴乖乖走开了。

"勇士"打着双跳灯走在前面，老首长黑色的小轿车悄然无声跟在后面。一出发，我就打电话给科长。一路上，随时保持联系，到哪个路口了，估计还要多长时间，尤其是快到营区了，一定要及时通知，确保老首长的车在机关大楼门口一停，车门一开，旅里在家常委军容严整地列队欢迎老首长。

在大礼堂一侧的贵宾室，旅首长和李竞老首长一阵寒暄。

大礼堂里此起彼伏、波涛汹涌的拉歌声不时淹没他们的说话声，震得窗玻璃哗哗响。政委满脸堆笑地向前："首长，部队集合好了，请您给大家讲讲。"

李竞老首长腰陡然一挺，目光炯炯地走在最前面，刚迈进礼堂门口，里面迫击炮炸响般喊出："起立！"紧接着是坦克群在耳边轰鸣一样的声音，先是轰轰隆隆，连成一片，很快伴着李竞老首长的步履节奏拍响。从门口到讲台呈一道徐缓的斜坡，走在热烈掌声和林立的兵群中，好像胸口捧一大束鲜花。

掌声停止。政委掏出一张16开白纸，拿起话筒介绍起李竞老首长的主要经历和英雄事迹。值班营长着冬季迷彩服，扎外腰带，蹬作战靴，半面转身向政委，政委朝李竞老首长做了个手势。他马上一个大转身，"迫击炮"再次炸响："首长同志，我旅参加听课人数××人，其中干部××人，战士××人，设1个主会场，4个分会场，主会场××人。请指——示！"

"上——课！"李竞老首长的声音也像放炮。

讲台上一张课桌蒙一块蓝布，上面放一个茶杯，一个话筒而已。以前摆过鲜花、抽纸盒。李竞老首长说，别搞那些不中用的花架子。椅子就用硬板凳，坐得舒服。开始讲课前，李竞老首长端坐课桌中央，慢条斯理地从上衣口袋里掏出一块老式手表，紧了紧发条，放在课桌右上角，又掏出一张巴掌大的纸片端过茶杯压住。清了清嗓子，讲的还是他最得意最辉煌也最艰难的"败走麦城"，在抗美援朝第五次战役第二阶段中，他是怎么带领连队突出重围，回归建制的。这一段，两年以上兵都听过，但每一次都有新意，他好像又回忆起一些细节。这是大家百听不厌的原因。

在抗美援朝战争中，前面四次战役把联合国军和李承晚军打狠了打痛了，他们长了记性，也掌握了我军的进攻规律，摸到了我们的弱点。由于我们的后勤运输饱受敌人的炮火打击和飞机破坏，每次进攻粮弹主要靠随身携带，只能带一个星期的。这种原始的运输方式被联合国军讥笑为"肩上运输"，我们的进攻方式也被他们称为

"礼拜攻势""一袋子粮攻势"。敌人采取了一种叫"磁性战术"的战法，即白天以飞机和炮兵火力阻滞我军行动，以少量坦克和步兵与我保持接触，主力则后撤至新阵地。当时，美军每个步兵班都装配有中型吉普车，不仅可以载人，而且可以携带全部武器装备。而我们英勇的志愿军战士每人要带7天的炒面，加上枪支、弹药、铁锹、防毒面具、雨衣等武器装备，平均负重30公斤，一天徒步行军40余公里，刚好是敌人机动一小时路程，也就是说敌人坐在车上轻轻松松一小时够我们追赶一天。我军主要以夜战和近战向敌人发起进攻。夜里，当我们开始攻击时，敌人已退到新的预设阵地，只是以少量警戒部队节节抗击。白天，我军的每一步行动都置于敌人的飞机和炮火打击之下。

第五次战役第二阶段，我中朝军队从东线向联合国军和李承晚军发起攻击，一俟我们的"礼拜攻势"接近尾声，准备转移时，敌人乘机反扑。这次敌人一改直线平推的战术，采取以摩托化步兵和炮兵、坦克、空降兵组成"特遣队"，在飞机和远程炮兵的支援下，多路突击快速推进，绕到我中朝军队的背后，抢占桥梁、渡口、隘路等要点，切断我军的重新补给和后撤的道路。

我志愿军某师就是在这种情况下被阻隔敌后，陷入重围的。我们部队受命前往一个叫鹰峰的地方接应某师。我们在那儿抢占阵地，修筑工事，等了两天两夜，不见某师一个人影。只见远处公路上敌人的坦克和装甲车轰轰隆隆扬起滚滚烟尘往北开。这时，我们和上级、友邻都失去了联系，情况不明。师首长当机立断，后撤。由我们团，具体任务到我们连担任后卫，阻击敌人。

我们集中十几枚手榴弹，牺牲多名同志后终于将公路旁的一道山岩炸塌，暂时挡住了敌坦克群的前进。待我连完成阻击任务后，团主力已经走远，只剩下我们一个连单独行动。

敌人的坦克一字排开，向我们阵地一阵狂轰滥炸后，以少量步兵发起冲击。我们打败敌人数次进攻。为了摆脱纠缠，我们连兵分两路，由连长张像山带一个排组织火力掩护，我带领全连利用夜色掩护后撤。据后来归队的同志说，连长在转移途中，被敌人的炮弹击中，光荣牺牲。我们师文工队还专门编了一首歌子，战后整训时到处传唱，唱得大家直抹泪。

李竞老首长说到这儿，打着拍子，放声唱了起来：歌唱我们的好连长张像山，大大的眼睛，浓浓的眉，爱兵就像爱兄弟，五次战役中把血流……

我们白天躲在树林茂密的山上，以打手势，学鸟叫联系。晚上，在熹微的星光中往北走。山高路滑，灌木丛生，荆棘遍地，朝鲜的山是那么高，那么陡，有时候四肢并用爬了大半夜，才爬上半山腰。在交叉路口，由于敌我来来往往的部队，加上下雨，满地泥泞，主力部队设置的路标早就没啦。李竞老首长解释说，我们当时设置路标就是用一个木匣子，里面装上白石灰，往地上一按，一端有前进方向的箭头，另一端有部队的代号。

我们穿过敌人一道又一道防线、炮火封锁区，尽管大家小心翼翼，每走一步踩准踩稳，说话凑到耳朵边，咳嗽捂着嘴，但还是有人踩响了地雷，炸伤了两名战士。这时候我们真是饥寒交迫，疲惫不堪，炒面袋连缝隙都细细抠过，战士们布满血丝的眼睛像玻璃球嵌在骷髅里，人瘦得变了形，眼睛显得特别大。抬伤员的战士，把腰带紧了又紧，一次次往肚子里灌凉水。四个人抬一副担架，还跌跌撞撞，不时摔倒，要歇好一会儿才能爬起来。过去身体很棒的小伙子，行军抢着帮别人扛机枪，背背包，现在连自己带的两枚手榴弹都如背着一门大炮，喘气像拉风箱。即使这样，由于深入动员，共产党员带头，大家互相帮助，互相鼓励，没有人叫苦，没有人掉队，仍然斗志昂扬。

一天晚上，下着雨，尖兵班捉到一个敌哨兵，说村子里住满了李承晚军。我当即命令全连隐蔽前进，经过村外时绝对静肃，不许暴露火光。如果遇上敌人，不要理它，敌人盘问，由翻译（我们连有一名朝鲜人民军翻译）伪装成敌人应付。如少数敌人插到我们队伍中，先不理他，待走过这段路后，就捂嘴、夺枪、拖起走。要随时准备战斗，但没有命令，谁也不许开枪！

那个不知名的小村子南边有条小河，水不深，村子里到处手电筒光乱晃，敌人在吵吵嚷嚷地走动。我们悄悄从村子外摸过去。趟过小河时，从村子里冲出大约一个班的敌人。"吆包、吆包（喂、喂）！"敌人连声叫喊。翻译随即用朝鲜语回答："自己人。"敌人一个班长模样的人走了过来，用手电照了照穿着雨衣的翻译，又照了照我，还敬了个礼。雨不大不小，战士们全穿着雨衣，仅露出个脸。翻译和敌班长交谈了几句，敌人没有怀疑，就插入我们的队伍，相伴而行。我呢，听到朝鲜人讲话，还以为遇到了人民军，满心欢喜，还和敌班长用力、同志般的握了握手（幸好没有讲话）。翻译捅了我一下，凑近小声说："指导员，是敌人。"敌人一路叽叽咕咕地说着话，战士们谁也不吭声，由他们跟着。

离开那个小村子有一段路了，时机已成熟，我低声招呼翻译："是时候了！"翻译立即用朝语喊道："不许动，快缴枪！"刹那间，战士们猛扑上去，两人抓一个，按预先安排好的程序：捂嘴、夺枪，敌人一个班还没反应过来就给制服了。我们边走边审问俘虏，得知敌人在哪儿已经合围了，哪儿防御比较空虚。战士们实在太饿了，把俘虏身上带的干粮分了，美美地吃了一顿。把炸药、地雷等用来对付敌人坦克的武器，让俘虏扛着，还押着他们抬着我们的伤员往前走。我们还捡到一块敌人的对空联络布板，白颜色，战士们命令俘虏讲清楚联络信号和使用方法后，把它打开，伪装成李承晚军。这玩意儿还真管用，敌人的飞机只是在头上转，也不"下蛋"了。我们好几次大白天大摇大摆地往北赶。

在通过敌人最后一道防线时,我负伤了,左手被炸掉。说着,李竞老首长将左手连同白手套一起摘下,砰的一声扔在桌上,举起光秃秃的手臂……台下一愣,紧接着是经久不息、坦克轰鸣般的掌声。我以前知道李竞老首长的左手是假的,他一年四季戴白手套,但这一招,也是第一次见到。

中午在旅招待所,旅首长请李竞老首长吃饭。老首长很高兴,多喝了几杯,脸色更红,话更多。饭后,老首长没有在给他安排的套间里休息,很快就走了。我们送老首长的礼物是一套"湖笔"。以前送过"信封",挨批了,再也不敢,只能是花钱不多,投老首长的喜好,表达一下心意。

傍晚,营区的"军营之声"广播响起,有个女声在脆亮的喊道:老首长的秃臂是熊熊燃烧的火炬,是冲锋的号角,是前进的路标,是战斗的呐喊!

二

民警张新忠发来信息说周六要带电脑上他叔叔家,问我有时间么,和他叔叔视频。

到了约定的时间,我特地换上军装,打开电脑,视频里一位老人腰杆挺直端坐在一栋低矮的平房前,长条脸被褶皱和老年斑淹没,像一根被岁月风干的老丝瓜,发茬稀疏、雪白,眉毛、胡子都是白的,眼袋和腮帮像一大一小两个夸张突兀的"八"字。老人上穿一件黄色老式军装,胸前挂满各式各样暗红色的勋章、纪念章,脖子上搭一条发黄的白毛巾,下穿一条灰白色裤子,脚上穿一双看不出底色的棉鞋。

阳光斜照,树影斑驳。围在老人身边看热闹的有吸烟的男人,抱奶娃子的妇女,流鼻涕的小孩,还有一条蹿来蹿去的小黑狗。人影晃动,隐约能见后面立有一根竹竿,竹竿上垂一根绳子。

"老前辈,您好!高寿啦?身体还好吗?"

"首长,今天我能和老部队的首长说句心里话真是万分激动……幸运……首长呀……"

"老前辈,见到您很高兴……"

我们都在自说自话。

老人突然老泪纵横,呜呜地哭,哭得十分伤心,像个无助的小孩,腰慢慢塌下去,驼着背,醋黄的老式军装下尖瘦的双肩耸动。视频里一下子禁了声,周围的人莫名其妙地瞅着他。

老人终于平静下来,又挺起腰,颤抖着从上衣口袋里掏出一张小纸片,大声念了起来:我叫张明,当过某团二营六连连长,在抗美援朝第五次战役第二阶段中,我们一直追,追到"三八"线以南很远的地方,没想到在我们炒面快吃完时,敌人突然气势汹汹反扑过来,志愿军某师被敌人包了"饺子",我们部队奉上级命令去接应某师突围,在一个山窝窝里等了两天两夜,这时敌人已经扑了过来,我们自身都难保了。为掩护主力转移,我们连担任阻击任务。我们两次打退敌坦克,三次冲过敌炮火封锁线,眼看快回到我方阵地了,我被敌人的炮弹震昏,不幸被俘。被俘是军人的最大耻辱,是丢人现眼的事。首长呀,我没有杀身成仁,给老部队脸上抹黑了,首长,您能原谅我吗……

老人用毛巾抹了一把脸,手里的小纸片挪到膝盖上,腰又塌了下去,像前线喊话一样说开了。

轰隆隆,敌坦克开过来了,乌龟壳上的机枪打着转向两边山头扫射,巨大的声音震得地头动,碾得土石树枝飞溅,亮得像菜刀一样的坦克履带上粘着血肉、布条,我们用集束手榴弹、炮破筒、反坦克手雷冲上去拼,一拨又一拨,明摆着上去十有八九是死,但党员骨干还是抢着去,用血肉之躯阻挡敌人的行动……挨过上级规定的时限，估计主力部队走远了。

我们被敌人紧紧咬上了。三个排长已牺牲了两个，班长也牺牲了好几个。我和指导员商量，由他带领两个排和有伤有病的先走，我带一个排阻击。指导员还和我争，说我是连长应该和连队大部在一起，他来打掩护。我们指导员叫李秀才，初中文化，那时候有文化的不多，初中文化真的是秀才了。他入朝前才从团组织股下来，没有多少战斗经验，我让一个打过很多仗的排长跟着他。

分开之前，指导员宣布全连集合，把炒面袋里的炒面抖空给我们，把武器弹药尽量匀给我们。趁着夜色，他们走了，没想到这一走，再也没见着他们。

我带领一个排40余人，经过数次激烈战斗只剩下十几个了。慌不择路中没能赶上连队。人太少了，只能和敌人捉迷藏，从敌人的缝隙里像泥鳅一样钻过去。我们每人带着"三件宝"：披一件雨衣，遮风避雨；拄一根拐杖，防止摔倒；挑一个罐头盒，解决吃饭。断粮已经记不起多少天了，一停下来，我们就漫山遍野地找野菜，洗干净，放在罐头盒里烧汤喝。有一天，我们在路边捡到半袋"灰面"，叫花子捡到金元宝了，大伙儿可高兴啦。两块石头架一个捡来的布满铁锈的小锅，水烧开了，灰面倒进去一点，再倒进去一点，最后全都倒了进去，我搅啊搅，手都搅酸了，水还是水，浑浊的水，不是糊。大家急得眼冒火，管它呢，像"灰面"，应该也能喝，每人舀一罐头盒，味道发苦怪怪的。多年以后，种地用化肥才知道那是一种肥田粉。

战士们一个个面黄肌瘦，衣服破烂，胡子拉碴的，走路都打晃，尽管这样，我们还是相信自己一定能走回去，哪怕爬也要爬回去。就在这时，大个子机枪班长腿上负了重伤。大个子机枪班长是淮海战役中我们用一筐包子换来的解放战士，能吃能干，打机枪很有一套，右手食指一扣说出去几发子弹，就出去几发子弹（有的班用轻机枪只能打连发，不能单发），首发肯定命中，这是要硬功夫的。留下打阻击时他在别的排，但他坚决要求留下来，拍着机枪说敌人来了还是这个管用，何况机枪子弹还多。

现在，大家轮流着抬他，本来就走得慢，这下比蜗牛爬还慢。他虽然瘦，但骨架子在那儿，分量不轻，我们抬上几丈远，就要放下来喘口气，换把手。开始他躺在担架上反复叫嚷："给我一颗子弹，打死算球。""别管我，你们走！"

大家安慰他，让他放心，绝对不会扔下他。后来实在走不动了，再拖下去我们一个也出不来。在路过一户朝鲜老乡家时，我上去对老乡说，我们想把一位伤员寄放在您家里，过段时间来接。那个山羊胡子雪白的朝鲜老乡听不懂我们的话，但会写汉字，我们就用笔交流。起初他不答应，说什么也不同意，好说歹说，草纸都写了好几张，最后他松口说留下来可以，但他不能讲话，只能装哑巴。

我转身去做大个子机枪班长的工作。未语先流泪："你看，我们这么多人，抬着你实在太困难了，想把你寄放在老乡家里，等下一次战役发起时，再接你回去……"

"据上级说，第六次战役很快就会打响。"大家围着大个子机枪班长无不失声痛哭。大个子机枪班长躺在担架上，把帽子咬在嘴里，眼泪哗哗地流，过了一会儿，他想通了，答应了。

我们摸遍全身，什么都没有。山羊胡子老人朝我脚下看了看。我脚上的解放鞋还半新，其他人的鞋子要么露出脚趾头，要么鞋帮坏了。朝鲜人穿船形鞋，他们很喜欢我们的解放鞋，很多人穿。我立即心领神会把鞋子脱下来，双手递给老人，握着老人的手，反复说拜托了，拜托了。

大个子机枪班长只是流泪，一直没吭声。就在我们转身离去那一刹那，他撕心裂肺地哭喊："你们不要忘了我还在这儿！"

你们不要忘了我还在这儿！

他叫什么名字来着？首长，您看，这么多年过去了，我只记得他是大个子机枪班长，他的名字我真忘了。据我所知我们没有发起第六次战役，再也没有打到那个地方，他是死了，还是活着……

老人佝偻着腰，像一只大猩猩，又呜呜地哭了起来，用搭在脖子上的毛巾胡乱地抹着脸。

首长，我就是没有穿鞋子，一块弹片扎在脚板上，通过敌人炮火封锁线时跑慢了，一发炮弹过来，把我震昏……

敌人的炮弹是这么打的，打一会儿，歇一会儿，你一定要在歇的间隙跑过去，如果没跑过去，不是被炸死，就是当俘虏。

我比很多战友好多了，到底是回来了，他们呢，好多年纪轻轻的再也没有回来。

1980年上级给我恢复了党籍，现在每个月拿百把块钱的生活费，光景还过得去。村干部有时给我送吃的用的，乡武装部也来看过，但任何人来看我，承认我，都不如我的老部队原谅我，我最大的愿望就是活着回老部队看看。首长，能行么？

"某某，你妈喊你回家吃饭了。"流鼻涕的小孩应了声，转身跑了。

视频里人群散去。摄像头晃动。老人身后的竹竿上挂一面不大的五星红旗，随风飘着，颜色很艳。

三

副主任打电话来，让我到他办公室去一趟。

我们政治部有四个副主任（超编一个），一个副主任负责一个科室。在称呼上，一般分管我们的就直接叫副主任，不分管的加上姓。负责我们组织科的副主任是从集团军下来的，曾当过某荣誉连队四年指导员，从正连直接提正营，政治嗅觉灵敏，干起活来像李逵使板斧,有魄力,有能力,有时候很不讲情面。小我两岁,晚我一年兵。

我拿上笔、记录本,随手带上文件夹,夹子里是张明老前辈要求回老部队的请示报告。如果副主任同意,往旅首长那儿报,应该没多大问题,若副主任能向旅首长解释更好。实在不行就低调处理,让老人家在营区里转转,到军史陈列馆看看,由副主任出面陪吃个饭,拉拉话也成。这是我个人的想法。

副主任说,某某(在我们部队是一个如雷贯耳的名字)首长后天要来我们部队视察,计划活动两天,接待工作由我们科承头,科里指定你负责,你们科长已经知道了,你马上通知司(司令部)、后(后勤部)、装(装备部)各派一名干部,下午三点到政治部会议室召开协调会,旅首长将参加。你现在就到通信科借8部对讲机来。

我端起本子飞快记录。

"还有什么不明白吗?"副主任问。

"山东菏泽有个叫张明的老同志。"我打开文件夹,呈送到副主任面前说,"当过我们部队某团的指导员,后来在抗美援朝战争中被俘,现在老人很想回部队看看……"

"放这儿吧。"副主任说。

协调会由副主任主持,司令部、后勤部、装备部各派一名协理员参加,政委列席会议。副主任摊开笔记本,将接待工作进行具体分工:司令部通知部队,严格控制人员外出,严格一日生活制度,操课时间营区里不能有闲散人员走动,环境内务卫生不留死角,要彻底打扫一遍,首长在我部活动期间,不准在室外晾晒衣服、鞋袜、被子,要注意礼节礼貌,见到首长要敬礼,要振作"三声(歌声、号声、掌声)",训练计划、政治教育、食谱制定、查哨登记等各类课本、登记要准备齐全,落下的要及时补上,每个官兵对我们近期的训练教育科目内容要充分掌握了解,做到对答如流,可以拟定重点内容下发，让大家背熟，以防止首长随意提问；大门口哨兵要注意形象，纠察要加强检查力度，招待所（首长住的地方）小门口要站调整哨，白天单哨，晚上双哨……招待所（司令部分管）制订食谱，要向首长秘书或相关渠道了解首长的口味有没有变，如果需要可以请地方星级饭店的师傅来主厨，鲜花、水果摆放要细致，文化活动中心要做好准备工作（政治部分管），首长有什么爱好，或需要什么活动，及时掌握，要多准备几手……

政治部要做好氛围营造工作，标语、彩旗、横幅、橱窗、夜晚的亮化、办公楼前的喷泉、军营之声广播等要营造出生气、朝气、虎气的氛围。座谈会会场布置（席卡、鲜花、水果、茶水等一应安排）、摄影、摄影全程保障，收发室每天要调整十份重点报刊送首长房间……

后勤部通知医院派一名医生和一名护士住招待所一楼，随叫随到。在首长休息、兴致好的时候给首长量量血压，测测体温，问候首长的身体情况。让军需科通知各连队明天把菜地进行一次整治（要检查评比），这两天不要去菜地搞菜了，荤蔬都由服务中心统一供应。猪圈要勤打扫，用水冲干净，剩菜剩饭或饲料里可以多兑酒糟，买不到酒糟想办法倒点便宜酒，猪吃了皮色红润，呼呼大睡，还不会乱拉屎（下面有人忍不住笑）……

装备部……

副主任说到哪个部门的工作就紧盯哪个部门的代表，并不看笔记本，说完后问道："还有什么不明白吗？"最后他扫视一圈，"大家有什么困难，还有什么补充？现在提出还来得及。"

会场上一片沉默。

"好！大家没有什么疑问，下一步就不折不扣执行，丑话说在前面，谁负责的环节出了问题找谁算账。"副主任看了一眼桌上的对讲机，"等一下将对讲机发给大家，统一波段统一频率，首长在我部活动期间必须二十四小时开机。"

政委一直坐在旁边批阅一叠厚厚的文件夹，这时抬起头说，某某首长是我们部队的老首长，是在我们部队成长起来的，从战士干到师政委，是我们的骄傲，首长对老部队一直很关注关心。这次首长回来视察，我们一定要以高度的责任感把工作做细、做精、做扎实。基层官兵训练很苦，做了很多工作，部队安全稳定，发展势头很好，我们要让首长听了看了舒心、放心、开心，觉得老部队官兵没有辜负他的殷切希望。你们回去后再把相关情况向各部门领导做个汇报，拿出细致可操作的方案。各个环节要衔接好，各部门各科室要及时沟通，注意协调，尤其是具体承办科室要全程跟进。工作上有什么困难可以找副主任，也可以直接找我。

一阵椅子移动声，各部门开会的陆续走了。副主任叫我留一下，拉过一把椅子坐在我身边说，从现在开始，我、你随时和首长的秘书保持联系。后天上午九点前，旅首长将赶到某高速公路路口，和某部（首长视察的上一家单位）进行对首长的交接仪式。

明天上午，你把分内工作完成落实好后，下午去招待所把首长住的套间仔细检查一遍，台灯试一下亮不亮，马桶按一下能不能冲，电话打一下军线、地方线能不能一拨就通，把淋浴龙头的热水调好，把电视调到新闻频道，音量适中，把空调遥控器的温度定在25度，按按枕头，抖抖被子……招待所几个兵都是这个关系那个打招呼的"老爷兵"，出了纰漏，他们只是挨顿批，最后板子还是打在我们身上。明天晚上你就住到招待所去，住军医隔壁。这次接待，我们作为承头的要主动靠上去，全面把握，积极协调，工作灵活一点，把问题想得复杂一点，方法多一点。一句话，就是把首长想象成小孩，当作小孩一样照顾，要把首长的智商想象成中下水平，我们并不是要糊弄首长，而是多替首长着想，让首长少操心。

在会务保障和接待工作上，我们有过深刻教训。有次，一位首长到我们部队考察党委班子。党委工作汇报很具体很扎实,首长听了频频点头。就在会议快结束时,首长起身指着面前的席卡笑着说,看样子同志们对我还不太熟悉。席卡上首长名字中间那个字打错了,是一个笔画极其相近的字,不认真看还真看不出来。那个负责会议保障的干事做出触及灵魂深处的检讨、挨一顿狠批后,被下到某修理所当技术员(他并不懂那方面技术),拖了好几年才转业。那届班子成员因为种种原因仅个别得到提升使用。当然这不是小小席卡事件所决定的,但人们爱往上面联想。又有一次,一位首长到我们部队检查工作,就住了一个晚上,第二天上午首长要走,旅里在家常委陪同首长吃早饭,饭桌上,首长端坐上首哈哈大笑说,昨晚打开被子,被窝里竟然有根弯曲的毛发,一看就是……旅首长当时一个个脸红得像火烤一样,下不来台。这两件事并不发生在一块,而是间隔好多年。现在人们当作笑话一样传,但笑过后不由得心发紧。

首长终于来了。

首长看上去平易近人。如果不穿军装走在大街上就是一个平常的老头,敦实的身子,脸上皱纹围着肉嘟嘟的鼻子蔓延开,好像随时笑眯眯的。首长只是在座谈会上以及和旅常委合影时才穿军装,平时就穿一件灰白色的夹克在营区里转。白天走走停停,瞧瞧看看,有时候在一个不起眼的地方磨蹭半天。傍晚散步绕着我们出操的跑道走,快得像急行军。

首长站在军史陈列馆门口说,这陈列馆是他在的时候盖的,以前我们部队的一些锦旗、奖牌就堆在政治部一间大一点的房子里,根本展不开,来人参观没法介绍,他下决心盖了这个馆,上级拨了一部分钱,自己筹集了一部分,设计有雕像、蜡像、战略电子示意图、地面嵌有大型沙盘等,当时来说比较现代,盖好后上级组织验收时挨批了,说超标准,太前卫,太豪华,盖军史馆弘扬光荣传统,竟然没有继承革命先辈的简单朴素。话虽这么说,有一段时间周边许多单位预约到我们部队来参观军史馆，一是看我们的历史，二是看我们的展馆、布展设计。没出几年，我们也落伍了，现在的陈列馆声光电演示，场景再现等跟真的一样，先进着啦。所以我们干工作要用发展的眼光，有创造性，像打运动目标一样有提前量。首长指着陈列馆大门上几个鎏金大字说，这还是他亲自找某首长题的。

在器械训练场一角，首长扶着围墙说，这段墙是某年他带领一营和二营利用老兵退伍后的训练预备期修起来的，方圆十几里地的砖头和大点的石头被捡光，我们用筐抬、用板车推，晚上拉上灯干，热火朝天……顺着首长的手指方向望去，粗糙的墙面有砖石风化、脱落，墙体里有杂木从中钻出，生机盎然。

在炮场，首长兴致很高地说："我们那个时候每年秋天拉到北方某炮兵靶场，秋高气爽，炮指苍穹，每一个兵的心好像要飞出来一样，无论是固定目标还是移动目标，我们都是首发命中，那个高兴呀，军帽满天飞，杀猪宰羊庆祝。"

首长让我们准备几箱水果，去看望了几位还住在家属区的老职工和干部遗孀，几位老人拉住首长的手激动得泪流满面，好像有很多话一下子不知从哪儿说起。

首长顺便回到他以前的住处看了看。青砖平房，绿树掩映，安静简朴，现在已整修成单身军官公寓。首长躬着腰站在走廊上隔着窗户往里瞧，好一会儿，说他在这儿住过多年，在这房子里结婚、生孩子，门口这棵琵琶树还是他亲手栽的，现在都长这么高了……首长站在门口，站在高过屋顶的树下，摄像机在转，照相机在咔嚓咔嚓闪光。

早上，起床号响过，我起床上楼发现首长的门开着，首长不在。问秘书，秘书说首长已经起来了，说出去走走。我追出去，问哨兵，首长往哪个方向走的。哨兵朝连队营区方向指了指。我在营区转了一圈，最后在连队猪圈房旁找到首长。首长穿着那件灰白色夹克和一个兵并排蹲在猪圈一侧的矮墙上,两人手里都夹根烟,手臂不时舒展。首长好像不抽烟吧,我怀疑自己记错了。

太阳出来了,照着他们的后背,影子拉得长长的。我站在不远处的水杉下,没有过去。一根烟抽完了,又过了一会儿,首长起身和那兵说了几句,朝我这边走过来。我微微落在首长身后,谁也没说话回到招待所。

首长终于走了。

我如释重负,一时坐在办公桌前发愣。副主任走了进来,将关于张明老前辈要求回部队的报告放在我桌上,什么话没说。脸上也看不出任何表情。

四

乍暖还寒,春草冒出嫩芽。二月,一年一度的干部转业工作开始了。

我把经过反复推敲的转业报告交给干部科长,又找到主任汇报思想,说父母年纪大了,孩子太小,家属在老家上班又当爹又当妈,她随军一直没有随队,怕过来找不到合适的事做,去打一般的工,工资又少,人又辛苦。我呢,年纪偏大,职务偏低,知识结构跟不上部队发展建设的形势,不适合继续在部队干……主任说,我的情况他知道,到时候跟旅长、政委说说。

从主任房间出来我仍不放心,又硬着头皮去找旅长、政委。旅长、政委都忙,电话、手机响个不停,来请示汇报工作的走马灯一样,我插空好不容易把话说完。旅长、政委就一句话说,知道了,组织会考虑的。

在基层野战部队,训练苦,纪律严,压力大,进步不一定快(绝大多数军官的晋升按部就班),工资收入全军统一,福利待遇比不上机关、后勤，想走的人很多，尤其是副营随军（现在正连就可以随军了）满两年的，转业可以安置在驻地城市。这几年，我们部队驻地的经济发展快得像面团发酵一样，工资比部队高出一大截，弄得有些人蠢蠢欲动（包括我）。

确定要走了，心情又很复杂，看什么都像和恋人分手一样。就如有的老兵在外腰带上写上当兵的简历，还画一幅日历进行倒计时，真到要走的那一刻，又哭鼻子抹眼泪难舍难分。

早晨上班，旅机关大楼门口的公示牌前挤满了人，上报转业干部名单打印在一张16K红纸上，贴在玻璃橱窗里。我挤上去，扫了一眼，没有我的名字，又点名一样挨个儿念过去，还是没有。

不能走，心情又是一次起伏。

周末，我给张新忠发信息问可以和老人视频么？他回信息说，最近所里忙，没时间，要他带电脑回去才行，下星期吧。又一个周末，他问我有空吗？我说在加班炮制一个向上级工作组汇报的材料。没几天，我收到一个特快专递，张新忠寄来的，是他们县人武部去看望张明老前辈时的一个光盘。

屏幕上一片欢腾，体形像口钟扛中校军衔的人武部部长（看不清胸前的姓名牌）和一个高瘦的上尉在一群人和一条小黑狗地簇拥下，来到老人居住的小平房前，老人迎在门口，还是穿那件黄色老式军装，胸前还是那样子挂着勋章、纪念章。在小屋前。张新忠凑近老人耳朵边大声喊，大意说，县人武部陈部长百忙之中来看您，给您录音录像来了，这是党和人民政府还有部队对您的关心，大家都没忘记您，您像上次一样好好说，把所知道的原原本本说出来。

陈部长向老人敬礼、握手后，双手平放膝盖铸钟一样坐下，说话更像撞钟一样："老前辈，您在战争年代英勇战斗，不怕牺牲，为民族的独立和人民的解放事业做出了很大的贡献，党和人民感谢您……"

"我醒来后就躺在美军战地收容所里,三天才吞下一个饭蛋蛋,敌人问我叫什么名字,我说叫李光明,是刚参军的新兵……"

"我们今天的幸福生活来之不易,是你们当年用生命和鲜血换来的……"

"敌人给我们每人发一本花花绿绿的小本子,上面说他们怎么文明,怎么人道,屁!擦屁股还嫌它硬呢,我把它扔了。"

老人扯着嗓子喊,声音一次次盖过陈部长。

陈部长终于停止说话,笑容僵在脸上,像个小学生一样端坐。老人手里捏着几张纸,不时看一眼说上一阵。不是说,是喊。

在美军战俘收容所住了几天,敌人就把我们押到一个叫巨济岛(后到济州岛)的孤岛上,那里四面环海,波涛汹涌,风刮得呼呼响,就是插上翅膀也难逃。岛上设了好几个战俘集中营,集中营与集中营之间有三层带电和有倒刺的铁丝网,铁丝网外岗哨林立,巨大的探照灯把黑夜照得就像白天,百米外有敌人的坦克、迫击炮、火焰喷射器等武器,战俘一有反抗,他们随时开火。

我先是被押到86号集中营,里面有八千多人,乱糟糟的,住的都是帐篷,帐篷故意搭在潮湿的草地上,中间挖一条沟,两边睡人。每人发一条草垫,一条旧军毯,规定睡觉的宽度为30厘米,必须等到喊口令才能统一睡。谁都知道,成年人的背部宽是50至60厘米。他们这样就是叫你通宵不能翻身,休息不好。每顿饭发一个拳头大小的饭团,没有碗筷,只能用帽子或手托着吃(后改为半碗大麦或碎糙米饭,一勺白菜汤)。经常是饭一抬上来,大家一拥而上,乱抢,乱夺,乱抓,乱打,乱做一团。有的人几天吃不上一口饭。5天供应一次开水,逼得大家到旁边的臭水沟里舀水,澄清后再喝,一些伤病员喝了拉肚子。朝鲜的冬天零下几十度,战俘身上就穿一件背心,一套军单衣,冷得发抖。生活条件如此恶劣,还逼着去干各种劳役，如修码头，当装卸工，稍有空闲就让你把大石头打成小石头，小石头打碎，直至打成粉末……

人挤人，人挨人，人靠人，像一大群牲口关在铁丝网里，有的人为了一口饭一口水，为了多占点地方，为了一丁点好处大打出手，混乱不堪。一时间，集中营里各种性质的小团体纷纷冒出，有"青帮""红帮""兄弟会""同乡会""袍哥会""汽车驾驶员协会"，还有美军麻醉教育的"耶稣教会"，国民党特务成立的"反共救国同盟会"等等。一些懦弱的战俘为了活下去，投靠各类"组织"，寻求保护，经常是两人打斗，很快演变成打群架，鲜血飞溅，哭爹叫娘。看守战俘的美军士兵在一旁哈哈大笑，嗷嗷叫唤，为双方助威。

看到过去一起出生入死的战友窝里斗，真揪心呀！我们怎么不团结起来和美军斗争呢。

我悄悄找到某团二营参谋刘智商量，我们不能任人宰割，只有把大家组织起来，团结一条心，坚决反抗才有活路。刘智是老八路、老党员，我和他早就认识，他点子多，斗争经验丰富。我们俩一拍即合，决心把大家团结发动起来。

我和刘智分头行动，很快找到某团组织股干事李泽，某师宣传科干事陈东明，某团文化教员周钢等。共产党员13人，共青团员26人。一天黄昏，我们十几个党员秘密聚到一起，商议决定成立地下党组织，大家一致推举我任党支部书记，刘智任副书记，李泽任组织委员，陈东明任宣传委员，并选出团委，周钢担任团支部书记。

几天后，第一次地下党员大会有四十多人参加，扩大到全体团员和部分群众代表。支部副书记刘智用铅笔在烟盒上画上镰刀、斧头作为"党旗"，挂在帐篷的北上方，我们面北而站，气氛庄严。我起了个头，唱起《国际歌》，"起来，饥寒交迫的奴隶！起来，全世界受苦的人……"每个人的泪水像断了线的珠子哗哗地流，泣不成声，最后变成哭喊。我深深向党旗鞠了一个躬后，开始讲话："亲爱的祖国，亲爱的党，我代表86号集中营党支部和囚禁在孤岛上的全体战士向您表达忠诚，自从被迫离开了您，我们就像一群孤儿，每时每刻都感到无依无靠的痛苦，今天我们又在您的旗帜下团结起来，我们要成为敌人喉咙里的硬骨头，成为吸引全体难友的吸铁石，要和敌人展开不屈不挠的斗争……

86号集中营里以四川人居多，大都是我们部队入川时原国民党九十五军起义过来的，改编后受教育的时间不长，觉悟不高，但讲义气，重感情，对叛徒、特务克扣口粮，故意派干重活、脏活和随意打骂，敢于反抗。他们自发组织起来成立"兄弟会"和"袍哥会"。发动群众我们首先想到这两个组织。刘智找到"兄弟会"的老大刘坨疤。刘坨疤是原国民党九十五军一个老兵，人高马大，脸上一块刺刀挑破的疤痕，很刺眼。每次斗争他冲在最前头，承头和敌人对话，在群众中威信很高。刘坨疤委婉透露，战俘中传说我是师级干部，希望回去后帮他证明，他没有干对不起国家，对不起祖宗的事。刘智跟我说，让我不要解释，默认就可以了，一定要想办法把刘坨疤争取过来，把"兄弟会"拢在我们周围，就像我们党当年改造土匪、地主武装一样。

美军给每个战俘发一件红色褂子和一个裤头，褂子的背上印有"PW（战俘的英文缩写）"。美军强迫我们穿上，不穿就拳打脚踢。这是对我们极大的侮辱，我们是战俘，不是囚犯，更不是死囚。我们党支部决定抓住这次机会，给敌人一点颜色。我们组织起全体党、团员，发动"兄弟会""袍哥会"，数千难友高呼"打到美帝""打倒蒋介石""打倒李承晚"，声音排山倒海，地动山摇，吓得敌人灰溜溜地把红色囚衣拿走了。首战告捷，我们举碗喝水相庆。

紧接着，我们还组织了"三反三要"斗争，就是反饥饿要温饱、反寒冻要温暖、反迫害要人道。通过绝食、游行、高唱红色歌曲等办法，取得一些小胜利，如争取到10个人发7件大衣，制止了敌人无故停水、停粮、停治疗，随意在战俘身上抽血、做药物试验，无故打骂体罚战俘等。

摄像机镜头大部分时间对准陈部长，不时一个脸部特写，庄重严肃认真，一副很有耐心的样子。画面传出来的声音还是张明老前辈在喊。

这时，陈部长别在腰上的手机响起，边接电话边起身走出小院，摄像机镜头跟在他身后。张明老前辈的喊话声渐渐变小。

小院外一群人围着一张折叠桌懒散而坐，桌子上零乱地摆放着一些白色的一次性塑料杯，中间摆有苹果、葡萄、青色的橘子和两碟葵花子。人群中有男有女，有年轻的也有年纪大的，有的跷着二郎腿在四处张望，有的盯着手机看，有的在和身旁的人低声交谈，目光散淡，嗑瓜子、吃水果、打哈欠、伸懒腰、抖动腿……那条小黑狗也凑热闹般趴在桌子旁，看起来很眼熟。哦，想起来了，李竞老首长家也有这样一条小黑狗。莫不是同一条？或者它们是兄弟？

镜头朝不远处的房屋、树木、看热闹的小孩晃了晃，又对准陈部长，把陈部长喝水、说笑、吃水果、打电话、发短信等动作一一记录下来。

张明老前辈扯着嗓子的喊话声又渐渐传出，由小变大。镜头又对向老人。老人刚才是一个人自说自话，没有听众，也没有镜头。

10月1日，是我们伟大祖国的"国庆节"，我们虽然身处牢笼，但心向祖国，我们决心要像北京天安门一样以最隆重的方式庆祝这个伟大的节日。早在8月份，我们了解到美蒋特务将在10月10日这一天在战俘营升起国民党的"青天白日旗"。为了对抗，我们党支部决定10月1日，在10个主要营场同时升起五星红旗，并粉碎敌人的升旗阴谋。

党支部会议决定由我负责制作国旗。我们战俘穷得"卯打晃",哪来原材料做国旗呢?我和刘智、刘坨疤等人商量,大家开动脑筋,将战俘营空地上堆放的降落伞拿来,把汽油桶用柴草烧红,然后把降落伞拉开放在汽油桶上烤,边烤边用碎布把上面一层胶擦去,露出里面一层白绸布。红、黄两种颜色,我们一是叫伤病员轮流去医务所领红药水和奎宁;二是故意把自己弄伤然后去要。针线、刀片和糨糊,我们用钢笔、手表、毛毯和朝鲜军看守换。

材料准备得差不多后,我们用红药水把白绸布染红,专门用一块布以奎宁染黄,用刀片刻出一个个五角星……江姐在国民党监狱里绣红旗,我们在美军集中营里绣红旗,眼泪随着针线走呀,心情就像孤岛外的海浪,汹涌澎湃。

夜深了,最后一面国旗,红色还差一点,我用刀片割破手指,鲜血点点滴滴在上面慢慢洇开。10面国旗做好了,大家排着队,谁都想看一眼,谁都想摸一摸,有个姓赵的老红军战士(名字、职务忘了)走上前,双膝跪下双手捧起国旗贴在脸上,亲吻国旗,眼泪哗哗地流……

9月30日,我们召集数千难友齐聚广场开动员大会,由我做动员报告:同志们、难友们,明天是我们中华人民共和国国庆节,我们是中华民族的优秀儿女,祖国人民称我们是"最可爱的人",我们无论在怎样恶劣的条件下都要升起五星红旗,庆祝祖国的节日……根据《日内瓦公约》,战俘有信仰自由,我们是共产主义战士,信仰共产主义。我们身后有祖国四亿人民依靠,有全世界无产阶级的声援,有众多中朝被俘人员的支持配合,量美军也不敢随意大量屠杀我们(后来证实我们的猜测错了),但我们还是要做好各种准备,不惜流血牺牲,誓死保卫五星红旗……

动员大会后,党支部共收到写在烟盒、报纸边上的决心书330多份,其中140多份是用鲜血写的,内容如"我要以死报答党和毛主席的恩情，让敌人晓得我们的爱国权利谁也不能剥夺！""死而无憾，只求祖国人民原谅我。""只要有一口气，也要保住五星红旗。"

我们根据每个人的决心、体力、特长和斗争经验进行编队，分别编为"敢死队""突击队""预备队""护旗队""救护队""乐队"等。战友之间交换通信地址和遗嘱。人手一样武器，主要是石头蛋子。大门靠左边有一堵一米多高的墙，里面全是鸡蛋大小的石子，我们把它砸开，每人拿上几个。另外，还有劈柴棒子、帐篷杆子，用铁皮做的大刀片子，从铁丝网上拆下来的铁蒺藜鞭子，平时吃饭节省下来的辣椒粉，以及汽油、开水等。

"乐队"的乐器有锣、鼓、弦子、洋号等，都是我们自己就地取材做的。

10月1日这一天终于来到了，天蒙蒙亮，一声哨响，我们一骨碌爬起来，各队人员按照任务分工仔细检查武器，厨房大锅里的开水翻着滚（用开水泼敌人），使辣椒粉的专打敌人的脸，以便夺枪……每人还制作了一面三角小旗，上面写着"热烈庆祝国庆""祖国万岁""人民万岁"等。

我和刘智扒出埋藏好的国旗和旗杆，挖好旗杆坑，旁边放一小桶汽油和打火机，如敌人抢旗立即烧毁，绝不让国旗落入敌手。

早上7点，司号员一声号令，树起旗杆，乐队用自制的乐器奏响《中华人民共和国国歌》，大家齐声高唱："起来，不愿做奴隶的人们，把我们的血肉筑成我们新的长城……"

五星红旗随着雄壮的乐声、歌声冉冉升起，每个人深情凝望，热泪盈眶。待我们转过身来，发现周边10面五星红旗都已升起，迎着喷薄而出的太阳，迎风招展，红艳艳的，把整个集中营映照得分外热烈、喜庆。

升旗仪式结束，我们打着小旗，高呼口号，高唱《歌唱祖国》《解放军进行曲》《东方红》《走，跟着毛泽东走》《没有共产党就没有新中国》等歌曲，绕着铁丝网开始游行，歌声、号声、欢呼声震翻了孤岛。

这下铁丝网外的美军可慌了手脚，一面通过广播命令战俘降旗，一面派出4架战斗机在空中呼啸俯冲，十几辆坦克轰轰隆隆地开进营内，把守各个营门口，一队队全副武装的美军跑步过来，头戴防毒面具，手持冲锋枪、自动步枪、轻重机枪、火焰喷射器、瓦斯弹、手榴弹等各式武器，将集中营团团围住。地上、空中，那气势汹汹的架势恨不得把战俘一个个撕碎。

美军大尉布鲁克斯头戴钢盔站在一辆坦克上举着一个话筒高喊："立即降旗！请你们立即降旗！"

布鲁克斯在中国生活过十年，中国话说得很溜，蒋介石特务叫他"中国通"，我们叫他"狗大尉"。我方代表，党支部组织委员李泽说："国际法规定战俘有信仰自由，今天是我们的国庆节，应该庆祝。"

布鲁克斯说："你们是在宣传共产主义，不准您升旗。"

"我们都是共产主义者，这是我们的信仰。"

"你们是战俘，就得遵守联军的命令。"

"我们是战俘，不是囚徒，升旗是我们的公民权利。"

"我再次命令您五分钟之内降旗，否则格杀勿论！"

"我们升旗是你们将军许可的，他说过，汝等之国旗，可在汝国之节日悬挂之。难道你不执行你们将军的命令吗？"

"你们再不降旗，我们就开枪啦！"

"你的半碗饭我们吃够啦，狗大尉，你敢进来，我们就砸烂你的狗头！"众战俘挥舞拳头，冲着布鲁克斯吼。

布鲁克斯一挥手，朝鲜军看守将营门打开，美军呈四路纵队冲了进来。

"打呀！给我狠狠地打！"敢死队雨点般的石蛋砸在敌人钢盔上

砰砰作响，敌人支撑不住，退了回去。

美军边射击边冲锋，进行第二次冲击，难以抵挡，尤其是岗楼上的机枪居高临下，我们很是吃亏。美军冲进来了，敢死队一拨石蛋迎头痛击后，持铁蒺藜鞭子、劈柴棒子、帐篷杆子的一拥而上和敌人展开肉搏。美军怕枪支落入战俘手中，又一次退出营门。

这时，集中营门口已血迹斑斑，一片狼藉。敢死队员伤亡过半。

美军四辆坦克猛撞铁丝网，四面机枪吼叫，紧跟在坦克后的是步兵，美军发起第三次冲击。

我突击队、预备队一个接一个倒下，有的被子弹打中头部，有的被刺刀捅在腰上，有的手指被齐刷刷挑断，有的脸上被捅了一刀，浑身血污，扑倒在美军身上……

美军快冲到旗杆下啦！护旗队员顾不得降旗，一把砍断旗杆绳，国旗落地，端起汽油桶一泼，用打火机点燃……一个美军冲了过来，拎起国旗一角，抖了抖，火越烧越旺。

我立即发出命令："同志们不要打啦，我们胜利啦！"

众人欢呼，我们胜利啦，我们的国旗没有落入敌手！

这次升旗，我们牺牲了56人，负伤109人。他们至今还是无名英雄，没有得到任何组织的承认。我们为祖国和人民争了光，声援了我方在朝鲜板门店的和谈，向世界人民揭穿了美军大量屠杀战俘的本来面目。

这样的升旗斗争我们进行过好几次，如"五一"劳动节，"八一"建军节，"八一五"日军投降纪念日等。夺旗斗争也进行过一次。

那次升旗战斗几天后，是国民党的"双十节（国民党节日）"。10月9日下午，几个国民党特务开会说，在美军的保护下，明天要隆重庆祝，全体人员必须参加，要组织乐队，唱国民党歌曲。他们还耀武扬威地展示了国民党的"青天白日旗"。据说是国民党驻朝鲜大使馆送来的。

我们开会商量，必须把骨干力量再次聚拢起来，不能让美军和国民党特务的阴谋得逞。晚上，路灯一亮，我们一百多人手持木棍、石头蛋子悄悄向藏匿国民党旗帜的联队部摸去。快到联队部门口了，我大喊："冲呀，打死叛徒，打倒卖国贼！"

朝鲜军看守一见不妙，抱头鼠窜。我们和国民党特务厮打在一起，拳脚相向，棍棒相撞，石头乱飞。混战中，分工明确的夺旗小组迅速把国民党的旗帜偷出来，烧掉了。

美军看了一会儿热闹，见我们的人越打越多，越打越猛，国民党特务眼看支持不住了。一个连的美军在坦克的掩护下冲了进来，举着喇叭喊："不要乱打，不要骚乱。"并立即对集中营执行戒严。这次夺旗，我们牺牲了一个名叫陈晓其的共青团员，四川合川人……

"老前辈，您说得很好，我们很受教育，今天就说到这儿，您要保重，多注意身体，我们下次再来。"陈部长又出现在画面中，笑容满面地对老人说。老人半张着嘴木然望着他。

"叔叔，陈部长他们还有事，今天就说到这里，下次他们有空再来。"张新忠俯在老人耳边一支手做喇叭状喊道。

"我还没说完啦。"

"下次再来。"

"吃饭再走！到家怎能不吃饭？"张明老前辈样子有点儿不太高兴，"你们是哪个部队的？"

"我们是县人武部，济南军区的。"陈部长一边说一边把臂章伸过去。

老人凑过去看了看，指着摄像机说："那我刚才说的，我老部队的官兵能看得到吗？"

"您放心，我会给刘主任寄去，就是上次和您在电脑上说话的那个。"张新忠说。

摄像机镜头好奇似的,到处晃。小屋子里光线很暗,一侧石灰斑驳的墙上贴有一张烟熏火燎的毛主席像,下面是一张看不出颜色的三抽桌,桌上摆一台21英寸仿佛比屋子主人还老的电视机;另一侧一张单人床,蚊帐歪斜,乌黄,一床暗红色印有牡丹花图案的被子随意卷在床上,墙角有一口大缸,大缸盖子上零乱地摆有锅碗饭盒镜子杯子药瓶等东西……

五

张新忠发信息问我,老人回部队看看的事安排得怎么样了?我说正在报告,老前辈不是有文化吗?最好能给旅里首长写封信,我再上报就上下结合,顺理成章了。我说了我们部队的具体地址、邮编和番号。

"你们旅长、政委叫什么名字?"

"你就写部队长或一号、二号首长,肯定能收到。"

"你不说,我也能查到,现在好多部队首长的简历甚至背景资料网上都有。"

"你查到是你的事,但不能从我嘴里说出。"

不久,我收到一封从旅长办公室转来的特快专递。信封上熟悉的字体写道:请刘小虎同志回信,向老人家问好,将有关情况核实清楚,妥善处理。程剑辉(我们旅长的大名)。

信封里有一张一页纸的信和一张上次寄给我的同样光盘。信上张明老前辈把自己的身份和被俘经过简单介绍后,说,这些年,我无时无刻不想念牺牲的战友和老部队,一听说我的老部队还在,当时就哭了。我现在身体还好,上次我们县武装部来采访,我一口气说了两个多小时,不觉得累。我很想回老部队看看,希望首长能满足一个老兵的心愿。此致,军礼!祝老部队事业争争(蒸蒸)日上,永远向前!

部队训练就像种地一样赶季节,共同科目、专业科目、野外驻训后是海上游泳训练。今年海训时间短,一层皮没扒完(往年要像蛇一样蜕掉几层皮),就赶回营区过"八一"。

"八一"前夕,科里开会说,旅长有一个战友叫黎跃军,和旅长是同一年度兵同一个连队的,退伍以后在老家苏州昆山开了一家叫"金宇"的家电公司,据说搞得很好。8月1日那一天,黎总将带领公司中层十余人来我们部队慰问,给全旅每个建制连队送一台"金宇牌"全自动洗衣机。旅首长把接待任务交给我们科,是对我们工作的肯定,尤其是上次迎接某首长,完成得很好。

科长说,这次还由刘干事(科里就我姓刘)具体负责,大家都扑上去,把工作做实做细。旅长虽然没有明确指示,但我们不能马虎,标准不能低于上次接待某首长。

我和"金宇"公司黎总及公司秘书通了几次电话,弄清楚他们此行的主要意图并拿到慰问团成员名单后,我列出一个较为详细的活动日程。

那一天,他们上午十点左右到,我计划在离营区三公里远的路口派出"调整哨(哨兵军容严整,扎外腰带,手执红、绿三角小旗,主要指示方向,调整车队)";营区主干道挂横幅,插彩旗,官兵夹道欢迎的队伍从营房大门口一直排到贵宾接待室,约一千米;慰问团在营房大门口一下车,旅业余军乐队立即奏响《迎宾曲》。业余军乐队才成立不久,《国歌》《军歌》《旅战歌》《欢乐颂》等几支常用的曲子演奏得还凑合;摄影、摄像保障跟上……

对于一些地方(民间)慰问团要把握对方的心理,他们来不是讲究吃住(部队也没有那个条件),但声势排场要起来,热热闹闹、轰轰烈烈，极大满足他们的虚荣心和自豪感，让他们感到像被当作国家元首一样重视。对于黎总这样的老板，一方面是他对部队有深厚的感情，有浓郁的军旅情结；另一方面是荣归"故里"，当然还涉及企业的形象宣传，员工的精神凝聚等。

其他活动，诸如举行捐赠仪式，和官兵座谈，在连队饭堂就餐，打靶，参观武器装备、军史馆、文化活动中心等场面不大的都好办。

我以"呈阅批签（公文上报）"的形式将活动日程送旅常委阅示。旅常委一一在上面签字后，复印数份，分别发给军务、管理、后勤等相关部门。"协调会"肯定开不起来，靠我一个部门小干事，到处去求爷？我只能出此下策，拿"鸡毛"当"令箭"。

忙完这一切，我上网搜索"金宇"公司相关资料，主要产品、产值规模、市场销路、产品信誉、员工情况、经营理念、企业文化等。现在连街头卖茶叶蛋的都开有主页、微博，注意营销。这些冠冕堂皇，广而告之的东西，一是备着以防旅首长打听，能随时提供参考；二是交谈中多谈对方情况，表示我们对其很了解很关注。

干事干事，干好具体事。基本素养就是心细严整，默默无闻做好幕后工作。当年，我一进机关老主任就送我一本书，《把信送给扎西亚》。到现在几年过去了我才翻几页，但意思大致明白，就是上级只交给任务，至于有没有条件，怎么去完成，自己想办法。

慰问团来了。里面居然有好几个熟悉的面孔，有前几年自主择业的炮兵团副团长，有通信修理所两个技师（一个自主择业干部，一个作为义务兵退伍的上士），有小车班的一个驾驶员，有某连队的一个炊事班长……

网上说"金宇"公司的员工以复转军人为主，此前也发来过名单（只注明在公司所担任的职务），我只晓得炮兵团副团长在那边，对其他人没太在意，还以为是同名同姓的呢。老兵们以这种方式回到老部队过"八一"，一下车又喊又叫，到处拥抱，热闹得沸腾。

黎总介绍炮兵副团长说，他现在是公司的副总，配有专车专职驾驶员，工资待遇不比他当团长低。黎总拉过一个黑瘦的中年汉子问旅长，还认得么？这是我们当兵时的班长呀。他派人去四川、广州，费了好大的劲才找到，找到他时，他正蹬一辆三轮车吆喝着大街小巷收旧报纸、烂纸壳子。老班长修理"两瓦电台（现已淘汰）"的技术曾经在军区比武拿过名次，现在在公司主要负责质检和维修，为了让他安心工作，公司在苏州给他买了一套两居室住房，如今他一大家子七八口都是公司员工。

"这几个就不用介绍了，他们离开这儿时间还不久。"黎总指着旁边几个人说。大家一阵欢笑。

座谈会上，黎总侃侃而谈。我们公司有千余名员工，不同时期的复转军人有六百多名，占百分之六十多，光我们旅的就有四百多名，相当于一个步兵营，公司各个岗位，门卫、生产、研发、质检、营销、仓库、食堂等都有咱当过兵的人，有军官，有士官，有义务兵，有伤残军人，年龄大小不一，籍贯遍布十几个省市，大部分是下岗待业或在外打工的，他们之间相互传信转告，慕名而来。我们有人武部，有党委，每周一早上举行升国旗仪式，周三晚上学习产品专业知识，周五下午党、团员过组织生活，或举办文娱活动，或学习金融知识、经济形势，学习党和国家的相关政策；每年八一，公司组织复转军人聚餐，发慰问品。

总之，我们公司就是一个地方版的部队。我们集会，举办各类活动，唱《解放军军歌》，唱《旅战歌》，这不仅是一种军旅情结，本身就是我们得来功夫不费力的企业文化，是一种凝聚力、战斗力。我们当兵的人遵规守纪，做事雷厉风行，困难、任务面前冲在最前面，大的订单来了，赶工期，赶进度，生产线上三班倒，人停机器不停，各个岗位加班的，首先是我们当过兵的人。我们公司有风景优美的厂区，有设施齐全、温暖舒适的员工宿舍（分四人一套的集体宿舍、单室套夫妻宿舍、两居室三口之家宿舍），最主要的是我们从不拖欠员工工资……每年过完年后，别的企业总担心招不到工，我们从不担心，我们都是固定的随叫随到的熟练员工。

黎总说，他们公司和我们旅有这种"血脉"一样的关系，一定得结成"军民共建单位"。军史馆门口挂上他们公司爱国主义教育基地的牌子，他们每年组织员工到部队过军营一日生活，请素质优秀的班长对员工进行军训。每年春节、八一、老兵退伍、新兵入伍，公司派人来慰问，得过"优秀士兵"以上奖励的退伍老兵可以直接到公司上班，保证不会亏待他们，当几年兵就累计几年工龄……

走在营区，黎总依稀辨认哪个位置当年是他们连队所在地，哪棵树是他走的时候栽的，那时和他一样高，现在已高过六层楼房了（后来盖的营房）。他回忆说，当了五年兵吃五年萝卜干、稀饭、馒头（早饭），偶尔有一碟油炸花生米就是好菜了；住的是低矮的苏式营房（上世纪五十年代初部队从抗美援朝战场回国时修的），一躺下能看到屋顶上的瓦片，有一年夏天午睡，他被几只麻雀的惊慌尖叫声吵醒，看到一条蛇在瓦楞间穿行，去吃一窝小麻雀，他举起一根长竹竿伸过去拦截，蛇顺着竹竿滑到他手上……

那时候每一个早晨的太阳都是火红的，每一兜草叶上的露珠都是我们的吼声和脚步声震落的，每一天的生活都是滚烫的，每年老兵退伍前就到长江边去进行水利施工，肩膀压得又红又肿，最后溃烂，结成像锅巴一样的疤痕；当了五年兵，参加过四次比武，立过两次三等功，年年受奖励，三次提干，都没能成，最后背着发白的被子，嚎哭着离开……吃了这地方的几碗干饭真能熬呀，就凭着这点底子，我干了一点事业。

黎总突然盯着营区道路两旁的法国梧桐像不认识似的。我解释说："去年营房部门请园林公司的人把树冠都砍了，只留一个桩桩，看起来亮堂了，是吧？"

"哦，难怪觉得不对头。"黎总若有所思地说，"我们当兵的时候这些树就像'撑天掌'，春天嫩绿像一层绿色的雾，夏天树下凉快得很呢，深秋树叶黄了，开始飘落，免得扫起来麻烦，我们瞅准一个有太阳的周末，爬上树用竹竿把树叶打下来。我们有个战友，叫张小伟，江西上饶人，最喜欢干这事，他说他老家房屋周围都是板栗、核桃树，一到秋天，他就爬上去打果子。他爬上去打树叶，有种回家的感觉。

后来，张小伟也来到我们公司上班，不到两个月，一天突然昏倒在车间里，送到医院一查，胃癌晚期。住了一个多月院，他坚持要回去，我租了一辆救护车，请最好的医生、护士把他送回老家，我们返回时给他留下五万块钱，叮嘱他安心养病，好了再回来……他已经有预感，知道自己可能好不了，拉着我的手，泪流不止，说他就上了两个月班，对公司没做什么贡献，但在他身上的花费不知道多少倍……战友吧，一个锅里搅了几年勺子，为了同一个目标哭喊奔跑，就像歌里唱的，战友，战友亲如兄弟！

晚饭是在旅招待所吃的（原计划在连队饭堂吃，因为要喝酒酿造热烈情感的氛围，怕影响不好）。金宇公司一帮子不愧是当过兵的，从黎总开始都很豪爽，"一口闷"，好几个在桌上就撑不住了。相比之下，旅首长们占尽了"主场"优势，淡定多了。在管理科长的眼色下，服务员给旅首长们上的大都是矿泉水（用注射器打入酒瓶）。这是他们没想到的，尽管当过兵。

饭后，他们来到文化活动中心"K 歌"，更是又唱又跳又笑又哭，把啥心窝话都掏了出来，折腾到大半夜。

第二天上午，黎总临上车时拉着我的手说，刘干事，如果脱军装就到我公司来，我聘你当副总。旅长在一旁笑眯眯的。

六

司令部一个副连级参谋穿军装和女朋友视频，被网上警察查到了，虽然他们说的是两个人之间的悄悄话，但终究是安全隐患。那个参谋在全旅军人大会上做检查，还挨了个处分。发生在身边的这件事对我触动很大。这几年，网上涉密抓得很紧，层层签订责任状，一出事先免职后查办。

张新忠几次发来信息，问："有时间么？老人憋得慌，想在电脑上和你说说话。"

我说："像上次那样你录下来刻一个光盘寄给我吧。"

"老人想对着人说，不想对着没有反应的机器说。"他补充说，"其实老人的故事村里人都知道，有的小孩都听过几遍，现在他一说，他们就逗他，故意打岔。有人认真听老人就高兴。"

"那好吧，但您得和老人说清楚，这次我不穿军装。只带耳朵听。"

"放心，你就是想和他交流，他也听不见。"

星期六上午，我如约坐到电脑前，打开视屏。老人还是穿着那套黄色老式军装，胸前挂满勋章、纪念章，干咳几声，颤抖着掏出一叠纸，右手食指往嘴里一沾，掀开一页，喊开了。

由于叛徒的出卖，"狗大尉"布鲁克斯知道了我们十来个人是"共党分子"头头，他纠集打手把我们吊在铁丝网上打得血肉模糊，用铁榔头敲我们的踝骨、膝盖、头顶，直打得我们昏死过去。更为狠毒的是，我们的伤口刚结痂，又被打得皮开肉烂，如此反反复复……

一天,"狗大尉"带领一个连的武装士兵来86号集中营抓人,包括我们党、团支部和"兄弟会""袍哥会"部分骨干成员在内一共抓了27人,都是升旗斗争中不怕死的"活跃分子"。敌人每逮到一个就是拳打脚踢,棍棒相加,打瘫在地上架着走。他们把我们关到宪兵司令部旁的小监狱里,三天三夜不给饭吃,但我们的心像出笼的小鸟一样自由,嘶哑着嗓子轮流向邻近的86号集中营喊话,不停地唱红色歌曲,只是不能跳(身上有伤且没吃饭,没力气)。在86号集中营毕竟受美军和国民党特务监视,开会说心里话都是秘密的。现在我们相互关心,相互帮助,无话不谈,真像亲兄弟一样。

美军将我们按"暴动分子"处理,关了一个月后,押送到72号集中营。72号集中营几乎完全被叛徒和国民党特务控制,被美军称为"模范集中营",战俘们称它是"阎王殿"。在72号集中营迎接我们的是一场更残酷更血腥的斗争。

1952年春天,板门店谈判因为战俘遣返拗上了,中朝方坚持《日内瓦公约》双方遣返全部战俘,联合国军提出"一对一遣返"或"自由遣返"。最后美国什么参谋长联席会议决定"自由遣返"。由此一场打着人道主义幌子的"甄别"开始了。

美军的广播车在扯着喉咙喊:"战俘们,联合国军将对全部战俘进行审查甄别,愿意回大陆的予以遣返,不愿意回大陆的送你们去台湾。这关系到你们一辈子的前途,你们要好好考虑……"

集中营的铁丝网上挂有一张张宣传画,上面画两条路,一条路标明去台湾,路的尽头有衣服和米饭,一条路标明回大陆,尽头是棍棒和刀子。集中营每个路口,每顶帐篷里都有戴"俘房官"臂章的打手,持木棒、大刀、铁锹、匕首和帐篷杆子把持,任何人不准走动。他们强迫战俘们一遍一遍地唱《打回大陆去》《耶稣救我》,歌声盖过里面的广播。谁不唱或只张嘴不发出声音,打手们操起家伙上去就是一阵劈头盖脸猛打,打得血肉模糊,一片杀猪般嚎叫……

打手们是一些叛徒和国民党起义部队里隐藏下来的军官,联合国军把他们送到日本东京进行特工培训后回来充当战俘官。这些人知道回大陆肯定没有好果子吃,所以帮助美军残害战俘格外卖力,格外凶残。其中有个叫李大安的,中等身材,满脸横肉,三角眼时刻透露出凶光,战俘都叫他"活阎王"。他随身带有两样东西,棒子和匕首。棒子有碗口粗,他发明打关节、肋骨、头部、后腰等多种打法,挨过他棒子的上百人都终身残废。那把匕首是美军送他的,原来是美式卡兵枪上的刺刀,他磨得锃亮,经常狞笑着手拭刀锋,令一些胆小的战俘浑身发抖。

天黑了,一队队荷枪实弹的美国兵绕着集中营转,岗楼上的机枪口黑洞洞的,坦克、装甲车在四处巡逻,集中营里灯光雪亮,加上探照灯不停地晃,直晃得眼花,零星的枪声、狼狗的嚎叫声、战俘的惨叫声不时传来……

李大安在一帮打手的簇拥下剔着牙,大摇大摆地出现了,他随手指着一个瘦弱躲闪不及的战俘说:"你说说,共军的战场纪律第七条是什么?"

"宁死不屈,誓死不当俘虏。"

"大声点!"李大安一脚踢在瘦弱战俘的小腿上。

瘦弱战俘从地上爬起,提高声音喊了一遍。

"回答得好。共军的纪律大家都知道,当了俘虏就是死路一条,一辈子不会翻身。"李大安转过身问,"那你还回不回去?"

"回去!"瘦弱战俘不知哪来的勇气,硬着脖子说。

李大安一把扔掉牙签,从旁边一个打手手上拿过一把特制的小刀(牙刷上绑一块刮胡刀片),一把将瘦弱战俘按在地上,一刀下去,瘦弱战俘右臂上"反共抗俄"四个字被剐了下来,露出白生生的骨头。瘦弱战俘一声惨叫,手臂上顿时血如泉涌,昏死过去。

此前，打手们在很多"顽固"战俘的手臂、脸上、背上刺上"杀朱拔毛""反共到底"等字样。李大安连续割下十几个人的肉，先是用一根铁丝串着，渐渐铁丝串不下了，就用一个碗装着。他用铁丝挑起一坨人肉，放在煤油灯上烧了烧，塞进嘴里，边嚼边喊："这就是你们要回大陆的下场。""美国人说了，你们吃了联合国军的饭，就得把肉留下。"

"放下你们的屠刀！"十几个战俘齐声怒吼，冲了上去，抢夺打手的刀片。一群打手涌了上来，一阵乱棒，十几名战俘很快被活活打死。

战俘林学通、阳文华就是面对打手大喊"回祖国，回大陆！""毛主席万岁，共产党万岁！"被李大安等活挖心脏的。还有多名要求回国的战俘，打手们将消防水龙头塞进他们的肛门，肚子被凉水灌得圆溜溜的，慢慢气绝身亡。

美军看守见打手残害战俘不仅不管不问，有时候还亲自上场，施展暴行，名目有体罚（罚跪、罚站、裸身、暴晒、暴淋）、倒吊、活埋、串指、假枪毙、上电刑、坐水牢、关刺笼、抽骨髓、灌辣椒水、活剥生肉、火油灌口、蒸笼蒸人、开水泼身、烙铁烧胸、打空心针、注射血清毒素和咳嗽药，用钢丝刷脚心等二十多种，名目之多，手段之毒辣，称得上世界虐俘之最。所以，前几年美军在伊拉克、阿富汗等地发生虐俘事件不是偶然的，是有根源的。

"老子和你们拼了！骨头是老子的，肉是你们的，就是把肉割完了老子也回去。"刘坨疤几次要冲过去和打手拼命。我死死拉住他，"我们人少，势单力薄。留着青山在，不愁没柴烧。"

五一国际劳动节，我们决定举行游行示威打压美军和国民党特务的嚣张气焰。这是我们在72号集中营组织的第一次活动，每个人都很慎重。我们利用吃饭、做工、上厕所等一切可能的机会，察言观色地动员每一个难友。很多人一听说就浑身发抖，连连后退（被打怕了）。七千多人最后统计有两百多人愿意参加（当然有很多人没有接触）。我们期望一旦声势闹起来，有更多的人加入。

5月1日早晨，太阳刚爬出半个脸。我们两百多人统一时间、统一信号走出帐篷，汇集在一起，党团员冲在最前面，打出自制的小旗，高呼"打倒美帝""打倒蒋介石""反对甄别""严惩凶手"，小旗上也写着同样的内容。

打手们好像并不急，三三两两站在远处看热闹。突然，一声哨响，"狗大尉"布鲁克斯带着一个营的士兵冲了进来，每个兵背一个喷雾器一样的东西，戴防毒面具，将我们团团围住。随着"狗大尉"一声令下，美国兵手持喷射枪，冲我们齐喷凉水。

我大笑："美国兵可孝敬啦，老子两三年没洗澡了，给老子好好洗洗吧。"

"来吧，朝这儿冲吧。"刘坨疤拍着胸脯说。几管喷枪顿时对准他胸口齐射，水花飞溅。

"大家注意，美国鬼子的良心是坏的，不会孝敬咱的，不要上它的当。"刘智的话刚落音，我们每个人只觉得浑身疼痛难忍，眼睛鼓得像铃铛，眼泪哗哗地流，再看身上的衣服已经撕成布条，一块一块地往下掉，头发也一捋一捋地掉。

不到五分钟，我们两百多人赤裸着身子，全身通红，用手指一擦，皮也在掉，乍一看，我们就像一群刚出生没皮没毛的老鼠。用凉水一冲，更痛，那种难受的滋味没法打比方，一辈子都忘不了。当时我们不晓得美军使的什么阴招，后来才知道，据说喷的是糜烂性"瓦斯毒"。其实，这次行动我们一开始动作就走漏了风声，美军早有防备。

1952年5月9日，76号集中营中朝战俘联合起来把美军总管杜德准将劫持作为人质，召开战俘代表大会，清算美军过去犯下的罪行。这极大鼓舞了我们的斗志。

我们秘密商议，决定把"狗大尉"布鲁克斯抓起来作为回国谈判的条件。"狗大尉"每隔一段时间要带领十来个武装士兵来集中营检查，所有的战俘排成两列，他们从中间走过时，人人要敬礼，他们像是检阅一样，如果谁不敬礼，就有美国兵从后面抡起枪朝屁股上就是一刺刀，很多人宁愿挨刺刀也不愿意敬礼。

这次，我们只是把二十多名骨干力量集中在一起，分成三个班，我带领一个班专门瞄准"狗大尉"动手，刘智、刘坨疤各带领一个班对付两边的武装美国兵，前面的要敬礼，中间的不敬礼，待"狗大尉"他们走到中间举枪要刺时，我们立即向后转开始夺枪。我强调说："这回敬礼不是向敌人屈服，而是对敌斗争的策略和方法，如果我们有回国的那一天，活着的人都要证明。"

我们一得手，就拉着"狗大尉"边打边撤，冲到集中营北面的小山头上。我们有"狗大尉"在手上，量美军也不敢轻举妄动。我们提出条件，争取谈判解决。

我们在铁丝网里悄悄搞过几次演练，大家准备好刀片、钉子、锥子等适合隐藏的武器，人人明确任务、目标，像打篮球一样一个盯紧一个（我们是两至三个对付一个）。回国无望，现在我们只能以血肉之躯拼死一搏了。

明天就是"狗大尉"来检查的日子，大家把随身携带的武器又仔细检查一遍。早饭后，美军从我们集中营提三十个人到海边军舰上去卸军用物资，其中抽到一个叫施黄毛的，他一走出铁丝网就大呼小叫地往美军宪兵司令部跑，美国兵马上把他接了过去，"狗大尉"亲自审问。施黄毛当即将我们的行动计划，如何控制"狗大尉"，如何夺枪，如何准备武器，如何演练等，竹筒倒豆子似的全告诉了"狗大尉"。"狗大尉"气得金黄色的汗毛都竖了起来，立即对我们采取行动。

施黄毛是浙江湖州人，近视眼，斯斯文文的，只是我们这次行动的外围成员，动员发展他，因为他是大学生，懂英语，估计谈判时用得上。他开始答应得很好，没想到关键时刻叛变了。后来我们了解到，旧社会他家是开钱庄的，很富有，他认为自己的生命宝贵，这次行动活下来的可能性很小，他抱着保命的思想，想尽量躲避。

全副武装的美国兵把集中营团团围住，我们单列行走，每个人相距三至五步远，两边是刺刀闪亮戴防毒面具的美国兵，岗楼上的机枪手目光紧盯，手指扣在扳机上，坦克、装甲车轰鸣，飞机呼啸盘旋，那架势如临大敌。

"狗大尉"突然命令我们全部脱光衣服，一丝不挂，赤脚，光头，直挺挺地站着，然后向后转，向前五步走，再向后转，每人对准自己的衣服，上来一群美国兵，把所有的衣服都检查一遍，发现谁的衣服里藏有刀片、铁钉等，站在后面的美国兵抡起枪往屁股瓣上就是一刺刀，鲜血顿时顺着脚后跟哗哗地流，脚下的泥土很快湿成一个血窝窝。我们行动队成员几乎每个人挨了一刀，大家紧咬牙关，痛得汗珠子直冒，没有一个呻吟叫苦的。

"不要怕，用不了几天，又长严实了啦，只不过落下一个仇恨的疤。"

"这只是比给老子挠痒痒重点，怕啥。"大家相互鼓励着。

数次行动都以失败告终。我们始终在寻找机会。

1953年12月的一天，中立国印度的工作人员到72号集中营来点名。集合时，我趁机向营门跑去，一个高大得像条熊一样的美国兵追了过来，一把从后面抱住我，举离地面，我反身一拳打在他的高鼻梁上，他扔下我，双手握着鲜血直流的鼻子呱呱大叫，"同志们，快呀，快跑呀，再不跑就没机会啦！"我边跑边喊。在我的带动下，数百名战俘像蜂群一样冲出72号集中营。出来后，中立国武装人员带着我们走了一小段路，来到七个并排的铁丝网前，每个铁丝网门上挂有用中、英文写的油漆木牌，上面分别写着北京、台湾、瑞士、波兰、捷克、印度。绝大部分人走进了挂有北京字样的铁丝网。

办理完交接手续,我们乘坐的汽车刚刚驶过军事分界线,一座横跨公路高高耸立的牌坊出现在眼前,上面写着"祖国怀抱"四个闪光大字。牌坊的支架像母亲张开的手臂,等待拥抱回家的孩子。我们每个人禁不住热泪盈眶,手臂像捣蒜一样挥舞,呼喊:"祖国万岁!""中国共产党万岁!""毛主席万岁!"

到达住地,我方工作人员涌到车厢旁扶我们下车,领我们到小帐篷里休息。每顶帐篷里只有三张行军床,每张床上放有新军毯、新棉被,还有一个军用挎包,里面装有大前门香烟、糖果和日用品。工作人员领着我们去澡堂,帮我们洗澡搓背。洗过澡后,领取新衬衣、衬裤、军装和鞋袜。理发员给我们理发修面……让我们感觉到祖国怀抱的温暖。

七

我打的关于邀请张明老同志回部队走访的报告,转了一圈又回来了。旅首长在上面没有任何批示。没有批示就是批示。

初秋的一天,张新忠给我打电话,接通后是张明老前辈在里面喊,说他喂了一口猪,种了一块地的花生,等他催肥了猪杀了卖肉,有路费了,给同志们带晒干的花生来,住一宿,看看大家就走。说完,没等我开口就挂了。

我决心去山东菏泽一趟。周末,请了两天假(离开营区且在外过夜,必须请假)。出发前,我找管理科长套近乎,要到一枚纪念章(我们部队用来赠送前来参观访问的团体或个人的纪念品);准备了两张光盘,一张是每年送给退伍老兵的,一张是在驻地电视台播放过的关于我们部队历史的专题纪录片;我把那套发下来没穿过的

"马库尼（老式毛料军装）"找出，到军需仓库按老前辈一米六二的身高，两尺五的腰围换了一套"三号三型"的料子军装，"价拨（内部价购买）"一双四十码军用皮鞋。上次视频结束时，老人突然吞吞吐吐说，想要一套料子军装，一双军用皮鞋，就是电视上大首长穿的那种，用来走的时候穿，气派，能表明他的身份。

日头偏西。我在一个叫孔庄的小镇下车时，张新忠开一辆警车已在等着我了。我的笑可能比哭还难看。

张新忠年纪约四十多点，一米八几的个子，壮得像头牛，未开言先乐呵呵地笑，一把接过我的行李，扔在后座上就走。他眼睛盯着前面，熟练地打转方向盘，一路上叽里呱啦说开了。说他对部队他妈的太有感情了，他当了三年兵还不过瘾，去年又把儿子送去西藏部队。

交谈中，我发现他对张明老前辈的称呼很别扭，一会儿称老头子，一会儿直呼其名，一会儿叫老首长，一会儿喊叔叔，很乱，有时我一愣，以为他说的不是同一个人。我问，他不是您叔叔吗？他听了哈哈大笑，说老头子不是他亲叔叔，认的。老头子无儿无女，旁系亲属也隔得远。他复员回乡后，在各种各样的政治运动中折腾得灰头土脸，没有哪个女人敢嫁给他。年轻的时候还好，年纪大了，让他去敬老院，犟着不去，说他能吃能做，自己可以照顾自己，到现在还喂猪，养了三只羊，种好几分地呢。他在镇上派出所上班，重点联系这个村，老头子是重点户，于是他们一来二去结成了"叔侄"。

张新忠说，他知道部队有部队的规矩，很忙，再加上老头子的身份有点那个，去了，实在不方便。但老头子就是一根筋，一见到他就念着要去他老部队，好像这是他活着最大的心愿。为此，他找了镇武装部，镇武装部来人看望了，不管用。后来又找到县武装部，特地让他们穿军装过来，还是不管用，老头子嫌弃他们不是正规军，更不是他老部队的，不是他"娘家人"。这次你来了最好，你是他真正的"娘家人"，可以了却他的心愿了。

我明媚轻松的心情顿时沉甸甸的。

快到张明老前辈家时，我下车，换上军装，步行。老前辈迎在门口，还是穿着那件黄色老式军装，不过衣服扣子系上了，连风纪扣都扣得严实（视频和光盘上都敞着怀）。老人没有第一次视频时的激动，让座、上茶，从容不迫。我向老人一一展示纪念章、军装、皮鞋，说："老前辈，现在部队上很忙，旅首长派我专程来看望您……"

张新忠站在老人身边，大声传话。老人表情庄重严肃，微微颔首说："谢谢首长，谢谢同志们，你回去代我向首长、同志们问好。"

张明老前辈见我盯着他胸前挂的那些牌牌看，他摸了一下说，这只是几个纪念章，抗日战争、解放战争里争的几个军功章，过鸭绿江时放在丹东，后来全弄丢了。

我在张新忠带来的笔记本电脑上播放起光盘，指着画面像面对数千人一样大声解说：那是营区大门，上面几个鎏金大字是某某首长题的；那是军史陈列馆，就是记录你们的光荣传统和英勇事迹，分抗日、解放、抗美援朝战争和社会主义建设四个历史时期，有图片、文字和实物资料，还有像放电影一样再现当年的战争场景；那栋高楼是旅机关办公大楼；那一排排整齐的红房子是连队营房，您的老连队在哪呢，哦，想起来了，它撤编了；那是器械训练场、灯光球场；那是文化活动中心；那儿是家属区；那是后勤生产生活服务中心……

刚才讲话肩上两道杠四颗星的是我们旅长；走在队伍前头的那个高个子是我们政委；那个热火朝天的场面是我们部队在演习……现在连队烧饭都用液化气，早餐有牛奶、鸡蛋、面包、水果等；每个班排都有电视机、电脑、电话；军装按季节分、按用途分，每个兵有好几套；义务兵一个月的津贴费有五六百；我们的武器，很厉害很厉害了，你们那个时候和现在没法比……伴着雄壮激越的旅战歌，老人津津有味地看了一遍，又看了一遍。

就这样，我领着张明老前辈"回"了一趟老部队。

屋子里发出一股霉臭夹杂着叫不出名来难闻的气味，光线很暗，几个角落里堆着油漆斑驳的箱子、柜子，还有旧纸箱、塑料薄膜、坛坛罐罐等，一张床支着顶暗黄的蚊帐摆在靠窗前的位置，其中一条床腿下垫两块红砖……看起来比光盘里录的还要简陋。

"我们回国，在辽宁昌图县志愿军被俘归来人员管理处休息、学习一段时间后，营以上干部的由政府安排工作，营以下的复员回老家种地……"老人说起回国后的经历。

我们六千多人，其中党员团员全部开除党籍、团籍，回家种地。这倒很合我意，打完仗，能活着回家，有地种，有房子住，当年当八路不就是为了"三十亩地一条牛，老婆孩子热炕头"的日子吗？开除党籍也没啥，党就是娘，我不争气，做错事了，娘打我几巴掌，骂我几句，这有什么，我不灰心丧气，继续努力工作，努力学习，重新争取再次加入党组织。我只是觉得对不起人家刘坨疤，他在集中营里斗争那么勇敢，就指望我这个"师级干部"帮他说几句公道话，而我泥菩萨过河自身都难保。

舒心的日子没过几天，运动一个接一个，整风、反右派、反右倾、"四清"，一直到发癫一样的"文化大革命"，我都是"运动员"。每次运动一来，公社（乡）革委会和民兵连都要把我押上，脱光衣服，五花大绑，脖子上挂着"投敌叛国分子"的牌子跪在瓷片上、荆条上，接受人民群众批斗。开始我还辩解，说自己是受伤被俘的，没办法。他们不但不听，还会招来一阵更加猛烈的拳脚，后来我就什么也不说了。怕连累别人，我一直一个人过，没娶亲。

感谢上级，1980年给我恢复了党籍。如今生活条件好了，话也可以打开窗户说了，我们当年的难友相互联系，才听说，刘坨疤早走了。他被批斗怕了，上级去给他落实政策时，第一天到他家，他出去干活了，第二天他远远看到政府的人来了，从后门溜出去，用一根麻绳把自己吊在后山坡一棵枞树上，人们找到他时，听说身子还温热的。

"这几年，多亏了他。"老人指着张新忠说。

晚饭，老人先是坚持在他家里做，后来是在村里一家小店吃的，一盘鱼、一盘豆腐、一盘青菜、一碟花生米，二十几块钱。一坐下来，老人就向店家喊，他娘家来人了，今天他来付账。

早晨，张新忠陪我去向老人道别。老人换上了我带去的料子军装，很合身，很精神。他拉住我的手，颤悠悠地打开一个青布包裹，将里面几样东西一一端给我看，几枚纪念章，一帧他穿志愿军军装的照片，他整理的在美军集中营的回忆文章，几张刊登有他的事迹和照片的地方小报，还有别人写的几本关于抗美援朝战俘的书（书中提到他的地方用红笔划了出来）。他说，请我带回去，放在军史陈列馆里，一定要让现在的年轻人了解这段历史，了解他们当年身陷牢笼是如何斗争的。

望着老人满怀期待的目光，我想了一下，说："老前辈，这些东西很珍贵，是一段历史的见证，我害怕弄丢。再说，我如果拿，必须具备相关手续，要有我们部队开具的收藏证书。待我回去向旅首长汇报，开好证书后再来取，或者请张警官寄来。我相信旅首长会同意的。"

一再劝老人留步，他还是坚持送我们到村口一棵歪斜的老槐树下。

凝望着老人浑浊的双眼，我不由自主双腿并拢，腰杆挺直，施以庄重的军礼。我所有的敬礼没有这么沉重过，心里没有这么刺痛过，没有这么刻骨铭心过，手指颤抖的细节都忘不了。老人也缓缓举起右手,放在耳际……车子开出老远,还站在原地,还举着手。

八

春风又绿江南岸。我又去请李竞老首长来给新兵讲传统。那天,我去得早,在老首长练字的书画室里小坐了一会儿(等待老首长用早餐)。老首长饭后,我陪同在院子里溜了几小圈。老首长兴致很好。我问:"在抗美援朝战争时期,您认识一个叫李秀才的吗?"

"认得,六连指导员呗,我们一个团的,见面了哈哈大笑,相互擂一拳,你怎么还没死呀。五次战役第二阶段他们连队去接应某师时也是打后卫,没有回来,被列为失踪人员……"

"那么,一个叫张明的呢?"

"也认得,好像是六连连长,也没有回来……六连那次打得惨,连排干部几乎全部牺牲,一百八十多号人的连队,就零零星星回来三十几个。"

"张明老前辈还健在,身体很好,想回老部队看看,您看?"我把张明老前辈的情况大致说了说。

"让他回来吧,我们老战友见见面,叙叙旧。我来跟你们旅里领导说。"

我兴奋地打电话给张新忠。很长时间没和他联系了,我怕联系不知道说什么。张新忠在电话里低沉地说:"老人过年前就走了,穿着你带来的那套衣服走的。在遗体告别仪式上,我以你们部队全体官兵的名义给他送了一个花圈,没有征得你们的同意,希望你们不要见怪。还有老人临终前托我把那个包裹寄给你,说是自家人,要什么证书嘛……"

干部转业工作又开始了,主任征求我的意见,问有什么打算。

我说走留服从组织。

不久，我被调到军区政治部文艺创作室任文学创作员。这是我多年来梦寐以求的。进入创作室，我写下这篇小说，以表达我对张明等老前辈的敬仰，对过去岁月深深的怀念。

追　击

左边山坳的松树林里枪声炸响，股股淡淡的硝烟随风飘来，胡强兵像一只闻到猎物胯下腺味的狼兴奋地嚎叫："别让刘鹏跑了！"蓝军士兵人手一张"三国杀"，上面印有红军司令的标准相，战斗间隙能玩又能当"通缉令"，照片是军网上下载的。"攻下大梁山，活捉刘鹏！""捉到刘鹏，连嘉奖！"蓝军一举突破红军前沿防线，向纵深追击前进……

"嘟，嘟，嘟——"胡强兵脑门上满是汗，一个激灵，边套衣服边往屋外跑。日头已爬上开满牵牛花的篱笆，他头发花白的爷（父亲）在院子里编藤椅，"怎么不多睡会儿？"胡强兵没接话，边系衣服纽扣边四下张望，他五岁的小侄子正在墙角边那颗酸枣树下鼓着腮帮吹哨子，撵得一群刚出笼的公鸡母鸡扇着翅膀喔喔咯咯地叫着跑。"小崽子，坏了我的大事！"他爷眯着眼看了他一眼，又埋头摆弄手上那张编了一半的藤椅。他爷说，藤椅是帮镇上超市廖老板加工的，廖老板提供材料，加工费十八块钱一把。爷年轻时是竹篾匠，现在家家户户用的是塑料盆呀筛呀的，他很少做竹篾活了，但手艺还在。编藤椅和用竹片编笼筐差不多，别人一天最多能编两把，他爷赶紧一点能编三把。

这季节村里年轻人都出去打工了，留守的都是"九九六一"（老人、小孩）部队的。村里偶尔有人老了，抬棺材的人都凑不齐。前不久，临村一位老人去世，家里的孝子跪遍了周边几个村（孝子见人要下跪），才勉强凑够抬棺材的。上面老喊着为了子孙后代有田耕有饭呷，要火葬，不要土葬。荒废的村小学墙上刷写着"土葬断了子孙路"的标语，但村里人还是习惯于入土为安，包括村支书他爷。胡强兵他哥哥和嫂子也去打工了，一边快活地过着两人世界，一边辛苦地攒钱，想像村里其他人一样盖红砖平顶房，外墙贴上瓷砖，甚至还谋划着再生一个。调皮得像牛犊一样的细崽子就扔给两位老人，幸好老人身体还好，还能发挥余热。村里本来有一所民办幼儿园，一位初中毕业的女孩放羊一样带着细崽子们唱唱儿歌，做做游戏，女孩没有电视里那些支边教师思想高尚，嫌带细崽子没意思，也跟着她那些小姐妹们出去打工了。

这个时候休假也好，可以陪陪老人，带带细崽子，给他们守着日出日落的平静生活增添一点别样的东西，还有不用吃五吃六地呷酒。上次休假是过年前，村里年轻人都回来了，每天不是别人请他，就是他请别人，呷得暖洋洋的日头都在打转。如果这个时候不休假，再过些时间，就要演习，演习完了，就是年终总结，老兵退伍，新兵入伍，又到新年，事情一样接一样，今年的假又要泡汤。虽然上级的上级一再强调要保证官兵正常休假，可是到年头一算，总有些人没休上或没休完，上级给予的补偿是按天数发基本工资。

早饭，娘给胡强兵打了四个猪油开水蛋，给小侄子也打了两个。这是过去待新姑爷的做法，当兵离开家这么多年，爷娘不知不觉也把他当成了贵客。他用一只干净的碗拨出两个放在一边，才开始呷。早饭后，日头当空照，公鸡喔喔叫，爷娘安排他去相亲，对象就是廖老板的姑娘。

他爷每次从廖老板那儿领料交藤椅拿钱,一来二去熟了,得知对方有个小胡强兵两岁的姑娘,在镇卫生院当护士,还没有放人家。对方也晓得他有个崽在部队当兵,是连级干部了,还没定亲。亲事是廖老板自己提的。他爷那天结完账后,廖老板递过一根烟,拉过一条板凳坐下,随意问起他崽在部队的情况,他爷像他自己当连长一样,很谦虚地说,他崽管着百十号人呷、喝、拉、撒、睡、转(训练),整天忙得屁股冒烟。廖老板没往下问,自顾自地说起他姑娘,他爷好像让烟熏着一样,咧着嘴眯缝着眼,出神。廖老板说,要不让细崽子们见见面?行呀,等他回来了,我就让他过来。他爷弹了一下烟灰。这门亲事就在他爷弹烟灰之间说定了。他爷后来送藤椅过来,每张藤椅的加工费涨到了二十块。他爷粘着口水数过后,以为多给了,正想说,廖老板使了个眼色,过后悄声说,他也是帮别的老板转一下手,一把藤椅赚两块钱,以后他的两块钱就不赚了。

廖老板说,他年轻的时候也当过兵,当了六年,很想转志愿兵,没转上,所以对部队对当兵的有一个解不开的死疙瘩,他现在最爱看的就是军事频道,晚上做梦还穿着多少年前的军装在部队的操场上转,鬼打墙一样,怎么也转不完。胡强兵爷说,实在看不出来廖老板当过兵。

他爷一回家就把这门八字还没一撇的亲事跟他娘说了。他娘借给他侄子买咳嗽药的机会,在卫生院的门诊室和走廊之间磨蹭了半天,终于看到了廖老板的姑娘,高高大大,端端正正,穿一件洗得干干净净的白大褂,额前梳着刘海,样子很朴实。他娘还听到别人喊她的大名叫廖美花。他娘对姑娘印象很好,胚了大,能干活,能生养。后来,他爷因为感冒上卫生院,他娘悄悄地指给他爷看,他爷看了也满意。那次,姑娘觉察到有人在关注自己,她像古代在后花园中游玩的小姐发现有陌生人一样,脸一红,走开了。

他娘问胡强兵，要不要陪他去？他说不要。他以前相过一次亲，是介绍人牵个线，给个联系方式，由双方单线联系，自由发展。那次，他们对上了暗号，接上了头，但很快又断了联系。

在小镇唯一的超市里胡强兵见到了廖美花，穿一件由浅到深的蓝色连衣裙，和他娘描绘的差不多，相貌端正，挑不出啥毛病，不丑也不美，不白也不黑，个子很高，如果穿高跟鞋看起来比胡强兵还高，那天她穿的是一双黑色白边平底鞋。廖老板和他婆娘也在，笑吟吟的，很和善的样子。廖美花端上几杯茶水，脸颊如飘上两朵红云，低垂着眼睑，始终没有说话，坐了一会儿就走开了。

廖老板对现在部队上的事很感兴趣，如果胡强兵事先对他的身份不了解，真怀疑他是哪儿派来的间谍。廖老板无意间提起，他们家有个亲戚在部队给一个比省委书记还大的首长当秘书，据说很有能耐。胡强兵回部队后打听到，那个人在给一位离休多年长年住在医院里的老首长当秘书。农村呷过苦的崽子，熬出一点点出息就恨不得在老家拉上一个喇叭张扬。胡强兵一直没有点破这件事，其实也没啥说的，那秘书说得真真假假。后来他和廖美花结婚，有传言说他是冲着这个"显赫"的亲戚来的，他觉得自己比窦娥还冤，恨不得爬到高塔上像讨薪民工一样讨个说法。

胡强兵和廖老板说话间，廖美花提着暖水瓶过来续了一次茶水。廖老板两口子提出到他们家里去坐坐。胡强兵说不了，有时间再去。他离开时在超市里转了一圈，超市面积不大，物品倒齐全，主要是一些日用品和农用器具。这玩意儿在小镇上还是时兴物，转的人比买的人多。

胡强兵把这次相亲当作探家期间的一个小"花絮"，一阵风吹过，过去了也就过去了。没想到几天后一个下午，他娘准备做野菜糍粑给他呷，到邻居家借筛子时被狗咬了。胡强兵闻声赶了过去，只看到一条狗的影子窜远，黄颜色，头低垂抵地，尾巴紧夹胯间，一看就晓得是条疯狗。听狗的主人说，它已好久不着家了，以前很温驯的，从不咬人。狗咬在他娘右腿小肚子上，四个牙印，血直往外汩，连裤腿都咬破了。他娘说，不碍事，按老祖宗传下的规矩，只要用狗主人家灶膛里的炉灰按住，止住血，再呷一碗狗主人家的剩饭就没事了。谁说没事，哪儿来的烂规矩。胡强兵推来一辆平时用来运菜的载重自行车，把他娘扶上坐好，就飞快地往镇卫生院赶。他娘坐在后面安静得像个细崽子。

在镇卫生院，胡强兵正急得狗跳，廖美花穿着白大褂出现了。这时，她在他眼里沉着、端庄、慈祥得就像个救苦救难的菩萨。廖美花不待值班医生吩咐，利索地给他娘注射了狂犬疫苗，清洗、处理好伤口。在农村卫生院，这种事他们经历海了，被狗咬伤，被猫抓伤，现在就连被人咬伤也讲究打狂犬疫苗了。胡强兵这时才理解"一回生，二回熟"这句话的含义，何止是熟呀，危难之时，见到熟人就像见到亲人，像溺水时抓住稻草一样紧紧抓住。廖美花始终不紧不慢地忙碌着，对胡强兵热切感激的眼神视而不见，一副公事公办的样子。

忙停歇了，胡强兵问他娘，哪一代传下来这莫名其妙的规矩，有什么说法么？他娘说她也不晓得。胡强兵冥思苦想，哦，莫不是他家祖上是叫花子，过去叫花子在大户人家门口遭狗咬是常事，被狗咬了，用灶膛里的灰涂涂伤口，还落得同情顺便讨一碗饭呷。

傍晚，掌灯时分，胡强兵他们家在呷饭。这次，他娘破例没有在灶台边忙碌，而是坐在桌前，由他们父子俩端汤打饭服侍。门口有自行车铃声脆响，胡强兵没在意，当骑车过路的，又是温柔地一响，他放下碗筷走去把院门打开，一张红扑扑的脸蛋夹着一股若有若无的女性馨香气息递进来，呷饭啦！廖美花站在门口，推着一辆粉红色的二六自行车，肩上挎着一个颜色暗红的包，自行车前面篓子里塞有一个鼓鼓囊囊的红色塑料袋。廖美花走路猫一样轻，飘一样进屋。他们快呷完的晚饭很快收场。她弓着身子给他娘量血压，测体温，又一次仔细地查看伤情。劳动的背影最美。胡强兵在卫生院时就发现了，廖美花专心致志做事情时，样子很耐看，她弯腰时臀部的曲线很女人。

廖美花边摔着体温计边说，从目前看体温、血压都正常，幸好伤在腿上，送医院也及时，应该不会有大碍。胡强兵看着他娘，像对一个不懂事的细崽子说，您晓得么，狂犬病可是不治之症，潜伏期有二十多年呢，在我国发病率很高，报纸上说，有人在河边剖狗肉，只是让狗骨头把手划伤了，没在意，都得病了。他娘一惊一乍的，脸都白了。胡强兵还想说，得了狂犬病的人可遭罪了，怕光，怕声响，尤其怕闻到水流声，最后像狗一样狂吠，一阵扑咬把蚊帐、被子等够得着的东西全部撕咬碎，家人得把他（她）绑起来……胡强兵怕他娘吓着了。廖美花微笑着收拾简单的行头，说，明天晚上来打第二针，要连续打三天。接着，又把下午的医嘱重复了一遍，不要呷生冷食物，不要用凉水，不要着凉，不要劳累了，要多卧床休息等。临走，她拎起一进门就放在一旁的红色塑料袋说，这是她爷娘的一点心意，他们听说后很担心，让她来看看。胡强兵娘千谢万谢，说这怎么担当得起呢，呷了不消化哟。他们全家一直把廖美花送到外面的大路上。返回屋里，胡强兵打开塑料袋，里面是一些苹果和两听奶粉。

此后一星期，廖美花每天约莫晚饭后像个乡村邮递员一样赶来，带着一股乡村公路边汽车过后扬起的尘土气息。三天的针打完了，还来过几次。她一进屋，他娘就起身要给她张罗呷的，一个要做，一个坚持说呷过了，她和他娘总要拉扯一会儿，这好像成了她帮他娘测体温、量血压、打针、换药，然后问饮食起居和身体感觉的序曲。她一进屋，胡强兵就感到屋里要亮堂些，如同她肩上披有一片月光。她停留时间很短，有时候挨着板凳沿坐坐，有时候不坐，胡强兵端上来的茶水她从没动过。她走的时候，他们全家送她到外面宽敞亮堂的大路上，他爷咳嗽几声，朝胡强兵努努嘴。胡强兵和廖美花并肩走一会儿，她推着车，他两手插在口袋里，谢谢你了。不用谢。你回吧。他就止住脚步。她骑上车，一个影子消失在朦胧的月色中，远处依稀传来自行车的铃声。

他爷又到镇上超市送了一次藤椅，回来后什么也没说，胡强兵也没问。

胡强兵的假快到了。营长来打电话，问胡强兵家里都好吗？一般干部休假归营党委书记教导员管，营长很少过问。他知道营长是在操心下一步的对抗演习。

胡强兵打电话给市里的同学，问到他们部队驻地的火车哪天有票，让帮忙买一张。他娘感觉日子突然被拽紧了。他爷开始查皇历，哪一天是黄道吉日正好出远门。

还是在晚饭后，廖老板不知被哪股风吹到他们家，说了一会儿天气又说了一会儿今年的年景及外面的花花世界后，廖老板试探着如走在冰面上，问胡强兵能不能带他家美花出去打打工，说在镇卫生院学不到东西，工资也不高，她一直吵着要出去见见世面，但一个姑娘家，如今外面乱得像一群狗打架，哪个做爷娘的放心呀，如果有像强兵一样的老乡关照就好了。胡强兵的脸刚才还像南瓜，一下子拉长结上疙瘩变得像苦瓜，他表达不太流畅地说，他地方上不太熟，部队上事情又多，恐怕……其实，他还想说，他们部队虽然驻省会城市，是村里老年人们传说的大地方，可他们在城乡结合部，离主城区还远着呢。他爷不时搬弄一下编藤椅的材料，制造一些声响。他娘用细崽子受了委屈一样的眼神看了他一眼，好像伤口又开始犯痛，油亮干枯的手隔着裤腿在伤口上一上一下地摩挲着。廖老板打着哈哈说，工作就让她自己去找吧，让她呷呷外面的苦头也好，以后就不会吵着要出去了，她还是蛮能干的，生活自理能力蛮强的，一般小事不会麻烦他，最主要是给她一个心理安慰，让她不害怕。

早晨，他家人和她家人都来送了，把这个季节清冷的乡村小站簇拥得有点热烈。这种情景一般只是在过完年后那十天半月里上演，车下老人拉着细崽子，车窗里探出一张张黝黑的或是白皙的脸，挥舞着一只只粗的、细的手臂，笑声、哭声、叮嘱声不绝于耳，苍老沉默的小站被为生活奔走的人们赋予了性别，也赋予了季节。

胡强兵站在几件行李旁，廖美花离他几步开外，脸红扑扑的，不时低头看看脚尖。他俩看起来像乡村里刚订过婚的对象，又像只是结伴外出打工的年轻人。她娘又叫她过去，她家里人又围了上去，七嘴八舌地说着，她不时点点头。车来了。车开动了，吃下一些，吐出一些，扬起一片黄褐色的烟尘。胡强兵从后窗里看到廖老板笑着给他爷发烟。

胡强兵没有把廖美花径直往旅里带，尽管旅里有生活设施齐全的士官公寓，亲属来队，向管理科打个报告，住上一星期没问题。一下火车，他就在离旅里几站远的地方给她租了两间房子，农民搭的等着拆迁的违建，虽然生活上不太方便，但便宜。他帮她购置了一些简单的生活用品，有几样是他从连队带来的，如被褥、蚊帐、脸盆、开水瓶等。他问她钱够不够，让她晚上不要出门，有什么事就打他的电话。暮色中，他离去时，她落落地站在门口好一会儿。

回到连队，胡强兵的每一天都像冲锋枪连发一样，一颗子弹刚出膛，另一颗子弹已经上膛击发了，日子过得发烫。一天，他收到一条信息，就一句话：这是我的新号。谁呢，他犹豫了一下，拨了过去，是廖美花。她在电话里兴奋地说她找到工作了，在一家私立医院上班，还是干老本行，虽然苦点，但挣钱比老家多，还能学技术。

周末，他去看她，快到她租住的地方了，他才发现自己晃荡着两只手。他在路边的水果摊上买了一些苹果和香蕉。她见到他，如在学校里寄宿了一星期的学生见到家长一样,眼睛亮晶晶的。在她租住的房子里,刚住进来时的那股霉味已被缕缕淡淡的清香取代,粗糙的水泥地面水洗过一样干净,窗前那张布满划痕和斑驳水泥的三合板桌子已铺上一层洁白的纸,桌子中央一个矿泉水瓶里插着几朵不知名的小花,床铺熨斗烫过一样平整,倚靠在看似随意而叠的被子旁是一个崭新的憨态可掬的布娃娃……胡强兵目光落在她脸上,她如被陌生人看到她在陶醉地做一个小女孩的游戏一样,不好意思地笑了。他在她屋里坐了一会儿,她用一次性纸杯倒了杯白开水,放在他面前的桌子上。

快到呷午饭的时间了,他问她想呷什么。她歪着脑袋想了一下说,我们去呷"三鲜面"吧,我知道哪一家的"三鲜面"做得好。他们来到一家路边小店,外面不时有汽车、拖拉机、三轮车扬着烟尘灰尘轰隆隆开过。直到这时,廖美花的话才像春雨过后的小溪涨了起来,她说起几天的见闻,新单位的情况,新结识的朋友,她用的是只有他能听懂的家乡土话,叽叽喳喳的,兴奋得像麻雀落在谷堆上。"三鲜面"热气腾腾地端上来了,先是一碗,他把它推到她面前,她没动。又一碗端了上来。她把她碗里的鸡蛋拨到他碗里。她说她在减肥。他推让,他们的手碰到一起,荡出一摊乳白色的汤漂着几片葱花凸现在桌面上。她脸红了,说,等她在这儿拿第一个月的工资了,请他呷饭,点他喜欢呷的。

他和她往回走,一条在垃圾堆里找食物的野狗打破了他们之间的沉默。那条毛色暗黄胆小如鼠的狗听到响动,低吼,后退着,似乎要以退为进向他们扑来,廖美花啊的一声,双手紧紧抱住胡强兵一只胳膊,躲在他身后。胡强兵脚一跺,那条似曾相识的狗很快从另一侧窜远了,他顺势轻轻握住廖美花的手。她的手小巧而温润。

战斗才打响,红军就遭受沉重打击,蓝军的坦克烟尘滚滚直扑红军的指挥所，红军仓促组织火力，指挥所才狼狈转移。蓝军用的是什么秘密武器，红军百思不得其解。从潜伏在蓝军内部的情报人员反馈回来的信息，也理不出一个头绪。

胡强兵是蓝军尖刀连连长。蓝军从组建之日起就定位为红军的"磨刀石"，每年要和多支红军部队对抗，用蓝军士兵的话说，就是把他们当沙袋，让红军跃跃欲试地练拳头。自从胡强兵当尖刀连连长后，蓝军提出口号：不当沙袋，要当拳头。胡强兵打仗不按招数"出牌"是出了名的，如按规定只需四米宽、三米深的反坦克壕，他挖上六米宽，四米深，前面再垒一堵高墙，红军坦克冲到这儿，望壕长叹，随车带的木捆根本不够填，呼叫工兵上来又延误战机，真是进退维谷；有时候他干脆不辞劳苦，引来水源，制造出一两公里"沼泽"地，让红军的坦克深陷其中，频频掉链，苦不堪言。红军官兵一提起他，就牙痒，恨不得吃他的肉，抽他的筋，侵他的皮。红蓝双方官兵都叫他"蓝狐"。当然，语气不一样。开始他以为自己"蓝胡"的威名远扬，后来得知是"蓝狐"两个字，他有点生气，但很快又暗自许之。

战后，红军指挥人员冥思苦想，对演习过程的每一个细节反复推演，才发现破绽。

皖北大梁山地区土地贫瘠，遍地荒草，少有树木，秋天有"塞下秋来风景异"的苍凉。那儿在开辟为演习场兼野外驻训场之前，荒无人烟，后来不知从哪儿冒出一些拖家带口的在演习场周边开荒种地，据说他们是从当地村委会租的，很便宜，几块钱一亩。早些年，他们住的大都是低矮的土坯茅草房，后来零星出现几座砖瓦房，再后来竟形成一个炊烟袅袅的自然村落。据说最近一次人口普查时，把他们的户口都登记上了。每逢国家有啥大的政策法律法规出来了，参加演习训练的官兵挨家挨户地宣传，偶尔有战士坐在小板凳上读报给几个老头老太听的大幅照片，刊登在驻地、军区报纸上。

这儿尽管像我国广大农村一样被纳入村民自治管理，但人口流动性还是很大，人们来自不同地方，语言南腔北调，风俗五花八门，来到这儿的原因也各不相同，有的是躲避计划生育，有的是家里遭了灾，有的是老家地太少，还有一些原因他们吞吞吐吐的不愿意说，开始他们见到当兵的躲躲闪闪，后来发现当兵的虽然穿着公安、城管一样的制服，但并不管他们，他们有什么难事还可以找当兵的帮忙。日子一久，他们把当兵的脾气摸透了，知道一个个机灵得跟猴一样的社会青年到了部队就进化得跟猩猩一样，他们有条条框框的"紧箍咒"管着，好拿捏，好说话，经不住缠，于是就开始一点一点地蚕食演习场，于是就常有一些哭笑不得的闹剧上演。

红、蓝双方在向战役集结地开进途中，其实战斗就算开始了。红军左翼的后勤保障车在勉强能走牛车的土路上，低吼着小心翼翼地前行。峰回路转处，前面高坎边突然冒出一块巴掌大的三角形菜地，地里种满了绿油油的生菜。一边是菜地，一边是高坎，红军保障车的车头如探雷一样慢慢地过去了，尽管驾驶员握方向盘紧张细致得如走钢丝绳，内侧的后轮还是从菜地一角碾过，驾驶员一急，猛打方向盘，整个后车厢全部扭到地里了，好像一个神经紧绷的人，突然失手，一屁股瘫坐在地上。几十棵半大不小的生菜顿时香消玉殒，菜容顿失。

刚才四周还寂静得闹鬼，这时，不知从哪儿强盗剪径般蹿出一壮汉子堵在车前，只见那壮汉戴一顶像狗抓啃过的破草帽，脸黑得如乡村里炕的腊肉，淌着油，敞穿一件皱巴巴分不清是白颜色还是黄颜色的衬衣，软塌塌的衣领内侧一层汗泥，如搭着一张山蛇皮，走近了，浑身的异味比兵们两天没洗澡的味道还大，口水沫子四溅，满嘴半懂不懂的土话，听口音应该是本地人，不是外来户。红军驾驶员心一沉，本地人更难缠。

黑脸汉子愤怒地指着粘有菜汁的车轮，连比划带说，一个意思，就是让赔偿。红军带车的排长刚从地方大学分来不久，爽快地从口袋里掏出一张绿票子，五十块钱递过去，黑脸汉子瞥了一眼，用鼻孔发出一个音节，头扭在一边。五十块钱就是在省城的菜市场也能买一大筐菜了。带车排长又加二十元，耐心地说，我们是人民子弟兵，不拿老百姓的一针一线，损坏东西要赔是应该的，但我们是一家人，请你不要让自己家人为难。黑脸汉子不住地咕哝着，仔细听，他在说，他种地怎么辛苦，小孩上学、老人治病就指望卖菜的钱等。

"磨蹭什么呀，婆婆妈妈的！"红军下士驾驶员车门一摔，大步上前，口气比坦克车的履带还硬，我们在执行军事任务，几点必须赶到什么地方，有多少人等着吃饭。误事了，你担得起这个责任吗？到时候，告诉你们派出所，告诉你们乡里镇里领导，说你妨碍公务，把你关起来，让你婆娘送饭去。黑脸汉子根本不呷这一套，转身和下士激烈争吵起来。下士还说了些什么过火的话，他自己也记不得了，要不是带车的排长拉着扯着挡在中间，双方可能发展到肢体语言。最后，黑脸汉子收下两百块钱，骂骂咧咧地让开了。

这种场面兵们在演习、训练过程中时有发生。上次，红军坦克连一辆坦克训练回营时在一个村庄边压死了老百姓一只母鸡。母鸡的主人，一个泼辣的中年农妇堵在车前，周围坡坎上站满了看热闹的群众，一只母鸡被那农妇用科学发展的眼光要出一头牛，乃至一个养鸡场的价钱。坦克车驾驶员是个新手（不然不会犯这种低级错误），急得满头大汗，嘴唇发抖。这时，一个老兵赶过来示意新手上车，扔给农妇一百块钱后，把坦克轰隆隆地发动了起来，炮塔调转向后，农妇以为坦克要掉头开溜，赶紧跑过去堵在车后，没想到坦克一轰油门往原来的方向走了。农妇举着那张百元大钞，跳着叫骂几声，和周围的人一起笑了。

红军指挥所的作战参谋后来特地去看过那块菜地，泥土呈颗粒状新鲜的黄颜色，一看就知道是新开辟的，不是种过几茬的熟土。

那黑脸汉子是胡强兵精心挑选，并且经过反复排练，由一个入伍前号称"老江湖"的士兵扮演的。"老江湖"在和下士争吵过程中就把红军的作战计划、保障方案套了个八九不离十。

后来，红军的指挥人员一见到胡强兵就骂，现在都基于信息化了，你们这群"土鳖"还在玩冷兵器时的伎俩，创新能力也太弱智了吧。胡强兵说，我们这是导弹上刺刀，创新与继承一起上，过去国民党军被打得溃不成军，抱头鼠窜，当了俘虏反而怪共产党军队不会打仗，不按常理打。晓得么，打胜了就是王道，就是常理！

胡强兵参加完旅里召开的连主官演习总结会议回来，吹哨子叫班长骨干到连部集合，这时文书跑过来说有他的电话，听口音和口吻好像是他家里打来的。胡强兵接过电话，一听是廖老板，他一时想不起该如何称呼，就说哦，哦，是您，我是胡强兵。廖老板说，美花在那儿给他添麻烦了，让他操心了，如果她有什么做得不对，爱使小性子不懂事就说她等。班长骨干们都到齐了，胡强兵捂住话筒嗯嗯啊啊的。放下电话，他才想起，忙着打仗，有好多天没和廖美花联系了。

下午连队体能训练结束，胡强兵估摸着廖美花该下班了，他来到她租住的地方，发现门开着，她一头秀发蓬松在脑后，穿一套白色碎花睡衣坐在门口看着屋顶蛋黄一样的夕阳发呆，人整整瘦了一圈，下巴由圆桃变得像黄杏。他把手里的白色透明塑料袋随手放在板凳上，没去上班？嗯。她看了一眼塑料袋，里面是一个收音机和一摞杂志。她趿一双粉红色的塑料拖鞋起身，进屋，从窗前桌子上拿起一个一次性纸杯，倒了一杯白开水，连同一股馨香的气息递过来，他喉结一滑动，嘴唇轻轻一翕合，刚才体能训练后一直没有喝水，这时才感到有点儿渴。

胡强兵说，这段时间很忙。她哦了一声，没问他忙什么。她说，她发工资了。没提上次许诺请客的事。她脸上忽的两团红晕，迟疑了一下，弯腰，手伸向双人床靠墙的一侧，一抹白得耀眼的肌肤从她睡衣下摆露出，胡强兵扭过头去，待他再回头时，她手里捧着一件灰色的毛衣说，这是给他织的，他身材看起来和她爷差不多，她是照着她爷的身材织的，不知道合不合身？她让他试试。他双手在衣服上搓了搓，接过，呵呵地笑，没动。她又说试试吧，不合身，她好改。他穿上毛衣，模特儿一样走了几步，摆出几个"POSE"，她像时装设计师一样，围着他也是围着她的作品转了一圈，大小长短刚好，就连样式颜色都好像比划着给他织的。

廖美花翻开一本皱巴巴的杂志，问胡强兵读过一首题目叫《取暖》的短诗吗？不待他回答就用家乡话，动情地读了起来：小妹／到南方去打工／她在粤语里／先是迷了路／后又受了寒／每夜／她只能和同伴／回到出租屋里／围着乡音／取暖。读完后，她又问读过吗？他摇摇头。认识马萧萧吗？不认识。那听说过吗？也没有。这首诗就是他写的，听说是位军旅边塞诗人。胡强兵说，他只读过李白、杜甫的诗，不知道马萧萧，他写得长长短短，好像和他们的不一样。廖美花低头闷声不吭，秀发遮住她大半个脸，看不出表情。哪儿来的？胡强兵从她手里抽过杂志问。她低低地说，在理发店里做头发等人时翻起，觉得这首诗好就要来了。她一说，他马上闻到一股染发剂的气味。

她说，她想家了，想回去，在这儿没意思，不想在这儿干了。说着哭了起来，越哭越激动，伴随着阵阵咳嗽，白色碎花睡衣下柔弱的肩膀剧烈地颤动。胡强兵如刚才还在把盏言欢突然一碗汤打在身上，慌了，不知如何是好。他从床头柜上抽出纸巾递给她，不住地问有难处吗？谁欺负你了？哪儿不舒服？生病了？廖美花埋头从臂弯里接过纸巾，在浓密秀发地隐蔽下处理眼睛鼻子的分泌物。后来，从她抽抽搭搭地哭诉中得知，原来她已经生病好几天了。胡强兵起身，看了看屋外已暮色四合，拉亮灯，细细品味起他刚才并没有认真听的诗。她的抽泣声渐渐止住。这时，他发现她其实很单薄纤秀。

晚上，胡强兵回营区时已是第二班岗，文书给他打的饭放在他房间的桌子上，早凉了。按规定，第二班岗是必查的，他顺便走了他们连队负责的几个哨位，哨兵厉声问口令，他才想起出发前没有问文书今晚的口令，他继续往前走，哨兵又问，随着有拉枪栓的声音。他说，某某查哨的。偶尔有机关干部夜间督查时事先没了解口令，就是这么回答的。

现在，胡强兵去廖美花那儿不再一定是周末，有时候她哪样电器坏了，他过去帮忙看看，有时候是她下班晚了，他用保温饭盒送饭给她，有时候是她做了好呷的东西叫他，只要抽得开身，他向文书或指导员招呼一声，就奔袭一样跑过去，反正不远，以一个武装越野五公里的时间和精力，能跑一两个来回。

廖老板通过快递给廖美花寄来"猪血丸子"，让胡强兵收转。胡强兵问过好多人，"猪血丸子"只有他们那地方有，就是把豆腐、猪血搅拌成泥状，伴上肉丁，捏成一个个比鹅蛋略大的团，在火塘上炕得黑乎乎地像手雷，外地人见了不敢下筷子。他们觉得是世界上最佳的美味，仅次于龙肉。

胡强兵去给廖美花送"猪血丸子"时，廖美花用她喝水的洁净得一尘不染的玻璃杯给他倒了一杯白开水，胡强兵瞟了一眼桌上装在塑料袋里的一次性纸杯，接过。

位于数百公里外的一支红军已向战役集结地摩托化开进，蓝军已启动航空、侦察、雷达、工兵等各种手段，设置障碍，进行层层阻拦，尽管如此，预计几小时内双方将火力接触。

真枪实弹拉开了，演习场方圆数十公里内已经戒严，不准任何无关人员进出。在紧邻戒严区，进入演习场的一条要道旁有一土坯小屋，开一扇仅容一人躬身进入的小门，里面逼窄得最多能放两张床，屋顶长满半人高的蒿草，墙面坑洼斑驳如人造地球卫星拍摄的月球表面，四个墙角已被风沙磨圆，在装甲车卷起的漫天烟尘中，小屋像一个废弃的碉堡，又像一个风烛残年的老人。

每到部队驻训或有大规模的演习，就有一脸色酡红的中年人背来方便面、火腿肠、榨菜、咸鸭蛋、饼干、薯片、饮料、电池、蜡烛等，天晴就在小屋门口铺一块塑料布，摆摊；下雨就在屋里，小屋没有窗户，光线很暗，如果有人堵在门口，里面就黑咕隆咚的，就是白天也得点蜡烛或开应急照明灯，多两个人挤进去，就让人喘不过气来。土屋小店呈季节性，与兵群伴生。部队驻训期间，常有三三两两的兵从坡坳里冒出向小屋走来，离开小屋时兵们边走边往嘴里塞着东西，含糊不清的笑声、喊声、唱歌声像白色、红色、黑色的塑料袋在大风中翻滚，飞向天空。演习那几天，小屋的生意出奇的好，红蓝双方宣布"阵亡"的士兵拖着疲惫的步伐逶迤而下，接连呷了几顿压缩饼干，小屋就成了他们补给的第一站。尤其是雨天，小屋门口经常排着队，外面的空地像被许多四足动物踩过，泥泞已到脚踝处。

战斗发起前一天，演习场周边呼呼啦啦的警戒红旗招来了红脸汉子和他的季节性小店，也招来了一个神秘的顾客，那顾客戴一副遮住半个脸的大墨镜，穿一件黑色风衣，在小店周边溜达一大圈后，闪进小店。红脸汉子一愣，马上亮着能与炮声媲美的嗓门说，您要点什么？神秘顾客一声轻嘘，小声问，老板在这做生意多长时间了？好多年了，部队一来，我就来了，这土坯房还是我一手一脚垒的呢。哦，那附近有几个进入里面的路口都晓得么？晓得。生意怎么样，演习这几天里能赚多少钱？

谈到生意，红脸汉子从摊满货物的土台子上拿起一包劣质烟，手一转拆开，抠出一支递过去，说，见笑了，小本生意，糊个口，主要是方便解放军。到底能赚多少？神秘顾客板着脸。就赚点脚力钱，三五百块吧。神秘顾客从上衣内口袋掏出钱包，点了五张百元大钞，接着又从风衣口袋里掏出三个精致的灰色小匣子，说，明天演习就要开始了，我查看过了，附近有三条道路进出演习场，到时候你只要把这几个小匣子的开关打开，找个隐蔽的灌木丛或芦苇丛放好，前面这个小圆孔对准路口就行了，这点小意思是你的酬劳。神秘顾客边演示边说，说完把钱往红脸汉子面前一推。红脸汉子忙推却，这咋成，不买东西怎能收您的钱呢。你帮我把这东西放好，我就得好好感谢你。哎呀，不就是走几步路么，用不着这么客气。

神秘顾客转身欲走，红脸汉子突然想起什么，脸色一沉，问，你莫不是台湾那边派来的？或者是美国？我可当过兵，这点意识我还有。神秘顾客哈哈大笑，说，难怪老板能在这儿做生意，国防意识、保密意识这么强。说着摸出一个红本本。红脸汉子接过，像鉴别古董一样认真地看了看，又将信将疑地还了回去说，现在办假证的太多了，有些假的比真的还像。神秘顾客在手掌上拍了拍红本本说，我就是解放军，真正的解放军。红脸汉子说，对不住，养成习惯了，我在福建当兵那会儿，常有小商小贩在营区边转悠，那时候我们的内部报纸听说能卖到五十美元一张呢，害得我们保管报纸比保管枪弹还严。神秘顾客上前一步，像对待自己同志掏心掏肺地说，不瞒你，我就是即将参加演习的一方，我们这样做只是想随时掌握战场上的情况而已。哦，是解放军内部的事我就不多管了。红脸汉子从五张钞票里捡出两张，余下的几张又塞还给了神秘顾客。

沙场秋点兵，阴雨连绵，红军派出的数架无人侦察机，要么被蓝军的强电磁干扰，要么被蓝军施放的烟雾弹遮掩视线，侦察效果很不理想，还有一架摔在蓝军的阵地上，成了蓝军的战利品。

蓝军的电子侦察捕捉到红军指挥所的准确位置，呼叫最近的坦克分队发起冲击。蓝军坦克以破障车打头,将一道道防坦克障碍推平,怒吼着,向红军指挥所冲去。

眼看红军败局已定,红军个别指挥员竟然命令士兵以血肉之躯挡在蓝军的坦克前,说,你们不用怕,谅他们的坦克也不敢冲过来。蓝军坦克乘员眼睁睁地看着红军参谋人员在百十米外仓皇转移指挥所,又气又急,跳下坦克和红军士兵干了起来。坦克乘员平时的训练以坦克代步,坦克就是他们打击敌人的手臂胳膊拳头,步兵呢,整天奔跑滚打跳跃,生猛得跟野人一样。蓝军坦克乘员被红军步兵打得抱头鼠窜,大声呼救。胡强兵他们尖刀连也接到命令,从侧翼赶过来端红军的指挥所,他们一冲上来,只见一部分蓝军已和红军扭打在一起,蓝军明显处于弱势。此时,双方手中仅能打空炮弹发射激光电子的枪械连烧火棍都不如,刺刀、匕首、大刀等近战武器没有装备,彼此面对的毕竟不是真正的敌人,是阶级兄弟。胡强兵站在一辆坦克旁一愣神,后背重重挨了一拳,一个趔趄几乎跌倒,他大吼一声:"弟兄们,上呀!"……演习导调组紧急叫停。

演习导调组裁判红军战败,并对其不遵守演习规则进行通报批评。蓝军虽然取胜,但付出的代价太大了,担架抬下来一大串,大都挂的是蓝色臂章,有打伤的、跌伤的、扭伤的,还有好几个满嘴血污,说是红军士兵上来一个前扑动作把他们放倒在地,门牙就"牺牲"了。演习总指挥站在土坎上,看到蓝军的"惨状",恨恨地说,这群小子下手够狠的,指挥机构一般化,兵还是个顶个。

红军战后总结,有的指挥人员感到很纳闷,他们的高科技武器有"克星",没有发挥多大作用可以理解,但寄托很大希望的"常规武器"竟然也没有冒泡。演习部队撤离前,红军一位参谋人员去土坯小屋找那红脸汉子,那儿只剩下傍晚菜市场收摊后般一片狼藉和风吹衰草般的瑟瑟秋色,向周边村庄打听红脸汉子住哪家?村民听了描绘,摇摇头说,没见过,肯定不是他们这儿的人。

消息通过打着口哨的秋风，叽喳叫着忽而呈自由落体的鸟群，哞咩叫唤有时盯着远处出神的牛羊传到蓝军营房，胡强兵和连部几个人笑得前仰后合，直不起腰来。原来，胡强兵早就注意到了，演习场边上那个土屋小店是一个"漏洞"，是一个敌我双方容易做文章的点。一年多前，他就做了防范。

连队有一个河南籍的上等兵，工作还可以，人也比较本分，就是他爷在部队驻地打工，来连队看过他好几次。上级有规定不提倡也不介绍亲属来部队驻地打工。上级说得很委婉，不提倡，其实就是反对，害怕亲属在驻地打工影响战士安心当兵。

一个星期六的上午，上等兵的爷来连队看他时，被胡强兵撞见了。这个规定胡强兵在连队军人大会上讲过几次，上等兵知道，可能也跟他爷说过，所以每次他爷来见他像做贼又像特务接头。那次胡强兵叫住他爷，到连部坐了一会儿，说了说上等兵的工作表现，中午还叫炊事班加了两个菜，一起在连队食堂吃饭。午饭后，送他爷离开时，胡强兵委婉地把上级的意思说了。上等兵的爷一听急得哭丧着脸说，俺在这打工好多年了，娃还没到这儿来当兵俺就在这儿，现在娃在这当兵，俺还不能在这儿啦，还影响娃的前程啦。胡强兵看着他酡红的脸渐渐涨紫成猪肝色，心里很不是滋味，不知这是哪级机关哪个领导拍脑袋想出来的"王八屁股"，现在农村外出务工人员像打翻一筐梨一样，散得到处都是，谁能保证不到自己亲属当兵的地方去打工呢？过了好一会儿，上等兵的爷的过激反应平息下来，小心地问，这是什么时候制订的规矩，他也当过兵，在福建当的海防兵，他们那个时候好像没有这一条。胡强兵安慰他说，让他别往心里去，只要多鼓励娃在部队好好干就行了。

胡强兵开始琢磨土屋小店时，想起的第一个人就是上等兵的爷，当胡强兵准备把土屋小店盘下由他来经营的想法一说，上等兵的爷爽快地答应了，并且感到能为娃部队做事而高兴啦。在蓝军的人民战争中，红军打的如意算盘自然陷入汪洋，成了肉包子打狗。

周末，上等兵的爷挺着腰杆来到连队，见兵就发烟。中午，胡强兵让炊事班加几个菜，还准备了一箱啤酒。上等兵的爷几杯啤酒下肚后，酡红的脸又涨成猪肝色，他端起满满一杯啤酒，端到胡强兵面前，打着酒嗝，小声地说，俺娃年底转士官请连长多费心，帮忙。胡强兵端起酒杯一饮而尽，好好干，好好干，群众说了算。

快两个星期了，没有胡强兵的任何消息，廖美花打电话对方提示关机，发信息，没有回，莫不是……她的手机整夜不关机，放在枕头边，一有响动，一把抓起，都和胡强兵无关，她开始胡思乱想，晚上睡不好。廖美花听胡强兵说起过一个故事，他们部队有个排长谈了个女朋友，两人好得连王母娘娘拿金钗划条银河都分不开，一次激情之下吃了"禁果"，第二天排长突然接到命令外出执行一项紧急任务，由于需要严格保密，仅两个月时间女孩没有排长的任何消息，女孩气恼成羞，一怒之下告到部队。后来他们结婚了，这成了他们夫妻的一个经典笑话。

周末，廖美花来到胡强兵部队的大门口。有次，她和胡强兵一起坐车路过那儿，胡强兵指着站得笔挺的哨兵说，那就是他们营区。就一次她便牢牢记住了。哨兵登记下她的身份证号，问了问简单情况后，给胡强兵他们连队打了个电话，不一会儿，一个黑脸敦实的上等兵晃晃悠悠地走了过来，见营门值班室就她一个人。你是？廖美花。我们连长的？同学。廖美花一路上想好的。上等兵听了，嘴角弯了一下。

营区里很静，难得见几个人影，几只麻雀在屋檐下欢快地打闹转眼飞向金黄的梧桐树梢。从大门口到他们连队没多远，上等兵只顾低头在前面走，廖美花小跑着跟上问，贵姓？姓王，也叫小王。王小王，廖美花重复一遍，笑了。王小王说，小王是我的名，也是我的姓前面加一个小字。王小王，你老家哪儿的？山东。哪年当兵的？去年。为什么当兵呢？父母。你们连长对你们怎样？好——他头一晃，拖长着声音，懒洋洋的。

在连队门口，一个自称是副指导员的中尉领着几个精神状态不是很好的兵迎了上来，副指导员一个劲地说对不起，他们连长执行任务去了。看他那一脸歉意的样子，好像他们连长不在是他造成的。

廖美花打量起眼前这座四层楼房，屋外绿色的草坪修得很平展，门口种满了月季花，一块呈"△"形的石头掩映在花丛中，上面刻有"尖刀连"三个遒劲大字，字被红漆描得闪闪发亮，走廊全部被玻璃窗封闭，好些房间门上贴有白色封条，上面盖的红色印章已经暗淡。

副指导员把廖美花让进二楼一间挂有"会议室"牌牌的房间，问，您来之前难道没有和我们连长联系吗？廖美花脸一红，说，没有，她不问他部队上的事，他也不说。副指导员哦了一声，话题自然围绕胡强兵展开。一个马上心里透亮地直夸他们连长，平时对待工作像夏天一样热情，对待同志像春天一样温暖，对待不良风气像秋风扫落叶一样坚持原则……副指导员描绘的人她似曾相识，她觉得他很逗，她不敢喝水，怕喷了他一身。期间，刚才接她的上等兵王小王进来一趟，说，副导，中午加两个菜吧。副指导员说好的，然后冲廖美花笑笑，说，我们留守的是一些不是这儿痒就是那儿痛的老弱残兵。廖美花附和着笑笑，拎起放在旁边椅子上的坤包，抬腕看了看手表。副指导员说，我们连长应该在这几天回来，要不您住下来等等。廖美花说，不了，她就在市里上班，离这儿不远，有时间再来。走出营门，廖美花的脚步不由得轻快。

星期六，傍晚，当胡强兵又黑又瘦地出现在廖美花面前时，廖美花脸上掠过一丝惊喜，但马上板着脸转过身去，埋头整理堆放在床上的衣服，衣服还挂在衣架上，估计刚从外面收进来。胡强兵扭头看了一眼桌子上她洁净光滑的茶杯，喉结做了个吞咽动作，说，都怪我，走得匆忙，事先没有和你打招呼。廖美花像没听见一样，叠好衣服转身又去擦桌子，收拾碗碟，一副很忙的样子，胡强兵像尾巴一样跟在她身后，我们演习去了，演习期间是不能和外界联系的，上次有个排长的女朋友来队了，他熬不住，用演习指挥部配发的卫星电话和他女朋友说了几句悄悄话，结果被上级监听到，结结实实挨了个处分……那也比闹"经典笑话"强！廖美花一转身，肘部碰到了胡强兵的腰，胡强兵吸了口凉气，躬着身子蹲了下去。廖美花手里的碗碟啪的一声落在地上……验过胡强兵腰上乌青的一块，廖美花才知道他被演习撞了一下腰。"演习"不是"演戏"。

廖美花用她洁净的玻璃杯倒了一杯热气腾腾的白开水，轻轻地吹了吹热气，喝了两口后，递给他，说，都是自己人，好像谁不是爹娘养的，下手怎么这么重。胡强兵说，还有更重的，他们连队光受伤住院的就有五六个，大部分兵走路一瘸一拐的像"铁枴李"。一场仗打下来，兵们穿着作战靴，几天几夜地跑，脚底的血泡磨破了，坐在地上打个盹，再次上路需要鼓起很大的勇气，脚底才敢着地，打完仗，战友之间得相互帮忙才能把脚上的靴子拔下来，袜子得用盐水泡软后，用剪刀小心翼翼地剪……

廖美花说，我去过你们连队了。听说了。我还要去。欢迎。你们连那个肩上扛书名号（上等兵军衔）黑脸山东兵王小王说起你怎么阴阳怪气的？唉，别提了，那小子军事素质不赖，就是集体荣誉感不强，上次演习派他去摸红军的哨，他见那哨兵是他一起当兵一个村的老乡，竟然手下留情，没有一招制敌，以致情况暴露，害得我们整个行动计划受挫。这次他强烈要求参加，说是将功补过，我没同意，熬一熬他再说。

星期天上午，阳光明媚，廖美花走进营区，足音像踩在钢琴键上一样，迎着齐刷刷的"注目礼"再次来到胡强兵他们连队。可能是人多的原因吧，这次那四层小楼看起来像农贸市场，门口、走廊上、房间里，包括连队前后的草坪上，到处如小贩摆摊般铺着一张张墨绿色的油布，兵们坐在小板凳上三五成群地围在一起，像小孩摆弄玩具一样，把一件件武器噼噼啪啪地捣鼓成一个个零件，又把一个个零件弄得油乎乎的……偶尔有兵站起来走动，臀部夸张地一扭一拐，样子很好笑。房子一侧的晒衣场上晾着一大片迷彩，风吹得晃晃悠悠地像是在开会，又像是在列队。胡强兵领着廖美花从一个个"地摊"间走过，说，趁天晴保养武器，洗洗刷刷。廖美花低垂着眼睑径直往前走，感觉到一束束目光像柳条一样从脸上身上拂过。

廖美花坐在胡强兵挂有"连长"字样牌牌的房间里，门敞着，他们说话不时被兵打断，有请假的，销假的，报告好人好事的，请示下一周工作计划的，有捧着通知本让胡强兵签字的等。文书叫胡强兵到连部接电话去了，这时，王小王站在门口喊了声报告，她冲他一笑，他犹豫了一下走进来，拎起开水瓶往她面前的茶杯里续了一点水，说，嫂子，我就知道你还会来的。廖美花一愣，脸红到脖子根，不知如何回答。叫嫂子是兵们的小伎俩，已婚的军嫂自然叫嫂子，未婚的异性，诸如表妹呀同学呀等关系，兵们只要看出一点"苗头"都冠以嫂子之称。王小王出去后，屋外不一会儿传来哄笑声，兵们在火热地说些什么她听不清，也许是职业敏感性吧，"下药"两个字她听真切了。胡强兵接完电话回来，廖美花问他，下药是什么意思？胡强兵问，刚才谁来过？廖美花说，王小王。胡强兵说，没什么意思，连队最近耗子比较多，兵们可能是在商量怎样消灭耗子吧。说着，胡强兵走了出去，当他再回来时，外面的笑声没有了，"下药"两个字也没有人再提起。

廖美花后来才知道"下药"的出处。胡强兵他们连队有个士官学校毕业的中士班长，小伙子很优秀，是连队的技术骨干兼思想骨干,他在上士官学校时谈了一个女大学生,女大学生毕业后进了一家银行上班,一直以为他是军官,他在上学时只是笼统地说上军校。谈了数年,快瓜熟蒂落了,她第一次来部队,才知道士官士官,不是官,他是兵。她很彷徨,中士呢又很爱她,害怕失去她,才一直含含糊糊,不敢说明。那几天整个连队都被一片将要"被踹"的阴云笼罩,兵们一有空就猫在一起召开"小诸葛亮"会议,有苦肉计、金钱计、下跪真情打动计,有的兵说干脆到网上购买"春药",蒙她呷了,生米煮成熟饭再说。当然,最后还是连队党支部集体和姑娘谈心,把中士的良好素质、优缺点以及取得的成绩摊在桌面上说开了,这才让姑娘决心上中士的"贼船"。有政工干部总结经验,一般来说,人家姑娘能来部队就说明有希望,有做工作的余地,如果我们主场作战都不能拿下"高地",那么我们的战斗力真值得怀疑。胡强兵那天听到"下药"的说法后,在一个个"地摊"边转了一圈,没头没脑撂下一句:没出息!一个有本事的男人喜欢一个女人,还用得着那种"下三烂"手段吗?

　　中午饭是连值日打回来的,廖美花坐在胡强兵房间里,听饭堂那边传来番号声、歌声,猫舔食一样数着饭粒,直到胡强兵回到房间她还没呷完。她问他,呷过了吗?他说在饭堂里呷过了。他的回答好像酒席上最后端出了一道水果,她很快就呷完了。晚饭,她跟着他在连部的桌子上呷,七八双筷子伸伸缩缩,听取咀嚼声一片。大伙儿围在一起呷饭,就是香甜些。

　　一个下士端坐在走廊上挽起衣袖拉开杀猪般的架势,用廉价的白酒给一个列兵揉扭伤的脚。下士手握酒瓶仰头含一口酒,噗的一声嘴里的酒呈雾状,喷洒在列兵红肿的脚踝处,下士脸红扑扑的,估计是有些酒漏进他肚子里了,要不就是他实在不胜酒力,沾酒就醉。

　　下士揉脚的动作像是在揉面,列兵微闭着眼,下士每用力一下,列兵歪咧一下嘴，倒抽口凉气。廖美花站在一旁，有观众，下士好像揉得更起劲。廖美花终于忍不住了，说，你的方式不对，这样只会让他的伤越来越重。说着，她坐在下士的位置上，把列兵像红烧猪蹄一样的脚放在膝盖上。列兵争开眼，有点不知所措，想抽回，廖美花用力一按，一个眼神就让列兵变老实了。

列兵双手扶着受伤的腿，眼看着廖美花细白的双手像冰冷的羽毛，在灼热的扭伤处轻揉拂过，脸上露出享受的笑容，说，姐姐，你的手真好看。下士狠狠地说，叫什么呢，叫嫂子！廖美花头一低，鬓间一绺头发垂在额前，低低地说，叫什么都一样。

廖美花给列兵揉脚，引来很多兵围观。列兵成了他们中最幸福的人。在副指导员的建议下，胡强兵勉强同意把全连官兵集合起来，由廖美花上一堂怎样防止扭伤以及扭伤后怎样治疗的课。刚上课，廖美花发现胡强兵不在，待她讲完时，后排一个浑厚的掌声最先响起，紧跟着一阵热烈的掌声。原来胡强兵坐在后排一个不起眼的角落里。

胡强兵喝茶的搪瓷杯里结有一层深褐色的茶垢，廖美花淘汰了胡强兵一支几乎毛都秃了的牙刷，消耗了近半管牙膏，才让它露出庐山真面目（顺便把牙刷也换新的了）。

胡强兵的迷彩服肘部和膝盖上都缀有补丁，他还敝帚自珍，洗得勤，一天高强度训练下来，白天过几遍咸水，傍晚时扔进洗衣机里过一遍淡水。廖美花跟着他到靠卫生间的洗衣房里去看过，那个名牌全自动洗衣机好像一天二十四小时不停歇，待洗的衣服有外衣、内衣，还有袜子、裤头等，一堆一堆的在旁边的桌子上排着队，前面的洗好了，兵们顺手就把后一堆扔了进去，晾衣服时告知它的主人一声。

那个日夜操劳的转桶黑乎乎的，不像是洗衣服，倒像是洗煤。廖美花说，这怎么成呢，这是重复污染，首先内衣、外衣不能混在一起洗，袜子、裤头最好手洗，然后洗衣机得定期清洗保养，滤网得随时掏干净，转桶得用酒精擦拭，或搬到太阳底下曝晒等。廖美花把她的意思向胡强兵说了，胡强兵听了哈哈大笑，说，都是大老爷们，哪有那么多讲究，况且我们都活蹦乱跳没痒没痛的比牛还壮，也用不着讲究。廖美花转身和副指导员说了，副指导员在星期五党团员生活会上宣布，以后每个人的袜子、裤头不准丢进洗衣机里搅，内衣等尽量用手洗，星期三各排的洗衣机休息，由连值日进行清洗保养。廖美花后来才知道星期三一般是上政治教育课，只有早晚有体能训练，训练强度相对较小。胡强兵听了这个煞有介事的宣布后，像有人挠他的胳肢窝一样，直乐。

　　胡强兵的房间看起来整洁，但丝丝缕缕有股异味，廖美花像猎犬一样皱着鼻子闻了好几个地方，才发现是床上叠得方方正正的被子发出的。利用一个艳阳天，她把他的被子擦洗了。她洗得很认真细致，晒干后缝棉胎时发现被面上还是有油浸一样的团块没洗干净。廖美花问胡强兵，这上面沾的是什么，怎么洗不掉？胡强兵支吾说，是枪油。廖美花说听她爷提起过，连队里应该有一个专门管收发跑腿干杂活的兵，胡强兵接过话说叫通信员，他们连队没有通信员，只有文书，文书不干杂事，更不帮连队干部干私事，只干墙面上规定的文书职责范围内的事。他们文书是上海兵，地方大学生入伍，挑他当文书时就说好的，不用他干侍候人的活。

　　那段日子，廖美花几乎每个星期都要去胡强兵连队，连队很多兵她能叫得出名字，有的兵的"小秘密"，胡强兵不一定知道，她知道。兵们都亲亲热热地喊她嫂子，她也习惯成自然地应着。

　　小雪那天下着小雪。红、蓝军首长机关带通信工具和部分实兵进行年度最后一次演习，一星期后老兵就要退伍了。所谓部分实兵，就是两军带侦察、电子、航空、步兵、装甲等规定数目的精粹人员参战，主要以沙盘推演，网上作业为主。

红军指挥所设在一个三面环水的半岛上，环水的三面只是派出固定哨与流动哨警戒，重点防守力量放在与陆地相连的一侧，这样正好省出兵力对蓝军发起进攻。

战斗持续快两天了，双方你来我往强攻、佯攻、骚扰等交手多个回合，兵们疲惫不堪。小雪那天夜里出奇地冷，红军指挥所环水的湖面上结着一层厚厚的冰，只有靠近岸边芦苇荡里的冰层薄些，上半夜红军哨兵还不时往结冰的湖面上扔冰块、石头，感觉比溜冰壶还过瘾。蓝军的反攻是在凌晨三时打响的，一支小分队突然出现在红军指挥所周围，引得红军方寸大乱，蓝军趁机发起猛烈攻势，最终以微弱优势险胜红军。

蓝军小分队突然出现在敌指挥所，并没有什么特别手段，就是以"蛙人"从冰层下穿过，以达到突击效果。麻痹大意的红军哨兵得知情况后气得跺脚，狗日的，冷得那么邪乎，把狗都能冻死，蓝军比狗还狠！胡强兵在总结这次战斗时说，现代战争水面比陆地情况更复杂，更难对付，你们看在上海召开重要国际会议，其实黄浦江上的安保比陆地上的更暗流汹涌。

蓝军"蛙人"突击小分队带队的就是上次没有参战的上等兵王小王。战后总结，论功行赏，很让胡强兵伤脑筋，连队年终总结已经过了，王小王又马上面临退伍，奖励他什么东西最有意义呢？征求他自己的意见，王小王很认真地说，连长，就提前呷你和嫂子的喜糖吧。胡强兵说，没问题。他买了一盒巧克力外加一台最新款的Psp游戏机。王小王当兵前就喜欢打游戏，入伍时包里带着当时最新款的Psp，他下哨后，被窝里常半夜"机叫"，弄得白天训练学习跟犯毒瘾一样，后来连队把他的游戏机收了起来，答应他退伍时还给他，两年下来，那款游戏机已经老成爷爷了。现在，尽管他对打游戏已不再感兴趣，但还是百感交集，说，这是最有纪念意义的礼物。

老兵退伍后，旅里干部调整，胡强兵任现职已经满三年，量才录用，被调到旅作训科担任副营职参谋。调进机关，加上又调副营了，胡强兵很快搬进一套两居室的机关干部公寓房。胡强兵他们单位以前是师级单位，后来缩编成旅，机关干部住房一度相对比较宽裕，但随着现在正连级干部的家属也可以随军了，住房又有点儿紧张。

胡强兵搬家那天，廖美花去了，还有好几个兵在帮忙。胡强兵当兵十几年，全部家当还装不满一板车。那辆板车平时兵们用来拉菜，拉猪食，有时候还用来施工拉土，拉砖，拉垃圾等，可以说是连队里最主要的生产生活用具之一。胡强兵的被褥、书籍、洗漱用具等物品用几张报纸垫着，装在脏兮兮的板车里，三五个兵有说有笑地推着，离开连队时，廖美花频频回头，很是舍不得的样子。

胡强兵搬进墙壁斑驳的"新房子"，廖美花比他还兴奋，像小狗撒着欢每个房间转一圈，每个角落细细打量一番后，开始打扫布置，甚至连窗帘的花色、样式都是她去挑选定制的。

胡强兵搬进"新房子"还不到一星期，那天他在办公室站在一幅两万五比一的大幅军事地图前比划，正把自己想象成一个运筹帷幄的将军，手机突然响起，吓他一跳，一看，是廖老板。廖老板已经得知他调副营，并且搬新家了，很高兴，让他千万不要翘尾巴，人们都不喜欢看别人的屁股，要像过河卒子一样在部队好好干，别担心家里，家里有他们相互照顾。廖老板说话的口吻像是他叔叔，又像是舅舅，还像……反正是长辈。胡强兵以前随他爷叫廖老板，这次恭恭敬敬地改称廖叔叔了。聊了一会儿，胡强兵以为对方该挂电话了，没想到廖老板换了一种犹犹豫豫的口气说，美花的工资不太高，在外面租房子开支大，还有她一个姑娘家，在社会治安不是很好的城乡接合部住，她娘老子一看电视上这个抢劫，那个凶杀的，经常晚上做噩梦，白天眼皮直跳。听说城里不是时兴男女合租么？你现在房子大，又是老乡、熟人，你看……胡强兵马上接过廖老板的话，说，明天就去帮廖美花搬家，他们一起住，他住一间，她住一间。

早晨，起床号响过，胡强兵还赖在床上。昨晚他又加班了，旅机关有个前辈传下来的规矩，晚上加班到十一点半后，可以不出早操。廖美花站在门外敲了一下他的房门说，早餐热在炉子上啦。胡强兵哦一声，翻过身继续睡，楼道里很快传来廖美花赶去上班的匆匆脚步声。胡强兵直至被丁零零的闹钟彻底吵醒，才爬起来，穿衣，洗漱，抓起炉子上蒸锅里还热乎的包子或馒头边呷边往办公室赶。

晚饭，有时候是胡强兵从食堂里用饭盒打回来，有时候是廖美花下班早，胡强兵回来时只见廖美花像蝴蝶一样在热汽漫开的厨房和饭厅里穿梭忙乎。很多时候胡强兵视自己为君子，"君子远庖厨"，他系着围裙出现在厨房里是难得的一景。胡强兵换下来的衣服，甚至他塞在角落里床铺下的臭袜子脏裤头，"库存"已消耗一空，没的换了，才想起来洗，这时发现它们已经被洗干净晾晒在阳台上。胡强兵不时提些水果回来，放在客厅茶几上的果盘里，看着水果一天天变少，他心里窃喜。

好几次，和胡强兵住同一单元的机关干部看到廖美花从他屋里鲜鲜亮亮地进出，开玩笑地说，女朋友来啦，也不找个机会向大家隆重推出一下？胡强兵脸一红，说，快了快了。有一次下班时，一位副参谋长磨蹭着落在后面和胡强兵走在一起，若有所指地说，现在老百姓对我们当兵的印象还可以，那是我们在抗洪抢险、抗震救灾等重大任务中用汗水鲜血，甚至用生命换来的，我们时时处处要珍惜爱护，要注意自身形象、群众影响，如今生活作风对社会上的人是小事，但对于我们当兵的来说不是小事，一个男人在这种事情上栽跟头不值得。

又过些日子，廖老板来电话，语气很是慈爱地对胡强兵说，你是革命军人，你们这样时间久了，不是办法，我看还是早点把证领了吧。胡强兵嗯嗯嗯地连声应承。紧接着，他上交申请，往女方户籍地发函等办理一大堆手续。军人结婚就是比老百姓繁琐些。

胡强兵和廖美花看天气预报，选了一个阳光灿烂的日子，到驻地民政部门捧回两本大红证书。去时，廖美花打扮得花枝招展，骄傲地走在前面，胡强兵像个小媳妇一样落在后面，拉开几丈远的距离；回来时，胡强兵像个凯旋归来的将军昂首挺胸地走在前面，廖美花拎个坤包不时几步小跑跟上，那样子好像他们已经做了几十年的夫妻。晚上，胡强兵把房间里所有的灯都打开，亮堂堂的，他俩配合着烧了好几个香辣可口具有家乡风味的菜，还开了一瓶红酒。那一夜，所有的灯光都荡漾着幸福的波纹。

春天的脚步近了，年味儿浓了。胡强兵递交请假报告，休年度探亲假，这是他当兵以来第一次回家过年。当然，这次不再是他孤独的背影拖着行李箱淹没在熙熙攘攘的人流中，而是热腾腾的桶装方便面也成双成对，夫妻双双把家还。

回到老家，在廖老板的极力要求下，胡强兵和廖美花还是按老家的风俗热热闹闹地举办了婚礼，合八字，看地方（主要是女方到男方家看家庭环境、居住条件和家境情况等），订婚等礼节已经被他们跨越了，但举办宴席，改口叫爷娘（男女双方都存在改口，但女方改口叫公婆需准备大红包），回门（指女方在婚后第二天或第三天带上隆重彩礼回娘家）等这些还能补救的礼数绝对不能少。廖老板说，他们家是黄花闺女，胡家是光明正大地迎娶，一定要风风光光、红红火火，不能让别人看笑话。

恰逢年底，长年在外打工的人们都回来了，男女双方走动得勤的至亲，平时来往疏一些的远亲，在举办这种大喜事时都来了，众乡亲都来了。胡强兵家院子里摆了十几桌，顿显局促，院子外还摆了好几桌，笑声、喊声、问候声、鞭炮声、搓麻将声、小孩哭闹声、锅碗瓢盆声响成一片。胡强兵爷娘请来多位能干的妇女洗菜，烧火，摆放碗碟等，请来几位十里八乡小有名气的大师傅掌厨，把准备过年的猪杀了，羊宰了，鱼捞了，另外还用三轮车不住地往家里拉酒菜……胡强兵的爷娘身材本来就瘦小单薄，那几天，劳累过后变得像发蔫的猴子，笑容如同戴着一个面具挂在脸上，尽管浑身疲惫，脚步沉缓，但心里还是蛮高兴的，对于他们来说，小儿子结婚了，成家了，忙完这件大事，人生就了无牵挂了。

胡强兵的哥哥嫂子过年前也回来了，从头至尾在帮着张罗。热闹过后，他嫂子因为胡强兵结婚比他们结婚时热闹、排场、花钱多，好几天脸拉得比丝瓜还长，私下里向他哥哥像只斑鸠一样嘀嘀咕咕。那天中午，胡强兵的哥哥可能喝多了，在桌子上戳着筷子，瞪着发红的眼睛说，强兵呀强兵，你是大学本科生，一个副营级军官，是我们全家的骄傲，竟然找个中专生，还没的工作，你最少也应该找一个乡长的女儿，最好是县里哪个局长的女儿，是不是部队是和尚庙，你没得女人看见……如果不是胡强兵的爷厉声喝住，他哥哥还不知有什么难听的话拍砖一样说出来。过了好半晌，胡强兵忐忑不安地叫廖美花呷饭，没人应，刚才她还在灶房里忙乎呢。胡强兵走进灶房，没人，找了一圈，发现她和衣躺在床上。胡强兵一进房间，她马上转过身，给他一个冷脊梁，叫她，不应，胡强兵蹲在床前，小声地替他哥哥赔不是，她始终不吭声。胡强兵把饭菜端到床前，凉了，也没见她动筷子。晚饭她还是没有起来呷。第二天一早，她起来梳洗打扮一番就回娘家了。胡强兵他们家乡有风俗，新过门的媳妇一定得在婆家过年，不然就会认为儿子没能力，撑不起家，让人看不起。他们那儿只有"倒插门"才在女方家过年。还有两天就要过年了，胡强兵的爷娘很急，不住地催胡强兵把他婆娘接回来。

胡强兵在去廖美花家的路上又看到一条狗,鼻子几乎嗅着地上,尾巴紧夹在胯间,颜色暗黄,很像上次咬伤他娘的那条狗。胡强兵弯腰捡起一块石头扔过去,没打到,那狗呜地叫了一声,跑远了。

繁衍生息

一

爷爷陈长工是大东家（奶奶一直这么叫，土改时大东家遭枪子了）做苦力的长工。爷爷长得一副猛张飞的样子，满脸络腮胡，虎背熊腰，能干能吃，一顿能吃九海碗饭，好吃肥肉。一天黄昏鸡鸭入笼时分，爷爷收工路过灶房，见东家的老女佣正把一块掌巴大的白亮亮的"肉膘"在锅里炒得吱吱作响。开饭时，爷爷抢先一筷子夹住那块炼油的"肉膘"，放在嘴里一咬，是块冬瓜瓤子。

奶奶李氏是东家磨房里干粗活的女佣，人称"三大姑娘"，即脸大、屁股大、脚大。奶奶把她那马尾一样的辫子，在大磨盘般的屁股上一甩，冲着那些肆意开着荤味玩笑的长工们直嚷嚷："脸大好上粉，屁股大乾坤稳，脚大走得稳！"对于她那又粗又长的辫子，她也有一套理论，说，男人娶我，不要我的田和土，只要我的辫子打屁股。

同在一个屋檐下讨活路。奶奶常没心没肺地和其他长工高声笑骂着。但对爷爷一直是轻声细语的。她不经意间看爷爷的眼神有着几分羞涩。奶奶对闷嘴葫芦似的爷爷有那个意思，也许在奶奶眼里只有爷爷那副高大魁梧的身板才配得上驾驭她。中午往地里送饭时，奶奶端给爷爷的那碗饭底下，常埋有一块大肥肉片子或一个油旺旺的荷包蛋，害得爷爷扒上几口，就悄悄转过身去，避开同伴的目光。

爷爷心怀愧疚地享受着奶奶那脉脉温情。他心里并不喜欢大洋马似的奶奶。情况的改变是，那天晚上爷爷给马上草料时，路过磨房，听见里面哗哗的水声，他从门缝里看到奶奶正在洗澡。当那温热的水从奶奶脖子上倒下来时，爷爷喘着粗气，只觉得口干舌燥，恨不得那温热的水就是他粗大布满厚茧的双手。

第二天中午，奶奶送完饭返回来时，爷爷像土里冒出来似的，堵在半路上，他一把将奶奶拽进路边齐腰深的油菜地里。爷爷和奶奶滚在一起。当爷爷满头大汗地解开奶奶裤腰带上的死结时，奶奶"啪"地一耳光，打得爷爷眼冒金星："喜欢'三大姑娘'，就来明媒正娶！"

爷爷用一年的工钱，三斗包米籽娶回了奶奶。其实说"娶"，也就是爷爷将他那床破棉絮，扔到奶奶的磨房里，两人窝在一起，冬天暖和一点罢了。

这一辈子，奶奶恨死小日本了。若不是小鬼子打进来，爷爷就不会去参加劳什子"鸟铳队"。"鸟铳队"是村上组织的，神出鬼没地和小鬼子干了好几仗，打得鬼子哭爹叫娘的。"鸟铳队"被小鬼子称为"嗅嗅枪队"，意思就是放在鼻子下一嗅就开火。"鸟铳"里装填的是铁砂，打出去像张网一样撒开，命中率高。滚烫的铁砂嵌在肉里，虽不至于当即毙命，但又痒又痛，痛苦难忍，令小鬼子如鲠在喉，必欲一除为快。

那是个雨后的黄昏，"鸟铳队"在山坳边的一片树林里打尖（歇脚吃干粮)。也许是连日来的奔跑穿梭太疲惫了,也许是认为那儿离村上不远,不会出啥纰漏的。结果他们被一个跟踪多日的小鬼子中队团团围住。

那晚,山坳那边吵豆子般的枪声响了大半夜。据后来的县志记载,"鸟铳队"那次几乎全军覆灭。

黑夜里乡亲们睁着一双双惊恐担忧的眼睛,村庄里死气沉沉的,只有猫头鹰毛骨悚然地叫着。风高月黑,奶奶摸到山坳边的树林里,她挨个儿地摸摊在地上的尸体。终于摸到一个满脸络腮胡子的。在确认是爷爷后,她将爷爷的遗体背了回来,擦洗去血污,换上爷爷平日里舍不得穿的体面一点的衣服,用他们唯一的家具,一个油漆斑驳的碗柜,装殓好埋在屋后的菜地里。

奶奶始终没有泪水。忙完这一切,她将一把筷子埋在发红的灶灰里后,便收拾起一个包袱,回了她那同样吃一顿没一顿的娘家。

奶奶有身孕了,呕吐得很厉害。她不愿看兄嫂拉长的脸色,也不愿听父母的长吁短叹,在娘家待了七天就回来了。回到她和爷爷栖身的磨房,扒开灶灰,那一把筷子已燃变成炭灰。

奶奶逐渐心境平静,辞去女佣,作为陈家名正言顺的媳妇,和曾祖父母租几亩薄地相守度日。

翌年,麦收季节,奶奶腆着大肚子,在麦地里收麦,忽然一阵阵痛,产血染红了麦捆。奶奶用嘴咬断脐带,攀开孩子乱蹬的小腿看了看,大笑:"陈家有种了!"说罢,一把撕破衣服将孩子包了起来。

这个孩子便是我的父亲。

二

奶奶在村上的名声不太好,父亲少年时和小伙伴们上山放牛砍柴,偶尔吵架,小伙伴们骂奶奶偷人养汉子。每当这时,父亲涨红着脸，噙着泪水，冲上去和小伙伴扭打在一起。

父亲订婚很早，高中刚毕业，就由奶奶做主，聘了二癞家的幺闺女。二癞把女儿当作"摇钱树"一样，狮子大张口地提出一大堆彩礼，什么上海牌手表、的确良衣服、凤凰牌缝纫机等，反正是当时最时兴的东西。奶奶一跺脚，全答应了。

那年冬天小雪后征兵，村上没有报父亲的名字。父亲回到家里向奶奶又吵又闹的。夜里，奶奶摸到老光棍大队书记黑咕隆咚的小屋里。第二天天蒙蒙亮，奶奶理了理头发，踏着积雪，若无其事地回到家里。父亲的名字补上去了。理由是：父亲是烈士的后代，革命的枪应该由烈士的后代来扛。

父亲当兵一去，杳无音信。奶奶托人给父亲及父亲所在部队的领导去了好几封信，父亲才拍电报一样，回了寥寥数语，语气极为冷淡，流露出嫌弃奶奶名声不好的意思。弄得给奶奶读信的人都有些尴尬。收到父亲的信后，目不识丁，从没出过远门的奶奶，收拾起一个包袱千里迢迢地赶到父亲服役的那个北方边陲小镇。

在父亲部队上，奶奶不动声色地住了几天。一天晚上，父亲上夜哨，奶奶向父亲的连队干部请示，执意要跟着去。在哨位上，奶奶打了父亲两耳光，声泪俱下地说，我一个妇道人家容易吗？为两位老人养老送终，把你拉扯成人，那么困难也没把一家老小饿死、冻死，几回回收工时，我怀里揣一个红薯一个包谷棒子，你们吃干的，我喝一点汤……那一夜，父亲长跪在奶奶面前呜呜地哭了。

父亲当了五年兵，从未探过家。家里订的亲，逢年过节，都是奶奶送的节礼。父亲当兵第五年时，生产队里来了两个穿四个兜军装（当时的干部服装）的人。有消息传出来，说是来调查父亲的家庭出身，父亲要提干了。

父亲要穿四个兜啦。这在多少年没出过公家人的村上，如同往沸腾的油锅里撒了一把盐，炸开了。这其中最活跃的是二癞。二癞捎话来说，孩子都老大不小了，让他们完婚吧，也不用准备啥，如今都新事新办了。

二瘌几次去信催父亲回来结婚，父亲均没理睬。二瘌急了，父亲当兵几年，从没给他这个准丈人只言片语的，这小子万一阔了……就在父亲提干的节骨眼上，二瘌给父亲部队的领导去了一封信。父亲提干的事搁浅了。直到现在他也不知道他丈人当年在信上写些啥。

一个雪后黄昏，父亲穿一身摘去领章帽徽的军装，背着一个洗得发白的背包出现在村口。他转悠了一圈又回到原来的起点。

见到这种结局，二瘌似乎有点愧色，但丝毫不影响彩礼的加层加码。二瘌的幺闺女，也就是日后我的母亲，年少清纯很看不起她父亲那一套，像私奔似的悄悄拉上父亲到生产队开了证明，上公社拿了证。气得竹篮打水一场空的二瘌外公好几年不进我们家的门。

刚退伍回来的父亲，还保留着部队上许多精致的习惯，睡觉前刷牙，用香皂洗澡，被子叠得方方正正，干活时穿一件印有"侦察兵"字样的白背心，说话有意无意地咬字音，闲时吹吹笛子……但这些没有部队上那一天一斤六两米（战士的口粮标准）打底，没多久，父亲就被生活折腾得灰头土脸，融入那些每天挣工分的人群中，很难看出父亲曾经当过兵。

父亲回乡后，当过民兵连长、生产队长。他曾幻想带领乡亲们大干一场，可从早到晚，一年到头，身上的衣服没干过纱，仍填不饱肚子。

我们家里常常是锅里的水已沸腾开了，父亲才吹着口哨出去借米。能照出人影儿的粥煮好了，父亲总是舀稠一点的先端给奶奶，他和母亲喝稀一点的。后来父亲被抽去搞由林彪组织的什么"803"国防工程，每星期打一次牙祭，能分到两小块肥肉片。父亲咽着口水用荷叶把两块肉片小心翼翼地包好，带回家孝敬奶奶。每到周末，奶奶就拄着竹杖在村口巴望，当颤悠悠的接过父亲手里的荷叶包时，她三个指头一抓，两块肉片全塞进嘴里。父亲怕奶奶噎着，直掉泪。奶奶老了，老得像个馋嘴的小孩。

在这种窘迫的困境中，姐姐呱呱地出生了。姐姐是奶奶接的生，姐姐一落地，奶奶迫不及待地看了看，咕哝了一声："丫头片子！"奶奶给姐姐取名拾娣。后来姐姐中学毕业时，嫌名字太土，自作主张地改名丽娜。

母亲怀着我时，营养不良，浑身浮肿得迈不开步。年近古稀的奶奶急得在屋前屋后转了好几圈后，找来一根麻绳，把家里那条很听话的看家狗哄唤到屋前的枣树上吊死。那条二十多斤重的土狗，母亲两顿就连汤带肉吃完。后来我身体很壮，母亲说你要感谢那条狗，是那条狗救了你。

我出生时，奶奶在我的小鸡鸡上亲了亲，然后像抿一口陈年老酿一样陶醉。不久，奶奶悄然无声地走了，那朵满足慈爱的笑容凝固在嘴角。

三

姐姐考上大学成了村子里的爆炸式新闻。

贺喜的乡亲把我们家的门槛都踏破了，狗都叫瘦了。那烫金的大学录取通知书从一双手传到另一双手，摸得发黑。有人说我父母后半辈子有福享了；有人说我爷爷、奶奶葬的风水好；年纪大的人说，这在皇帝老爷的时候相当于中状元呢。面对这不绝于耳的称赞，父亲哭丧着脸应着笑，笑得比哭还难看。他为那一年近万元的学费发愁呢。

到底还是母亲有主意，她和父亲合计着把那条准备用来过年的大肥猪宰了，办几桌酒席，把全村人都请来吃喜酒，由父亲领着姐姐挨个儿敬过去，大家看着给，给几个子儿都行。父母亲的如意算盘是，在这种场面上你总不能少得出不了手吧。结果希望像阳光下的肥皂泡一样破灭，收取的礼金和办酒席的花销几乎差不多。

吃喜酒时，村里的"鸭毛张"也来了。"鸭毛张"喝得满脸通红的，眼睛直不溜地盯着姐姐红润的脸，财大气粗地掏了一张百元大钞。"鸭毛张"回头就托人来说媒，说，只要姐姐答应给他做儿媳妇，姐姐上大学的费用他全包了。

"鸭毛张"靠走家串户收购鸭毛发起来的，是村里最殷实的一户，家里盖起了两层小楼，还开了个榨油小作坊。他儿子"小鸭毛张"小学毕业就和他一起收购鸭毛。这两年不做这买卖了，买了辆东风牌汽车开，挺牛的，城里流行啥他捣鼓啥。

父亲把"鸭毛张"提亲的事跟姐姐说了说，意思是这关系到你的前途、幸福，你自己把握，反正家里没有那么多钱供你读书。姐姐听了父亲的话挺伤感的。想了一个晚上，第二天早上红肿着眼睛，点头答应了。

姐姐订婚后才去学校报到。"鸭毛张"下聘的彩礼很排场热闹。有人开玩笑地提醒他说，这是一桩有风险的投资，你可要当心哟。"鸭毛张"胸有成竹地笑了笑。他把娶姐姐做儿媳妇当作了他收购鸭毛一样的买卖。

姐姐去省城上学，父母亲都没有去送，是"鸭毛张"父子俩开车去送的。姐姐向她的同学介绍"鸭毛张"父子俩，说是她的叔叔和表哥。"鸭毛张"开始表情有些不自然，但想了想，默认了。"鸭毛张"想得很周到，给姐姐买好学习用品，生活用品，甚至连女孩子用的东西都悄悄备好了。这一点姐姐一回想起来，很感动。

姐姐上学时，每学期"小鸭毛张"要去好几次。给姐姐大包小包地捎上些零食和生活用品。姐姐把他安排在学校的招待所里，有时陪他到省城的公园走走。"小鸭毛张"在姐姐面前很拘谨，生怕说出什么脏话，连吃饭拿筷子都有些不自然，姐姐看了微微一笑。姐姐给"小鸭毛张"织过一件灰色的毛衣，天气还没冷，"小鸭毛张"就把毛衣穿在衬衣外面，到处显摆。村里人纷纷打趣他，这是你那大学生媳妇给你织的温暖牌吧。

逢年过节，"小鸭毛张"要到我家走动，大个鱼、大块肉地往我家背，父亲心安理得地享受着这一切，偶尔还和"小鸭毛张"相对饮几盅。"小鸭毛张"在我们家很受欢迎，常帮我们干力气活，偶尔塞给我十块八块的零花钱。母亲有时也担心，这娃心实，就是文化太低了点，怕他们小两口生活在一起没啥话拉。

姐姐大学毕业后，留在了省城。她捎话给"小鸭毛张"，说他俩不合适，让他把这几年的开销算算，望他日后找个中意的。

收到姐姐的信，"小鸭毛张"忧郁了好些日子。"鸭毛张"好像眼盯着快煮熟的鸭子又飞了似的，气得差点吐血，逢人就说我们家是忘恩负义，过河拆桥的。害得我父母躲在家里，不敢见邻里乡亲。至于算账，"小鸭毛张"客气地说，朋友相处一场，就算是我帮她的，她爱还多少就还多少吧。他的话刚出口，就被"鸭毛张"骂得狗血喷头。

"鸭毛张"带了一大帮子人到我们家算账，算盘噼噼啪啪打了三天，一只老母鸡，一块肉，都以高于市价的几倍折成钱。一共算成七万多。父亲面对这个一辈子都不敢想象的数目，嘴角嚅动着：你们看着办吧，算出多少是多少，我们没话说。

"鸭毛张"的钱是姐姐在省城的男朋友贷款还的。还钱时，姐姐掏出个小本本把数目大致地对了对，生生多出一万多。原来这几年，"鸭毛张"家花在姐姐身上的每一笔开销，她都有登记。对此，姐姐啥也没说。在我们那地方，无论怎么样，毁婚约的一方是理亏的。

姐姐的男朋友是姐姐的同班同学，在省城一家晚报社上班。现在他们已筑有自己的安乐小窝，一家三口挺温馨幸福的。姐姐常回家看看，每次回来都给父母带上些吃的、穿的。放下东西，她便挽起衣袖，帮忙洗菜，陪母亲拉话。姐姐在家里，那种氛围就像过年一样。

姐姐有时也在村口遇上"小鸭毛张"。"小鸭毛张"有些不自然，姐姐主动笑着招呼他。说起"小鸭毛张"，她幽幽地说，其实他很憨厚、很可爱的，只是我们俩真的不合适。

四

我高中毕业，一连参加了两次高考，没考上。我失魂落魄得如没中举的范进。父亲整天阴沉着一张西伯利亚寒流似的脸。那年冬天，征兵的消息像报秋的第一片落叶，在收割过的田野打着圈儿飘时，父亲就从房梁上取下那几只风干的色泽诱人的鸡，去找表姨父。表姨父在乡武装部当部长，当十来年了。那几只鸡是夏天发鸡瘟死掉的，父亲舍不得扔掉，现在终于派上了用场。

当兵体检比参加高考容易多了，这用不着伤害脑细胞，反正身体各个零部件愣长在那儿，该是啥样，就是啥样。入伍通知书送到我家那天，表姨父在我家喝高了，舌头打着卷说，我当兵他可帮了大忙，每过一关他都守在门外，随时准备冲进去像董存瑞炸碉堡一样做医生的工作。我听了，鼻孔里哼了一声，瞎讲，我体检时他正和门口理发店里一俏娘儿们打情骂俏呢，我能验上兵，全靠我的身体棒。父亲在桌子底下用脚踢我，没踢到我，踢着了表姨父，表姨父咕哝了一声，不一会儿就扒在饭桌上鼾声大作。表姨父对我当兵最大的"贡献"就是将我的年龄瞒了三岁，我本来已满二十周岁，在他的授意下，我写十七岁。表姨父说，这样可以装嫩，多几次考军校的机会。

我当兵是提前两天从家里出发的，并不是因为我家离乡武装部远，我家离乡武装部就十几里地，骑自行车蹬快点，半个小时，而是我验上兵的消息在村里传开后，我那二瘸外公拐到我家，跟我娘说，那天日子最好，出远门准会发达光宗耀祖的。二瘸外公还叮嘱我说，让我在部队上好好干，干出个名堂来，不要像我爹那样，当了五年兵还是回来了，灰头土脸的，没啥出息。我想顶他一句，我爹没出息，还不是因为你。看在我娘的面子上，我没说，做出温驯懂事的样子。我提前两天走了，结果那些看着我光屁股流鼻涕长大的邻里乡亲，提着鸡蛋点心来给我送行时，扑了个空。

当兵是我第一次离开县界。我坐在火车上，感觉像一条蒙着眼睛的驴，火车一直朝前开，我不知到了哪儿，也不辨东南西北。

新兵连结束，下老连队，当我接过八一式冲锋枪时，我想起爷爷那支"铳"；当我在冻死狗的雪夜里跺着脚站哨时，我想起父亲在北方当兵的苦寒岁月。爷爷虽然没有军籍，但也是抗日老英雄，是条铁汉子，我们陈氏家族加上我也算三代行武，我应该有所出息，干出点名堂来，不然愧对列祖列宗，想着想着，不由得周身发热，挥舞起拳脚。于是，我在干好工作搞好训练的同时，积极主动地洗衣服，给同年度兵的战友洗，给老兵洗，给班长洗，给排长洗，自己贴洗衣粉。我认准了，洗衣服可比抢扫把打扫公共卫生和帮厨好，打扫公共卫生和帮厨那是大伙儿的事，具体摊到谁头上谁也没粘多大的光，我洗衣服是有具体服务对象的，那意义就不一样了。

我洗衣服场面最大，也是最倒霉的一次，就是那天连队上午施工回来，中午休息时，我将全连干部战士的衣服泡在一起洗了，甭管脏与干净，统统过一遍水。结果正当我欣赏自己的劳动成果，欣赏如林如旗的迷彩军装迎风招展时，营里忽然吹紧急集合哨，当全连弟兄们大呼小叫，手忙脚乱地穿上还滴着水的军装集合时，已整整迟到了三分钟，连长气得老鼻子都歪了。幸好是盛夏，没有人因穿湿衣服患感冒。

我因此一"洗"成名，洗到了连部"机关"，洗成了连部第五号"首长"（文书兼通信员）。在连队部，我给连长洗，给副连长洗，给副指导员洗，给指导员洗。连长和指导员的家属来了，她们的衣服，我不怕苦不怕累不怕臊地抢过照样洗。说真的，我第一次触摸女人那些贴身的东西，脸红心跳的，连气都喘不匀，但几次下来，便自然了，甚至还洗出了心得。当时，别看我是个连女人味都没闻过的"童子鸡"，但对乳罩的款式、质地、尺寸，还深有研究的。有一天，我正往铁丝上挂一件淌着水的乳罩，连长见了，铁青着脸，一言不发，冲进房间，冲着正逗小孩玩的嫂子大骂，还用腰带拍打着桌子伴奏。我急得直翻白眼，连长也不小声点，门也不关，连部好些人听到了，当然，指导员、副连长他们肯定听到了。从那以后，我洗嫂子们衣服的"待遇"就被取消了，乃至在嫂子们来队期间，连首长们的衣服也免洗了。

当兵第二年，我参加了全军统一招生的军校考试，我这个高考筛子里的秕谷，又落榜了，消沉了几天，又强打精神，该干啥还得干啥，咱虽然没有当官的命，日子怎么还得过呀。

第二年底，在激烈的竞争中，我如愿以偿的转上了一期士官。班排里的兵说，我转士官，是洗衣服洗出来的，我心里很不服气，我的工作比谁少干了？！换上士官肩章那天，我找了一个地方，偷偷大哭了一场，这是我当兵离家以来，第一次落泪。

第一次探家回来，我给连队干部每人带了一份狗肉。喷香喷香的狗肉是我们老家的特产。不久，连长找我谈心，让我下班排去，老待在连部也不是办法，下班排前，先安排我去学光缆维护。连长说，在咱们通信专业分队，光能像猴一样爬竿子，肯定待不长的，连长压低嗓音说，对你转二期也不利。我兴奋得满脸通红地从连部出来，马上找排长，也就是我以前的老班长汇报情况。我说，连队干部让我去学技术，是不是那几块狗肉发挥热能效应了。我一句话把排长气得半死，他盯着我好半天冒出一句：狗日的，你把咱连长也看得太低了吧。我想也是。

我在军区组织的光缆维护培训班里，认真地学，玩命地学。我想我以前上学时如果这么认真，早就考上大学了。

在我们通信营，乃至我们警备区，就我懂光缆维护，也算"身怀绝技"了。我成了连队的技术骨干，当上了班长，说话底气也似乎足了些，衣服只洗自己的了。这样顺风顺水地过了近两年。

到了第五年，上半年，营里连里先后找我谈心，让一个新兵跟我学技术，学光缆维护。我的心又跳到嗓子口了，这不是明摆着准备端我的饭碗，让我走吗？那新兵低眉顺眼，班长班长的，叫得很甜，可我心烦时爱理不理。我只教了他一些皮毛知识，他离独立完成任务还差得远呢。我的小算盘是，一方面扎实干好工作，让组织上觉得我还能干，还想干，值得留；另一方面，就是进行"技术垄断"，让大家觉得真离开了我还不行，这样我就能顺利签上二期士官了。但是我也做好了最坏的准备，就是打背包开路，如果组织上真的确定让我走，那么我想在退伍名单宣布后再逗留十天半月的，手把手地把全部技术教给我那"徒弟"。我想组织培养了我整整五年，这点觉悟我还是有的。就算是条狗也喂熟了。

凭我的工作，凭我所学专业的编制，我有惊无险地干上了二期士官。在二期士官的第七年，我回家探亲时，我姨给我介绍了他们村的一个村姑，很朴实的姑娘。我们交往了近一个月，在我归队前的一个晚上，我鼓起平生的勇气亲了她一下，她便认定她已是我的人，非我不嫁。回到部队后，我打电话告诉她，我现在是二期士官，能不能签第三期还不一定，你可要想好。我在电话上费了好大的劲才和她讲清楚，几期士官是怎样回事。她说，对我能不能签三期无所谓，只要我对她好就行了。

我和朴实的村姑一切按照家乡的风俗，见面，订婚，结婚。唯一不同的是，我们家没有出别人家那么多彩礼。我家没钱。

那年秋天，我那天刚查线回来，工具包还没放下，连部通信员就跑来叫，说有我的长途电话。我跑过去接，电话是我娘打来的，我娘说，你婆娘生了，生了个大胖小子。那一刻，我仿佛被巨大的幸福电流击中，我像卖火柴的小女孩恍惚之中看到了烛光中的奶奶，奶奶天堂有知，核桃壳般的脸肯定绽放成一朵菊花。

我拿着电话，愣了半晌："娘，不对劲呀，我上次回家到现在满打满算不足10个月，是不是有坏良心的杜鹃（鸟儿杜鹃自己不孵雏鸟）把卵下在咱窝里，让咱们帮它抚养喂大。"

"狗杂种，错不了，就是你的种，怀孩子的历法不是那么算的"。啪的一声，娘挂了电话。

我做爸爸了。我顺利签上了第三期。我们家双喜临门。